LADRÕES
DE SONHOS

MAGGIE STIEFVATER

A SAGA DOS CORVOS

LIVRO 2

LADRÕES DE SONHOS

Tradução
Jorge Ritter

7ª edição

Rio de Janeiro-RJ / Campinas-SP, 2021

VERUS
EDITORA

Editora: Raïssa Castro
Coordenadora editorial: Ana Paula Gomes
Copidesque: Maria Lúcia A. Maier
Revisão: Aline Marques
Capa: Adaptação da original (© Christopher Stengel)
Ilustrações da capa: © Adam S. Doyle, 2013
Projeto gráfico: André S. Tavares da Silva

Título original: *The Dream Thieves*

ISBN: 978-85-7686-321-2

Copyright © Maggie Stiefvater, 2013
Todos os direitos reservados.
Edição publicada mediante acordo com Scholastic Inc., 557 Broadway, Nova York, NY, 10012, EUA.
Direitos de tradução acordados por Ute Körner Literary Agent, S.L., Barcelona – www.uklitag.com.

Tradução © Verus Editora, 2014
Direitos reservados em língua portuguesa, no Brasil, por Verus Editora. Nenhuma parte desta obra pode ser reproduzida ou transmitida por qualquer forma e/ou quaisquer meios (eletrônico ou mecânico, incluindo fotocópia e gravação) ou arquivada em qualquer sistema ou banco de dados sem permissão escrita da editora.

Verus Editora Ltda.
Rua Benedicto Aristides Ribeiro, 41, Jd. Santa Genebra II, Campinas/SP, 13084-753
Fone/Fax: (19) 3249-0001 | www.veruseditora.com.br

CIP-BRASIL. CATALOGAÇÃO NA FONTE
SINDICATO NACIONAL DOS EDITORES DE LIVROS, RJ

S874L

Stiefvater, Maggie, 1981-
Ladrões de sonhos / Maggie Stiefvater ; tradução Jorge Ritter. - 7. ed. - Campinas, SP : Verus, 2021.
23 cm.   (A saga dos corvos ; 2)

Tradução de: The Dream Thieves
ISBN 978-85-7686-321-2

1. Ficção infantojuvenil americana. I. Ritter, Jorge. II. Título. III. Série.

14-12144	CDD: 028.5
	CDU: 087.5

Revisado conforme o novo acordo ortográfico

Para a Jackson
e todas as suas maqníficas horas
[sic]

E se você dormisse
E se
No sono
Você sonhasse
E se
No sonho
Você fosse para o céu
E lá colhesse uma flor estranha e bela
E se
Quando despertasse
Você tivesse na mão essa flor
Ah, e então?
— Samuel Taylor Coleridge

Aqueles que sonham à noite, nos recessos empoeirados da mente, acordam no dia para descobrir que tudo foi em vão: mas os sonhadores do dia são homens perigosos, pois podem atuar seus sonhos de olhos abertos, para torná-los possíveis.
— T. E. Lawrence

Detesto pessoas que têm cães. São covardes sem coragem de morder, elas mesmas, outras pessoas.
— August Strindberg

PRÓLOGO

Um segredo é uma coisa estranha.
Há três tipos de segredos. Um é do tipo que todo mundo conhece, do tipo que precisa de pelo menos duas pessoas. Uma para guardá-lo. Outra para nunca sabê-lo. O segundo é um tipo mais difícil de segredo: aquele que você esconde de si mesmo. Todos os dias, milhares de confissões não são feitas a seus potenciais confessores, e nenhuma dessas pessoas sabe que todos os seus segredos jamais admitidos se resumem às mesmas três palavras: *Estou com medo*.

E então há um terceiro tipo de segredo, do tipo mais escondido. Um segredo que ninguém sabe a respeito. Talvez ele tenha sido conhecido um dia, mas foi levado para o túmulo. Ou talvez seja um mistério inútil, oculto e solitário, perdido porque ninguém o procurou.

Às vezes, algumas raras vezes, um segredo permanece desconhecido porque é algo grande demais para a mente guardar. Estranho demais, vasto demais, aterrorizador demais para ser contemplado.

Todos nós temos segredos na vida. Nós os guardamos ou temos alguns guardados de nós, jogamos ou somos jogados. Segredos e baratas — é o que restará no fim de tudo.

Ronan Lynch vivia com toda sorte de segredos.

O primeiro segredo envolvia seu pai. Niall Lynch foi um poeta fanfarrão, um músico fracassado, um pedaço de mau caminho criado em Belfast, mas nascido na Cúmbria, e Ronan o amava profundamente.

Embora Niall fosse um patife e um mau-caráter, os Lynch eram ricos. O trabalho de Niall era misterioso. Ele sumia de vez em quando durante meses, e era difícil dizer se era por causa de sua carreira ou pelo fato de ser um canalha. Ele sempre voltava com presentes, preciosidades e quantidades inimagináveis de dinheiro, mas, para Ronan, a coisa mais maravilhosa era o próprio Niall. Toda partida parecia que seria a última, e então todo retorno era quase como um milagre.

— Quando eu nasci — Niall Lynch contou para o filho do meio —, Deus quebrou a forma com tanta força que o chão tremeu.

Isso já era uma mentira, pois, se Deus realmente tivesse quebrado a forma, ele faria para si uma cópia vinte anos mais tarde para moldar Ronan e seus dois irmãos, Declan e Matthew. Os três eram imitações bonitas do pai, embora cada um tivesse puxado um lado diferente de Niall. Declan tinha o mesmo jeito de tomar conta de um lugar e apertar-lhe a mão. Nos cachos de Matthew estavam enredados o charme e o humor de Niall. E Ronan era tudo o que sobrara: olhos brilhantes e um sorriso feito para a guerra. Havia pouco ou quase nada da mãe em qualquer um deles.

— Foi um terremoto para valer — esclareceu Niall, como se alguém tivesse lhe perguntado, e, conhecendo Niall, eles provavelmente haviam feito isso mesmo. — Quatro ponto um na escala Richter. Qualquer coisa menos que quatro teria só rachado a forma, não quebrado.

Na época, Ronan era dado a acreditar nas coisas, mas não havia problema, pois seu pai queria adoração, não confiança.

— E você, Ronan — disse Niall. Ele sempre dizia *Ronan* de maneira diferente das outras palavras. Como se quisesse dizer uma palavra inteiramente diversa, algo como *faca* ou *veneno* ou *vingança*, e então a trocasse pelo nome de Ronan no último minuto. — Quando você nasceu, os rios secaram e o castelo no condado de Rockingham chorou sangue.

Era uma história que ele havia contado mais de uma vez, mas a mãe de Ronan, Aurora, insistia que era mentira. Ela dizia que, quando Ronan veio ao mundo, todas as árvores floresceram e os corvos de Henrietta gargalharam. Quando seus pais discutiam sobre o seu nascimento, Ronan nunca chamava atenção para o fato de que ambas as versões poderiam ser verdadeiras.

Declan, o mais velho dos irmãos Lynch, uma vez perguntou:

— E o que aconteceu quando eu nasci?

Niall Lynch olhou para ele e disse:

— Eu não saberia dizer. Eu não estava aqui.

Quando Niall dizia *Declan*, soava como se quisesse dizer *Declan*.

E então Niall desapareceu por mais um mês. Ronan aproveitou a oportunidade para vasculhar a Barns, que era como a enorme fazenda Lynch era conhecida, em busca de uma explicação para a origem do dinheiro de Niall. Ele não encontrou nenhuma pista do trabalho de seu pai, mas descobriu um recorte de jornal amarelado em uma caixa de metal enferrujada. Era do ano em que seu pai havia nascido. Relatava friamente a história do terremoto de Kirkby Stephen, sentido em todo o norte da Inglaterra e o sul da Escócia. Quatro ponto um. Qualquer coisa menos que quatro não teria quebrado, apenas rachado.

Aquela noite, Niall Lynch voltou para casa na escuridão e, quando acordou, encontrou Ronan parado acima dele no quarto principal, branco e pequeno. O sol da manhã deixara ambos com a pureza de anjos, o que já era a melhor parte de uma mentira. O rosto de Niall estava manchado de sangue e pétalas azuis.

— Eu estava justamente sonhando com o dia em que você nasceu, Ronan — disse Niall.

E limpou o sangue da testa para mostrar ao filho que não havia nenhum machucado embaixo. As pétalas grudadas no sangue tinham o formato de estrelas bem pequenas. Ronan ficou espantado com a certeza que teve de que elas tinham vindo da mente de seu pai. Ele nunca se sentira tão certo a respeito de algo.

O mundo se abriu e se estendeu, subitamente infinito.

Ronan disse para ele:

— Eu sei de onde vem o dinheiro.

— Não conte para ninguém — seu pai disse.

Esse foi o primeiro segredo.

O segundo segredo foi perfeito em seu ocultamento. Ronan não o disse. Ronan não o pensou. Ele nunca criou uma letra para o segundo segredo, que escondeu de si mesmo.

Mas, mesmo assim, o segredo tocava ao fundo.

E então havia isto: três anos mais tarde, Ronan sonhando com o carro de seu amigo Richard C. Gansey III. Gansey confiava a ele todas as coisas, exceto as armas. Jamais as armas, e de jeito nenhum seu Camaro 73 vistoso, com as faixas pretas e um quê diabólico. Ronan nunca passou do banco do passageiro. Quando Gansey deixava a cidade, levava as chaves consigo.

Mas, no sonho de Ronan, Gansey não estava ali e o Camaro estava. O carro estava parado no canto de um estacionamento abandonado, montanhas apareciam em um azul espectral ao longe. A mão de Ronan se fechou em torno da maçaneta da porta do motorista. Ele tentou abrir. Era um esforço de sonho, apenas substancial o suficiente para se manter fiel à ideia de abrir a porta. Não havia problema nisso. Ronan se recostou no banco do motorista. As montanhas e o estacionamento eram um sonho, mas o cheiro do interior era uma memória: gasolina, vinil, tapetes e anos zunindo uns contra os outros.

As chaves estão aqui, pensou Ronan.

E estavam.

As chaves estavam penduradas na ignição como frutas metálicas, e Ronan passou um longo momento segurando-as na mente. Ele trocou as chaves do sonho para a memória e de volta ao sonho novamente, e então as envolveu na palma da mão. Ele sentiu o couro suave e o canto gasto do chaveiro; o metal frio do anel e a chave do porta-malas; a promessa fina e aguçada da chave da ignição entre os dedos.

Então acordou.

Quando abriu a mão, as chaves estavam bem ali. Do sonho para a realidade.

Esse era o terceiro segredo.

1

Na teoria, Blue Sargent provavelmente mataria um daqueles garotos.
— Jane! — O grito veio do outro lado da colina. Era dirigido a Blue, embora Jane não fosse o seu nome verdadeiro. — Vamos!

Como a única não vidente em uma família bastante mediúnica, ela tivera o seu futuro contado repetidas vezes, e cada vez ele dizia que ela mataria o seu verdadeiro amor se tentasse beijá-lo. Além disso, fora previsto que ela se apaixonaria naquele ano. E tanto Blue quanto sua meia-tia vidente, Neeve, tinham visto um dos garotos caminhando ao longo do caminho invisível dos corpos agora em abril, o que significava que ele deveria morrer nos próximos doze meses. Tudo isso se encaixava em uma equação temível.

Por ora, aquele garoto em particular, Richard Campbell Gansey III, parecia bastante indestrutível. No vento úmido no topo da ampla colina verde, uma camisa polo ardentemente amarela tremulava contra o seu peito e um par de bermudas cáqui golpeava suas pernas gloriosamente bronzeadas. Garotos como ele não morriam, eram esculpidos em bronze e colocados do lado de fora de bibliotecas públicas. Ele estendeu uma mão na direção de Blue enquanto ela subia a colina, um gesto que parecia menos um encorajamento e mais uma sinalização de tráfego aéreo.

— *Jane.* Você precisa ver isso! — Sua voz era cheia do sotaque melodioso das fortunas antigas da Virgínia.

À medida que Blue subia com dificuldade a colina, telescópio no ombro, ela testou mentalmente o nível de perigo: *Já estou apaixonada por ele?*

Gansey desceu a galope para tirar o telescópio dela.

— Isso não é tão pesado — ele lhe disse e voltou a passos largos por onde tinha vindo.

Blue não achava que estava apaixonada por ele. Ela nunca se apaixonara, mas ainda tinha bastante convicção de que saberia dizer quando isso acontecesse. No início do ano, ela *tivera* uma visão na qual o beijava e ainda podia ver *isso* com a maior facilidade. Mas a parte sensata de Blue, que era normalmente a única parte dela, achava que aquilo tinha mais a ver com o fato de Richard Campbell Gansey III ter uma boca bonita do que com qualquer romance que estivesse florescendo.

De qualquer maneira, se o destino achava que podia dizer a ela por quem se apaixonar, ele ia ver só.

Gansey acrescentou:

— Eu achei que você tinha mais músculos. Feministas não são musculosas?

Decididamente não apaixonada por ele.

— Sorrir quando você diz isso não torna a piada engraçada — disse Blue.

Como o último passo em sua busca para encontrar o rei galês Owen Glendower, Gansey andara pedindo permissão para caminhar nas propriedades de donos de terras locais. Cada lote cruzava a linha ley de Henrietta — uma linha de energia perfeitamente reta, invisível, que conectava espiritualmente lugares significativos — e circulava Cabeswater, uma floresta mística que se sobrepunha a ela. Gansey tinha certeza de que Glendower estava escondido em algum lugar dentro de Cabeswater, adormecido havia séculos. Quem quer que viesse a despertar o rei supostamente teria direito a um favor — algo que estivera na mente de Blue recentemente. Parecia a ela que Gansey era o único que realmente *precisava* dele. Não que Gansey soubesse que poderia morrer em alguns meses. E não que ela fosse contar isso a ele.

Se encontrarmos Glendower logo, pensou Blue, *certamente vamos conseguir salvar Gansey.*

A escalada íngreme os levou para um cimo vasto e coberto de relva, que se curvava acima dos contrafortes cobertos pela mata. Bem, bem abaixo estava Henrietta, Virgínia. A cidade era flanqueada por pastos pontilhados com casas de fazenda e gado, tão pequenos e arrumados quanto uma maquete de ferrovia. Tudo, a não ser a cadeia de montanhas que se elevava azul, era verde e bruxuleante com o calor do verão.

Mas os garotos não estavam olhando para a paisagem. Eles estavam parados em um círculo próximo: Adam Parrish, emaciado e pálido; Noah Czerny, sujo e desleixado; e Ronan Lynch, feroz e sombrio. No ombro tatuado de Ronan, empoleirava-se seu corvo de estimação, Motosserra. Embora o aperto de suas garras fosse cuidadoso, havia linhas finamente desenhadas por elas de cada lado da alça da regata preta. Todos olhavam para algo que Ronan segurava nas mãos. Gansey elegantemente jogou o telescópio na relva fofa e se juntou a eles.

Adam deixou que Blue entrasse no círculo deles também, seus olhos cruzando com os dela por um momento. Como sempre, seus traços intrigavam Blue. Não eram convencionalmente belos, mas eram *interessantes*. Ele tinha as maçãs do rosto proeminentes e os olhos fundos típicos de Henrietta, mas numa versão mais delicada. Isso o tornava um pouco esquisito. Um pouco impenetrável.

Eu escolho esse aí, Destino, ela pensou ferozmente. *Não Richard Gansey III. Você não pode me dizer o que fazer.*

A mão de Adam deslizou sobre o cotovelo nu de Blue. O toque foi um sussurro em uma língua que ela não falava muito bem.

— Abra — ele ordenou a Ronan, com a voz indecisa.

— É ver pra crer. — Ronan sorriu com escárnio, mas sem muita virulência. O modelo de avião pequeno em sua mão tinha a envergadura dos seus dedos. Era feito de um plástico puro branco, desinteressante, quase ridiculamente destituído de detalhes: uma coisa na forma de um avião. Ele abriu o compartimento da bateria na parte de baixo. Estava vazio.

— Bem, é impossível, então — disse Adam, pegando um gafanhoto que havia se prendido no colarinho. Todos no grupo o observaram fazer aquilo. Desde que ele realizara um estranho pacto ritual no mês passado, eles vinham acompanhando de perto todos os seus movimentos. Se Adam notou essa atenção extra, não deixou transparecer. — Ele não vai voar se não tiver uma bateria e um motor.

Agora Blue sabia o que era aquilo. Ronan Lynch, guardião de segredos, lutador de homens, diabo de garoto, havia contado a todos que conseguia tirar objetos dos seus sonhos. Exemplo A: Motosserra. Gansey estava empolgado; ele era o tipo de garoto que não acreditava necessariamente em tudo, mas queria acreditar. Mas Adam, que só chegara até esse ponto na vida questionando toda verdade apresentada a ele, queria uma prova.

— Ele não vai voar se não tiver uma bateria e um motor — imitou Ronan, em uma versão mais aguda da fala ligeiramente arrastada de Henrietta de Adam. — Noah, o controle.

Noah vasculhou pela relva fechada em busca do controle remoto. Assim como o avião, ele era branco e lustroso, com todas as bordas arredondadas. Suas mãos pareciam sólidas em torno dele. Embora ele estivesse morto há um bom tempo e isso certamente o fizesse parecer mais fantasmagórico, ele sempre assumia uma aparência relativamente viva quando parado sobre a linha ley.

— O que mais deveria ir dentro de um avião, se não uma bateria? — perguntou Gansey.

Ronan disse:

— Eu não sei. No sonho eram pequenos mísseis, mas acho que eles não vieram junto.

Blue arrancou algumas sementes da relva.

— Aqui.

— Bem pensado, verme. — Ronan as enfiou no compartimento da bateria. Quando foi pegar o controle, Adam o interceptou e o sacudiu perto do ouvido.

— Isso não chega nem a pesar alguma coisa — disse, largando o controle na palma de Blue.

Ele *era* muito leve, pensou Blue. Tinha cinco botões minúsculos: quatro arranjados no formato de cruz e um isolado do resto. Para Blue, aquele quinto botão era como Adam. Ainda funcionando para o mesmo propósito que os outros quatro. Mas não mais tão próximo quanto os outros.

— Vai funcionar — disse Ronan, tomando o controle e passando o avião para Noah. — Funcionou no sonho, então vai funcionar agora. Segura.

Ainda se arrastando, Noah levantou o aviãozinho entre o polegar e o dedo indicador, como se estivesse se aprontando para lançar um lápis. Algo no peito de Blue vibrava de expectativa. Era impossível que Ronan tivesse sonhado aquele aviãozinho. Mas tantas coisas impossíveis já tinham acontecido...

— *Crááá* — berrou Motosserra. Esse era o seu nome para Ronan.

— É — concordou Ronan. Então, para os outros, disse imperiosamente: — Façam uma contagem regressiva.

Adam fez uma careta, mas Gansey, Noah e Blue obsequiosamente cantaram:

— Cinco, quatro, três...

Sem fazer ruído algum, o aviãozinho partiu da mão de Noah para o ar.

Ele funcionava. Ele realmente funcionava.

Gansey riu alto enquanto todos inclinavam a cabeça para trás para observar sua subida. Blue protegeu os olhos para não perder de vista a figurinha branca minúscula na névoa. Ele era tão pequeno e ágil que parecia um avião de verdade, milhares de pés acima da colina. Com um guincho empolgado, Motosserra levantou voo do ombro de Ronan para persegui-lo. Ronan jogava o avião para a direita e para a esquerda, dando voltas em torno do cimo da colina, com Motosserra colada nele. Quando o avião passou de volta por cima da cabeça deles, ele apertou o quinto botão. Sementes caíram em cascata do compartimento aberto, deslizando sobre seus ombros. Blue bateu palmas e estendeu a mão aberta para pegar uma.

— Que criatura incrível você é — disse Gansey. Seu prazer era contagiante e incondicional, grande como seu sorriso. Adam inclinou a cabeça para trás para observar, algo parado e distante em torno dos seus olhos. Noah suspirou *uau*, a palma da mão ainda erguida, como se estivesse esperando pelo avião voltar para ela. E Ronan ficou ali parado com as mãos no controle e o olhar no céu, sem sorrir, mas sem franzir o cenho também. Os olhos estavam assustadoramente vivos, a curva da boca, feroz e satisfeita. Subitamente não pareceu nem um pouco surpreendente que ele pudesse tirar coisas dos seus sonhos.

Naquele momento, Blue estava um pouco apaixonada por todos eles. Pela magia deles. Pela busca deles. Pela voracidade e pela estranheza deles. Seus garotos corvos.

Gansey socou o ombro de Ronan.

— Glendower viajava com magos, sabia? Mágicos, quer dizer. Feiticeiros. Eles o ajudavam a controlar o tempo. Talvez você pudesse sonhar para nós uma onda de frio.

— Ãhã.

— Eles também adivinhavam o futuro — acrescentou Gansey, virando-se para Blue.

— Não olhe para mim — ela disse bruscamente. Sua falta de talento mediúnico era lendária.

— Ou ajudavam *ele* a adivinhar o futuro — prosseguiu Gansey, o que particularmente não fazia sentido, mas indicava que ele estava tentando *desirritá-la*. O pavio curto de Blue e sua capacidade de tornar os talentos mediúnicos de outras pessoas mais fortes também eram lendários. — Vamos?

Blue se apressou para pegar o telescópio antes que Gansey pudesse pegá-lo. Ele lhe lançou um olhar irritado, e os outros garotos pegaram os mapas, as câmeras e os leitores de frequência eletromagnética. Então partiram seguindo a linha ley perfeitamente reta, o olhar de Ronan ainda direcionado para o seu avião e para Motosserra, um pássaro branco e um pássaro preto contra a abóbada celeste do mundo. Enquanto caminhavam, uma rajada súbita de vento soprou baixa pela relva, trazendo consigo o cheiro da água em movimento e das pedras escondidas nas sombras. Blue se emocionou novamente, com a certeza de que a magia era real, a magia era real, a magia era real.

2

Declan Lynch, o mais velho dos irmãos Lynch, nunca estava sozinho. Ele nunca estava com seus irmãos, mas nunca estava sozinho. Ele era uma máquina de movimento perpétuo movida pela energia dos outros: aqui se inclinando sobre a mesa de um amigo em uma pizzaria, ali levado para um quarto com a palma da mão de uma garota em sua boca, acolá rindo sobre o capô da Mercedes de um homem mais velho. A congregação era tão natural que era impossível dizer se Declan era o ímã atraindo ou as limalhas atraídas.

O Homem Cinzento estava passando por uma dificuldade nada desprezível de encontrar uma oportunidade para falar com ele. Ele teve de perambular pelo campus da Academia Aglionby pela maior parte do dia.

A espera não foi inteiramente desagradável. O Homem Cinzento se viu bastante encantado com a escola sombreada por carvalhos. O campus tinha uma dignidade maltrapilha, alcançada apenas por meio da antiguidade e da afluência. Os dormitórios estavam mais vazios do que estariam durante o período escolar, mas não estavam *vazios*. Ainda havia os filhos de CEOs que haviam viajado para países do terceiro mundo para se deixar fotografar, os filhos de músicos punk em turnê com coisas mais pesadas para levar consigo do que sua prole acidental de dezessete anos, e os filhos de homens que estavam mortos e nunca mais voltariam para buscá-los.

Esses filhos do verão, poucos que eram, não eram de todo silenciosos.

O dormitório de Declan Lynch não era tão bonito quanto os outros prédios, mas ainda assim tinha a beleza que o dinheiro podia comprar.

Era um resquício dos anos 70, uma década tecnicolor pela qual o Homem Cinzento tinha grande carinho. A porta da frente era para ser acessível somente com um código, mas alguém a tinha deixado aberta com um calço de borracha. O Homem Cinzento deu uma risadinha desaprovadora. Uma porta trancada não o teria deixado na rua, é claro, mas era o conceito que contava.

Na realidade, o Homem Cinzento não estava certo de que acreditasse nisso. Era a proeza que contava.

Do lado de dentro, o dormitório oferecia as boas-vindas no tom neutro de um hotel decente. Vindo de trás de uma das portas fechadas, um hip-hop colombiano vociferava algo sedutor e violento. Não era o tipo de música do Homem Cinzento, mas ele podia entender o apelo. Ele olhou de relance para a porta. Os quartos dos dormitórios da Aglionby não eram numerados. Em vez disso, cada porta trazia um atributo que a administração esperava que seus estudantes levassem consigo da escola. Nessa porta estava inscrito *Compaixão*. Não era a que o Homem Cinzento estava procurando.

Ele seguiu na direção oposta, lendo portas (*Perseverança, Generosidade, Lealdade*), até chegar à porta de Declan Lynch. *Efervescência*.

O Homem Cinzento havia sido chamado de *efervescente* uma vez em um artigo. Ele estava positivamente convicto de que a razão disso eram seus dentes muito retos. Até os dentes pareciam ser um pré-requisito para a efervescência.

Ele se perguntou se Declan Lynch tinha bons dentes.

Não havia ruído algum atrás da porta. Ele tentou a maçaneta. Trancada. *Bom garoto*, pensou.

Mais adiante no corredor, a música ribombava como o apocalipse. O Homem Cinzento conferiu o relógio. A locadora de carros fechava em uma hora, e, se ele desprezava alguma coisa, era o transporte público. Aquilo teria que ser rápido.

Ele chutou a porta.

Declan Lynch estava sentado em uma das duas camas dentro do quarto. Ele era muito bonito, com um cabelo negro basto e um nariz romano bastante distinto.

E tinha dentes excelentes.

— O que é isso? — disse.

Como resposta, o Homem Cinzento levantou Declan da cama e o jogou contra a janela adjacente. O som foi curiosamente abafado; a parte mais alta foi a respiração do garoto irrompendo dele quando suas costas se chocaram contra o peitoril. Mas então ele estava de pé outra vez e lutando. Ele não era um mau boxeador, e o Homem Cinzento podia dizer que ele esperava que essa surpresa lhe desse uma vantagem.

Mas o Homem Cinzento sabia antes de ter chegado que Niall Lynch havia ensinado seus filhos a boxear. A única coisa que o pai do Homem Cinzento lhe tinha ensinado era como pronunciar *trebuchet*.

Por um momento, eles lutaram. Declan era habilidoso, mas o Homem Cinzento era mais. Ele jogou o garoto de um lado para o outro no dormitório e usou o ombro de Declan para varrer certificados, cartões de crédito e chaves do carro da cômoda. A batida de sua cabeça contra uma gaveta foi indistinguível do som oco do fundo do corredor. Declan golpeou e errou. O Homem Cinzento chutou as pernas de Declan por baixo, atirou-o contra a parede, perto do móvel, e então avançou em sua direção para mais um round, parando apenas para pegar um capacete que havia rolado no meio do chão.

Com um súbito ímpeto de velocidade, Declan usou a cômoda para ficar de pé, então tirou uma arma de uma gaveta.

Ele a apontou para o Homem Cinzento.

— Pare — disse simplesmente e tirou a trava de segurança.

O Homem Cinzento não esperava por isso.

Ele parou.

Várias emoções diferentes lutaram por precedência no rosto de Declan, mas choque não era uma delas. Estava claro que a arma não era para a possibilidade de um ataque; era para a eventualidade de um.

O Homem Cinzento considerou como seria viver daquele jeito, sempre esperando que sua porta fosse chutada. *Não deve ser agradável*, ele pensou. *Provavelmente, nem um pouco agradável.*

Ele não achou que Declan Lynch hesitaria em atirar nele. Não havia hesitação em sua postura. Sua mão tremia um pouco, mas o Homem Cinzento achou que era de um machucado, não de medo.

O Homem Cinzento considerou a situação por um momento, então jogou o capacete. O garoto disparou um tiro, mas não foi nada além de barulho. O capacete bateu em seus dedos, e, enquanto ele ainda estava atordoado, o Homem Cinzento deu um passo para frente e arrancou a arma de sua mão dormente. Ele se demorou um instante para colocar a trava de segurança de novo.

Então o Homem Cinzento bateu a arma contra a face de Declan. Ele fez isso algumas vezes, apenas para não deixar dúvidas quanto ao seu recado.

Finalmente, deixou que Declan caísse de joelhos. O garoto se mantinha consciente com bastante valentia. Com o sapato, o Homem Cinzento o pressionou até o chão, então o virou lentamente de costas. Os olhos de Declan estavam focados no ventilador do teto. Corria sangue de seu nariz.

O Homem Cinzento se ajoelhou e pressionou o cano da arma no estômago de Declan, que subia e descia ansiosamente enquanto buscava o ar. Deslizando a arma até o rim direito do garoto, ele disse informalmente:

— Se eu atirasse neste ponto, você levaria vinte minutos para morrer, e não faria a menor diferença o que os paramédicos fizessem. Onde está o Greywaren?

Declan não disse nada. O Homem Cinzento lhe deu um tempo para considerar a resposta. Ferimentos na cabeça tendiam a deixar os pensamentos mais lentos.

Vendo que Declan permanecia calado, ele levou o cano da arma até a coxa de Declan. O garoto arfou com a pressão exercida.

— Aqui, você morreria em cinco minutos. É claro, não preciso atirar em você para isso. A ponta do seu guarda-chuva ali do lado funcionaria do mesmo jeito. Você apagaria em cinco minutos, desejando que fossem três.

Declan fechou os olhos. Um deles, de qualquer maneira. O esquerdo já estava inchado quase a ponto de estar fechado.

— Eu não sei — ele disse por fim, com a voz cheia de sono. — Eu não sei o que é isso.

— Mentiras são para os seus políticos — disse o Homem Cinzento, sem veemência. Ele só queria que Declan soubesse que ele sabia sobre a sua vida, sobre o seu estágio. Ele queria que Declan soubesse que ele fizera a sua pesquisa. — Eu sei onde estão os seus irmãos agora mesmo. Sei onde a sua mãe mora. Sei o nome da sua namorada. Você está me entendendo?

— Eu não sei onde está. — Declan hesitou. — Essa é a verdade. Eu não sei onde está. Eu só sei que ele *existe*.

— Este é o plano — disse o Homem Cinzento, pondo-se de pé. — Você vai encontrar essa coisa para mim e, quando encontrar, vai me dar. E então eu te deixo em paz.

— Como eu faço para te encontrar?

— Acho que você não compreendeu. Eu sou a sua sombra. Eu sou a saliva que você engole. Eu sou a tosse que te mantém acordado à noite.

Declan perguntou:

— Você matou o meu pai?

— Niall Lynch. — O Homem Cinzento experimentou as palavras saindo da boca. Em sua opinião, Niall Lynch era um pai bastante relapso, deixando-se ser morto e permitindo que seus filhos vivessem em um lugar onde largavam as portas de segurança escoradas e abertas. O mundo, ele achava, estava cheio de maus pais. — Ele me fez essa pergunta também.

Declan Lynch expirou irregularmente: metade de uma respiração, e então a outra metade. Agora, o Homem Cinzento podia perceber, ele finalmente estava com medo.

— Tudo bem — disse Declan. — Eu vou encontrar. Então você vai nos deixar em paz. Todos vocês.

O Homem Cinzento colocou a pistola de volta na gaveta e a fechou. Conferiu o relógio. Tinha vinte minutos para pegar o carro alugado. Ele poderia fazer um upgrade para um carro de tamanho médio. Ele odiava carros compactos quase tanto quanto o transporte público.

— Sim.

— Tudo bem — disse Declan de novo.

O Homem Cinzento saiu do quarto e fechou parcialmente a porta. Não dava para fechá-la direito; ele tinha quebrado uma das dobradiças quando entrara. Ele tinha certeza de que havia recursos em algum lugar para cobrir os danos.

Então fez uma pausa e observou através da fresta da porta.

Havia mais para aprender de Declan Lynch hoje.

Por vários minutos, nada aconteceu. Declan ficou deitado ali, sangrando, vergado. Em seguida, os dedos da mão direita avançaram como um caranguejo pelo chão até onde o celular havia caído. No entanto, ele não ligou imediatamente para a emergência. Com uma lentidão agonizante — seu ombro muito provavelmente estava deslocado —, digitou outro número. Imediatamente, um telefone tocou na cama ao lado. Era a cama do irmão mais novo de Declan, Matthew, como o Homem Cinzento já sabia. O toque era uma canção da banda Iglu & Hartly que o Homem Cinzento conhecia, mas não podia aceitar. O Homem Cinzento já sabia onde estava Matthew Lynch: flutuando em um barco no rio com alguns garotos locais. Assim como o irmão mais velho, ele nunca ficava satisfeito em estar sozinho.

Declan deixou o telefone do irmão mais novo tocar por mais tempo do que precisava, os olhos fechados. Finalmente, encerrou a ligação e ligou para outro número. Ainda não era a emergência. Quem quer que fosse a pessoa, não atendeu. E quem quer que fosse a pessoa, deixou a expressão tensa de Declan ainda mais fechada. O Homem Cinzento podia ouvir o som baixinho do telefone tocando e tocando, então uma mensagem breve do correio de voz que ele não pôde captar.

Declan Lynch fechou os olhos e suspirou.

— Ronan, em que maldito lugar você se meteu?

3

— O problema é a exposição — disse Gansey ao telefone, meio aos gritos para ser ouvido por sobre o ruído do motor. — Se Glendower realmente pudesse ser encontrado apenas caminhando sobre a linha ley, não sei como ele não foi encontrado nos últimos séculos.

Eles estavam voltando para Henrietta no Pig, o Camaro antigo furiosamente laranja-avermelhado de Gansey. Ele o dirigia, pois, quando se tratava do Camaro, ele sempre dirigia. E a conversa era sobre Glendower, porque, quando você estava com Gansey, a conversa quase sempre era sobre Glendower.

No banco traseiro, a cabeça de Adam estava inclinada para trás de uma maneira que dava igual atenção à conversa ao telefone e à sua fadiga. No meio, Blue se inclinava para frente para ouvir melhor a conversa, enquanto tirava as sementes de grama da legging de crochê. Noah estava do seu outro lado, embora você nunca pudesse dizer se ele permaneceria corpóreo quanto mais eles se afastassem da linha ley. O carro estava apertado, mais apertado ainda naquele calor, com o ar-condicionado no máximo, o ar frio escapando por todas as rachaduras, no veículo cheio de rachaduras. O ar-condicionado do Camaro tinha apenas duas posições: ligado e quebrado.

Ao telefone, Gansey disse:

— Essa é a *única* coisa.

Ronan se recostou no vinil preto trincado do lado da porta do passageiro e mastigou as faixas de couro no pulso. Tinham gosto de gasolina, um sabor que lhe parecia sexy e o fazia lembrar do verão.

Para ele, Glendower só interessava às vezes. Gansey precisava encontrar Glendower porque queria uma prova do impossível. Ronan já sabia que o impossível existia. Seu pai havia sido impossível. *Ele* era impossível. Na maior parte do tempo, Ronan queria encontrar Glendower porque Gansey queria encontrar Glendower. Só às vezes ele pensava sobre o que aconteceria se realmente o descobrisse. Ele achou que poderia parecer muito com morrer. Quando Ronan era menor e mais tolerante em relação a milagres, ele considerara o momento da morte com um prazer rapsódico. Sua mãe lhe havia dito que, no momento em que você mirasse nos olhos de Deus e para os portões perolados, todas as perguntas que você tivera um dia na vida seriam respondidas.

Ronan tinha um monte de perguntas.

Despertar Glendower poderia ser assim. Um número menor de anjos presentes, e talvez um sotaque galês mais pronunciado. Um pouco menos de julgamento.

— Não, eu compreendo. — Gansey estava usando sua voz profissional de sr. Gansey, a que transmitia certeza e comandava ratos e crianças: *Vamos, vamos, sigam-me!* Havia funcionado com Ronan, de qualquer forma. — Mas, se levarmos em conta que Glendower foi despertado entre 1412 e 1420 e que sua tumba foi abandonada, o acúmulo de solo natural o teria escondido. Starkman acha que as camadas medievais de ocupação podem estar sob um acúmulo de sedimento de um metro e meio a cinco metros... Bem, eu *sei* que não estou em uma planície aluvial. Mas Starkman estava trabalhando com a hipótese de que... Certo, sim. O que você acha do GPR?

Blue olhou para Adam. Ele não levantou a cabeça enquanto traduzia em voz baixa.

— Radar de penetração no solo.

A pessoa do outro lado da linha era Roger Malory, um professor britânico formidavelmente velho com quem Gansey havia trabalhado quando esteve no País de Gales. Assim como Gansey, ele havia estudado as linhas ley durante anos. Diferentemente de Gansey, ele não as estava usando como um meio para encontrar um rei antigo. Em vez disso, ele parecia estudá-las como uma diversão de fim de semana, quando não havia desfiles para ver. Ronan não o conhecia pessoalmente e não fazia questão disso. O idoso o deixava ansioso.

— Gradiometria de fluxo? — sugeriu Gansey. — Nós já fizemos o avião decolar algumas vezes. Simplesmente não sei se veremos muito mais até o inverno, quando as folhas tiverem caído.

Ronan se mexeu ansiosamente. A demonstração bem-sucedida do avião o havia deixado hiperalerta. Ele tinha vontade de incendiar alguma coisa. Ele pressionou a mão diretamente sobre a ventilação do ar-condicionado para não morrer de calor.

— Você está dirigindo como uma velha.

Gansey gesticulou com uma mão, o símbolo universal para *Cala a boca*. Ao lado da autoestrada, quatro vacas pretas levantaram a cabeça para observar o Camaro passar.

Se eu estivesse dirigindo... Ronan pensou naquele molho de chaves do Camaro que ele tinha sonhado em realidade e enfiado em uma gaveta no seu quarto. Então deixou as possibilidades se desenrolarem lentamente em sua cabeça. Ele conferiu o telefone. Catorze chamadas perdidas. Ele o largou de volta na bolsa da porta.

— E um magnetômetro de prótons? — perguntou Gansey a Malory. Então acrescentou irritadamente: — Eu sei que isso é para detecção debaixo d'água. Eu iria usar *para* detecção debaixo d'água.

Fora água que encerrara os trabalhos hoje. Gansey decidira que o próximo passo em sua busca seria estabelecer os limites de Cabeswater. Eles só haviam entrado na floresta pelo lado leste e nunca haviam chegado às outras margens. Dessa vez, eles haviam adentrado a floresta bem ao norte de seus pontos de entrada anteriores, dispositivos voltados para o solo para alertá-los quando encontrassem o limite eletromagnético ao norte da floresta. Após uma caminhada de várias horas, o grupo havia chegado a um lago.

Gansey havia parado subitamente, surpreso. A questão não era a impossibilidade de atravessar o lago: ele cobria apenas alguns acres e o caminho em torno não apresentava perigo algum. E não era que o lago os tivesse impactado com sua beleza. Na realidade, em se tratando de um lago, ele era bastante sem graça: um reservatório artificialmente quadrado e afundado sobre um campo alagado. Gado ou ovelhas haviam criado um caminho enlameado ao longo de uma borda.

O que fez Gansey não dar nem mais um passo era o fato óbvio de que o lago fora feito pelo homem. A possibilidade de que partes da linha ley pudessem estar alagadas deveria ter ocorrido a ele antes. Mas não tinha. E, por alguma razão, embora não fosse impossível acreditar que Glendower ainda estivesse de alguma forma vivo após centenas de anos, era impossível acreditar que ele tivesse realizado esse feito debaixo de toneladas de água.

Gansey havia declarado:

— Precisamos encontrar uma maneira de olhar debaixo dele.

Adam havia respondido:

— Ah, Gansey, *fala sério*. As chances...

— Vamos olhar debaixo dele.

O avião de Ronan havia caído na água e flutuado, fora do alcance deles. Eles tinham caminhado o longo trajeto de volta até o carro. Gansey havia ligado para Malory.

Como se um velho enferrujado a cinco mil quilômetros daqui fosse ter alguma ideia brilhante, pensou Ronan.

Gansey desligou o telefone.

— E então? — perguntou Adam.

Gansey cruzou com o olhar de Adam no espelho retrovisor. Adam suspirou.

Ronan achou que eles provavelmente poderiam apenas dar a volta no lago. Mas isso significaria mergulhar de cabeça em Cabeswater. E, embora a floresta ancestral desse a impressão de ser o local mais provável para Glendower, a volatilidade vibrante da recém-desperta linha ley a tornara um pouco imprevisível. Mesmo Ronan, que pouco se importava se Glendower se livraria ou não de seu invólucro mortal, tinha de admitir que a perspectiva de ser pisoteado por feras ou acidentalmente sugado por um loop temporal de quarenta anos era intimidante.

Tudo isso era culpa de Adam — fora ele que despertara a linha ley, embora Gansey preferisse fingir que fora uma decisão do grupo. Qualquer que tenha sido o pacto feito por Adam para consegui-lo, o evento parecia tê-lo tornado um pouco imprevisível também. Ronan, ele mesmo um pecador, não estava tão impressionado com a transgressão quanto com a insistência de Gansey de que eles continuassem a fingir que Adam era um santo.

Gansey não era um mentiroso. A inverdade não caía bem nele.

O telefone de Gansey deu um trinado. Ele leu a mensagem antes de deixá-lo cair ao lado do câmbio, com uma exclamação abafada. Abruptamente melancólico, reclinou a cabeça tristemente contra o assento. Adam gesticulou para Ronan pegar o telefone, mas Ronan desprezava telefones mais do que quase todos os outros objetos no mundo.

Então ele ficou ali com as sobrancelhas erguidas, esperando.

Por fim, Blue se esticou para frente para pegá-lo. Ela leu a mensagem em voz alta:

— "Você poderia ser realmente útil esse fim de semana, se não for incômodo demais. A Helen pode te buscar. Desconsidere se tiver compromissos."

— Isso tem a ver com o Congresso? — perguntou Adam.

O som da palavra *Congresso* fez com que Gansey suspirasse pesadamente e instou Blue a sussurrar com uma ironia mortífera:

— Congresso!

Não fazia muito que a mãe de Gansey havia anunciado que estava concorrendo a deputada. Naqueles primeiros dias, a campanha ainda não havia influenciado Gansey diretamente, mas era inevitável que ele fosse chamado. Todos sabiam que o belo e íntegro Gansey, intrépido explorador adolescente e ótimo aluno, era uma carta que nenhum político promissor podia deixar de jogar.

— Ela não pode me forçar — disse Gansey.

— Ela não precisa — desdenhou Ronan. — Filhinho da mamãe.

— Sonhe uma solução para mim.

— Não é preciso. A natureza já te deu culhões. Sabe o que eu penso disso? Foda-se Washington.

— É por isso que *você* nunca precisa ir a esse tipo de evento — respondeu Gansey.

Na outra pista, um carro encostou ao lado do Camaro. Ronan, um conhecedor das batalhas de rua, notou-o primeiro. Um lampejo de tinta branca. Então uma mão estendida para fora da janela do motorista, um dedo médio exposto sobre o teto. O carro disparou e então se deixou alcançar, para depois disparar de novo.

— Jesus — exclamou Gansey. — É o Kavinsky?

É claro que era Joseph Kavinsky, colega da Academia Aglionby e o falsário amador mais conhecido de Henrietta. O infame Mitsubishi Evo de Kavinsky tinha uma beleza pueril. Branco como a lua, sua grade frontal era uma boca negra e voraz. Os dois lados do carro traziam a estampa imensa e extravagante de uma faca. O Mitsubishi tinha sido recém-liberado de uma temporada de um mês inteiro no pátio da polícia. O juiz havia lhe dito que, se ele fosse pego correndo nas ruas de novo, eles esmagariam o carro e o fariam ver isso, como faziam com os corredores de rua punks ricos lá na Califórnia. Dizem que Kavinsky achou graça e disse ao juiz que nunca mais seria pego.

E provavelmente não seria. O que se dizia pela cidade é que o pai de Kavinsky havia comprado o chefe de polícia de Henrietta.

Para celebrar a liberação do Mitsubishi do pátio, Kavinsky havia aplicado três camadas de tinta antilaser sobre os faróis e comprado um novo detector de radares.

Era o que se dizia pela cidade.

— Eu odeio esse imbecil — disse Adam.

Ronan sabia que deveria odiá-lo também.

A janela baixou para revelar Joseph Kavinsky no banco do motorista, os olhos escondidos atrás de óculos escuros com aro branco, que refletiam somente o céu. Os elos dourados da corrente em torno do pescoço reluziam um largo sorriso. Ele tinha o rosto de um refugiado, inocente e com olhos fundos.

Exibia um sorriso preguiçoso, e disse algo para Gansey que terminava com "uto".

Não havia nada a respeito de Kavinsky que não fosse desprezível.

O coração de Ronan disparou. Memória do músculo.

— Vai — ele instigou. A autoestrada, cinzenta e tostada pelo calor, estendia-se à frente deles. O sol inflamou o laranja-avermelhado do capô do Camaro, e, abaixo dele, o motor maciçamente envenenado e tragicamente subutilizado trovejava preguiçoso. Tudo a respeito da situação demandava o pé de alguém atolando um acelerador.

— Sei que você não está se referindo a um racha — disse Gansey sobriamente.

Noah deu uma risada rouca.

Gansey não cruzou o olhar com Kavinsky ou com o passageiro de Kavinsky, o onipresente Prokopenko. Este sempre fora próximo de Kavinsky, como um elétron de um núcleo, mas ultimamente parecia ter adquirido o status de cúmplice oficial.

— Vamos lá, cara — disse Ronan.

Com um tom sonolento e de menosprezo na voz, Adam disse:

— Não sei por que você acha que isso daria certo. O Pig está com uma carga de cinco pessoas...

— O Noah não conta — respondeu Ronan.

Noah disse:

— *Ei!*

— Você está *morto*. Você não pesa nada!

Adam continuou:

— ... nós estamos com o ar-condicionado ligado, e ele provavelmente está com o Evo, certo? Zero a cem em quatro segundos. O que esse aqui faz, zero a cem em cinco? Seis? É só fazer as contas.

— Eu já ganhei dele — disse Ronan. Havia algo de pavoroso a respeito de ver um racha se dissolver à sua frente. Ela estava *bem ali*, a adrenalina, esperando para acontecer. E logo Kavinsky. Cada centímetro da pele de Ronan formigava com uma expectativa inútil.

— Não naquele carro. Não no seu BMW.

— Naquele carro — contrapôs Ronan. — No meu BMW. Ele não dirige nada.

— Isso é irrelevante. Não vai acontecer. O Kavinsky é um bosta.

Na outra pista, Kavinsky perdeu a paciência, acelerou lentamente e foi embora. Blue viu o carro de passagem e exclamou:

— Ele! Ele não é um bosta. Ele é um *babaca*.

Por um momento, todos os garotos no Camaro ficaram em silêncio, contemplando como Blue poderia ter ficado sabendo que Joseph Kavinsky era um babaca. Não que ela estivesse errada, é claro.

— Está vendo? — disse Gansey. — A Jane concorda.

Ronan viu o rosto de Kavinsky de relance, olhando para trás, para eles, através dos óculos escuros. Julgando-os covardes. Ronan sentiu as mãos impacientes. Então o Mitsubishi branco de Kavinsky acelerou forte com uma nuvem indistinta de fumaça. Quando o Camaro chegou à saída para Henrietta, não havia sinal dele. O calor ondulava da autoestrada, fazendo uma miragem da memória de Kavinsky. Como se ele nunca tivesse existido.

Ronan afundou no banco, toda a luta sugada de seu corpo.

— Você nunca quer se divertir, seu velho.

— Isso não é diversão — disse Gansey, acionando a seta. — É confusão.

4

O Homem Cinzento nem sempre quis ser um capanga. Na realidade, ele tinha um diploma universitário em algo completamente não relacionado a bater em pessoas. Em determinado momento, havia até escrito um livro de relativo sucesso, chamado *A fraternidade em versos anglo-saxões*, leitura obrigatória em pelo menos dezessete cursos universitários país afora. O Homem Cinzento havia guardado cuidadosamente o maior número possível dessas listas de leitura dos cursos que conseguiu encontrar, e as colocou em uma pasta com esboços da capa, as provas do livro e duas cartas de agradecimento dirigidas a seu pseudônimo. Sempre que ele precisava de um pouco de carinho para o coração, tirava a pasta da gaveta ao lado da cama e olhava o conteúdo enquanto saboreava uma cerveja ou sete. Ele havia deixado a sua marca.

No entanto, por mais prazer que a poesia anglo-saxônica desse para o Homem Cinzento, ela lhe servia melhor como passatempo do que como carreira. Ele preferia um trabalho que pudesse realizar com pragmatismo, que lhe desse a liberdade de ler e estudar quando tivesse vontade. Então cá estava ele em Henrietta.

Era uma vida bastante aprazível no fim das contas, pensou o Homem Cinzento.

Após bater um papo com Declan Lynch, ele se registrou na Pousada Vale Aprazível, logo na saída da cidade. Era bastante tarde, mas Shorty e Patty Wetzel não pareciam se importar.

— Quanto tempo você vai ficar conosco? — perguntou Patty, passando uma xícara para o Homem Cinzento com um galo mal desenhado. Ela olhou para a bagagem dele no hall: uma sacola estilo militar cinza e uma maleta de capa dura cinza.

— Para começar, umas duas semanas — respondeu o Homem Cinzento. — Quinze dias em sua companhia. — O café estava incrivelmente ruim. Ele tirou a jaqueta cinza-clara para revelar uma camiseta cinza-escura com gola V. O casal Wetzel contemplou seus ombros e seu peito subitamente revelados. Ele perguntou: — Vocês não teriam algo mais forte?

Com uma risadinha, Patty amavelmente tirou três Coronas da geladeira.

— Não queremos parecer uns bêbados, mas... limão?

— Limão — concordou o Homem Cinzento. Por um momento, não se ouviu ruído algum, a não ser o de três adultos gozando mutuamente de uma bebida alcoólica após um longo dia. Os três emergiram do outro lado do silêncio definitivamente amigos.

— Duas semanas? — perguntou Shorty.

O Homem Cinzento estava absolutamente fascinado pela maneira como Shorty formava as palavras. A premissa mais básica do sotaque de Henrietta parecia envolver a combinação das cinco vogais da língua inglesa em quatro.

— Por aí. Não tenho certeza de quanto tempo esse contrato vai durar.

Shorty coçou a barriga.

— O que você faz?

— Sou assassino de aluguel.

— Anda difícil encontrar trabalho, não é?

O Homem Cinzento respondeu:

— Acho que teria a mesma dificuldade como contador.

Os Wetzel realmente gostaram dessa. Após alguns minutos de riso caseiro, Patty se aventurou:

— Você tem olhos tão intensos!

— Herdei da minha mãe — ele mentiu. Se havia alguma coisa que ele havia herdado de sua mãe era a incapacidade de conseguir um bronzeado.

— Mulher de sorte! — disse Patty.

Os Wetzel não tinham um hóspede havia várias semanas, e o Homem Cinzento se deixou ser o foco daquela recepção intensa por aproximadamente uma hora até se despedir do casal com outra Corona. Quando a porta se fechou atrás dele, os Wetzel eram apoiadores convictos do Homem Cinzento.

Muitos problemas do mundo, ele pensou, eram resolvidos meramente pela decência humana.

A casa nova do Homem Cinzento era o porão inteiro da mansão. Ele caminhou lentamente pelas vigas expostas, espiando por cada porta aberta. O espaço estava tomado por colchas e berços antigos e retratos obscurecidos de crianças vitorianas já falecidas. Cheirava a duzentos anos de presunto defumado. O Homem Cinzento gostava de sentir o passado. Havia um monte de galos, no entanto.

Voltando ao primeiro quarto, ele abriu a sacola que deixara ali. Separou as calças, os produtos de higiene e os artefatos roubados enrolados em cuecas longas, até chegar aos aparelhos menores que estivera usando para detectar o Greywaren. Na janelinha alta ao lado da cama, colocou um detector de frequência eletromagnética, um rádio velho e um geofone, e então desembrulhou um sismógrafo, um receptor de mensuração e um laptop da maleta. Tudo isso havia sido fornecido pelo professor. Quando deixado à vontade, o Homem Cinzento usava ferramentas de localização mais primitivas.

No momento, os indicadores e as leituras estavam variando loucamente. Haviam lhe dito que o Greywaren causava anormalidades de energia, mas isso era simplesmente... ruído. Ele reiniciou os instrumentos que tinham botões para reiniciar e sacudiu os que não tinham. As leituras seguiram sem fazer sentido. Talvez fosse a própria cidade — o lugar inteiro parecia carregado. Era possível, ele pensou sem muito espanto, que os instrumentos se mostrassem inúteis.

Eu tenho tempo, no entanto. A primeira vez que o professor o havia inteirado desse trabalho, ele soara impossível: uma relíquia que permitia que o proprietário tirasse objetos de sonhos? É claro, ele tentara acreditar nisso. Magia e intriga — como nas sagas. E, no tempo decorrido desde aquele primeiro encontro, o professor havia adquirido incontáveis outros artefatos que não deveriam existir.

O Homem Cinzento tirou uma pasta da sacola e a abriu sobre a cama. A primeira folha era o programa de um curso: história medieval, parte 1. Leitura obrigatória: *A fraternidade em versos anglo-saxões*. Deslizando um par de fones de ouvido, programou um set de canções dos Flaming Lips. Ele se sentiu genuinamente feliz.

Ao lado dele, o telefone tocou. O arroubo de alegria do Homem Cinzento foi encerrado ali mesmo. O número na tela não era de Boston e, portanto, não era o seu irmão mais velho. Então ele atendeu.

— Boa noite — disse.

— É mesmo? Imagino que sim. — Era o dr. Colin Greenmantle, o professor que pagava o seu aluguel. O único homem com olhos mais intensos que os do Homem Cinzento. — Sabe o que facilitaria ligar para você? Se eu soubesse o seu nome, para que pudesse dizê-lo.

O Homem Cinzento não respondeu. Greenmantle passara cinco anos sem o seu nome; poderia passar mais cinco. Eventualmente, pensou o Homem Cinzento, se resistisse a usá-lo por tempo suficiente, ele mesmo talvez esquecesse o próprio nome e virasse outra pessoa.

— Você o encontrou? — perguntou Greenmantle.

— Eu acabei de chegar — lembrou-o o Homem Cinzento.

— Você podia simplesmente ter respondido à pergunta. Podia ter dito *não*.

— *Não* é diferente de *ainda não*.

Agora foi Greenmantle quem ficou em silêncio. Um grilo trinou lá fora, perto da janelinha. Por fim, ele disse:

— Eu quero que você aja rápido dessa vez.

Por um bom tempo, o Homem Cinzento estivera caçando coisas que não podiam ser encontradas, não podiam ser compradas, não podiam ser adquiridas, e seus instintos estavam lhe dizendo que o Greywaren não era algo que ele encontraria rapidamente. Ele lembrou a Greenmantle que já se iam cinco anos desde que ele começara a procurar por ele.

— Irrelevante.

— Por que a pressa agora?

— Existem outras pessoas procurando por ele.

O Homem Cinzento lançou um olhar para os instrumentos. Ele não estava ansioso para deixar Greenmantle arruinar sua exploração tranquila de Henrietta.

Ele disse o que Declan Lynch já sabia.

— Sempre existiram outras pessoas procurando por ele.

— Elas nem sempre estiveram em Henrietta.

5

Mais tarde aquela noite, de volta à Indústria Monmouth, Ronan acordou. Ele acordou como um marinheiro que devesse afundar o navio, arremetendo contra as rochas, sem nenhuma cautela, tão rápido quanto podia, preparado para o impacto.

Ronan sonhara que dirigia de volta para casa. O caminho de volta para a Barns era sinuoso como o filamento de uma lâmpada, repleto de elevações íngremes e curvas fechadas através do terreno irregular. Aquelas não eram as montanhas e os contrafortes cultivados de Gansey. Aquelas colinas a leste de Singer's Falls eram bolsões de mata fechada, elevações súbitas e precipícios rasgando as florestas rochosas. A cerração subia delas e as nuvens caíam sobre elas. Quando chegava, a noite na Barns era bem mais escura que a noite em Henrietta.

Ronan tinha sonhado esse trajeto repetidamente, mais vezes do que já o dirigira na vida real. As estradas na escuridão absoluta, a velha fazenda subitamente aparecendo, a única luz, eterna, no quarto com sua mãe calada. Mas, em seu sonho, ele nunca chegava em casa.

Ele não havia chegado dessa vez, também. Mas havia sonhado algo que queria trazer de volta.

Na cama, ele lutou para se mexer. Logo depois de acordar, após sonhar, seu corpo não pertencia a ninguém. Ele o olhava de cima, como uma pessoa em um funeral. O exterior dessa versão matutina de Ronan não parecia nem um pouco como ele se sentia por dentro. Qualquer coisa que não se empalasse na linha afiada da boca cruel desse garoto adormecido ficaria emaranhada nas garras impiedosas de sua tatuagem e seria arrastada para baixo da pele, para ali se afogar.

Às vezes, Ronan achava que ficaria preso desse jeito, flutuando do lado de fora do corpo.

Quando ele estava desperto, Ronan não podia ir à Barns. Quando Niall Lynch morrera — fora morto, não morrera, espancado até a morte com uma chave de roda que ainda estava largada ao seu lado quando Ronan o encontrou, ainda coberta com seu sangue e cérebro e boa parte de seu rosto, um rosto que estivera vivo talvez apenas uma hora antes, duas horas antes, enquanto Ronan sonhava a metros dali, uma noite inteira de sono, um feito nunca mais repetido —, um advogado havia explicado os detalhes do testamento de seu pai para eles. Os irmãos Lynch eram ricos, príncipes da Virgínia, mas eram exilados. Todo o dinheiro era deles, mas com uma condição: os garotos jamais poderiam colocar os pés na propriedade de novo. Eles não teriam acesso à casa nem aos bens dentro dela.

Incluindo sua mãe.

"Isso nunca será aceito por um tribunal", havia dito Ronan. "Nós devemos contestar esse testamento."

Declan dissera: "Não importa. A mamãe não é nada sem ele. Melhor irmos embora".

"Nós precisamos lutar", insistira Ronan.

Declan já havia se virado para ir embora. "Ela não vai lutar."

Ronan podia mexer os dedos. Seu corpo era seu novamente. Ele sentiu a superfície de madeira fria da caixa em suas mãos, as pulseiras de couro sempre presentes deslizando na direção das palmas. Sentiu as arestas e os vales das letras entalhadas na caixa. As reentrâncias das gavetas e das peças móveis. O pulso ficou acelerado, a emoção da criação. O espanto censurado de fazer algo do nada. Não era das tarefas mais fáceis tirar algo de um sonho.

Não era das tarefas mais fáceis tirar apenas uma coisa de um sonho.

Até trazer um lápis de volta era um pequeno milagre. Trazer qualquer coisa dos seus pesadelos — ninguém, a não ser Ronan sabia dos terrores que habitavam sua mente. Pragas e demônios, conquistadores e feras.

Ronan não tinha segredo mais perigoso do que esse.

A noite se agitava dentro dele. Ele se abraçou na caixa, recuperando o domínio de seus pensamentos de novo. Agora ele estava começando a tremer um pouco. Então se lembrou do que Gansey havia dito: *Que criatura incrível você é.*

Criatura era uma boa palavra para ele, pensou Ronan. *Que diabos eu sou?*

Talvez Gansey estivesse acordado.

Ronan e Gansey sofriam de insônia, embora tivessem soluções muito diferentes para ela. Quando Ronan não conseguia — ou não queria — dormir, ele ouvia música ou bebia ou ia para a rua procurar confusão com carros. Ou as três coisas juntas. Quando Gansey não conseguia dormir, ele estudava o diário abarrotado em que compilara todas as coisas relativas a Glendower ou, quando estava cansado demais para ler, usava uma caixa de cereal e uma lata de tinta para acrescentar outro prédio à maquete de meio metro de altura de Henrietta que ele havia construído. Nenhum dos dois poderia realmente ajudar o outro a conciliar o sono. Mas às vezes era melhor simplesmente saber que você não era o único acordado.

Ronan saiu do quarto, caminhando em silêncio com Motosserra no braço. Como era de esperar, Gansey estava sentado de pernas cruzadas na Rua Principal, lentamente acenando um pedaço de papelão recém-pintado na direção do ar-condicionado. À noite, ele parecia particularmente pequeno ou o armazém parecia particularmente grande. Iluminado apenas pela luminária pequena que ele havia colocado no chão ao lado do diário, o quarto se abria acima, uma caverna de feiticeiro cheia de livros, mapas e equipamentos de observação montados em tripés. A noite batia negra contra as centenas de vidraças, tornando-as apenas mais uma parede.

Ronan colocou a caixa de madeira que ele sonhara havia pouco ao lado de Gansey e recuou para a outra extremidade da minúscula rua.

Gansey parecia antiquado e erudito com os óculos de aro fino para noite equilibrados na ponta do nariz. Ele olhou de Ronan para a caixa e da caixa para Ronan e não disse nada. Mas tirou um de seus tampões de ouvido enquanto continuava a correr uma linha de cola ao longo de uma junção miniatura.

Estalando um osso no pescoço, Ronan deixou Motosserra solta para se divertir. Ela conseguiu virar a cesta de lixo e vasculhar o conteúdo. Era um processo barulhento, farfalhando como uma secretária no trabalho.

O cenário parecia familiar e desgastado pelo tempo. Os dois estavam morando em Monmouth praticamente desde que Gansey chegara a Henrietta — quase dois anos. É claro, o prédio não parecera assim no início. Ele fora apenas uma das muitas fábricas e armazéns abandonados no vale. Eles nunca chegaram a ser demolidos. Foram apenas esquecidos. A Indústria Monmouth não era diferente.

Mas então Gansey tinha chegado à cidade com aquele sonho maluco e seu Camaro ridículo, e havia comprado o prédio com dinheiro vivo. Ninguém mais reparou na compra, embora passassem dirigindo por ali todos os dias. O prédio estava coberto de azevém e trepadeiras, e Gansey o salvou.

No outono após Ronan e Gansey terem se tornado amigos, naquele verão antes de Adam, eles tinham passado metade do tempo livre caçando Glendower e a outra metade carregando lixo para fora do segundo andar. O chão estava forrado de rolos lascados de pintura. Fios pendiam do teto como cipós de uma floresta. Tábuas lascadas formavam telheiros sobre mesas irreconhecíveis de uma era nuclear. Os garotos queimaram o lixo no estacionamento tomado pela grama alta até os policiais pedirem para eles pararem, e então Gansey explicara a situação e os policiais saíram de seus carros para ajudar a terminar o trabalho. Na época, isso havia surpreendido Ronan; ele não havia percebido ainda que Gansey era capaz de persuadir até o sol a parar e lhe dizer as horas.

Eles trabalharam em Glendower e na Indústria Monmouth durante meses. Na primeira semana de junho, Gansey encontrou uma estátua sem cabeça de um pássaro com *rei* entalhado na barriga, em galês. Na segunda semana, eles ligaram um refrigerador no banheiro do andar de cima, bem ao lado da privada. Na terceira semana, alguém matou Niall Lynch. Na quarta semana, Ronan se mudou para lá.

Ajeitando uma varanda feita de caixa de cereal, Gansey perguntou:

— Qual foi a primeira coisa que você trouxe de um sonho? Você sempre teve consciência disso?

Ronan se sentiu lisonjeado com o interesse.

— Não. Foi um monte de flores. A primeira vez.

Ele se lembrou daquele sonho — uma mata antiga e assombrada. Flores azuis e mosqueadas pendiam das árvores que sussurravam enquanto ele caminhava com uma companhia frequente em seus sonhos. Então um espectro enorme abrira caminho através do dossel, súbito como uma nuvem de tempestade. Tomado pelo terror e pela certeza de que aquela força estranha queria a *ele*, somente a ele, Ronan pegara qualquer coisa que estivesse ao seu alcance antes de ser ceifado.

Quando acordou, ele segurava um polpudo punhado de flores azuis de um tipo que ninguém vira antes. Ronan tentou, agora, explicá-las a Gansey, o estame equivocado, o aveludado das pétalas. A impossibilidade delas.

Mesmo para Gansey, ele não conseguia admitir a alegria e o terror do momento. O pensamento angustiante: *Eu sou que nem o meu pai.*

Enquanto Ronan falava, os olhos de Gansey estavam semicerrados, virados para a noite. Sua expressão desatenta era de assombro ou dor; com Gansey, muitas vezes eram a mesma coisa.

— Aquilo foi um acidente — argumentou Gansey, fechando a cola.

— Agora você consegue fazer de propósito?

Ronan não conseguia decidir se deveria exagerar sua maestria ou enfatizar a dificuldade da tarefa.

— Às vezes eu consigo controlar o que trago, mas não consigo escolher sobre o que eu sonho.

— Me conte como funciona. — Gansey se endireitou para pegar uma folha de hortelã do bolso, então a colocou na língua e falou em torno dela. — Vamos lá, passo a passo. O que acontece?

Dos arredores do cesto de lixo, veio o ruído expiatório de um corvo pequeno rasgando um envelope grande de lado a lado.

— Primeiro — respondeu Ronan —, vou pegar uma cerveja.

Gansey lhe lançou um olhar fulminante.

A verdade era que nem Ronan compreendia o processo muito bem. Ele sabia que tinha algo a ver com *como* ele dormia. Os sonhos eram mais dóceis quando ele bebia. Eram menos ansiosamente tensos e mais doces, suscetíveis a uma manipulação cuidadosa até que, de uma hora para outra, terminavam.

Ele estava quase dizendo isso, mas o que saiu de sua boca foi:

— Na maioria das vezes eles são em latim.

— Como?

— Sempre foram. Eu simplesmente não sabia que era latim até ficar mais velho.

— Ronan, não há razão para isso — disse Gansey severamente, como se Ronan tivesse jogado um brinquedo no chão.

— Descobriu a América, Sherlock. Mas é assim.

— Os seus... os seus pensamentos são em latim? Ou os diálogos? As outras pessoas falam em latim? Tipo, eu apareço nos seus sonhos?

— Ah, sim, baby.

Ronan se divertiu ao dizer isso, e muito. Ele riu tanto que Motosserra abandonou a destruição de papéis para ver se ele não estava morrendo. Ronan sonhava às vezes com Adam também, taciturno, elegante e fluentemente desdenhoso das tentativas de Ronan de se comunicar em sonho.

Gansey insistiu.

— E eu falo latim?

— Cara, você fala latim na vida real. Essa não é uma boa comparação. Tá bom, sim, você fala se estiver no sonho. Mas normalmente são estranhos. Ou os sinais... os sinais são em latim. E as árvores falam latim também.

— Como em Cabeswater.

Sim, como em Cabeswater. Na velha conhecida Cabeswater, embora Ronan decerto não tenha estado lá antes daquela primavera. Ainda assim, chegar lá pela primeira vez parecera um sonho que ele esquecera.

— Coincidência — disse Gansey, porque não era, e porque tinha de ser dito. — E quando você quer algo?

— Se eu quiser algo, eu tenho que estar, tipo, consciente o bastante para saber que eu quero aquilo. Quase desperto. E eu tenho que realmente querer. E então eu tenho que *segurar* o objeto. — Ronan estava prestes a usar o exemplo das chaves do Camaro, mas pensou melhor. — Eu tenho que segurar não como em um sonho, mas como se fosse real.

— Não entendi.

— Não posso fingir que estou segurando. Eu tenho que realmente segurar o objeto.

— Eu ainda não estou entendendo.

Nem Ronan entendia, mas não sabia como dizer melhor. Por um momento ficou em silêncio, pensando. Nenhum som era ouvido, a não ser Motosserra voltando para o chão para bicar o envelope.

— Olha, é como um aperto de mãos — ele disse por fim. — Sabe quando um cara estende a mão para te cumprimentar e você nunca o encontrou antes, e ele deixa a mão ali, e você simplesmente sabe, naquele momento um pouco antes do cumprimento, se a mão dele vai estar suada ou não? É tipo assim.

— Então o que você está dizendo é que não consegue explicar como acontece.

— Eu *expliquei*.

— Não, você usou substantivos e verbos juntos de um jeito agradável, mas sem sentido.

— Eu *expliquei* — insistiu Ronan, tão ferozmente que Motosserra bateu as asas, certa de que estava se metendo em confusão. — É um pesadelo, cara... É que nem quando você sonha que foi mordido e, ao acordar, seu braço dói. É *assim*.

— Ah — disse Gansey. — Ele dói?

Às vezes, quando ele tirava algo de um sonho, era uma adrenalina tão sem sentido que deixava o mundo real sem brilho e chato por horas. Às vezes, ele não conseguia mover as mãos. Às vezes, Gansey o encontrava e achava que ele estava bêbado. Às vezes, ele realmente estava.

— Isso quer dizer sim? Falando nisso, o que você tem aí?

Gansey tinha pegado a caixa de madeira. Quando virou uma das rodas, um dos botões do outro lado afundou.

— Uma caixa quebra-cabeça.

— O que isso significa?

— E eu vou saber? Era assim que ela chamava no sonho.

Gansey olhou para Ronan por cima dos óculos.

— Não use esse tom de voz *comigo*. Você não faz a menor ideia?

— Acho que serve para traduzir coisas. Era isso que ela fazia no sonho.

De perto, os entalhes eram letras e palavras. Os botões eram tão pequenos e as letras tão precisas que era impossível ver como ela teria sido feita. Também era impossível saber como as rodas de caracteres poderiam ter sido fixadas na caixa sem emendas, no grão raiado e multicolorido da madeira.

— Latim daquele lado — observou Gansey, virando a caixa. — Grego aqui. O que é isso? Sânscrito, eu acho. Ou será copta?

— E quem vai saber como é o copta? — disse Ronan.

— Você, pelo visto. Tenho quase certeza que é isso. E esse lado com as rodas somos nós. Bom, nosso alfabeto, quero dizer, e ele está configurado para palavras em inglês. Mas o que é esse lado? O resto são línguas mortas, mas não reconheço esta.

— Olha — disse Ronan, colocando-se de pé. — Você está complicando demais. — E, caminhando lentamente até Gansey, pegou a caixa, girou algumas das rodas do lado inglês, e imediatamente os botões dos outros lados começaram a se mover e a trocar de posição. Alguma coisa a respeito do seu progresso não fazia sentido.

— Isso me dá dor de cabeça — disse Gansey.

Ronan mostrou o lado em inglês para ele. As letras formavam *árvore*. Ele a virou para o lado do latim. As letras tinham trocado e formavam *bratus*. Então, virando para o lado grego, δένδρον.

— Então, ela traduziu o inglês para todas essas outras línguas. Isso é "árvore" em todas elas. Ainda não sei que língua é essa. *T'ire?* Isso soa como... — Exausto, Gansey parou por aí, com o conhecimento de esquisitices linguísticas esgotado. — Meu Deus, estou cansado.

— Então vá dormir.

Gansey o olhou espantado. Era um olhar que perguntava como Ronan, de todas as pessoas no mundo, poderia ser tão estúpido a ponto de pensar que o sono era uma coisa que podia ser alcançada de maneira tão simples.

— Então vamos dar uma volta até a Barns — disse Ronan.

Gansey o olhou novamente espantado. Era um olhar que perguntava como Ronan, de todas as pessoas no mundo, poderia ser tão estúpido a ponto de pensar que Gansey concordaria com algo tão ilegal com tão pouco sono.

— Então vamos buscar um suco de laranja — disse Ronan.

Gansey considerou. Olhou para onde estavam as chaves na mesa ao lado de seu vaso de hortelã. O relógio ao lado dele, um modelo antigo repelentemente feio que Gansey havia encontrado largado ao lado de uma lata no depósito de lixo, dizia *3:32*.

— Tudo bem — disse Gansey.

E foram buscar o suco.

6

— Você é uma vagabunda inacreditável ao telefone — disse Blue.

Sem se ofender, Orla respondeu:

— Você só está com inveja porque *esse* não é o seu trabalho.

— Não estou.

Sentada no chão da cozinha de sua mãe, Blue encarou a prima mais velha enquanto ela amarrava o sapato. Orla pairava acima dela com uma camisa espantosa tanto pelo aperto quanto pela estampa viva. A abertura da calça boca de sino era larga o suficiente para esconder pequenos animais. Ela desenhou um hipnótico oito com o telefone acima de Blue.

O telefone em questão era a linha de atendimento mediúnico que operava do segundo andar da Rua Fox, 300. Por um dólar o minuto, os clientes tinham direito a um exame bondoso de seus arquétipos — um exame ligeiramente mais bondoso se Orla atendesse — e uma série de sugestões cuidadosas sobre como melhorar o seu destino. Todas na casa se revezavam atendendo o telefone. Todas, como Orla estava destacando, menos Blue.

O trabalho de verão de Blue não exigia absolutamente nenhuma percepção extrassensorial. Na realidade, trabalhar no Nino's seria provavelmente insuportável se ela possuísse algo mais do que cinco sentidos. Geralmente, Blue tinha uma política de não fazer coisas que desprezava, mas ela desprezava trabalhar no Nino's e mesmo assim não deixava o emprego. Nem tinha sido despedida, aliás. Atender mesas exigia paciência, um sorriso permanente e convincente e a capacidade de sempre oferecer a outra face enquanto mantinha os copos de refrigerante zero cheios. Blue possuía apenas um desses atributos em qualquer dado momento, e nunca era o que ela precisava. Não ajudava que a clientela do Nino's fosse na maior parte de garotos da Aglionby, que muitas vezes achavam que a grossura era um tipo mais intenso de flerte.

O problema é que o emprego pagava bem.

— Ah, por favor — disse Orla. — Todo mundo sabe por que você está tão irritada.

Blue se levantou para encarar a prima. Tirando o nariz grande, Orla era bonita. Tinha um cabelo castanho longo coroado com uma faixa bordada, um rosto longo com um piercing no nariz e um corpo longo tornado mais longo ainda por sapatos plataforma. Mesmo de pé, Blue — que passava só um pouco de um metro e meio — alcançava apenas o pescoço moreno de Orla.

— Eu não me importo em ser ou não médium. — O que era parcialmente verdade. Blue não invejava a mediunidade de Orla. Ela invejava sua capacidade de ser diferente sem nem fazer esforço. Blue tinha de se esforçar. Muito.

Acenando o telefone mais uma vez, ela disse:

— Não minta para mim, Blue. Eu consigo ler a sua *mente*.

— *Não* consegue — respondeu Blue seriamente, pegando a carteira coberta de botões do balcão. Só porque ela não era médium não significava que não fizesse ideia do processo. Ela olhou de relance para o relógio no fogão. Quase tarde. Praticamente tarde. Em cima da hora. — Diferentemente de algumas pessoas, minha autoestima não está ligada à minha ocupação.

— Ooooooh — folgou Orla, andando pelo corredor a passos largos, imitando uma cegonha. Ela trocou o sotaque de Henrietta por uma versão gloriosamente aborrecida do Velho Sul. — Alguém tem saído demais com Richard Campbell Gansey, o terceiro. *Minha autoestima não está ligada à minha ocupação.* — Essa última parte foi dita com a interpretação mais exagerada possível do sotaque de Gansey. Ela soava como um Robert E. Lee bêbado.

Blue passou por Orla em direção à porta.

— Isso foi porque eu falei que você parecia uma vagabunda ao telefone? Não retiro o que eu disse. Ninguém precisa ouvir o futuro naquela voz que você faz. Mãe, fala pra Orla me deixar em paz. Eu preciso ir.

Do seu canto na sala de leitura, Maura ergueu o olhar. Ela era uma versão ligeiramente mais alta que a filha, seus traços divertidos onde os de Blue pareciam ansiosos.

— Você está indo para o Nino's? Venha, pegue uma carta.

Apesar de estar atrasada, Blue não conseguia resistir. *Só vai levar um instante.* Desde pequena, ela adorava o ritual da leitura de uma única carta. Diferentemente do elaborado método da cruz celta de abrir as cartas de tarô que sua mãe usava normalmente com os clientes, a leitura da carta única que ela fazia para Blue era divertida, afetuosa e breve. Não era tanto uma experiência mediúnica quanto uma história para ninar de trinta segundos em que Blue sempre era a heroína.

Blue se juntou à mãe, seu reflexo pontiagudo obscuramente visível no brilho fosco da mesa. Sem tirar os olhos das cartas de tarô, Maura segurou carinhosamente a mão de Blue e abriu uma carta aleatoriamente.

— Ah, aí está.

Era o pajem de copas, a carta que Maura sempre dizia que a fazia lembrar de Blue. Nesse baralho, o desenho era de um rapaz com um rosto jovial segurando uma taça coberta de pedras preciosas. O naipe de copas representava relações — amor e amizade —, e o pajem representava possibilidades novas que renderiam frutos. Essa história de ninar em particular era uma que Blue tinha ouvido inúmeras vezes antes. Ela podia antecipar exatamente o que sua mãe diria em seguida: *Veja todo o potencial que ela tem dentro de si!*

Blue a interrompeu.

— Quando o potencial passa a ser realidade?

— Ah, Blue.

— Não me venha com "Ah, Blue" — disse a garota, soltando a mão da mãe. — Só quero saber quando isso vai deixar de ser um potencial e começar a ser algo mais.

Maura recolocou rapidamente a carta no baralho.

— Você quer a resposta que vai gostar ou a real?

Blue pigarreou. Havia apenas uma resposta que ela sempre quis.

— Talvez você já seja algo mais. Você torna os outros médiuns tão poderosos apenas estando perto. Talvez o potencial que você consiga tirar das outras pessoas seja o seu algo mais.

Blue soubera a vida inteira que ela era uma raridade. E era muito bacana ser útil, mas não era o suficiente. Não era *algo mais*, sua alma pensou.

— Não vou ser uma coadjuvante — disse ela, muito friamente.

No corredor, Orla a imitou, com o néctar sulista de Gansey:

— *Não vou ser uma coadjuvante*. Você devia parar de andar com milionários, então.

Maura fez um *tsss* mal-humorado entre os dentes.

— Orla, você não tem uma ligação para fazer?

— Não importa. Vou trabalhar — disse Blue, tentando evitar que as palavras de Orla a afetassem. Mas era verdade que ela parecia muito mais descolada na escola do que cercada por médiuns e garotos ricos.

Não, ela pensou. *A questão não é essa. A questão diz respeito ao que eu faço, não ao que eu sou.*

No entanto, aquela era uma situação um pouco delicada. Fora muito mais fácil com Adam, o mais pobre da turma, que se parecia mais com ela. Agora ela sentia como se tivesse algo para provar. Os outros eram o Time Poder, e esperava-se que ela fosse o Time Criatividade ou algo assim.

Sua mãe acenou uma carta em despedida.

— Tchau. Você vai vir para o jantar? Vou preparar crise da meia-idade.

— Ah — disse Blue —, acho que vou querer um pouco. Se você já estiver cozinhando.

Quando Blue chegou ao Nino's, descobriu que Gansey, Adam, Noah e Ronan já tinham tomado conta de uma das mesas grandes nos fundos. Como ela não pudera ir aos garotos, eles haviam trazido a discussão sobre Glendower até ela.

Ha!, ela pensou. *Engole essa, Orla!*

Adam e Gansey estavam sentados em um banco rachado e cor de laranja junto à parede. Noah e Ronan estavam sentados nas cadeiras de frente para eles. Uma caixa de madeira repousava sob a luz da luminária verde que pendia do teto. Um batalhão de dicionários de língua estrangeira a cercava.

Com esforço, Blue comparou sua imagem atual dos garotos com a primeira vez que os tinha visto. Eles não eram apenas estranhos então, eram o inimigo. Era difícil lembrar vê-los daquele jeito. Qualquer que fosse a sua crise de identidade, ela parecia vir de casa, não dos garotos.

Blue não tinha previsto isso.

Ela trouxe uma jarra de chá gelado para a mesa.

— O que é isso?

— Jane! — disse Gansey alegremente.

— É um feiticeiro em uma caixa — disse Adam.

— Ele faz a sua lição de casa — acrescentou Noah.

— E está saindo com a sua namorada — terminou Ronan.

— Vocês estão bêbados? — ralhou Blue.

Eles desconsideraram a pergunta e, em vez disso, demonstraram animadamente os princípios da caixa de madeira. Ela ficou menos surpresa do que a maioria das pessoas ficaria ao descobrir que se tratava de uma caixa de tradução mágica. E mais surpresa ao descobrir que os garotos haviam tido a precaução de trazer os dicionários.

— A gente queria saber se ela estava sempre certa — disse Gansey. — E pelo visto está.

— Esperem um pouco — respondeu Blue, deixando os garotos para pegar o pedido de bebidas de um casal na mesa catorze. Ambos queriam chá gelado.

O Nino's era injustamente famoso pelo chá gelado — havia até um cartaz na janela proclamando que ali se servia o melhor em Henrietta —, apesar de Blue poder atestar o fato de que o processo de preparação do chá era absolutamente comum. *Garotos corvos devem ser presas fáceis para a propaganda*, ela pensou.

Quando voltou, ela se inclinou sobre a mesa ao lado de Adam, que tocou o seu pulso. Ela não sabia o que fazer em resposta. Tocá-lo de volta? O momento tinha passado. Ela se ressentia de seu corpo por não lhe dar a resposta correta. Então perguntou:

— Aliás, que língua é aquela?

— Não sabemos — disse Gansey, sem tirar o canudo da boca. — Por que o chá é tão bom aqui?

— Eu cuspo nele. Me deixe ver essa coisa.

Blue pegou a caixa. Ela tinha um certo peso, como se você fosse encontrar os mecanismos para todos aqueles discos dentro dela. Na realidade, parecia bastante com o diário de Gansey sobre Glendower. Ela havia sido prodigamente sonhada — não o que ela esperaria de Ronan.

Com dedos cuidadosos sobre os discos lisos e frios, Blue moveu as rodas do lado inglês da caixa de maneira que eles formassem *blue*. Botões baixaram e rodas giraram dos outros lados da caixa, fluidos e silenciosos.

Blue a virou lentamente para ler de cada lado: *hyacinthus*, ⱮⱳⱮⱷⱮⱷ, नील, *celea*. Um lado estava em branco.

Gansey apontou cada lado para ela.

— Latim, copta, sânscrito, algo que não sabemos e... isso deveria ser grego. Não é esquisito que esse lado esteja em branco?

— Não. Os gregos antigos não tinham uma palavra para azul — disse Ronan.

Todos na mesa olharam para ele.

— Que diabos, Ronan? — disse Adam.

— É difícil imaginar — refletiu Gansey — como essa educação clássica evidentemente bem-sucedida nunca parece dar as caras nos seus trabalhos de escola.

— Eles nunca fazem as perguntas certas — respondeu Ronan.

Na frente do restaurante, a porta se abriu. Era responsabilidade de Blue sentar o grupo novo, mas ela se deixou ficar na mesa, franzindo o cenho para a caixa.

— Eu tenho uma pergunta pertinente. Qual é a língua desse lado? — ela disse.

A expressão de Ronan era petulante. Gansey inclinou a cabeça para o lado.

— Não sabemos.

Blue apontou para Ronan, que curvou o lábio.

— *Ele* sabe. Em algum lugar ali. Tenho certeza.

— Você não sabe de merda nenhuma — disse Ronan.

Houve a mais breve das pausas. Era verdade que esse tipo de veneno não era extraordinário partindo de Ronan. Mas fazia um bom tempo que ele não era usado de maneira tão vigorosa em relação a Blue. Ela se empertigou, o corpo todo formigando.

Então Gansey disse, muito lentamente:

— Ronan, essa foi a última vez que você falou com a Jane desse jeito.

Tanto Adam quanto Blue encararam Gansey, que concentrava o olhar no guardanapo. Não era o que ele havia dito, mas a maneira como não olhara para ninguém quando o dissera, que tornava o momento estranho.

Sentindo as bochechas esquisitamente quentes, Blue disse a Gansey:

— Não preciso que você me defenda. Não *pense* — e isso era dirigido a Ronan — que vou deixar você falar comigo desse jeito. Especialmente quando você estiver irado porque eu estou certa.

Enquanto se virava para ir até a entrada do restaurante, Blue ouviu Adam dizer "Você é um *babaca*" e Noah rir. Ela se deprimiu quando viu quem estava no balcão da recepção: Joseph Kavinsky. Ele era inconfundível, o tipo de garoto corvo claramente importado de outro lugar. Tudo a respeito de sua estrutura facial — o nariz comprido, os olhos fundos com pálpebras pesadas, o arco escuro das sobrancelhas — era completamente diferente dos rostos do Vale aos quais ela tinha se acostumado. Assim como muitos outros garotos corvos, ele usava óculos escuros enormes, cabelo espetado, um brinco pequeno, uma corrente em torno do pescoço e uma camiseta regata branca. Mas, diferentemente dos outros garotos corvos, ele aterrorizava Blue.

— Oi, boneca — ele a cumprimentou. E já estava parado próximo demais, mexendo-se ansiosamente. Ele estava sempre se mexendo. Havia algo errático e vulgar a respeito da linha cheia de seus lábios, como se ele fosse engoli-la se chegasse perto o suficiente. Ela odiava o cheiro dele.

Ele era infame, mesmo na escola dela. Se você quisesse algo para passar nos exames, ele tinha. Se quisesse um atestado falso, ele podia conseguir. Se quisesse algo para prejudicar a si mesmo, ele era isso.

— Eu não sou uma boneca — disse Blue friamente, pegando um cardápio laminado. Seu rosto estava queimando de novo. — Mesa para um?

Mas ele não estava ouvindo. Ele girou sobre os calcanhares, empinando o queixo para ver quem mais estava no restaurante. Sem olhar para ela de novo, disse:

— Minha turma já está aqui.

E se afastou, como se ela nunca tivesse estado ali.

Ela não sabia direito se não conseguia perdoar Kavinsky porque ele sempre a fazia se sentir tão insignificante, ou a si mesma por saber o que iria acontecer e mesmo assim não ser capaz de se proteger.

Blue colocou o cardápio de volta no balcão da recepção e ficou parada ali por um segundo, odiando a todos, odiando o seu trabalho, sentindo-se estranhamente humilhada.

Então respirou fundo e completou o chá da mesa catorze.

Kavinsky foi direto até a mesa grande nos fundos, e todos os outros garotos mudaram de posição drasticamente. Adam olhava para a mesa com desinteresse estudado. Noah, manchado, afundou a cabeça nos ombros, mas não conseguia tirar os olhos do recém-chegado. Gansey ficou de pé, apoiado na mesa, e havia algo ameaçador em vez de respeitoso quanto a isso. Ronan, no entanto, foi quem passou pela maior transformação. Embora sua posição casual — braços cruzados — continuasse a mesma, seus ombros estavam fechados com uma tensão visível. Algo em seus olhos era feroz e vivo, do mesmo jeito que estavam quando ele lançara o avião no campo.

— Eu vi o seu carro na frente — disse Kavinsky para Gansey. — E lembrei que tinha algo para o Lynch.

Rindo, largou um montinho mirrado e emaranhado diante de Ronan.

Ronan olhou o presente, uma sobrancelha erguida em um gesto de magnífico desdém. Recostando-se, ele puxou um dos fios para revelar uma coleção de pulseiras idênticas às que ele sempre usava.

— Que legal, cara. — Ronan ergueu uma, como um espaguete. — Vai com qualquer coisa.

— Que nem a sua mãe — concordou Kavinsky, bem-humorado.

— O que eu faço com elas?

— Eu é que sei? Só pensei em você. Passe adiante — respondeu Kavinsky. Ele colocou a palma da mão na cabeça raspada de Ronan e a esfregou. Ronan parecia pronto para mordê-lo. — Bom, vou cair fora. Coisas pra fazer. Aproveitem o seu clubinho do livro, senhoras.

Ele nem olhou para Blue quando saiu. *Ele não dar em cima de você é uma coisa boa*, ela disse para si mesma, sentindo-se invisível, impossível de ser vista. *Será que é assim que o Noah se sente?*

Gansey disse:

— A única coisa que me dá alguma alegria é imaginar a loja de carros usados onde ele vai trabalhar quando tiver trinta anos.

De cabeça baixa, Ronan seguiu estudando as tiras de couro. Uma das mãos era um punho. Blue se perguntou qual seria o significado real do presente de Kavinsky. E se perguntou se Ronan o sabia.

— Como eu disse — murmurou Gansey. — Confusão.

7

O Homem Cinzento odiava o carro que havia alugado. Ele tinha a clara impressão de que o carro não fora usado tempo suficiente por seres humanos quando jovem, e agora a convivência com ele jamais seria agradável. Desde que o pegara, o carro já tentara mordê-lo várias vezes e passara uma quantidade de tempo considerável resistindo a seus esforços para chegar ao limite de velocidade.

Além disso, era champanhe. Uma cor ridícula para um carro.

Ele o teria trocado por outro, mas o Homem Cinzento fazia questão de não chamar atenção, se pudesse. O carro alugado anterior havia adquirido uma mancha lamentável e possivelmente incriminadora no banco de trás. Melhor colocar alguma distância entre eles.

Após carregar zelosamente o carro com as máquinas e os indicadores de Greenmantle, o Homem Cinzento partiu para procurar uma agulha em um palheiro elétrico. Ele não se importava muito que as luzes piscando, os alarmes zunindo e as agulhas apontando para todo lado não estivessem pintando um mapa coerente para o Greywaren. Henrietta tinha charmes consideráveis. O centro era povoado por lanchonetes deliciosamente gordurosas e lojas de quinquilharias explicitamente caseiras, varandas abauladas e colunas quadradas, todos os prédios desgastados, mas arrumados como bibliotecas. Ele espiou pela janela do carro enquanto dirigia. Moradores locais sentados em cadeiras nas varandas espiaram de volta.

As leituras continuaram a não fazer sentido, então ele estacionou a Monstruosidade Champanhe na loja de conveniência da esquina, que alardeava ter o MELHOR SANDUÍCHE DE ATUM DA CIDADE! Ele pediu um sanduíche e um milk shake para uma senhora de lábios vermelhos, e, quando se apoiou no balcão de aço inoxidável, a luz caiu.

A senhora de lábios vermelhos usou um punho carnudo para bater na máquina de milk shake agora parada e praguejou com um sotaque delicado que fez o xingamento soar carinhoso. Ela assegurou:

— Vai voltar logo.

Todas as prateleiras e cartazes de boas-vindas e produtos farmacêuticos pareciam sinistros e apocalípticos na luz indireta das janelas da frente.

— Isso acontece sempre?

— Desde essa primavera, sim, senhor. A luz cai. Às vezes temos picos de energia também, estoura os transformadores e tudo pega fogo. As luzes do estádio ligam também, lá na Aglionby, quando não tem ninguém jogando. Com certeza aqueles garotos terríveis se foram para o verão. Bem, a maioria deles. Mas o senhor não veio para ficar, não é?

— Algumas semanas.

— Então estará aqui para o Quatro de Julho.

O Homem Cinzento teve de puxar um calendário mental. Ele não celebrava muitos feriados.

— Venha para a festa na cidade — ela disse, dando no milk shake aguado uma mexida sem muita vontade. — Tem uma vista boa dos fogos de artifício do prédio do tribunal. Não se deixe enganar pelos outros lugares.

— Os fogos que as pessoas lançam de casa?

— Os fogos da Aglionby — ela disse. — Alguns daqueles garotos estouram um monte de coisas com que não deveriam estar mexendo. Aterrorizam as senhoras mais idosas. Não sei por que o chefe de polícia não impede ele.

— Ele?

O Homem Cinzento estava interessado em como o plural *os fogos da Aglionby* subitamente havia se tornado um *ele*.

Ela parecia perdida em um devaneio, observando os carros passarem lentamente pelas grandes janelas de vidro. Então continuou:

— Provavelmente é culpa da CEEH. Eles sabem que a fiação está velha, mas trocam os fios? Não.

Ele piscou com a súbita mudança na conversa.

— CEEH?

— Como? Ah, Companhia de Energia Elétrica de Henrietta. — Só que, com o sotaque dela, o nome soava mais como *Cõmpãnhia de Energiiia Lééétrica de Henretta*. Como se invocada por sua voz, a eletricidade voltou. — Ah, aí está ela de novo. Eu disse que não precisava se preocupar.

— Ah — disse o Homem Cinzento, com um olhar de relance para as luzes fluorescentes que crepitavam acima. — Eu não estava preocupado.

Ela deu uma risadinha. Um riso absolutamente satisfeito e deliberado.

— Imagino que não.

O sanduíche de atum estava bom. Era o único que ele comera desde que chegara, então ele não podia dizer se era o melhor da cidade.

Ele seguiu dirigindo. Casas em estilo vitoriano deram lugar a campos quando ele entrou na autoestrada, passando por celeiros com torres e fazendas brancas, cabras ativas e picapes abandonadas. Tudo estava pintado na mesma paleta de cores: verdes avermelhados e vermelhos esverdeados; até o lixo parecia ter saído das colinas íngremes. Apenas as montanhas pareciam fora de lugar, fantasmas azuis em cada horizonte.

Deixando o Homem Cinzento um tanto surpreso, os medidores de Greenmantle pareciam estar chegando a um consenso.

Eles o levaram para outra estrada vicinal. Excursionistas e caixas de correio se projetavam do solo.

Seu telefone tocou.

Era seu irmão.

O estômago do Homem Cinzento se revirou.

O telefone tocou só duas vezes. *Chamada perdida*. Seu irmão nunca tivera a intenção que ele atendesse; ele só queria isto: que o Homem Cinzento parasse o carro e ficasse na dúvida se deveria retornar a ligação. Que ele ficasse na dúvida se o irmão ligaria de novo. Desfazendo os nós em suas entranhas.

Finalmente, um labrador retriever latindo na porta o chamou de volta à realidade. Ele fechou o telefone no porta-luvas, fora de sua vista.

De volta aos instrumentos de Greenmantle.

Eles o levaram a uma casa amarela com uma garagem aberta vazia. Com o frequencímetro em uma mão e um magnetômetro de césio na outra, ele saiu para o calor e seguiu o campo de energia.

Então baixou a cabeça para passar por um varal de roupa desolado. Havia uma casinha de cachorro, mas nenhum cachorro. O ar tinha o cheiro seco e complexo de um milharal, mas não havia nenhum milharal. Ele foi sinistramente lembrado do presságio da loja de conveniência com as luzes apagadas.

No quintal dos fundos, havia uma horta ambiciosa onde sete fileiras impecáveis floresciam — tomates, ervilhas, feijões e cenouras de primeira. As quatro fileiras seguintes não eram tão produtivas. Enquanto ele seguia a luz cada vez mais frenética do frequencímetro, as fileiras ficavam cada vez mais decaídas. As últimas três eram meramente faixas de terra não cultivada apontando para os campos distantes. Algumas vinhas ressequidas se enrolavam em paus de bambu, meros esqueletos.

Os instrumentos guiaram o Homem Cinzento para uma roseira plantada do outro lado das fileiras mortas, diretamente na frente da cobertura de concreto de um poço. Diferentemente das vinhas secas, as rosas estavam hipervivas. Acima de um tronco verde comum, dúzias de brotos retorcidos cresciam como garras dos galhos velhos, contorcendo-se firmemente uns nos outros. Cada galho alterado estava tingido pelo vermelho berrante da vegetação nova; sinistramente, parecia correr sangue por eles. Os brotos novos se encrespavam com espinhos vermelhos malevolentes.

O resultado desse crescimento furioso era evidente nos nós enegrecidos dos ramos acima. Morta. A rosa estava crescendo para a morte.

O Homem Cinzento ficou impressionado com o profundo *equívoco* daquilo.

Algumas ondas dos medidores confirmaram que a energia estava centrada diretamente na roseira ou no chão abaixo dela. Uma anomalia de energia poderia explicar aquele hediondo crescimento excessivo. Ele não via, no entanto, como aquilo poderia estar ligado ao Greywaren. A não ser que...

Olhando de relance para a casa, ele largou as máquinas e levantou a tampa do poço.

O frequencímetro gritou, cada luz furiosamente vermelha. A leitura do magnetômetro deu um pico extraordinário.

Uma corrente de ar frio saía em espiral da abertura impenetravelmente escura. Ele tinha uma lanterna no carro, mas o Homem Cinzento achava que ela não daria nem para começar a penetrar aquelas profundezas. Ele ponderou o que seria necessário para retirar um objeto escondido em um poço, se fosse necessário.

Tão subitamente quanto tinham começado, ambas as máquinas caíram em um silêncio absoluto.

Sobressaltado, ele experimentou agitá-las — nada. Carregou-as em torno da roseira. Nada. Segurou-as sobre o poço. Nada. Qualquer que tenha sido a alta súbita de energia que o trouxera até ali, ela tinha ido embora.

Era possível, ele pensou, que o Greywaren fosse algo que funcionava em pulsos, e que ele simplesmente havia desligado em seu esconderijo no poço.

Mas era mais possível, ele pensou, que aquilo tivesse a ver com o probleminha da CEEH. Os mesmos picos de energia que afetavam a eletricidade do estádio podiam estar em ação ali. Escapando daquela fonte de água. De alguma maneira envenenando aquela rosa enegrecida.

O Homem Cinzento recolocou a tampa do poço, secou um brilho de suor da nuca e se endireitou.

Ele tirou uma foto da roseira com o celular. E então voltou para o carro.

8

Adam Parrish tinha problemas maiores que os sonhos de Ronan. Para começo de conversa, sua casa nova. Ultimamente, ele vivia em um quarto minúsculo acima da reitoria da Igreja de Santa Inês. Todo o lugar havia sido construído no fim do século XVIII e isso era visível. Adam constantemente batia a cabeça contra o teto inclinado e cravava lascas de madeira letais nos pés com meias. Todo o aposento tinha aquele cheiro de casas muito antigas — mofo no estuque, pó na madeira e flores esquecidas. Ele havia mobiliado o espaço: um colchão fino da Ikea sobre o chão descoberto, caixas plásticas e de papelão como mesas de cabeceira e escrivaninha, um tapete encontrado à venda por três dólares.

Não era nada, mas era o nada de Adam Parrish. Como ele o amava e o odiava. Como tinha orgulho dele, quão lamentável ele era.

O nada de Adam Parrish não tinha ar-condicionado. Não havia como escapar do calor de um verão na Virgínia. Ele estava suficientemente familiarizado com a sensação do suor escorrendo por dentro da calça.

E então havia os três empregos temporários que pagavam a sua anuidade na Aglionby. Ele estava acumulando horas de trabalho agora para poder ter um outono mais tranquilo quando a escola começasse. Ele passou só duas horas no emprego mais fácil — Boyd's Body & Paint Ltda., substituindo pastilhas de freio, trocando óleo e encontrando o que estava fazendo aquele ruído estridente ali, não, *ali* — e agora, embora estivesse de folga, estava imprestável para qualquer outra atividade. Grudento e dolorido e, acima de tudo, cansado, sempre cansado.

Luzinhas dançavam no canto da visão enquanto ele acorrentava a bicicleta à escada do lado de fora de seu quarto. Passando o dorso da mão na testa suada, subiu a escada e percebeu que Blue estava esperando lá em cima.

Blue Sargent era bonita de um jeito fisicamente doloroso para ele. Ele era maluco por ela. Ela estava sentada com as costas apoiadas na porta, de legging de renda e uma túnica feita de uma camiseta rasgada dos Beatles tamanho extragrande. Estava conferindo preguiçosamente as ofertas da semana do supermercado no celular, mas colocou o aparelho no chão quando o viu.

O único problema é que Blue era outra coisa que o incomodava. Ela era como Gansey, no sentido de que queria que ele se explicasse. O que você *quer*, Adam? Do que você *precisa*, Adam? *Quer* e *precisa* eram palavras que se haviam desgastado mais e mais: liberdade, autonomia, um saldo bancário perene, um apartamento de aço inoxidável em uma cidade sem pó, um carro negro sedoso, dar uns amassos na Blue, oito horas de sono, um telefone celular, uma cama, beijar Blue apenas uma vez, um calcanhar sem bolhas, bacon para o café da manhã, segurar a mão de Blue, uma hora de sono, papel higiênico, desodorante, um refrigerante, um minuto para fechar os olhos.

O que você *quer*, Adam?

Me sentir desperto quando meus olhos estão abertos.

— Oi — ela disse. — Tem carta para você.

Ele sabia. Já tinha visto o envelope ignorado e fechado, adornado com a crista de um corvo da Academia Aglionby. Por dois dias estivera passando por ele, como se o envelope pudesse desaparecer se ele o ignorasse. Ele já tinha recebido as notas, e o envelope não era gordo o suficiente para conter informações sobre o baile de gala trimestral para levantar fundos. Poderia ser apenas um jantar de ex-alunos ou a propaganda de um álbum de fotografia. A escola estava sempre mandando avisos sobre oportunidades para incrementar a experiência da Aglionby. Acampamentos de verão e aulas de voo, anuários de luxo e artigos personalizados com o brasão do corvo. Estes, Adam jogava fora. Eles eram dirigidos aos olhos dos pais ricos, em casas com a foto emoldurada de seus filhos.

Mas, dessa vez, ele não achou que fosse uma notificação para um baile de arrecadação de fundos.

Ele se inclinou para pegá-lo, então hesitou, os dedos na maçaneta.

— Você vai entrar? Preciso de um banho.

Houve um instante de silêncio. *Era mais fácil antes*, pensou Adam subitamente, *quando a gente não se conhecia.*

Blue disse:

— Pode ir tomar o seu banho. Não me importo. Só pensei em dar uma passada para dizer oi antes do trabalho.

Ele enfiou a chave na fechadura e abriu a porta para os dois. Eles pararam no meio do quarto, o único lugar em que podiam ficar de pé sem abaixar a cabeça.

— Então — ela disse.

— Então — ele disse.

— Alguma novidade no trabalho?

Adam se esforçou para pensar em uma história engraçada. Sua mente era uma caixa que ele esvaziava ao cabo de seus turnos no trabalho.

— Ontem, o Boyd me perguntou se eu queria ser o técnico dele para a próxima temporada. De rally.

— O que isso quer dizer?

— Que eu teria um emprego depois que eu me formar. Eu ficaria na estrada seis ou sete semanas por ano. — Na realidade, fora uma oferta lisonjeira. A maioria dos mecânicos que viajava com Boyd trabalhava para ele há muito mais tempo que Adam.

— Você não aceitou — Blue tentou adivinhar.

Ele olhou de relance para ela. Adam não conseguia fazer uma leitura de Blue tão facilmente como fazia com Gansey. Ele não sabia dizer se ela estava satisfeita ou desapontada.

— Eu vou fazer faculdade. — Ele não acrescentou que não estava se matando na Aglionby para acabar como um mecânico de luxo. Isso poderia ter sido o bastante um dia, se ele não tivesse tomado conhecimento de todas as oportunidades que existiam por aí. Se ele não tivesse crescido ao lado da Academia Aglionby. Se você nunca tivesse visto as estrelas, velas eram o suficiente.

Ela cutucou com o dedo do pé uma bomba de combustível que estava sendo reformada e que repousava sobre jornais.

— Ãhã.

Havia algo ali, escondendo-se atrás da sua resposta, alguma tensão particular. Ele tocou o rosto dela.

— Tem algo errado?

Não era muito justo. Ele sabia que o toque dele distrairia a ambos da questão. Como esperado, Blue fechou os olhos. Ele pressionou a palma sobre a face fria dela, então, após uma pausa, desceu pelo pescoço. Sua mão estava hiperconsciente do que sentia: os cabelos soltos na base do pescoço de Blue, a ligeira aderência da pele dela, uma memória do sol, o caroço da garganta dela se movendo enquanto ela engolia.

Ele a capturou com a outra mão, puxando-a para perto. Cuidadosamente. Agora ela estava pressionada contra ele, próxima o suficiente para ele se sentir envergonhado da camisa suada. O queixo de Adam repousava sobre o topo da cabeça dela. Os braços de Blue soltos em torno dele; ele sentiu a respiração dela aquecer o tecido de sua camisa. Ele não podia esquecer que o osso de seu quadril estava pressionado contra ela.

Não era suficiente. Ele doía por dentro. Mas havia uma linha que ele não podia ultrapassar, e ele nunca tinha certeza de onde ela começava. Certamente estava próximo dela. Ele se sentiu perigoso e agitado.

Então os dedos de Blue pressionaram cautelosamente as costas dele, sentindo a sua espinha. Ele não tinha ido longe demais, então.

Ele se inclinou para beijá-la.

Blue se desvencilhou dos braços dele. Na realidade, ela tropeçou na pressa de se afastar e bateu a cabeça no teto inclinado.

— Eu disse *não* — ela arfou, a mão segurando a parte de trás do crânio.

Algo o machucou.

— Tipo, *seis* semanas atrás.

— Ainda é não!

Eles se encararam, ambos magoados.

— Só... — ela disse — Só sem beijar.

Ele ainda estava machucado. Sua pele era uma constelação de terminações nervosas.

— Eu não entendo.

Blue tocou os lábios como se eles *tivessem* sido beijados.

— Eu te *disse*.

Ele só queria uma resposta. Queria saber se era ele ou se era ela. Ele não sabia como perguntar, mas o fez de qualquer jeito.

— Aconteceu... alguma coisa com você?

O rosto dela ficou sem expressão por um momento.

— O quê? Ah. *Não*. Precisa ter uma razão? A resposta é simplesmente não! Isso não basta?

A resposta correta era sim. Ele sabia disso. Mas a resposta real era que ele queria saber se tinha bafo, ou se ela só estava fazendo aquilo por ele ter sido o primeiro a lhe pedir, ou se tinha outro impedimento que ele não estava considerando.

— Vou tomar uma ducha — ele disse. Adam tentou não soar como se ainda estivesse magoado, mas estava e deixou transparecer. — Você vai estar aqui quando eu voltar? A que horas começa o seu turno?

— Vou te esperar. — Blue tentou não soar como se estivesse magoada, mas estava e deixou transparecer.

Enquanto Blue folheava alguns mapas que ele tinha sobre a mesa de cabeceira de plástico, Adam ficou debaixo do chuveiro frio até seu coração baixar a fervura. *O que você quer, Adam?* Nem ele sabia. De dentro do velho boxe inclinado, ele captou uma meia-imagem de si mesmo no espelho e se sobressaltou. Por um momento, algo a respeito de seu próprio reflexo lhe pareceu errado. Os olhos grandes e o rosto magro o espiaram de volta, perturbados, mas nada extraordinários.

E, de uma hora para outra, ele estava pensando em Cabeswater de novo. Alguns dias ele sentia que não pensava em mais nada. Ele não tivera muitas coisas na vida que lhe pertencessem de verdade, só a ele e a ninguém mais, mas agora tinha: essa barganha. Havia se passado pouco mais de um mês desde que Adam oferecera seu sacrifício a Cabeswater a fim de despertar a linha ley. Todo o ritual parecera vertiginoso e surreal em sua mente, como se ele observasse a si mesmo atuar em uma tela de televisão. Adam havia ido absolutamente preparado para fazer um sacrifício. Mas ele não estava muito certo a respeito de como esse sacrifício específico que eventualmente faria havia chegado até ele: *Eu serei suas mãos. Eu serei seus olhos.*

Até aquele momento, nada havia acontecido, não realmente. O que era quase pior. Ele era um paciente com um diagnóstico que não conseguia compreender.

No chuveiro, coçou a pele morena de verão com a unha do polegar. A linha da sua unha foi do branco para o vermelho inflamado em um instante, e, enquanto ele a estudava, ocorreu-lhe que havia algo esquisito a respeito do fluxo de água sobre a sua pele. Como se estivesse em câmera lenta. Ele seguiu a queda de água até a saída do chuveiro e passou um minuto inteiro observando-a jorrar do metal. Seus pensamentos eram uma confusão de gotas translúcidas se segurando ao metal e chuva se soltando de folhas verdes.

Ele piscou.

Não havia nada esquisito a respeito da água. Não havia folhas. Ele precisava dormir um pouco antes que fizesse algo estúpido no trabalho.

Saindo do chuveiro, com dor nas costas, nos ombros e na alma, Adam se secou e se vestiu lentamente. No fim das contas, ele temia — esperava? — que Blue tivesse ido embora, mas, quando abriu o banheiro, secando o cabelo, descobriu que ela estava parada na porta, conversando animadamente com alguém.

Pois a visitante era a senhora da secretaria da Santa Inês, o cabelo preto crespo pela umidade. Ela provavelmente tinha um título oficial que Ronan sabia — secretária do convento ou algo assim —, mas Adam a conhecia apenas como sra. Ramirez. Ela parecia fazer tudo o que uma igreja precisava para continuar funcionando, fora rezar a missa.

Incluindo a coleta do cheque de aluguel mensal de Adam.

Quando a viu, Adam sentiu um aperto no estômago. Ele não tinha dúvida de que seu último cheque voltara. Ela lhe diria que os fundos eram insuficientes, e Adam lutaria para colocar dinheiro no buraco que se abria em sua conta, e então teria de pagar uma taxa por cheque devolvido para o banco e outra para a sra. Ramirez, ficando ainda mais desfalcado para o aluguel do mês seguinte, num círculo vicioso patético e interminável.

Com a voz fina, ele perguntou:

— O que eu posso fazer pela senhora?

A expressão dela mudou. Ela não tinha certeza de como dizer o que precisava ser dito.

Os dedos de Adam se fecharam no batente da porta.

— Ah, querido — ela disse. — Só vim avisar você sobre o aluguel do seu quartinho aqui.

Não aguento mais, ele pensou. *Chega. Por favor, não aguento mais.*

— Bem, foi feita uma nova... auditoria fiscal — ela começou. — Nesse prédio. E você sabe que cobramos de você como uma organização sem fins lucrativos. Então nós... o seu aluguel vai mudar. Ele tem que continuar a mesma porcentagem dos... hum... custos do prédio. E vai ficar duzentos dólares mais barato.

Adam ouviu *duzentos* e definhou. Então ouviu o resto e achou que não havia compreendido direito.

— Mais barato? Por ano?

— Por mês.

Blue parecia encantada, mas Adam não conseguia aceitar bem que seu aluguel tivesse simplesmente caído em dois terços. Dois mil e quatrocentos dólares por ano, subitamente liberados. Seu sotaque hesitante de Henrietta escapou antes que ele pudesse impedir.

— Qual a razão mesmo para a mudança?

— Auditoria fiscal. — Ela riu da suspeita dele. — Em geral, quando se fala em impostos, não são boas notícias, não é?

Ela esperou que Adam respondesse, mas ele não sabia o que dizer. Por fim, disse:

— Obrigado, senhora.

Enquanto Blue fechava a porta, ele derivou de volta para o centro do quarto. Ainda não conseguia acreditar no que havia acontecido. Não, ele *não* acreditaria. Simplesmente não fazia sentido. Ele pegou a carta da Aglionby. Deixando-se cair no colchão fino, finalmente a abriu.

O conteúdo era realmente bastante fino, apenas uma carta com espaçamento simples na letra da Aglionby. Não foi preciso muito para transmitir a mensagem. A matrícula do ano seguinte iria subir para cobrir custos adicionais, mas sua bolsa não. Eles sabiam que o aumento na matrícula representaria uma dificuldade para ele, e que ele era um aluno excepcional, mas precisavam lembrá-lo, com a maior generosidade possível, que a lista de espera para a Aglionby era bastante longa, repleta de garotos excepcionais com condições de pagar toda a matrícula. Concluindo, eles lembraram ao sr. Parrish que cinquenta por cento da matrícula do próximo ano precisava ser paga até o fim do mês para que ele garantisse a vaga.

A diferença na matrícula daquele ano para o próximo era de dois mil e quatrocentos dólares.

Esse número de novo. Não podia ser coincidência.

— Você quer falar sobre isso? — perguntou Blue, sentando-se ao lado dele.

Ele não queria falar sobre isso.

Gansey devia estar por trás de tudo aquilo. Ele sabia que Adam jamais aceitaria dinheiro dele, então bolou tudo isso. Persuadiu a sra. Ramirez a aceitar um cheque e criar uma auditoria fiscal para cobrir seus rastros. Gansey devia ter recebido uma notificação de matrícula igual dois dias atrás. O aumento não significaria nada para ele.

Por um breve momento, ele imaginou a vida que Gansey levava. As chaves do carro no bolso. Os sapatos novinhos nos pés. O olhar descuidado para as contas mensais. Elas não poderiam prejudicar Gansey. Nada poderia prejudicá-lo; pessoas que diziam que o dinheiro não podia comprar tudo não tinham visto ninguém tão rico quanto os garotos da Aglionby. Eles eram intocáveis, imunes aos problemas da vida. Apenas a morte não podia ser resolvida com um cartão de crédito.

Um dia, pensou Adam miseravelmente, *um dia isso serei eu.*

Mas essa artimanha não estava certa. Ele jamais teria pedido a ajuda de Gansey. Adam não tinha certeza de como ele teria coberto o aumento da matrícula, mas não era *assim*, não com o dinheiro de Gansey. Ele imaginou a cena: um cheque dobrado, colocado apressadamente no bolso, olhares que não se cruzavam. Gansey aliviado porque Adam finalmente usara a cabeça. Adam incapaz de dizer obrigado.

Ele percebeu o olhar de Blue o observando, os lábios apertados, o cenho franzido.

— Não olhe para mim desse jeito — ele disse.
— De que jeito? Não posso me preocupar com você?

A irritação transparecia na voz dele.

— Não quero a sua pena.

Se ele não permitia que Gansey tivesse pena dele, certamente o mesmo se aplicava a Blue. Ela e Adam estavam no mesmo barco, afinal de contas. E ela não estava a caminho do trabalho, o mesmo lugar de onde ele acabara de chegar?

— Então não seja digno de pena.

A raiva cresceu dentro dele e o tomou por completo no mesmo instante. Era uma emoção binária nos Parrish. Não existia ficar um pouco irado. Era nada ou então isso: a fúria absoluta.

— O que é digno de pena a meu respeito, Blue? Me conte o que é digno de pena. — Ele se pôs de pé em um salto. — Será que é porque eu trabalho para conseguir tudo o que tenho? É isso que me torna digno de pena e o Gansey não? — Ele sacudiu a carta. — É porque isso não me foi *dado*?

Ela não recuou, mas algo fervilhou em seus olhos.

— Não.

A voz de Adam era terrível; ele a ouviu.

— *Eu não quero a sua maldita pena.*

O rosto dela estava chocado.

— O que você disse?

Ela estava olhando para a caixa que servia de mesa de cabeceira para ele. De alguma maneira, a caixa foi parar longe da cama. Um lado ficou bastante amassado, as coisas que estavam ali guardadas se espalharam violentamente pelo chão. Só agora ele se lembrou do ato de chutar a caixa, mas não da *decisão* de chutá-la.

A raiva não tinha sido desligada ainda.

Por um longo momento, Blue o encarou e então se levantou.

— Tenha cuidado, Adam Parrish. Porque um dia você talvez consiga o que pediu. Talvez existam garotas em Henrietta que deixem você falar desse jeito, mas eu não sou uma delas. Agora eu vou me sentar naquela escada até a hora do meu turno. Se você conseguir ser... ser *humano* antes disso, venha me buscar. Se não, nos falamos mais tarde.

Ela se abaixou um pouco para não bater a cabeça e então fechou a porta atrás de si. Teria sido mais fácil se ela tivesse simplesmente gritado ou chorado. Em vez disso, as palavras riscavam como uma pedra de isqueiro dentro dos pensamentos dele, de novo e de novo, mais uma fagulha e outra. Ela era tão ruim quanto Gansey. *Para onde ela pensa que vai?* Quando ele se formar e fugir desse lugar, e Blue ainda estiver presa aqui, ela vai se sentir idiota a respeito disso tudo.

Adam queria abrir a porta e gritar isso para ela.

Mas se segurou onde estava.

Depois de um tempo, ele se acalmou e viu que a sua raiva era uma coisa separada dentro dele, um presente-surpresa sombrio de seu pai. Ele se acalmou e lembrou que, se esperasse um pouco mais e analisasse cuidadosamente como se sentia, a emoção perderia a inércia. Era assim com a dor física. Quanto mais ele tentasse decidir mentalmente o que estava por trás da dor, menos seu cérebro parecia capaz de se lembrar dela.

Então ele pôs de lado a raiva dentro de si.

Era assim que ele se sentia, perguntou-se Adam, *quando agarrava a manga da minha blusa no momento em eu estava saindo pela porta? Era isso que o fazia enfiar a minha cara na porta da geladeira? Era assim que ele se sentia quando passava pela porta do meu quarto? Era contra isso que ele lutava todas as vezes em que lembrava que eu existia?*

Adam se acalmou e percebeu que não era nem com Blue que estivera bravo. Ela só tivera o azar de estar parada na zona de impacto quando ele explodiu.

Adam nunca escaparia, não de verdade. Havia sangue ruim demais nele. Ele havia deixado o covil, mas sua criação o traía. E ele sabia por que era digno de pena. Não era porque ele tinha de pagar pela escola ou porque tinha de trabalhar para se sustentar. Era porque ele estava tentando ser algo que jamais poderia ser. O fingimento era digno de pena. Ele não precisava de um diploma. Ele precisava de Glendower.

Algumas noites ele conciliava o sono imaginando como colocaria em palavras seu pedido para Glendower. Ele precisava chegar exatamente nas palavras certas. Agora ele as rolava de um lado para o outro na boca, desesperadamente procurando por uma que o confortasse. Ordinariamente, as palavras iam e vinham em sua mente, mas dessa vez tudo que ele conseguia pensar foi: *Me conserte*.

Subitamente, ele capturou outra imagem.

Em seguida, pensou: *O que isso quer dizer?* É impossível *capturar* uma imagem. E ele certamente não o fizera mais de uma vez. Mas a sensação persistiu, uma ideia que ele tinha visto de relance, ou sentido, ou lembrado algum movimento no canto do olho. Um instantâneo capturado logo atrás de seus olhos.

Adam tinha um sentimento estranho, desconcertante, de que não podia confiar em seus sentidos. Como se ele estivesse sentindo o gosto de uma imagem, ou cheirando um sentimento, ou tocando um som. Da mesma maneira que alguns minutos atrás, a ideia de que ele tinha visto um reflexo ligeiramente diferente de si mesmo.

As preocupações anteriores de Adam desapareceram, substituídas por uma preocupação mais imediata por aquele corpo maltrapilho que ele fazia andar por aí. Ele já tinha sido atingido muitas vezes. Já perdera a audição do ouvido esquerdo. Talvez algo mais tivesse sido destruído em uma daquelas noites tensas e miseráveis.

Então ele capturou outra imagem.

E se virou.

9

Quando Adam ligou, Ronan, Noah e Gansey estavam na Dollar City em Henrietta, matando tempo. Teoricamente, eles estavam ali atrás de baterias. Na prática, estavam ali porque tanto Blue quanto Adam tinham de trabalhar, a ira informe de Ronan sempre ficava pior à noite e a Dollar City era uma das poucas lojas em Henrietta que permitiam animais de estimação.

Gansey atendeu o telefone enquanto Ronan examinava um pacote de apagadores no formato de jacarés. Os animais fosforescentes tinham um sortimento de seis expressões de perplexidade. Noah tentou inclinar a boca para combinar com elas, enquanto Motosserra, enfiada na dobra do braço de Ronan, o olhava desconfiada. No fim do corredor, a atendente olhava para Motosserra com igual desconfiança. Quando a Dollar City dissera "Bichos de estimação são bem-vindos", ela não tinha certeza se isso incluía pássaros carniceiros.

Ronan estava aproveitando e muito o olhar petulante da atendente.

— Alô? Ah, oi — disse Gansey ao telefone, tocando um caderno com uma arma impressa na capa. O *Ah, oi* fora acompanhado por uma mudança definitiva no timbre de voz. Isso significava que era Adam, o que de certa maneira insuflou a raiva de Ronan. Tudo ficava pior à noite. — Achei que você ainda estava no trabalho. O quê? Ah, nós estamos no Playground da Burguesia.

Ronan mostrou a Gansey um relógio de parede de plástico inteligentemente moldado na forma de um peru. A papada da ave, pendendo abaixo do rosto do relógio, marcava os segundos.

— *Mon Dieu!* — Gansey exclamou. Ao telefone, ele disse: — Se você não tem certeza, provavelmente não era. É difícil confundir uma mulher com qualquer outra coisa.

Ronan não tinha muita certeza do motivo pelo qual ele estava com raiva. Embora Gansey não tivesse feito nada para invocar sua ira, ele era definitivamente parte do problema. No momento, ele tinha o celular ajeitado entre a orelha e o ombro enquanto olhava para um par de pratos de plástico com desenhos de tomates sorridentes. O colarinho desabotoado revelava boa parte da clavícula. Ninguém podia negar que Gansey era um retrato glorioso da juventude, o produto bem cuidado de um casal de sorte e abastado. Geralmente, no entanto, ele era tão educado que beirava o suportável, pois claramente Gansey não pertencia à mesma espécie que a família tosca de Ronan. Mas naquela noite, sob as luzes fluorescentes da Dollar City, o cabelo de Gansey estava desgrenhado e sua bermuda cáqui estava uma ruína engraxada por ter mexido no Pig. Ele estava de pernas de fora e sem meias em seus mocassins. De um jeito bastante óbvio um ser humano real, um ser humano acessível, e isso, de certa forma, fazia com que Ronan quisesse atravessar uma parede com o punho.

Segurando o telefone longe da boca, Gansey disse para eles:

— O Adam acha que viu uma aparição no quarto dele.

Noah fez um gesto rude, um ato hilariamente pouco ameaçador vindo dele, como o rosnado de um gatinho. A atendente deu uma risada alta, quase um cacarejo.

Motosserra tomou o riso dela como uma afronta pessoal. Ela puxou irritadamente as pulseiras de couro no pulso de Ronan, fazendo-o se lembrar do presente estranho que Kavinsky lhe dera mais cedo. Não era um sentimento inteiramente confortável pensar no outro garoto o analisando tão de perto. Kavinsky conseguira as cinco pulseiras precisamente certas, até o tom do couro. Ronan se perguntou o que ele estava esperando obter com aquilo.

— Por quanto tempo? — perguntou Gansey ao telefone.

Ronan repousou a testa na prateleira mais alta. A borda do metal fez uma marca em seu crânio, mas ele não se mexeu. À noite, as saudades de casa eram incessantes e oniscientes, um contágio por via aérea. Ele as viu nas luvas de forno baratas da Dollar City — isso era a sua mãe na hora do jantar. Ele as ouviu no bater da gaveta da caixa registradora — isso era o seu pai voltando para casa à meia-noite. Ele as cheirou no sopro súbito do desodorizador de ambiente — isso eram as viagens em família para Nova York.

A sua casa ficava tão próxima à noite. Ele poderia estar lá em vinte minutos. Ele queria quebrar tudo naquelas prateleiras.

Noah tinha saído a perambular pelo corredor, mas agora voltava alegremente com um globo de neve. Ele parou atrás de Ronan até que este se afastou da prateleira para admirar a atrocidade. Uma palmeira decorada com motivos natalinos e dois banhistas com feições indistintas presos lá dentro, com uma declaração equivocada pintada: "É SEMPRE NATAL EM ALGUM LUGAR".

— Glitter — sussurrou Noah reverentemente, sacudindo-o. Com certeza, não era neve falsa, mas glitter que caía sobre as areias em feriado eterno. Tanto Ronan quanto Motosserra observaram, transfixados, enquanto os flocos coloridos caíam sobre a palmeira.

Mais adiante no corredor, Gansey sugeriu ao telefone:

— Você pode ficar em Monmouth. De noite.

Ronan riu bruscamente, alto o suficiente para Gansey ouvir. Adam fazia questão de ficar no canto dele, mesmo que fosse horrível. Mesmo se o quarto fosse uma acomodação cinco estrelas, ele acharia detestável. Porque não era da casa caindo aos pedaços que Adam sentia falta, desesperada e envergonhadamente, tampouco da Indústria Monmouth, a casa nova que o orgulho de Adam não o deixaria desfrutar. Às vezes Ronan achava que Adam estava tão acostumado com o fato de o jeito certo ter de ser doloroso que ele duvidava de qualquer caminho que não viesse acompanhado de sofrimento.

As costas de Gansey estavam voltadas para eles.

— Escute, não sei do que você está falando. Ramirez? Eu não falei com ninguém na igreja. Sim, dois mil e quatrocentos dólares, eu sei dessa parte. Eu...

Isso significava que eles estavam falando a respeito da carta da Aglionby; tanto Ronan quanto Gansey haviam recebido a mesma carta.

Agora a voz de Gansey estava baixa e furiosa.

— De certo ponto de vista, isso não é engan... Não, você está certo. Você está certo, eu realmente não entendo. Não sei e nunca vou saber.

Adam provavelmente tinha feito a conexão entre a mudança do seu aluguel e o aumento da matrícula. Não era uma suposição complicada, e ele era inteligente. Era fácil, também, colocar isso na conta de Gansey. Se Adam estivesse pensando direito, no entanto, teria considerado que era Ronan quem tinha conexões infinitas com a Santa Inês. E que quem quer que estivesse por trás da mudança do aluguel precisaria ter ido à secretaria da igreja com um monte de dinheiro e a vontade irredutível de persuadir uma senhora a mentir sobre uma auditoria fiscal falsa. Desse ponto de vista, a história parecia ter a assinatura de *Ronan* por toda parte. Mas uma das coisas maravilhosas de ser Ronan Lynch era que ninguém jamais esperava um gesto legal dele.

— Não fui eu — disse Gansey —, mas fico feliz que tenha acontecido. Tudo bem. Pense o que você quiser.

A questão era que Ronan sabia como um rosto se parecia logo antes de entrar em crise. Ele o vira no espelho muitas vezes. Adam tinha linhas profundas por toda parte. Ao lado de Ronan, Noah disse "Ah!", de maneira bastante surpresa.

Então ele desapareceu.

O globo de neve bateu no chão onde os pés de Noah estavam. E deixou uma elipse viscosa e cambaleante enquanto rolava para longe. Assustada, Motosserra bicou Ronan. Ele a tinha apertado quando deu um salto para trás com o ruído.

— Por *favor* — disse a atendente.

Ela não vira nada. Mas era óbvio que sabia que algo tinha acontecido.

— Não precisa se exaltar — disse Ronan em voz alta. — Vou pagar por isso.

Ele jamais admitiria como seu coração batia forte no peito.

Gansey se virou bruscamente, o rosto perplexo. A cena — Noah ausente, o globo de neve horroroso rolando debaixo de uma prateleira — não oferecia uma explicação imediata. Para Adam, ele disse:

— Espere um minuto.

Abruptamente, o corpo inteiro de Ronan ficou frio. Não um pouco frio, mas absolutamente gelado. O tipo de frio que seca a boca e deixa a circulação sanguínea mais lenta. Motosserra soltou um guincho, aterrorizada.

— *Cráá!*

Ele colocou uma mão congelada sobre a cabeça dela e a confortou, embora ele não se sentisse confortado.

Então Noah reapareceu com um estalo violento, como a energia elétrica crepitando de volta. Seus dedos agarraram o braço de Ronan. O frio exsudava do ponto de contato, à medida que Noah consumia o calor para se tornar visível. Um sopro absolutamente perfeito do ar de verão de Henrietta se dissipou em torno deles, a fragrância da floresta na ocasião da morte de Noah.

Todos sabiam que Noah podia baixar a temperatura no ambiente em um primeiro momento, quando se manifestava, mas essa escala era algo novo.

— Ei! Valeu por pedir antes, imbecil! — disse Ronan, mas não o afastou. — O que foi *isso*?

Noah estava com os olhos arregalados.

— Eu ligo de volta para você — Gansey disse a Adam.

— Vocês já terminaram? — disse a atendente.

— Quase! — Gansey gritou de volta, em sua voz serenamente doce, enfiando o telefone no bolso. — Vou pegar umas toalhas de papel, só um minuto! *O que está acontecendo aqui?* — Essa última parte foi sussurrada para Ronan e Noah.

— O Noah teve um dia de folga.

— Eu perdi... — Noah lutou para encontrar as palavras. — Não tinha ar. Ela *sumiu*. A... a linha!

— A linha ley? — perguntou Gansey.

Noah anuiu uma vez, um gesto desleixado que era uma espécie de dar de ombros ao mesmo tempo.

— Não sobrou... nada para mim.

Soltando Ronan, ele relaxou as mãos.

— De nada, cara — rosnou Ronan. Ele ainda não conseguia sentir os dedos dos pés.

— Obrigado. Eu não queria... Você estava aqui. Ah, o glitter.

— Sim — respondeu Ronan irritadamente. — O glitter.

Gansey recolheu rapidamente o globo de neve vazando e desapareceu em direção ao balcão. Então voltou com um recibo e um rolo de toalhas de papel.

— O que está acontecendo com o Parrish? — perguntou Ronan.

— Ele viu uma mulher no apartamento dele. Disse que ela estava tentando falar com ele. Ele parecia um pouco nervoso. Acho que a linha ley está vindo com tudo.

Ele não disse: "Ou talvez algo terrível tenha acontecido com o Adam aquele dia que ele se sacrificou em Cabeswater. Talvez ele tenha bagunçado com tudo em Henrietta ao despertar a linha ley". Porque eles não podiam falar a respeito disso. Da mesma maneira que não podiam falar sobre Adam ter roubado o Camaro aquela noite. Ou sobre ele ter feito basicamente tudo que Gansey havia lhe pedido para não fazer. Se Adam não pensava direito quando se tratava de seu orgulho, Gansey não pensava direito quando se tratava de Adam.

— A linha ley vindo com tudo. Certo. Ãhã, aposto que é isso.

Toda a fantasia do momento na Dollar City estava arruinada. Enquanto Gansey deixava a loja na frente deles, Noah disse para Ronan:

— Eu sei por que você está bravo.

Ronan zombou dele, mas seu pulso se acelerou.

— Me diz então, profeta.

— Não é minha responsabilidade contar os segredos dos outros.

10

— Eu estava pensando que você podia ir comigo — disse Gansey cuidadosamente, duas horas mais tarde. Ele pressionou o telefone contra a orelha com um ombro enquanto desenrolava um rolo enorme de papel sobre o chão da Indústria Monmouth. As inúmeras luminárias baixas espalhadas pelo aposento formavam uma plêiade de holofotes sobre o papel. — Para a festa da minha mãe. Pode surgir uma oportunidade de estágio lá, se você se sair bem.

Do outro lado do telefone, Adam não respondeu imediatamente. Era difícil de dizer se ele estava pensando a respeito ou se estava irritado com a sugestão.

Gansey continuou desenrolando o papel. Era uma impressão em alta resolução da linha ley como vista de um satélite casualmente interessado. Havia custado uma fortuna ter as imagens emendadas e então impressas em cores, mas tudo valeria a pena se ele encontrasse alguma coisa fora do padrão. No mínimo, eles poderiam usá-la para rastrear a exploração. Além de tudo, ela era bonita.

Do quarto de Ronan, ele ouviu a risada de Noah. Ele e Ronan estavam jogando vários objetos pela janela do segundo andar para o estacionamento lá embaixo. Houve um estrondo incrível.

— Eu teria que ver se daria para eu ser dispensado do trabalho — respondeu Adam. — Acho que consigo. Você acha que eu devia ir?

Aliviado, Gansey disse:

— Ah, sim. — Ele arrastou a cadeira da escrivaninha até o canto da impressão, mas esta teimava em enrolar de volta. Então ele colocou uma cópia de *Trioedd Ynys Prydein* no outro canto.

— Você tem notícia da Blue? — perguntou Adam.

— Hoje à noite? Ela tem que trabalhar, não tem? — Enrola, enrola, enrola. Ele segurou o papel com o pé para que ficasse reto. Era surpreendente a satisfação que dava ver acres e acres de floresta e montanhas e rios se desenrolando sobre as tábuas do assoalho. Se ele fosse um deus, pensou Gansey, era assim que criaria um mundo novo. Desenrolando-o como um tapete.

— Tem. Eu só... Ela disse alguma coisa a meu respeito?

— Tipo o quê?

Um longo silêncio.

— Sobre beijar, eu acho.

Gansey fez uma pausa no desenrolar do papel. Na realidade, Blue tinha confessado muita coisa a respeito de beijar. Por exemplo, que haviam dito a ela durante toda a vida que ela mataria o seu verdadeiro amor se o beijasse. Era estranho lembrar aquele momento. Ele duvidara dela, lembrou Gansey. Mas não teria duvidado agora. Blue era uma pessoa excêntrica mas sensata, como um ornitorrinco, ou um daqueles sanduíches cortados em círculos para um chá fino.

Ela também havia pedido para Gansey não contar a Adam sua confissão.

— Beijar? — ele repetiu evasivamente. — O que está acontecendo?

Outro estrondo veio do quarto de Ronan, seguido por uma risada diabólica. Gansey se perguntou se ele não deveria fazê-los parar antes que veículos com luzes piscando o fizessem.

— Sei lá. Ela não quer me beijar — disse Adam. — Eu não a culpo, eu acho. Não sei o que estou fazendo.

— Você perguntou para ela por que ela não quer te beijar? — perguntou Gansey, embora não quisesse ouvir a resposta. Ele estava abruptamente cansado da conversa.

— Ela disse que era *nova* demais.

— E provavelmente é.

Gansey não fazia ideia de quantos anos Blue tinha. Ele sabia que ela tinha terminado havia pouco o segundo ano. Talvez tivesse dezesseis. Talvez dezoito. Talvez tivesse vinte e dois, e fosse apenas muito baixa e atrasada.

— Sei lá, Gansey. As coisas são assim mesmo? Você já saiu com muito mais garotas do que eu.

— Não estou saindo com ninguém *agora*.

— Exceto Glendower.

Gansey não tinha como argumentar contra isso.

— Olha, Adam, acho que não tem a ver com você. Acho que ela não tem nenhum problema com você.

Mas Adam não gostou da resposta, pois não disse nada para retrucar. Isso deu a Gansey tempo suficiente para se lembrar do momento em que ele a abordara pela primeira vez no Nino's em favor de Adam. Como havia sido desastroso. Desde então, ele havia considerado uma dúzia de abordagens diferentes e melhores.

O que era uma bobagem. Tudo tinha dado certo, não é? Ela estava com Adam agora. Se Gansey tinha pagado ou não um mico de primeira quando eles se conheceram, isso não mudava nada.

— Não acredito, cara! — gritou Noah, mas ele não soava como se quisesse dizer isso. Suas palavras eram quase um riso. — Não acredito...

Gansey chutou com tanta força o rolo que ele oscilou torto até se desenrolar completamente, metros adiante, fora dos círculos de luz. Endireitando-se, ele caminhou até as janelas, a leste da fábrica. Apoiando um cotovelo na armação, pressionou a testa contra o vidro, para olhar para a paisagem vasta e escura de Henrietta lá embaixo.

Uma vez ele havia sonhado que encontrara Glendower. Não era o achado em si, mas o dia seguinte. Ele jamais esqueceria a sensação do sonho. Não fora de alegria, mas de ausência de dor. Ele não conseguia esquecer aquela leveza. A liberdade.

— Não quero que as coisas fiquem feias — disse Adam por fim.

— Elas estão feias?

— Não. Acho que não. Mas de certa maneira elas sempre parecem ficar assim.

Gansey observou as luzinhas dos carros sumindo à medida que deixavam Henrietta, e isso o fez se lembrar de sua versão em miniatura da cidade. Fogos de artifício ilícitos, fora de hora, espocaram no primeiro plano.

— Bom, ela não é bem uma *garota*. Quer dizer, claro que ela é uma garota. Mas não é como quando eu estava saindo com alguém. É a *Blue*. Você pode simplesmente perguntar para ela. Nós a vemos todos os dias. Quer que eu fale com ela?

Isso era algo que, com toda a certeza de seu coração, ele definitivamente não tinha interesse em fazer.

— Eu me atrapalho todo quando vou falar as coisas, Gansey — disse Adam, sinceramente. — E você é muito bom nisso. Talvez... talvez se o assunto surgir naturalmente?

Os ombros de Gansey despencaram; sua respiração embaçou os óculos e então desapareceu.

— É claro.

— Obrigado. — Adam fez uma pausa. — Eu só quero descomplicar as coisas.

Eu também, Adam. Eu também.

A porta do quarto de Ronan se escancarou. Segurando-se no marco da porta, Ronan se inclinou para fora para espiar além de Gansey. Ele estava daquele jeito em que parecia ao mesmo tempo o Ronan perigoso de agora e o Ronan mais alegre que havia sido quando Gansey o encontrara pela primeira vez.

— O Noah está aí?

— Segura um pouco — Gansey disse a Adam. Então, para Ronan: — Por que ele estaria aqui?

— Por nada. Nada mesmo.

Ronan bateu a porta, e Gansey perguntou a Adam:

— Desculpe. Você ainda tem aquele terno para a festa?

A resposta de Adam foi encoberta pelo som da porta do segundo andar sendo aberta. Noah entrou se arrastando. Com um tom de voz magoado, ele disse:

— Ele me jogou pela janela!

A voz de Ronan cantou por detrás da porta fechada:

— Você já está morto!

— O que está acontecendo aí? — perguntou Adam.

Gansey olhou para Noah. Ele não parecia nem um pouco machucado.

— Não faço ideia. Vem pra cá.

— Não hoje à noite — respondeu Adam.

Estou perdendo ele, pensou Gansey. *Estou perdendo ele para Cabeswater.* Ele tinha achado que, ficando longe da floresta, não perderia o velho Adam — apagando as consequências do que quer que tivesse acontecido aquela noite quando tudo começou a dar errado. Mas talvez isso não importasse. Cabeswater o levaria de qualquer jeito.

— Tudo bem, só não esquece de colocar uma gravata vermelha — disse Gansey.

11

Naquela noite, Ronan sonhou com árvores.

Era uma floresta antiga, enorme, carvalhos e plátanos se elevando através do solo montanhoso e frio. Folhas se espalhavam na brisa. Ronan podia sentir o tamanho da montanha debaixo de seus pés. A longevidade dela. Bem abaixo, havia uma batida de coração que abraçava o mundo, mais lenta, mais forte e mais inexorável que a própria batida de Ronan.

Ele estivera ali antes, muitas vezes. Ele crescera com esse sonho recorrente da floresta. Suas raízes estavam emaranhadas em suas veias.

O ar se movia à sua volta, e, nele, ele ouviu o seu nome.

Ronan Lynch Ronan Lynch Ronan Lynch.

Não havia ninguém lá, a não ser Ronan, as árvores e as coisas que as árvores sonhavam.

Ele dançava sobre a linha tênue entre a consciência e o sono. Quando ele sonhava desse jeito, era um rei. O mundo era seu para dobrar. Seu para queimar.

Ronan Lynch, Greywaren, tu es Greywaren.

A voz vinha de toda parte e de lugar nenhum. A palavra *Greywaren* fazia sua pele formigar.

— Garota?

E lá estava ela, espiando precavidamente por detrás de uma árvore. Quando Ronan sonhara com ela pela primeira vez, ela tinha um longo cabelo em tom louro-mel, mas, após alguns anos, mudara para um corte curto, na maior parte escondido por um barrete branco. Embora ele tivesse envelhecido, ela não tinha. Por alguma razão, para Ronan, ela lembrava as velhas fotos preto e branco dos trabalhadores em Nova York. Ela tinha o mesmo tipo de olhar órfão, desamparado. A presença dela tornava mais fácil tirar as coisas de seus sonhos.

Ele estendeu a mão para ela, mas ela não saiu imediatamente de onde estava. Em vez disso, espiou em volta com certo temor. Ronan não podia culpá-la. Havia coisas aterrorizantes em sua cabeça.

— Vamos lá. — Ele não sabia ainda o que queria tirar do sonho, mas sabia que estava tão vivo e consciente que seria fácil. Porém a Garota Órfã seguiu fora de seu alcance, seus dedos agarrados à casca da árvore.

— *Ronan, manus vestras!* — ela disse. *Ronan, suas mãos!*

Ele sentiu a pele se arrepiar e formigar, e então viu que ela estava tomada por marimbondos, os mesmos que tinham matado Gansey todos aqueles anos atrás. Não havia muitos dessa vez, apenas algumas centenas. Às vezes, ele sonhava com carros cheios deles, casas cheias deles, mundos cheios deles. Às vezes, esses marimbondos matavam Ronan também, em seus sonhos.

Mas não naquela noite. Não quando ele era a coisa mais venenosa naquelas árvores. Não quando o seu sono era argila em seus dedos.

Não são marimbondos, ele pensou.

E não eram. Quando Ronan levantou as mãos, seus dedos estavam cobertos de joaninhas carmesins, cada uma viva como uma gota de sangue. Elas rodopiavam no ar com sua fragrância acre de verão. Cada asa era uma voz zunindo em uma língua simples.

A Garota Órfã, sempre medrosa, emergiu somente após eles terem ido embora. Ela e Ronan foram de uma parte da floresta para a seguinte. Ela cantarolou baixinho repetidamente o refrão de uma canção pop, enquanto as árvores murmuravam acima.

Ronan Lynch, loquere pro nobis.

Fale por nós.

Subitamente, ele estava diante de uma rocha estriada quase tão alta quanto ele. Espinhos e amoras cresciam na sua base. Ela era familiar de uma maneira que era sólida demais para ser um sonho, e Ronan sentiu um frêmito de incerteza. Será que aquele era um sonho ou seria apenas uma lembrança? Aquilo estava realmente acontecendo?

— Você está dormindo — a garota o lembrou, em inglês.

Ele se prendeu às palavras dela, um rei novamente. De frente para a rocha, ele sabia o que deveria fazer — o que ele *já* tinha feito. Ele sabia que doeria.

A garota virou o rosto estreito para o lado enquanto Ronan pegava os espinhos e as amoras. Cada picada do espinho era como a ferroada de um marimbondo, ameaçando acordá-lo. Ele os esmagou até que seus dedos estivessem escuros de suco e sangue, escuros como a tinta em suas costas. Então ele traçou lentamente as palavras na rocha:

Arbores loqui latine. As árvores falam latim.

— Você já fez isso antes — ela disse.

O tempo era um círculo, uma rotina, uma fita gasta que Ronan nunca se cansava de tocar.

As vozes sussurram para ele: *Gratias tibi ago.* Obrigado.

— Não esqueça os óculos! — disse a garota.

Ronan seguiu o olhar dela. Entre as flores, as vinhas quebradas e as folhas caídas, havia um objeto branco reluzente. Quando ele o pegou, os óculos escuros de Kavinsky o encararam de volta, sem olhos. Ele correu o polegar sobre a superfície lisa do plástico e embaçou as lentes coloridas com sua respiração. E o fez até poder sentir inclusive o círculo delineado do parafuso minúsculo na haste. Do sonho para memória e para realidade.

Ele ergueu os olhos para a garota. Ela parecia com medo. Ela sempre parecia com medo ultimamente. O mundo era um lugar assustador.

— Me leva com você — ela disse.

E ele acordou.

Naquela noite, o Homem Cinzento sonhou que estava sendo esfaqueado.

Num primeiro momento, ele sentiu cada ferimento individual. Particularmente o primeiro. Ele estava inteiro e ileso, e então a completude foi roubada por aquela ladra, a faca. Por isso aquela estocada foi a pior. Um centímetro acima da clavícula esquerda, prendendo-o ao chão por meia respiração.

Então novamente, mas mais próxima da articulação do ombro, raspando a clavícula. E então cinco centímetros abaixo do umbigo. A palavra *entranha* era um verbo e um substantivo. Outro corte e mais outro. Traiçoeiro.

Então o Homem Cinzento era o agressor. O punho da faca era sulcado e permanente em sua mão. Ele estivera esfaqueando aquele pedaço de carne por uma vida inteira. Ele havia nascido quando isso começou e morreria quando tivesse terminado. Era a ferida que o mantinha vivo: o momento que a faca partia uma faixa nova de pele. A resistência e então nada. Pegar e soltar.

Então o Homem Cinzento era a faca. Ele era uma lâmina no ar, ofegante, e então ele era uma arma por dentro, segurando a respiração. Ele era voraz, mastigando, jamais satisfeito. A fome era uma espécie, e ele era o melhor dessa raça.

O Homem Cinzento abriu os olhos.

Olhou para o relógio.

Rolou para o lado e voltou a dormir.

Naquela noite, Adam não sonhou.

Encolhido no colchão, ele cobriu o rosto com o braço quente do verão. Algumas vezes, se tampasse a boca e o nariz até quase sufocar, o sono o vencia.

Mas tanto o arrependimento quanto a memória da breve aparição não deixavam a sonolência o levar. O caráter equivocado e inerte da mulher ainda pairava no ambiente do quarto. Ou talvez dentro dele. *O que eu fiz?*

Ele estava desperto o suficiente para pensar em sua casa — *Não era sua casa, nunca foi sua casa, aquelas pessoas nunca existiram e, se existiram, não significavam nada para você* — e no rosto de Blue quando ele perdeu a cabeça. Ele estava suficientemente desperto para se lembrar precisamente do cheiro da floresta enquanto se sacrificava. Ele estava desperto o suficiente para se perguntar se vinha tomando decisões equivocadas a vida inteira. Se ele mesmo não fora uma decisão equivocada, até antes de ter nascido.

Ele gostaria que o verão tivesse terminado. Pelo menos, quando estava na Aglionby, ele podia entregar suas provas para ver as notas, a comprovação concreta de seu sucesso em *algo*.

Ele estava acordado o suficiente para pensar no convite feito por Gansey. *Pode surgir uma oportunidade de estágio lá.* Adam sabia que era um favor. Isso o tornava errado? Ele havia dito não por tanto tempo que não sabia quando dizer sim.

E talvez, disse uma parte minúscula e alerta de sua mente, *talvez não adiante nada de qualquer forma. Quando eles sentirem o cheiro de terra de Henrietta por debaixo das unhas da sua mão.*

Ele odiava a maneira cuidadosa com que Gansey lhe havia perguntado a respeito. Na ponta dos pés, bem como Adam tinha aprendido a andar quando estava perto do pai. Ele precisava de um botão de reiniciar. Apenas apertar o botão em Adam Parrish e iniciá-lo novamente.

Adam não dormiu e, quando o fez, não sonhou.

12

Na manhã seguinte, Blue lia atentamente o livro que a escola havia estabelecido como tarefa de verão quando sua tia Jimi passou por seu quarto com um prato cheio de composto orgânico fumegante. Jimi, mãe de Orla, era tão alta quanto a filha, mas muitas vezes mais larga. Ela também tinha toda a graça de Orla, o que significava que batia os quadris em cada móvel no quarto de Blue. Toda vez que ela o fazia, dizia coisas como "filha da ponta!" e "forra-se *tudo*", que soavam pior que os palavrões de verdade.

Blue ergueu os olhos embaçados da página, as narinas irritadas com a fumaça.

— O que você está fazendo?

— Fumegando — respondeu Jimi. Ela segurou o prato na frente das árvores de lona que Blue havia grudado nas paredes e assoprou as ervas na beirada do prato para direcionar a fumaça para a arte. — Aquela mulher terrível deixou muita energia ruim.

Aquela mulher terrível era Neeve, meia-tia de Blue, que havia desaparecido no início daquele ano após praticar magia negra no sótão. E fumegar era a prática de usar a fumaça de ervas do bem para limpar a energia negativa. Pessoalmente, Blue sempre pensara que deviam existir outras maneiras de conseguir a influência positiva de uma planta além de botar fogo nela.

Agora Jimi acenava a lavanda e a sálvia no rosto de Blue.

— Fumaça sagrada, limpe a alma desta jovem à minha frente e dê a ela um pouco de juízo.

— *Ei!* — protestou Blue, sentando-se. — Acho que sou muito sensata, obrigada! Não tem artemísia aí, tem? Porque eu tenho coisas para fazer!

Jimi dizia que artemísia melhorava sua clarividência. Ela não parecia se importar com os efeitos temporariamente psicoativos. Taciturnamente soando como Orla, ela disse:

— Não, sua mãe não deixaria.

Blue agradeceu silenciosamente a sua mãe. Gansey e Adam deveriam aparecer, e a última coisa que ela queria era ser responsável por deixá-los ligeiramente chapados. Se bem que Adam poderia se beneficiar de algo que tirasse um pouco de sua tensão, ela pensou, com mais do que um ligeiro desconforto. Ela se perguntou se ele pediria desculpas.

— Nesse caso — ela disse —, você faria o meu closet também?

Jimi franziu o cenho.

— A Neeve já esteve lá?

— Com a Neeve — respondeu Blue —, nunca se sabe.

— Vou fazer uma rezinha extra ali.

A rezinha acabou sendo um pouco mais longa do que Blue havia esperado, e ela fugiu da fumaça após alguns minutos. No corredor, notou que Jimi já havia aberto a porta do sótão para começar a defumar os velhos aposentos de Neeve. Parecia um convite.

Com um olhar de relance para o corredor, ela colocou o pé no patamar da escada e subiu. Imediatamente, o ar esquentou e começou a cheirar mal. O cheiro encardido de assa-fétida, de um dos encantos que Neeve havia usado, ainda permeava o espaço, e o calor de verão do sótão não fazia nada para melhorá-lo.

No topo da escada, ela hesitou. A maioria das coisas de Neeve ainda estava lá em cima, mas em montes e caixas sobre o colchão coberto para ser removidas mais tarde. Todas as máscaras e símbolos tinham sido tirados das paredes inclinadas e em construção, e as velas tinham sido cuidadosamente empacotadas com o castiçal para baixo em uma caixa plástica. Mas os espelhos de Neeve não tinham sido mexidos — dois espelhos de corpo inteiro apontados diretamente um para o outro. E havia uma tigela funda e preta no chão ao lado deles. A tigela de adivinhação de Neeve.

A base estava lisa com o resquício de um líquido recente, apesar de Neeve não ter estado naquele quarto por quase um mês. Blue não tinha certeza de quem mais o usaria. Ela sabia que Maura, Persephone e Calla geralmente desaprovavam o ritual. A técnica era teoricamente simples: a clarividente olhava para um espelho ou uma tigela escura cheia de líquido, deixava a mente derivar para um espaço fora de si e via o futuro ou outro lugar no reflexo.

Na prática, Maura havia dito a Blue que aquilo era imprevisível e perigoso.

"A alma", ela dissera, "é vulnerável quando está fora da mente."

Da última vez em que Blue vira aquela tigela, Neeve estava usando suas visões em algum lugar escondido na linha ley. Possivelmente em algum lugar em Cabeswater. E, quando Blue a interrompera, encontrara Neeve *possuída* por uma estranha criatura sombria que ela descobrira lá.

Agora, no calor sufocante do sótão, Blue tremia. Era fácil esquecer o terror que havia acompanhado sua caçada por Cabeswater. Mas o círculo reluzente na base da tigela divinatória trouxera tudo de volta em um segundo.

Quem está usando você?, Blue se perguntou. E, é claro, aquela era apenas a primeira metade da questão.

A outra metade era: *E o que você está procurando agora?*

♉

Ronan Lynch acreditava no céu e no inferno.

Uma vez ele vira o diabo. Havia sido uma manhã opressiva e lenta nos estábulos, durante a qual o sol havia queimado a neblina, então queimado o frio, e então queimado a superfície do solo, até que tudo tremeluzisse de calor. Nunca esquentava tanto naqueles campos protegidos, mas, naquela manhã, o ar suava de calor. Ronan nunca vira o gado ofegante antes. Todas as vacas se moviam com dificuldade, com a língua de fora, enquanto espumavam com o calor. Sua mãe mandou Ronan colocá-las na sombra do estábulo.

Ronan fora até o portão de metal escaldante e, ao chegar ali, vira seu pai de relance, já no estábulo. A quatro metros dele havia um homem vermelho. Ele não era verdadeiramente vermelho, mas de um laranja queimado, como uma formiga-de-fogo. E não era verdadeiramente um homem, porque tinha chifres e cascos. Ronan se lembrou da estranheza da criatura, como ela havia sido *real*. Todas as fantasias no mundo haviam se equivocado; todos os desenhos em todos os quadrinhos. Todos haviam esquecido que o diabo é um animal. Olhando para o homem vermelho, Ronan se espantara com a complexidade do corpo, com a quantidade de peças milagrosas se movendo suavemente em harmonia, nem um pouco diferentes das suas.

Niall Lynch tinha uma arma na mão — os Lynch tinham um número enorme de armas de todos os tamanhos — e, assim que Ronan abriu o portão, seu pai atirara na coisa umas treze vezes na cabeça. Com uma sacudida dos chifres, o diabo, ileso, mostrara a genitália para Niall Lynch antes de sumir dali. Era uma imagem que ainda não deixara Ronan.

E assim Ronan se tornou um evangelizador ao contrário. A verdade irrompeu e cresceu dentro dele, e lhe foi imposto que não a compartilhasse com ninguém. Ninguém deveria ver o inferno antes de chegar lá. Ninguém deveria ter de conviver com o diabo. Tantas homilias sobre a fé caíam por terra a partir do momento em que você não precisava mais delas para crer.

Agora era domingo, e, como em todos os domingos, ele estava indo para a Santa Inês. Gansey não o acompanhava — ele pertencia a alguma religião que exigia que ele fosse à igreja apenas no Natal —, mas Noah ia junto. Ele não havia sido católico em vida, mas, recentemente, decidira encontrar uma religião. Ninguém na igreja o notava, e era possível que Deus também não, mas Ronan, como alguém que Deus possivelmente ignorava também, não se importava com a companhia.

Naquele dia, Ronan passou obstinado pelas portas grandes e antigas da igreja e enfiou a mão na pia de água benta, enquanto os membros do coro estreitavam os olhos ao vê-lo passar. Ele perscrutou os bancos à procura de Declan. Era o diabo que o levava à igreja todos os domingos, mas era seu irmão Matthew que o levava até o banco ao lado de Declan.

Seu irmão mais velho estava sentado no último banco, o calombo da testa repousando sobre a madeira e os olhos fechados. Como sempre, ele havia se vestido para ir à igreja: camisa social, branca como a inocência, nó da gravata apertado e santificado, calça obedientemente passada. Naquela semana, entretanto, Declan exibia hematomas como os de um zumbi debaixo dos olhos, de um tom terrivelmente vermelho, um corte suturado sobre a maçã do rosto e o nariz decididamente quebrado.

O humor de Ronan melhorou. Ele jogou água benta sobre o rosto de Declan, dos dedos ainda úmidos.

— Que diabos aconteceu com você?

As duas mulheres sentadas três bancos à frente sussurraram uma com a outra. O órgão murmurou ao fundo.

Declan não abriu os olhos.

— Roubo.

Ele sussurrou com o menor esforço humanamente possível, abrindo a boca apenas o suficiente para a palavra escapar.

Ronan e Noah trocaram um olhar.

— Ah, fala sério — disse Ronan. Para começo de conversa, era Henrietta. E, para fim de conversa, era Henrietta. Ninguém era roubado e, se fosse, não apanhava. Se alguém *fosse* apanhar, não seriam os irmãos Lynch. Havia muito pouca gente pior que Ronan em Henrietta, e o que havia de pior estava ocupado demais correndo pela cidade em um Mitsubishi branco para roubar os Lynch restantes. — O que roubaram?

— Meu computador. E um pouco de dinheiro.

— E o seu rosto.

Declan apenas inspirou em resposta, lenta e cuidadosamente. Ronan escorregou no banco, e Noah se sentou ao lado dele, bem na ponta. Enquanto ele baixava o genuflexório, sentiu o cheiro pronunciado e antisséptico de hospital em seu irmão. Desorientado, teve de prender a respiração por um momento. Ronan se ajoelhou e baixou a cabeça nos braços. A imagem atrás de seus olhos era a de uma chave de roda ensanguentada ao lado da cabeça de seu pai. *Eu não cheguei a tempo, desculpa, desculpa. Por que, apesar de tudo que eu consigo fazer, não consigo mudar...* Enquanto conversas sussurradas iam e vinham em volta deles, ele se concentrou na imagem do rosto de seu irmão mais velho e tentou sem sucesso imaginar a pessoa que poderia ter batido em Declan. A única pessoa que já tivera sucesso um dia em bater em um irmão Lynch fora outro irmão Lynch.

Após ter exaurido essa linha de pensamento, Ronan cedeu ao breve privilégio de odiar a si mesmo, como ele sempre fazia na igreja. Havia algo que lhe dava satisfação a respeito do reconhecimento desse ódio, algo que o aliviava a respeito desse pequeno presente que ele se dava a cada domingo.

Após um minuto, o genuflexório vergou quando Matthew se juntou a eles. Mesmo sem isso, Ronan teria percebido sua presença pela forte dose de colônia que Matthew sempre parecia pensar que a igreja exigia.

— Oi, parceiro — sussurrou Matthew. Ele era a única pessoa que tinha a liberdade de chamar Ronan de *parceiro*. Matthew Lynch era um urso de garoto, largo, sólido e diligente. A cabeça era coberta por cachos macios e dourados, completamente diferentes dos de qualquer um dos membros de sua família. E, nesse caso, os dentes Lynch perfeitos eram emoldurados por um sorriso fácil, e com covinha. Ele tinha dois tipos de sorriso: um que era precedido por um encolher tímido do queixo, uma covinha e então *bam*, o sorriso. E aquele que provocava, um momento antes do *bam*, uma risada contagiante. Mulheres de todas as idades o achavam *adorável*. Homens de todas as idades o achavam *camarada*. Matthew fracassava em muito mais coisas que qualquer um de seus irmãos mais velhos, mas, diferentemente de Declan ou de Ronan, sempre tentava o seu melhor.

Ronan tivera mil pesadelos com ele.

Matthew havia deixado inconscientemente espaço para Noah, mas não o cumprimentou. Ronan havia perguntado uma vez a Noah se ele escolhia ser invisível, e este, magoado, respondera enigmaticamente:

— Continue insistindo nisso, por que não?

— Você viu o *rosto* do Declan? — sussurrou Matthew para Ronan. O órgão tocava dolorosamente.

Declan manteve a voz em um tom baixo o suficiente para se fazer ouvir na igreja.

— Eu estou *aqui*.

— Roubo — disse Ronan. Realmente, era como se a verdade fosse uma doença que Declan achava que poderia matar.

— Às vezes, quando ligo para você — murmurou Declan, ainda com a voz baixa, estranha, que resultava de ele tentar não mexer a boca enquanto falava —, eu realmente preciso que você atenda o telefone.

— Nós estamos conversando? — perguntou Ronan. — É isso que está acontecendo?

Noah sorriu afetadamente. Ele não parecia muito devoto.

— Aliás, Joseph Kavinsky não é alguém que eu gosto de ver perto de você — acrescentou Declan. — Não ria. Estou falando sério.

Ronan só o encarou, com o olhar mais desdenhoso que conseguiu exibir. Uma senhora estendeu o braço sobre Noah para fazer um carinho na cabeça de Matthew antes de continuar andando pelo corredor. Ela não parecia se importar que ele tivesse quinze anos, o que estava bem, pois ele também não se importava. Tanto Ronan quanto Declan observaram aquela interação com a expressão satisfeita de pais quando observam seu prodígio em ação.

— Tipo, é perigoso — repetiu Declan.

Às vezes, Declan parecia achar que ser um ano mais velho lhe dava um conhecimento especial do lado mais sombrio de Henrietta. O que ele queria dizer era: Ronan fazia ideia de que Kavinsky cheirava cocaína?

Em seu ouvido, Noah sussurrou:

— Crack é a mesma coisa que pedra?

Ronan não respondeu. Ele não achava que fosse uma conversa muito apropriada para ter na igreja.

— Eu sei que você se acha um punk — disse Declan —, mas você não é nem de perto tão durão quanto acha que é.

— Ah, vá pro inferno — disparou Ronan, bem quando os coroinhas entravam todos juntos pelas portas dos fundos.

— Pessoal — suplicou Matthew. — Sejam *virtuosos*.

Tanto Declan quanto Ronan caíram no silêncio. Eles ficaram em silêncio durante todo o cântico de abertura, o qual Matthew acompanhou alegremente, durante as leituras, as quais Matthew acompanhou sorrindo agradavelmente, e durante toda a homilia, em que Matthew dormiu tranquilamente. E também ficaram em silêncio na hora da comunhão, enquanto Noah permaneceu no banco, Declan mancou pelo corredor e aceitou a hóstia, Ronan fechou os olhos para ser abençoado — *Por favor, Deus, o que sou eu, me diga o que eu sou* — e Matthew balançou a cabeça para o vinho. E, por fim, em silêncio durante o último cântico, enquanto o padre e os coroinhas saíam por trás da igreja.

Eles encontraram a namorada de Declan, Ashley, esperando na calçada, junto às portas principais. Ela estava vestida com o que quer que tenha aparecido na capa da *People* ou da *Cosmopolitan*, e o cabelo pintado com qualquer que tenha sido o tom de loiro que combinava com aquilo. Ashley usava três minúsculos brincos de ouro em cada lóbulo. Ela parecia desconhecer as traições de Declan, e Ronan a odiava. Para ser justo, ela também o odiava.

Ronan forçou um sorriso para ela.

— Você tem medo de pegar fogo se entrar?

— Eu me recuso a participar de uma cerimônia que não dá, tipo assim, privilégios espirituais iguais para as mulheres — ela disse, sem olhar Ronan nos olhos e ignorando Noah completamente, embora ele tivesse dado um risinho impreciso.

— Vocês dois tiram suas opiniões políticas do mesmo catálogo? — ele perguntou.

— Ronan... — começou Declan.

Ronan puxou as chaves do carro do bolso.

— Eu já estava de saída. — Ele deixou que Matthew fizesse um cumprimento fraternal que eles tinham inventado quatro anos atrás, e então aconselhou Declan: — Fique longe dos assaltantes.

☿

Não era tão fácil como seria de esperar para Ronan Lynch correr nas ruas. A maioria das pessoas obedecia aos limites de velocidade. Apesar de toda a cobertura da imprensa que a ira no trânsito recebia, os motoristas ou eram conscientes demais a respeito de sua segurança, ou tímidos demais, ou com princípios demais, ou desligados demais para ser provocados. Mesmo aqueles que poderiam considerar a possibilidade de alguns minutos de brincadeira arrancando forte quando o sinal abria, geralmente tinham consciência de que seu veículo não era adequado para a tarefa. Você não encontrava rachas simplesmente esperando por você nas ruas. Eles tinham de ser cultivados.

Então era assim que Ronan Lynch encontrava confusão para si.

Um carro de cores vivas, para começo de conversa. Ronan havia passado horas de sua vida como o único carro preto em um jogo curto e direto de veículos confeitados. Ele procurava por hatchs, cupês. Quase nunca um conversível. Ninguém queria estragar o cabelo. Essa seria a lista de desejos de um corredor de rua: peças de reposição em qualquer tipo de carro, canos de escapamento enormes, efeitos como se o carro raspasse o asfalto, capôs cavernosos, faróis escurecidos, chamas diferentes pintadas nos para-lamas. Qualquer carro que viesse com um aerofólio. Quanto mais parecesse uma alça para levantar o carro, melhor. A silhueta de uma cabeça com o cabelo raspado ou um boné virado de lado era um sinal promissor, assim como um braço pendurado para fora da porta. Uma mão bronzeada segurando o espelho era melhor. O baixo pulsante era o grito de guerra. E também as placas personalizadas, desde que não fossem coisas como QRIDA ou BISC8. Adesivos no para--choque eram um balde de água fria, a não ser que fossem de rádios alternativas. Ah, e a potência do carro não contava nada. Muitas vezes, os melhores carros esportivos eram pilotados por banqueiros de meia-idade, temerosos do que poderia existir por baixo do capô. Ronan costumava evitar carros com muitos passageiros também, raciocinando que o motorista sozinho tinha mais chance de queimar borracha no semáforo. Mas agora ele sabia que o tipo certo de passageiro instigaria um motorista normalmente calmo. Não havia nada que Ronan gostasse mais do que um garoto magro e bronzeado meio para fora de um Honda vermelho, com o som alto e rodando devagar, com o carro lotado de amigos.

E era assim que começava: desdenhe do semáforo. Cruze com o olhar do motorista. Desligue o ar-condicionado para dar ao carro potência extra. Aumente o giro do motor. Sorria como o perigo.

Era assim que Ronan encontrava confusão para si, exceto quando a confusão era Kavinsky. Porque então ela o encontrava.

Após a igreja, Ronan e Noah seguiram na direção do loteamento caro e infernal onde Kavinsky morava com a mãe. Ronan pensara vagamente que poderia deixar os óculos escuros do sonho na caixa de correio de Kavinsky ou enfiá-los nos limpadores de para-brisa do Mitsubishi. O ar-condicionado do BMW estava funcionando a todo vapor sob o sol do meio-dia. Cigarras se esganiçavam. Não havia sombra em lugar nenhum.

— Companhia — disse Noah.

Kavinsky encostou ao lado do BMW em um cruzamento. Acima deles, o semáforo ficou verde, mas a rua estava vazia e nenhum carro se mexeu. As palmas de Ronan ficaram subitamente suadas. Kavinsky baixou a janela, e Ronan fez o mesmo.

— Veado — disse Kavinsky, pisando no acelerador. O Mitsubishi lamentou e estremeceu um pouco. Era uma obra gloriosa e odiosa.

— Russo — respondeu Ronan, pisando no acelerador também. O BMW rosnou, um pouco mais baixo.

— Ei, não vamos fazer feio agora.

Abrindo o console central, Ronan tirou os óculos escuros que tinha sonhado na noite anterior e os jogou pela janela aberta, no assento do passageiro de Kavinsky.

A luz ficou amarela e então vermelha. Kavinsky pegou os óculos e os estudou. Ele baixou os que estava usando até o meio do nariz e os estudou um pouco mais. Ronan se sentiu contente ao ver como o novo par lembrava o que Kavinsky usava. A única coisa em que errara fora a lente, um pouco mais escura. Certamente Kavinsky, um mestre falsificador, iria gostar deles.

Finalmente, Kavinsky escorregou o olhar para Ronan. Seu sorriso era dissimulado, satisfeito porque Ronan reconhecia o jogo.

— Muito bem, Lynch. Onde você encontrou isso aqui?

Ronan sorriu brevemente e desligou o ar-condicionado.

— É assim que vai ser? Para valer?

A luz para quem vinha pelo cruzamento ficou amarela.

— Sim — disse Ronan.

O semáforo acima deles ficou verde. Rapidamente, os dois carros deram um salto, numa explosão de marcas. Por dois segundos o Mitsubishi rosnou à frente, mas então Kavinsky errou a marcha da terceira para a quarta.

Ronan não.

No momento em que Ronan dobrava uma esquina em alta velocidade, Kavinsky deu dois toques na buzina e fez um gesto rude. Então Ronan sumiu, acelerando de volta para a Indústria Monmouth.

No espelho retrovisor, ele se permitiu o mais breve sorriso.

Era assim que a felicidade parecia.

13

Blue gostava muito de ter os garotos na casa dela.

A presença deles lá era aprazível por várias razões. A razão absolutamente mais simples era que Blue às vezes se cansava de compor cem por cento da população não mediúnica da Rua Fox, 300 — cada vez mais nos últimos dias —, e essa porcentagem melhorava dramaticamente quando os garotos estavam por lá. A segunda razão era que Blue via todos os garotos, particularmente Richard Campbell Gansey III, sob uma luz muito diferente quando eles estavam ali. Em vez do garoto polido e seguro de si que ele era quando ela o vira pela primeira vez, o Gansey da Rua Fox, 300 era um observador autodepreciativo, ao mesmo tempo ansioso e inadequado em relação a todas as artes intuitivas. Ele era um turista privilegiado em um país primitivo: lisonjeiramente curioso, inconscientemente insultante e certamente incapaz de sobreviver se deixado sozinho.

E a terceira razão é que a presença deles sugeria permanência. Blue tinha *conhecidos* na escola, pessoas de quem ela gostava. Mas eles não eram para sempre. Embora ela tivesse uma boa relação com muitos deles, não havia ninguém com quem ela quisesse estabelecer um vínculo para o resto da vida. E ela sabia que isso era sua culpa. Ela nunca fora muito boa em ter amizades casuais. Para Blue, havia a família — que nunca dissera respeito a relações de sangue na Rua Fox, 300 — e depois todo o resto.

Quando os garotos apareciam na casa dela, eles deixavam de ser *todo o resto*.

Naquele instante, Adam e Gansey estavam no interior estreito da casa. Era um dia de céu aberto, um sol promissor que invadia todas as janelas. Sem nenhuma discussão particular, Gansey e Blue haviam decidido que aquele seria um dia de exploração, assim que Ronan chegasse.

Gansey estava sentado à mesa da cozinha, de camisa polo agressivamente verde. Na mão esquerda, havia uma garrafa de vidro de uma bebida chique com café que ele trouxera consigo. Nos últimos meses, a mãe de Blue vinha trabalhando numa linha de chás para incrementar sua renda. Blue tinha aprendido cedo que *saudável* não era sinônimo de *delicioso*, e deixara sua saída do grupo de teste bem clara.

Gansey estava por fora, então aceitou o que lhe foi dado.

— Acho que não podemos esperar mais. Mas eu gostaria de minimizar os riscos — ele disse, enquanto Blue remexia na geladeira. Alguém tinha enchido uma prateleira inteira com um pudim de supermercado horroroso. — Acho que não podemos fazer isso se tornar completamente seguro, mas com certeza existe uma maneira de tomar mais cuidado.

Por um momento, Blue achou que ele estivesse falando sobre o processo de beber um dos chás de Maura. Então percebeu que Gansey estava falando sobre Cabeswater. Blue amava o lugar de uma maneira difícil de suportar. Ela sempre adorara a faia grande no jardim dos fundos da casa, os carvalhos ao longo da Rua Fox e as florestas de modo geral, mas nada se comparava às árvores de Cabeswater. Antigas, retorcidas e *sencientes*. E... elas sabiam o nome dela.

Parecia muito com um indício de *algo mais*.

Maura observava Gansey cuidadosamente. Blue suspeitava que não era por causa do que Gansey estava dizendo, mas porque ela estava esperando que ele desse um gole na terrível poção que ela tinha feito em infusão naquela xícara na frente dele.

— Eu sei o que você vai dizer — disse Blue, decidindo-se por um iogurte que tinha pedaços de fruta na parte de baixo, mas que ela comeria somente em cima. Blue se jogou em uma cadeira na mesa. — Você vai dizer: "Bem, então não leve a Blue com você".

A mãe dela virou uma mão, como quem diz: *Se você sabia, por que perguntou?*

— O quê? Ah, porque a Blue aumenta a intensidade das coisas? — disse Gansey.

Irritada, Blue percebeu que Gansey a tinha chamado agora de *Jane* tantas vezes que soava estranho ouvi-lo dizer seu nome verdadeiro.

— É — respondeu Maura. — Mas na realidade eu não ia dizer isso, embora seja verdade. Eu ia dizer que esse lugar deve ter regras. Tudo que envolve energia e espírito tem regras. Nós simplesmente não as conhecemos. Então elas parecem imprevisíveis para nós. Mas isso acontece porque somos idiotas. Você tem certeza que quer voltar?

Gansey deu um gole na bebida curativa. O queixo de Maura se projetou para frente enquanto ela observava o volume do chá que descia pela garganta dele. Seu rosto permaneceu precisamente o mesmo e ele não disse absolutamente nada, mas, após um momento, Gansey fechou suavemente a mão em punho e bateu no esterno.

— Para que você disse que isso era bom mesmo? — perguntou educadamente. Sua voz estava um pouco esquisita, até que ele limpou a garganta.

— Bem-estar geral — disse Maura. — E também deve coordenar os sonhos.

— Os *meus* sonhos? — ele perguntou.

Maura ergueu uma sobrancelha bastante entendida.

— De quem mais?

— Hum.

— E também ajuda com questões legais.

Gansey estivera bebendo o máximo que conseguia engolir de seu café chique sem respirar, mas então parou e colocou a garrafa sobre a mesa com um tinido.

— Eu preciso de ajuda com questões legais?

Maura deu de ombros.

— Pergunte a uma médium.

— Mãe — disse Blue. — Sério. — Para Gansey, ela instigou: — Cabeswater.

— Ah, certo. Bom, ninguém mais precisa vir comigo — ele disse. — Mas o fato incontroverso que permanece é que estou procurando por um rei místico em uma linha ley e há uma floresta mística em uma linha ley. Não posso ignorar essa coincidência. Nós podemos procurar em outra parte, mas acho que Glendower está lá. E não quero desperdiçar tempo agora que a linha ley está desperta. Sinto como se o tempo estivesse se esgotando.

— Você tem certeza que ainda quer encontrar esse rei? — perguntou Maura.

Blue já sabia que aquela pergunta era irrelevante. Sem virar o olhar para ele, ela já sabia o que veria. Veria um garoto rico vestido como um manequim e impecável como um apresentador de telejornal, mas seus olhos eram como o lago de sonhos em Cabeswater. Ele escondia o poço do *desejo* insaciável, mas, agora que ela o tinha visto uma vez, não conseguia deixar de vê-lo. Mas ele não seria capaz de explicar para Maura.

E ele nunca *teria* realmente de explicar para Blue.

Era o seu *algo mais*.

— Sim, tenho — ele disse, muito formalmente.

— Isso pode te matar — disse Maura.

Então houve aquele momento incômodo que ocorre quando dois terços das pessoas no aposento sabem que o outro terço deve morrer em menos de nove meses, e a pessoa que deve morrer não está entre aquelas que sabem disso.

— Sim — disse Gansey. — Eu sei. Já fiz isso uma vez antes. Morrer, quero dizer. Você não gosta dos pedaços de fruta? É a melhor parte. — Ele dirigiu essa última declaração para Blue, que lhe passou seu copo de iogurte na maior parte vazio. Ele tinha claramente dado por encerrado o assunto morte.

Maura suspirou, desistindo, bem quando Calla entrou agitada na cozinha. Ela não estava brava, só agia assim sempre que possível. Calla escancarou a geladeira e pegou um pote de pudim.

Enquanto voltava com o pudim de supermercado odiado na mão, ela o sacudiu na direção de Gansey e disparou:

— Não se esqueça que Cabeswater é um videogame que todo mundo que está nele joga há muito mais tempo que você. Todos sabem como subir de nível.

Ela se arrancou da sala. Maura a seguiu.

— Bem — disse Gansey.

— Sim — concordou Blue. Após um segundo, ela empurrou a cadeira para trás para seguir Maura, mas Gansey estendeu a mão.

— Espera — ele disse em voz baixa.

— Espera o quê?

Com um olhar de relance para o corredor e a sala de leitura, ele disse:

— Hum, o Adam.

Na mesma hora, Blue pensou em Adam perdendo a cabeça e sentiu o calor em suas faces.

— O que tem ele?

Gansey passou um polegar sobre o lábio inferior. Era um hábito pensativo, realizado tão frequentemente que era surpreendente que ele ainda tivesse alguma coisa para cobrir a arcada inferior.

— Você contou para ele sobre a maldição de não poder beijar ninguém?

Se Blue achava que suas faces estavam quentes antes, isso não era nada comparado ao incêndio que as queimava agora.

— Você não contou para ele, contou? — ela perguntou.

Ele pareceu delicadamente magoado.

— Você me pediu para não contar!

— Bem, não. Não contei.

— Você não acha que deveria?

A cozinha não parecia muito privada, e ambos inconscientemente se inclinavam o mais próximo um do outro para evitar que suas vozes fossem ouvidas. Blue sussurrou:

— Está tudo sob controle, mesmo. Não quero discutir isso, ainda mais com *você*!

— Ainda mais com você?! — ecoou Gansey. — Por quê, que tipo de pessoa você acha que eu sou?

Ela não fazia ideia agora. Confusa, Blue respondeu:

— Você não é minha... minha avó ou algo que o valha.

— Você falaria sobre *isso* com a sua avó? Não consigo nem imaginar discutir minha vida amorosa com a minha. Ela é uma mulher adorável, imagino. Se você gosta das carecas e racistas. — Ele olhou de relance em torno da cozinha, como se estivesse procurando por alguém. — Onde está a sua, falando nisso? Achei que todas as suas parentas estavam nessa casa em algum lugar.

Blue sussurrou furiosamente:

— Não seja... des... des...

— Elegante? Deselegante?

— Desrespeitoso! As minhas duas avós já morreram.

— Jesus. Do que elas morreram?

— A minha mãe sempre diz que foi de "intromissão".

Gansey esqueceu completamente que eles estavam cuidando para não ser ouvidos e soltou uma risada tremenda. Era uma coisa poderosa, aquela risada. Ele a deu apenas uma vez, mas seus olhos seguiram com o formato dela.

Algo dentro de Blue deu um puxão esquisito.

Ah, não!, ela pensou. Mas então se acalmou. *Richard C. Gansey III tem uma boca bonita. Agora eu sei que ele tem belos olhos quando ri, também. Isso ainda não é amor.*

Ela também pensou: *Adam. Lembre-se de Adam.*

— Faz sentido que exista um histórico familiar para a sua condição — ele disse. — Vocês comem todos os homens da família? Para onde eles vão? Essa casa tem um porão?

Blue se pôs de pé.

— É como um treinamento do exército. Eles não aguentam, pobrezinhos.

— Pobre de mim — ele disse.

— Ãhã! Espere aqui. — Ela se sentiu um pouco aliviada de deixá-lo na mesa; seu pulso estava acelerado. Blue encontrou Maura e Calla ainda no corredor, conferenciando em voz baixa. Então disse para a mãe: — Escute. Nós vamos todos para Cabeswater, mesmo. Hoje à tarde, quando o Ronan chegar. Esse é o plano. Nós vamos manter o plano.

Maura parecia muito menos incomodada com aquela declaração do que Blue temera. Na realidade, ela não parecia nem um pouco incomodada.

— Por que você está me contando isso? — perguntou Maura. — Por que o seu rosto está tão vermelho?

— Porque você é minha mãe. Porque você é uma figura de autoridade. Porque você deve informar as pessoas dos seus planos de viagem quando vai fazer escaladas ou trilhas perigosas. É assim que o meu rosto parece sempre.

— Hum — disse Maura.

— Hum — disse Calla.

Desconfiada, Blue perguntou:

— Você não vai me dizer para não ir?

— Não dessa vez.

— Não adianta — concordou Calla.

— Também tem uma tigela divinatória no sótão — disse Blue.

A sua mãe espiou a sala de leitura.

— Não, não tem.

Blue insistiu:

— Alguém tem usado ela.

— Não, não tem.

Com a voz ligeiramente alterada, Blue disse:

— Você não pode dizer simplesmente que ela não está lá e que ninguém está usando ela. Porque eu não sou criança e eu uso meus próprios olhos e meu cérebro *o tempo inteiro*.

— O que você quer que eu lhe conte, então? — perguntou Maura.

— A verdade. Eu acabei de contar a verdade para *você*.

— Foi mesmo! — exclamou Gansey da cozinha.

— Cala a boca! — Blue e Calla disseram ao mesmo tempo.

Maura levantou uma mão.

— Está bem. Eu a usei.

— Para quê?

— Para procurar pelo Chuchu — disse Calla.

Meu pai! Blue provavelmente não deveria ter se surpreendido — Neeve havia sido chamada para encontrar seu pai, e, embora ela tivesse ido embora, o mistério do paradeiro dele continuava.

— Achei que você tinha dito que adivinhação não era uma boa ideia.

— É como vodca — disse Calla. — A qualidade depende de quem faz. — Com a colher pousada sobre o pote de pudim, ela espiou a outra sala, como Maura havia feito.

Blue esticou o pescoço para ver o que elas estavam olhando. Era apenas Adam. Ele estava sentando na sala de leitura sozinho, a luz difusa da manhã o deixando tênue e indistinto. Ele havia tirado um dos baralhos de tarô do saco e alinhado todas as cartas abertas em três longas fileiras. Agora estava inclinado sobre a mesa e estudava a imagem de cada carta, uma a uma, avançando sobre os cotovelos para a próxima quando terminava. Ele não parecia nem um pouco com o Adam que perdera a cabeça, e tudo com o Adam que ela encontrara pela primeira vez. Era isso que a assustava, no entanto — não houvera aviso.

Maura franziu o cenho. Em voz baixa, disse:

— Acho que preciso ter uma conversa com aquele garoto.

— Alguém precisa — respondeu Calla, subindo a escada. Cada degrau rangeu um protesto pelo qual ela puniu o próximo com uma pisada forte. — Estou fora. Larguei mão desses desastres de trem.

— Ele é um desastre de trem? — perguntou Blue, alarmada.

A sua mãe estalou a língua.

— A Calla gosta de fazer drama. Desastre de trem! Quando um trem leva um tempão para sair dos trilhos, eu não chamo isso de *desastre*. Gosto da expressão *descarrilamento*.

Lá de cima, Blue ouviu a risada divertida de Calla.

— Eu odeio vocês duas — disse Blue, enquanto sua mãe ria e subia rapidamente a escada para se juntar a Calla. — Vocês deviam usar seus poderes para o bem, vocês sabem disso!

Após um momento, Adam disse para ela, sem erguer os olhos:

— Eu ouvi vocês, sabia?

Blue esperava fervorosamente que ele estivesse falando sobre Maura e Calla, e não sobre a conversa dela com Gansey na cozinha.

— Você acha que é um desastre de trem?

— Isso significaria que um dia eu estive nos trilhos — ele respondeu. — Nós vamos a Cabeswater quando o Ronan chegar?

Gansey apareceu ao lado de Blue no vão da porta, balançando a garrafa vazia para ela.

— Comércio justo — ele disse de maneira que indicava que havia escolhido uma bebida cafeinada com o selo de comércio justo apenas para poder contar isso a Blue, para que ela pudesse lhe dizer: "Muito bem, a camada de ozônio agradece".

— Não esquece de reciclar a garrafa — disse Blue.

Ele lançou um sorriso para ela antes de bater no batente da porta com o punho.

— Sim, Parrish. Estamos indo para Cabeswater.

14

Você poderia perguntar para qualquer um: a Rua Fox, 300, em Henrietta, Virgínia, era o lugar para o espiritual, o invisível, o misterioso e o que ainda estava por acontecer. Por uma taxa bastante razoável, qualquer uma das mulheres debaixo daquele telhado leria a sua mão, tiraria cartas para você, limparia a sua energia, conectaria você com parentes falecidos ou ouviria a respeito da semana terrível que você teve há pouco. Durante o horário comercial, a clarividência significava muitas vezes trabalho.

Mas, nos dias de folga, quando apareciam os drinques, muitas vezes ela se tornava um jogo. Maura, Calla e Persephone reviravam a casa em busca de revistas, livros, caixas de cereais, baralhos antigos de tarô — qualquer coisa com palavras ou imagens. Uma delas selecionava uma imagem e a escondia das outras, que testavam quão precisamente conseguiam formular palpites. Elas faziam previsões de costas umas para as outras, com as cartas espalhadas, com números diferentes de velas sobre a mesa, de pé em baldes de água, gritando uma para a outra, a três ou sete degraus de distância do corredor da frente. Maura chamava isso de educação continuada. Calla, de resolver problemas. Persephone, de *aquela coisa que podemos fazer quando não tem nada na televisão*.

Naquele dia, após Blue, Gansey e Adam terem ido, não havia trabalho para fazer. Os domingos eram tranquilos, mesmo para quem não ia à igreja. A questão não era que as mulheres na Rua Fox, 300 não fossem espiritualizadas aos domingos. A questão era que elas eram espiritualizadas *todos* os dias, e assim o domingo não se destacava particularmente. Após os adolescentes terem deixado a casa, as mulheres abandonaram o trabalho e prepararam o jogo na sala de estar modesta, mas confortável.

— Estou praticamente bêbada o bastante para ser transcendente — disse Calla depois de um tempo. Ela não era a única médium que estava bebendo, mas era a mais próxima da transcendência.

Persephone espiou duvidosamente o fundo do próprio copo. Com uma voz pequenina (sua voz era sempre pequena), disse tristemente:

— Não estou nem um pouco bêbada.

— É a russa que há em você — sugeriu Maura.

— Estoniana — ela respondeu.

Nesse momento, a campainha tocou. Maura disse um palavrão delicadamente: uma palavra bem escolhida e altamente específica. Calla disse um palavrão indelicadamente: várias palavras com muito menos sílabas. Então Maura foi até a porta da frente e reapareceu na sala de estar com um homem alto.

Ele era muito... cinza. Usava uma camiseta de gola V cinza-escura que enfatizava a inclinação muscular de seus ombros. A calça era de um cinza mais profundo. O cabelo era de um loiro-acinzentado, assim como os pelos faciais de uma semana em torno da boca, bastante na moda. Até as íris eram cinzentas. Não passou despercebido a nenhuma das mulheres na sala que ele era bonito.

— Esse é o sr...?

Ele sorriu de maneira um tanto deliberada.

— Cinzento.

A boca das mulheres se retorceu em seu próprio tipo de sorriso deliberado.

— Ele quer uma leitura — disse Maura.

— Nós estamos fechadas — respondeu Calla, de maneira absolutamente sumária.

— A Calla é uma grossa — disse Persephone em sua voz de boneca. — Nós não estamos fechadas, mas será que estamos ocupadas?

Isso foi dito com um tom de questionamento na voz e com um olhar ansioso na direção de Maura.

— Foi isso que eu disse a ele — disse Maura. — No entanto, no fim das contas, o sr... Cinzento... não precisa realmente de uma *leitura*. Ele é um romancista pesquisando mediunidade. Só quer observar.

Calla chacoalhou o gelo no copo. Uma sobrancelha parecia excepcionalmente cética.

— O que o senhor escreve, sr. *Cinzento*?

Ele sorriu de maneira descontraída para ela. Elas notaram que ele tinha dentes extraordinariamente retos.

— Suspenses. Vocês leem bastante?

Ela simplesmente assobiou e inclinou o copo na direção dele, a marca do batom roxo-escuro primeiro.

— Vocês se importariam se ele ficasse? — perguntou Maura. — Ele sabe poesia.

Calla desdenhou.

— Recite uma estrofe e eu lhe preparo um drinque.

Sem a menor hesitação ou sugestão de inibição, o Homem Cinzento colocou as mãos nos bolsos da calça cinza-escura e disse:

— *Where has gone the steed? Where has gone the youth? Where has gone the giver of treasure? Where are the feasting seats, where the revelry in the hall? Alas, bright goblet; alas, mailed warrior; alas, prince's glory! How that time has passed away, obscured beneath the crown of night as if it never were.**

Calla ergueu os lábios dos dentes.

— Recite no inglês arcaico original e eu ponho álcool nesse drinque.

Ele recitou.

Calla foi preparar o drinque.

Quando voltou, o Homem Cinzento foi encorajado a se sentar no sofá gasto, e Maura disse:

— Já vou avisando que, se você tentar alguma coisa, a Calla tem um spray de pimenta.

---

* "Para onde foi o corcel? Para onde foi a juventude? Para onde foi aquele que concede o tesouro? Onde estão os assentos no banquete, a alegria no salão? Ai de ti, cálice dourado; ai de ti, guerreiro encouraçado; ai de ti, glória principesca! Vê como aquele tempo passou, apagado sob a coroa da noite, como se jamais houvesse existido." Trecho do poema "The Wanderer", de autoria desconhecida e preservado apenas em uma antologia conhecida como *Exeter Book*, datada do século X. (N. do T.)

Como demonstração, Calla lhe entregou o drinque e então tirou um tubo da bolsinha vermelha.

Maura gesticulou na direção do terceiro membro do grupo.

— E a Persephone é russa.

— Estoniana — corrigiu Persephone baixinho.

— E — Maura formou um punho extremamente convincente — eu sei como socar o nariz de um homem para dentro do cérebro.

— Que coincidência — disse o Homem Cinzento jovialmente. — Eu também.

Ele observou com uma atenção ao mesmo tempo educada e lisonjeira enquanto Maura juntava as cartas que estavam sobre as almofadas do sofá. Ele se inclinou para pegar uma que ela tinha deixado.

— Esse cara parece infeliz — ele observou. O desenho era de um homem atingido por dez espadas. A vítima estava deitada de bruços, como a maioria das pessoas fica após ser atingida por dez espadas.

— É assim que um cara fica depois que a Calla acaba com ele — disse Maura. — A boa notícia para ele é que o dez representa o fim de um ciclo. Essa carta representa o fundo mais profundo do poço a que ele vai chegar.

— Não parece que pode ficar muito pior do que dez pontadas nas suas costas e poeira na sua boca — concordou o Homem Cinzento.

— Olhe — disse Maura —, o rosto dele parece um pouco com o seu.

Ele estudou a carta e colocou o dedo sobre a lâmina enfiada nas costas da vítima.

— E essa espada parece um pouco com você.

Ele olhou para Maura. Foi um olhar *de relance*. Ela olhou de volta. Também foi um olhar *de relance*.

— *Bem* — disse Calla.

— Você nos daria a honra, sr. Cinzento? — Maura lhe estendeu o baralho de cartas. — Você precisa perguntar: em cima ou embaixo?

O sr. Cinzento aceitou seriamente a responsabilidade e perguntou a Calla:

— Em cima ou embaixo?

— Três de copas. E em cima, é claro — disse Calla, seu sorriso roxo-
-escuro e travesso. — O único lugar para se estar.

O sr. Cinzento tirou a carta do topo e a virou. É claro que era o três
de copas.

Maura abriu um largo sorriso e disse:

— Imperatriz, embaixo.

O Homem Cinzento tirou a carta da parte de baixo e mostrou para
a sala. A toga da imperatriz era sugerida por um amplo traço de carvão,
e sua coroa era cravejada de frutas ou pedras de tinta.

O Homem Cinzento bateu palmas lentamente.

— Quatro de paus, embaixo — disse Calla.

— Dez de ouros, em cima — disparou Maura de volta.

— Ás de copas, embaixo — exclamou Calla.

Maura bateu no braço do sofá.

— O sol, embaixo.

— Quatro de espadas, em cima! — replicou Calla, sua boca um es-
gar purpúreo mortal. O Homem Cinzento virou as cartas uma após a
outra, revelando as previsões corretas.

A voz baixa de Persephone interrompeu a competição cada vez mais
ruidosa de Maura e Calla.

— O rei de espadas.

Todo mundo se virou para olhar para ela, que estava sentada com
os joelhos juntos e as mãos cruzadas elegantemente no colo. De vez em
quando, Persephone parecia ter ao mesmo tempo oito e oitenta anos;
agora era uma dessas vezes.

A mão do Homem Cinzento pairou obedientemente sobre o baralho.

— Em cima ou embaixo?

Persephone piscou.

— Dezesseis cartas contando de cima, creio eu.

Tanto Maura quanto Calla ergueram uma sobrancelha. A de Calla
subiu um pouco mais.

O Homem Cinzento contou as cartas cuidadosamente, conferiu de
novo a contagem e então virou a décima sexta carta para as outras verem. O rei de espadas, mestre das próprias emoções, mestre do próprio

intelecto, mestre da razão, olhava de dentro da carta para elas, sua expressão inescrutável.

— Essa é a carta do sr. Cinzento — disse Persephone.

Maura perguntou:

— Tem certeza?

Diante da concordância muda de Persephone, Maura se virou para ele.

— Você acha que essa é a sua carta?

O Homem Cinzento virou a carta de um lado para o outro, como se ela fosse revelar seus segredos para ele.

— Eu não sei muito sobre tarô. É uma carta terrível?

— Nenhuma carta é terrível — disse Maura. Ela olhou para o Homem Cinzento, acomodando o rei de espadas ao homem à sua frente. — E a interpretação pode ser muito diferente em cada leitura. Mas... o rei de espadas é uma carta poderosa. Ele é forte, mas imparcial... frio. Ele é muito, muito bom em tomar decisões baseadas em fatos em vez de emoções. Não, não é uma carta terrível. Mas estou captando outra coisa dela. Algo como...

— Violência — terminou Calla.

A palavra teve efeito imediato sobre todos na sala. Para Maura, Persephone e Calla, as lembranças da meia-irmã de Maura ocorriam primeiro, na medida em que eram as mais recentes, seguidas pelo garoto Gansey e seu polegar quebrado. O Homem Cinzento se lembrou do olhar atordoado de Declan Lynch, o sangue escorrendo do nariz dele. *Violência.*

— Sim, violência — disse Maura. — É isso que você quer dizer, Persephone? Sim.

Todas as três se inclinaram inconscientemente na direção das outras. Às vezes, Maura, Persephone e Calla pareciam mais três partes da mesma entidade em vez de três mulheres separadas. As três se viraram como uma para o sr. Cinzento.

— Meu trabalho é violento, às vezes — ele admitiu.

— Achei que você estava pesquisando para um romance. — O tom de Maura soava mais do que um pouco irritado.

— Era mentira — disse o Homem Cinzento. — Desculpe. Eu tive de pensar rápido quando você disse que eu não podia fazer uma leitura.

— Então qual é a verdade?

— Sou um assassino de aluguel.

Essa confissão precedeu vários momentos de silêncio. A resposta do Homem Cinzento parecia muito petulante, mas sua voz sugeria outra coisa. Era o tipo de resposta que exigia um esclarecimento ou uma qualificação imediata, mas ele não ofereceu nada.

— Isso não é muito engraçado — disse Maura.

— Não, não é — concordou o Homem Cinzento.

Todos na sala estavam esperando pela resposta de Maura, e ela perguntou:

— E foi o *trabalho* que trouxe você aqui hoje?

— Apenas pesquisa.

— Para o *trabalho*?

Sem se perturbar, o sr. Cinzento disse:

— Tudo é pesquisa para o trabalho. À sua maneira.

Ele não fez absolutamente nada para tornar suas palavras mais fáceis de ser aceitas. Era impossível dizer se ele estava pedindo a elas que acreditassem nele, fizessem a vontade dele ou o temessem. Ele simplesmente fez sua confissão e esperou.

Por fim, Maura disse:

— Poderia ser uma boa ter alguém mais mortal que a Calla em casa para variar um pouco.

Ela olhou *de relance* para ele. Ele olhou *de relance* de volta. Havia uma concordância tácita, sem palavras, naquele gesto.

Todos tomaram mais um drinque. O Homem Cinzento fez perguntas cultas, cheias de um humor irônico. Algum tempo depois, ele se pôs de pé, levou os copos vazios para a cozinha e pediu licença com um olhar para o relógio.

— Não que eu não quisesse ficar mais.

Então perguntou se podia voltar mais tarde naquela semana.

E Maura disse que sim.

Depois que ele foi embora, Calla examinou a carteira dele, que ela havia roubado enquanto ele partia.

— A identidade é falsa — ela observou, fechando a carteira e a enfiando nas almofadas do sofá onde ele estivera sentado. — Mas ele vai sentir falta dos cartões de crédito. Por que você foi dizer que sim?

— Eu fico mais tranquila se ficar de olho nesse tipo de coisa — respondeu Maura.

— Ah — disse Persephone —, acho que todas nós sabemos em que você estava de olho.

15

Adam se lembrou de como achara que Gansey seria cruel com ele. Não houve um dia durante seu primeiro mês na Academia Aglionby em que ele não duvidara de sua decisão de ir para lá. Os outros garotos eram tão estranhos e assustadores; ele jamais seria capaz de se parecer com um deles. Como ele havia sido ingênuo em pensar que um dia teria um quarto como os outros alunos da Aglionby. E Gansey era o pior de todos. Os outros garotos frequentavam a Aglionby e acomodavam a vida em torno dela. Mas Gansey... Era impossível esquecer que ele havia chegado com a vida intacta e, ao contrário dos outros, acomodara a Aglionby em torno de sua vida. Ele era o garoto para quem todos os olhares se voltavam quando entrava no ginásio. Ele era o aluno com o sorriso mais fácil quando chamado em latim. Sempre se deixava ficar depois das aulas para bater um papo com os professores como iguais — "Sr. Gansey, o senhor poderia esperar um minuto? Encontrei um artigo que acho que lhe interessará" —, e era o garoto com o carro mais belamente interessante e com o amigo mais ferozmente bonito, Ronan Lynch. Ele era o oposto de Adam de todas as maneiras possíveis.

Eles não conversavam. Por que conversariam? Adam entrava furtivamente na sala e mantinha a cabeça baixa e ouvia, tentando aprender a esconder seu sotaque. Gansey, um sol furioso, brilhava do outro lado do universo, sua atração gravitacional distante demais para afetar Adam. Embora Gansey passasse a impressão de ser amigo de todos na escola, era Ronan que estava sempre com ele. E era essa amizade e todos os olhares sem palavras e caretas esquisitas com a boca que faziam Adam achar que Gansey devia ser cruel. Ronan e Gansey riam, ele achava, de uma piada em que o resto do mundo era o ponto alto.

Não, Adam e Gansey não conversavam.

Eles não trocaram uma palavra até seis semanas ano adentro, quando Adam passou de bicicleta pelo Camaro a caminho da escola. Marcas pretas de pneu apontavam o caminho para o acostamento, o capô aberto. Era uma visão incomum: Adam vira o Camaro atrás de um guincho pelo menos duas vezes já. Não havia razão alguma para pensar que Gansey, debruçado sobre o motor, iria querer a ajuda dele. Ele provavelmente já chamara um mecânico que tinha de prontidão.

Mas Adam parou. Ele lembrou como tivera medo então. De todos os dias agonizantes na Aglionby, aquele havia sido o pior momento até então: baixar o estribo da bicicleta velha ao lado do glorioso Camaro laranja-vivo de Richard C. Gansey III e esperar que ele se virasse. Seu estômago parecera uma ruína de medo.

Gansey se virara e, com seu sotaque lento e adorável, dissera:

— Adam Parrish, certo?

— Sim. Di... Richard Gansey?

— Só Gansey.

Adam já descobrira qual havia sido a avaria que parara o Camaro. Criando coragem, ele perguntara:

— Quer que eu conserte? Eu sei um pouco sobre carros.

— Não — Gansey respondera laconicamente.

Adam se lembrou de como suas orelhas queimaram, de como ele gostaria de nunca ter parado, de como ele odiava a Aglionby. Ele não era nada, ele sabia, e é claro que Gansey, de todos os alunos, podia ver isso nele. A ausência de valor nele. Seu uniforme de segunda mão, sua bicicleta barata, seu sotaque estúpido. Ele não sabia o que o tinha feito parar.

Então Gansey, com os olhos cheios do Gansey *de verdade*, havia dito:

— Eu gostaria que você me mostrasse como consertar o carro sozinho, se você puder. Não faz sentido ter esse carro se eu não posso falar a língua dele. Falando em línguas, você me dá aulas de latim *todos os dias*. Você é tão bom quanto o Ronan.

Isso não deveria ter acontecido de maneira alguma, mas a amizade deles havia sido cimentada durante o tempo que havia levado para chegar à escola aquela manhã — Adam demonstrando como prender melhor o fio terra do Camaro, Gansey levantando a bicicleta de Adam para o porta-malas para que eles pudessem ir juntos para a escola, Adam confessando que trabalhava em uma oficina mecânica para pagar a Aglionby e Gansey se virando para o banco do passageiro e perguntando:

— O que você sabe sobre reis galeses?

Às vezes, Adam se perguntava o que teria acontecido se não tivesse parado aquele dia. O que estaria acontecendo com ele agora?

Provavelmente ele não estaria mais na Aglionby. E certamente não estaria no Camaro, a caminho de uma floresta mágica.

Gansey estava eufórico agora que tinha decidido voltar a Cabeswater. Não havia nada que ele odiasse mais do que ficar parado. Ele ordenou a Ronan que colocasse alguma música terrível — Ronan sempre ficava todo contente em condescender nesse departamento — e então forçou o Camaro em cada semáforo a caminho da saída da cidade.

— Ferro nele! — gritou Gansey, ofegante. Ele estava falando consigo mesmo, é claro, ou com a caixa de câmbio. — Não deixe que ele sinta o cheiro do medo em você! — Blue gritava cada vez que o giro do motor subia, mas não por se sentir infeliz. Noah tocava bateria na parte de trás do encosto de cabeça de Ronan. Adam, por sua vez, não se sentia tão animado, mas fez o melhor que pôde para não parecer *des*animado, para não estragar o momento dos outros.

Eles não tinham voltado a Cabeswater desde que Adam fizera seu sacrifício.

Ronan baixou a janela, deixando entrar uma rajada de ar quente, assim como o cheiro do asfalto e de grama cortada. Gansey seguiu o exemplo. A região lombar das costas de Adam já estava suada contra o assento de vinil, mas suas mãos estavam geladas. Será que Cabeswater o levaria junto assim que ele voltasse para lá?

O que foi que eu fiz?

Gansey, com o braço pendurado para fora, batia do lado do carro como se ele fosse um cavalo.

— Isso mesmo, Pig. Isso mesmo.

Adam sentia como se estivesse vendo tudo do lado de fora. Ele sentia como se estivesse prestes a vislumbrar outra imagem, como um filme das cartas de tarô que ele vira antes. Será que aquilo era uma pessoa parada no acostamento da estrada?

Não posso confiar em meus olhos.

Gansey se recostou no assento, a cabeça jogada para o lado, bêbado e bobo de alegria.

— Eu adoro esse carro — ele disse, alto para ser ouvido sobre o motor. — Eu devia comprar mais quatro desses. Eu simplesmente abro a porta de um e caio no outro. Um pode ser a sala de estar, outro a cozinha, eu durmo em um...

— E o quarto carro? Vai ser a despensa do mordomo? — gritou Blue.

— Não seja tão egoísta. Quarto de hóspedes. — O Camaro acelerou pela estrada de cascalho que os levaria para a floresta, uma nuvem de poeira como um paraquedas atrás dele. À medida que subiam, o campo se estendia ao redor, verde e interminável. Assim que chegassem ao cimo, eles conseguiriam ver a linha de árvores onde começava Cabeswater.

O estômago de Adam se revirou subitamente de nervoso, tão agressivamente quanto aquele dia em que ele havia parado sua bicicleta ao lado do carro de Gansey. Ele quase disse algo. Adam não sabia o que teria dito. *Seria outra imagem?* Uma tela em branco.

Eles subiram a colina.

O campo parecia não ter fim. A relva cerrada deu lugar a um terreno alagadiço onde um dia provavelmente houvera um regato, e então continuou por mais acres de relva. Centenas de acres de campo.

Não havia árvores.

O carro ficou em silêncio.

Gansey dirigiu alguns metros mais antes de puxar o freio de mão. Todas as cabeças no carro estavam voltadas na direção daquele campo interminável e do velho regato. A questão não era que um dia as árvores haviam existido e agora tinham desaparecido. Não havia tocos ou marcas de pneus. Era como se elas nunca tivessem existido.

Gansey estendeu a mão, e, imediatamente, Ronan abriu o porta-luvas e pegou o diário. Lentamente, Gansey o folheou para onde havia escrito caprichosamente as coordenadas de Cabeswater. Era possível ouvir a respiração de Blue.

Tudo aquilo era ridículo. Era como conferir as coordenadas para a Indústria Monmouth. Todos eles sabiam onde ficava.

— Jane — disse Gansey, passando o telefone de volta para ela —, por favor, confira o GPS.

Ele leu os números da página. Então os leu novamente.

Passando o mapa com o polegar no telefone, Blue os leu de volta a partir da tela. Eram os mesmos. Eram as coordenadas que os trouxeram ali todas as outras vezes. As coordenadas que trouxeram seu professor de latim e Neeve até ali.

Eles não haviam tomado um acesso errado. Não haviam passado da estrada ou estacionado no lugar errado. Fora ali que eles haviam encontrado Cabeswater. Fora ali que tudo começara.

— A floresta se foi — disse Noah finalmente.

16

E o Camaro quebrou.
Seu timing era impecável. Em circunstâncias normais, o carro estaria tomado pelo barulho: o rádio no volume máximo, a conversa animada. Não haveria público para os primeiros ruídos sutis de fluido enchendo os pulmões do Camaro. Mas agora, silenciados pelo impossível, todos ouviram o motor estremecer por um instante. Ouviram o rádio com o volume baixo gaguejar, como se tivesse esquecido o que estava dizendo. Ouviram a ventoinha do ar-condicionado tossir educadamente.

Eles tiveram tempo suficiente para erguer a cabeça e olhar um para o outro.

Então o motor expirou.

Subitamente roubado da direção hidráulica, Gansey levou com dificuldade o carro rodando no embalo para o acostamento. Ele assobiou entre dentes, o som idêntico ao ruído dos pneus no cascalho sujo.

Então houve silêncio absoluto.

No mesmo instante, o calor começou a se fazer presente. O motor palpitou como os espasmos do pé de um moribundo. Adam repousou a testa nos joelhos e dobrou os braços atrás da cabeça.

De uma hora para outra, Ronan disparou:

— Esse carro. Essa merda de *carro*, cara. Se fosse um Plymouth Voyager, ele já teria sido esmagado por crimes de guerra há muito tempo.

Adam sentia que a condição do Pig resumia perfeitamente como ele se sentia. Não realmente morto, apenas quebrado. Ele era prisioneiro da questão de o que significaria para ele Cabeswater não existir mais. *Por que as coisas não podem ser apenas simples?*

— Adam? — perguntou Gansey.

Adam levantou a cabeça.

— Alternador. Talvez.

— Não sei o que isso quer dizer. — Gansey parecia quase aliviado que o Pig tivesse morrido. Agora ele finalmente tinha algo concreto para fazer. Se ele não podia explorar Cabeswater, podia, no mínimo, tirá-los do acostamento. — Diga em uma língua que eu compreenda.

— *In indiget homo bateria* — sussurrou Ronan.

— Ele está certo — disse Adam. — Se tivéssemos uma bateria nova, poderíamos voltar para casa e ver qual é o problema.

Uma bateria nova custaria uns cem dólares, mas Gansey nem sentiria a mordida.

— Guincho?

— Dia de inspeção estadual hoje — respondeu Adam. O Boyd's era a única empresa que prestava serviço de guincho, e ele buscava carros com problemas mecânicos apenas quando não estava trabalhando na garagem. — Vai levar uma eternidade.

Ronan saltou para fora do carro e bateu a porta. A questão a respeito de Ronan Lynch, Adam havia descoberto, era que ele não gostava de — ou não conseguia — se expressar com palavras. Então cada emoção tinha de ser soletrada de alguma outra maneira. Um punho, um fogo, uma garrafa. Agora Cabeswater estava perdida e o Pig estava danificado, e ele precisava extravasar sozinho com seu corpo. Pela janela traseira, Adam viu Ronan pegar uma pedra no acostamento e jogá-la no mato.

— Bom, isso é muito útil — disse Blue sobriamente. Ela escorregou do banco de trás para o assento do passageiro agora vazio e gritou para fora: — Isso é muito útil!

Adam não entendeu toda a resposta rosnada de Ronan, mas ouviu ao menos dois dos palavrões.

Sem se deixar impressionar, Blue pegou o telefone de Gansey.

— Tem algum lugar aonde a gente possa chegar caminhando?

Ela e Gansey baixaram a cabeça juntos para examinar a tela e murmurar sobre as opções no mapa. A imagem do cabelo escuro dela e o cabelo empoeirado dele se tocando foi como ferro quente marcando algo por dentro de Adam, mas era apenas mais uma picada em um mar de águas-vivas.

Ronan voltou, apoiando-se na janela do passageiro. Blue virou o telefone para ele.

— Talvez a gente possa ir caminhando até esse lugar.

— O Mercado Deering? — disse Ronan, a voz sumindo. — Escuta. Esse não é o lugar para conseguir uma bateria. Parece o lugar perfeito para perder a carteira. Ou a virgindade.

— Você tem uma ideia melhor? — ela demandou. — Talvez a gente possa jogar coisas no mato! Ou bater em algo! Isso resolve tudo! Talvez a gente possa ser bem machão e quebrar o que aparecer na frente!

Embora ela estivesse virada para Ronan, Adam sabia que aquelas palavras eram dirigidas para ele. Ele apoiou a testa na parte de trás do encosto de cabeça do motorista e fervilhou de vergonha e indignação. Ele pensou em como o carro estremecera antes de morrer. Usando os últimos recursos da bateria antes de não poder mais seguir em frente. Então pensou em como Noah havia desaparecido na Dollar City enquanto ele falava com Gansey ao telefone. E agora Cabeswater tinha sumido. Utilizando-se da última carga de energia.

Mas isso não fazia sentido. Ele havia ativado a linha ley. Ela continuava explodindo transformadores na cidade de tão forte. Não deveria haver *falta* de energia.

— Vou ligar para o Declan — disse Gansey. — E dizer para ele trazer uma bateria.

Ronan disse para Gansey o que achava daquele plano, de maneira muito precisa, com uma série de palavras compostas que nem Adam tinha ouvido antes. Gansey anuiu, mas também discou o número de Declan.

Depois, ele se virou para Ronan, que encostava o rosto com tanta força no topo da janela que deixou uma marca na pele.

— Desculpe. Todas as outras pessoas que eu conheço estão fora da cidade. Você não precisa falar com ele. Eu faço isso.

Ronan deu um soco no teto do Camaro e se virou de costas para ele.

Gansey se virou para Adam, agarrando-se ao próprio encosto de cabeça e olhando para trás.

— Por que ela se foi?

Adam piscou com a súbita proximidade.

— Eu não sei.

Soltando o encosto de cabeça, Gansey se virou para Blue.

— Por quê? Isso é ciência ou magia?

Adam fez um ruído, desconsiderando a questão.

— Não — disse Blue. — Eu sei o que você quer dizer. Ela desapareceu ou foi tomada?

— Talvez ela esteja invisível — sugeriu Gansey.

Adam não tinha certeza se acreditava na verdadeira invisibilidade. Ele a havia tentado e ela nunca parecia protegê-lo. Ele perguntou a Noah:

— Você ainda está por aí quando não podemos te ver?

Noah apenas piscou para ele da obscuridade do banco de trás, seus olhos líquidos e distantes. Ele estava, notou Adam, praticamente desaparecido já. Era mais o sentimento de Noah do que realmente Noah.

Ronan estava ouvindo, porque se virou com um giro e se apoiou na janela.

— Na loja, quando ele desapareceu, ele não ficou simplesmente invisível. Ele foi *para outro lugar*. Se você está dizendo que Cabeswater é que nem o Noah, ela não está invisível. Ela foi para algum lugar.

Houve um breve silêncio. Esse era o momento em que Gansey, se fosse Ronan, diria um palavrão. Se fosse Adam, fecharia os olhos. Se fosse Blue, perderia o controle, exasperado.

Mas Gansey simplesmente passou o polegar sobre o lábio e então se recolheu. Ele parecia instantaneamente frio e elegante, todas as emoções verdadeiras guardadas em um local não revelado. Ele abriu seu diário, fez uma anotação na margem e a colocou entre parênteses concisos. Quando fechou as páginas, qualquer que tenha sido a ansiedade que ele sentia a respeito de Cabeswater estava fechada com o restante de seus pensamentos sobre Glendower.

Algum tempo mais tarde, após Noah ter desaparecido discretamente, o Volvo de Declan planou até eles, tão silencioso quanto o Pig era barulhento.

— Me deixe passar, me deixe passar — disse Ronan para Blue enquanto ela trazia o assento do passageiro suficientemente para frente para ele entrar no carro e se acomodar no banco de trás. Ele se largou apressadamente no banco, jogando uma perna coberta pelo jeans sobre a perna de Adam e soltando a cabeça em uma postura de abandono descuidado. Quando Declan chegou perto da janela do motorista, parecia que Ronan estava dormindo há dias.

— Por sorte pude parar o que estava fazendo — disse Declan. Ele espiou dentro do carro, os olhos passando por Blue e se prendendo em Ronan no banco de trás. Seu olhar seguiu a perna do irmão para onde ela repousava sobre a de Adam, e sua expressão se endureceu.

— Obrigado, D — disse Gansey naturalmente. Sem fazer esforço, ele empurrou a porta aberta, forçando Declan para trás sem parecer fazê-lo. Ele levou a conversa para a região do para-lama dianteiro, daí surgindo uma batalha de sorrisos cordiais e gestos deliberados.

Blue observou desdenhosamente do assento do passageiro enquanto Adam observava com seriedade do banco de trás. Ao fazer isso, ele notou os ombros e o olhar de Declan e então percebeu algo surpreendente.

Declan estava com medo.

Provavelmente não era evidente para Gansey, que era completamente distraído, nem para Blue, que não sabia como Declan parecia geralmente. E os sentimentos de Ronan a respeito do irmão mais velho eram como sangue na água; ele não seria capaz de ver através das nuvens biliosas.

Mas, para Adam, que passara um bom tempo de sua vida com medo — não apenas com medo, mas tentando escondê-lo —, isso era óbvio.

A questão era do que Declan Lynch tinha medo.

— Quem deixou o seu irmão com aquele olho roxo, Ronan? — ele perguntou.

Sem abrir os olhos, Ronan respondeu:

— A mesma pessoa que detonou o nariz dele.

— E quem foi?

Ronan riu só uma vez, *ha!*

— Assaltantes.

O problema de conseguir de Ronan os fatos a respeito de Declan era que Ronan sempre presumia que o irmão estivesse mentindo.

É claro, normalmente ele estava.

Subitamente, a porta do motorista foi escancarada. O som e o choque foram tão violentos que Ronan esqueceu de fingir estar dormindo e Adam e Blue ficaram olhando. Declan enfiou o corpo para dentro do carro.

— Eu sei que você quer fazer o contrário de tudo que eu digo — ele disparou —, mas você precisa manter a cabeça baixa. Lembra que eu disse para você manter a cabeça baixa meses atrás? Ou esqueceu?

A voz de Ronan era lenta, petulante. Seus olhos, no entanto, meio escondidos na luz baixa e quente do interior do Camaro — eles eram terríveis.

— Eu não esqueci.

— Bom, parece que sim — disse Declan. — As pessoas estão observando. E, se fizer uma bobagem, você vai estragar as coisas para todos nós. Então não faça nenhuma bobagem. E eu *sei* que você esteve nas ruas de novo. Quando você perder a sua carteira de motorista, eu...

— Declan. — A voz de Gansey o interrompeu, profunda e responsável. Ele colocou uma mão sobre o ombro de Declan, puxando-o para trás delicadamente. — Está tudo bem. — Ao ver que aquilo não teve o efeito desejado, Gansey acrescentou: — Eu sei que você não quer fazer uma cena na frente da...

Os dois garotos olharam para Blue.

Os lábios dela se abriram indignados, mas as palavras de Gansey funcionaram como magia. Declan recuou no mesmo instante.

Um momento mais tarde, Gansey retornou ao Pig.

— Sinto muito, Jane — ele disse. Agora sua voz soava cansada, nem de longe lembrando o tom de persuasão tolerante que usara há pouco com Declan. Ele levantou a bateria para que eles pudessem vê-la. — Adam, você quer fazer isso?

Ele disse isso como se fosse um dia comum, como se eles estivessem voltando de uma viagem comum, como se nada estivesse errado. Os irmãos Lynch tinham brigado, mas isso era só uma prova de que ambos ainda estavam respirando. O Pig morrera, mas ele estava sempre morrendo ou se reerguendo de novo.

Mas, em tudo que Gansey não disse, em todo sentimento que ele não pintou em seu rosto, ele estava gritando:
Ela se foi.

17

A máscara era do seu pai.

Mesmo em sonhos, Ronan não conseguia voltar para a Barns, mas havia algo da Barns vindo até ele. Na realidade, a máscara estava pendurada na sala de jantar de seus pais, bem distante de mãos curiosas. Mas, no sonho, ela ficava pendurada na altura dos olhos, na parede do modesto apartamento de Adam. Era entalhada em madeira escura e lisa, e parecia um suvenir barato para turistas. As órbitas dos olhos eram redondas e surpresas, a boca aberta em um sorriso franco, grande o suficiente para montes de dentes.

— Isso é trapaça — disse a Garota Órfã em latim.

Ela não estivera ali antes, mas estava agora. Sua presença lembrou a Ronan de uma hora para outra que ele estava sonhando. Esse momento, o momento quando ele percebia que criara tudo ali com a própria mente, era quando ele podia levar algo de volta com ele. Era seu. Ele poderia fazer o que quisesse com aquilo.

— Trapaça — ela insistiu. — Sonhar com um objeto de sonho.

Ela se referia à máscara, é claro. Era algo certamente da mente de seu pai.

— É o meu sonho — Ronan disse a ela. — Tome. Eu lhe trouxe um pouco de frango.

Ronan lhe passou uma caixa de frango frito, sobre a qual ela caiu vorazmente.

— Acho que sou um psicopompo — ela disse com a boca cheia.

— Não faço a menor ideia do que seja isso.

A garota maltrapilha enfiou uma asa de frango inteira na boca, com ossos e tudo.

— Acho que significa que eu sou um corvo. Isso torna você um garoto corvo.

Aquilo irritou Ronan por alguma razão, então ele pegou o resto do frango e o colocou sobre um móvel, que desapareceu tão logo ele se virou.

— Cabeswater desapareceu — ele disse para ela.

— Distante não é a mesma coisa que desaparecida. — Isso foi Adam quem disse. Ele parou ao lado de Ronan. Usava o uniforme da Aglionby, mas seus dedos estavam pretos de óleo. Ele encostou as mãos com graxa na máscara. Não pediu permissão, mas Ronan não o impediu. Após uma brevíssima pausa, Adam tirou a máscara da parede e a segurou na altura dos olhos.

Guinchando um aviso aterrorizado, a Garota Órfã se enfiou atrás de Ronan.

Mas Adam já estava se tornando algo mais. A máscara tinha desaparecido, ou havia se tornado o rosto de Adam, ou Adam estava entalhado na madeira. Todos os dentes atrás de seu sorriso eram famintos; o queixo elegante de Adam morria de fome. Seus olhos eram desesperados e enfurecidos. Uma veia longa e grossa se destacava em seu pescoço.

— *Occidet eum!* — implorou a Garota Órfã, agarrando-se à perna de Ronan.

O sonho estava se tornando um pesadelo. Ronan podia ouvir os horrores noturnos chegando, apaixonados por seu sangue e sua tristeza, as asas batendo em sincronia com os batimentos cardíacos dele. Ele não tinha controle para mandá-los embora.

Porque Adam era o horror agora. Os dentes eram algo mais, Adam era algo mais, ele era uma *criatura*, tão próxima que podia tocá-la. Pensar nisso era ficar imobilizado pelo horror de observar Adam ser consumido de dentro para fora. Ronan não sabia nem dizer onde estava a máscara agora; havia apenas Adam, o monstro, um rei cheio de dentes.

A garota soluçou:

— *Ronan, imploro te!*

Ronan pegou o braço de Adam e disse seu nome.

Mas Adam investiu. Dente sobre dente sobre dente. Mesmo enquanto avançava para cima de Ronan, uma de suas mãos ainda puxava a agora invisível máscara, tentando se livrar. Não sobrara nada do rosto dele.

Adam tomou o pescoço de Ronan, os dedos cravados em sua pele.

Ronan não conseguia matá-lo, por mais que a Garota Órfã implorasse. Era *Adam*.

A boca se abriu, entrada para a maldita ruína.

Niall Lynch havia ensinado Ronan a boxear, e havia dito para o filho um dia: "Limpe sua mente da fantasia".

Ronan limpou sua mente da fantasia.

Ele tomou a máscara. A única maneira de encontrar a borda era arrancando a mão de Adam onde ela ainda se agarrava obstinadamente à máscara. Preparando-se para o esforço, Ronan a arrancou. Mas a máscara saiu tão facilmente quanto uma pétala de flor. Apenas para Adam ela havia sido uma prisão.

Adam cambaleou para trás.

Na mão de Ronan, a máscara era fina como uma folha de papel, ainda quente da respiração ofegante de Adam. A Garota Órfã escondeu o rosto ao lado dele, seu corpo tremendo com os soluços. Sua voz fina saía abafada:

— *Tollerere me a hic, tollerere me a hic...*

Me leve daqui, me leve daqui.

Ao fundo, os horrores noturnos de Ronan haviam se aproximado. Próximos o suficiente para que se pudesse sentir o seu cheiro.

Adam estava fazendo ruídos esquisitos e terríveis. Quando Ronan levantou os olhos, viu que a máscara havia sido tudo que sobrara do rosto de Adam. Quando ele a arrancara de Adam, revelara músculos e ossos, dentes e globos oculares. O pulso de Adam bombeava um glóbulo de sangue de todo lugar em que um músculo encontrava outro músculo.

Adam se encolheu contra a parede, a vida se esvaindo dele.

Ronan agarrou a máscara, seus membros tomados pela adrenalina.

— Vou colocar a máscara de volta.

Por favor, funcione.

— Ronan!

Ele estava encolhido na cama, meio apoiado contra a parede, os fones de ouvido ainda em volta do pescoço. Seu corpo estava paralisado, como ele sempre ficava após sonhar, mas dessa vez ele podia sentir cada nervo queimando. O pesadelo ainda bombeava adrenalina através dele, embora ele não pudesse se mover para usá-la. Sua respiração vinha em grandes baforadas intermitentes. Ele não conseguia se esticar ou parar de ver o rosto arruinado de Adam.

Era de manhã. De manhã cedo, um dia cinzento, a chuva batendo na janela ao lado de sua cabeça. Ele flutuava acima de si mesmo. O garoto abaixo dele estava preso em uma batalha invisível, cada veia do corpo saltada nos braços e no pescoço.

— Ronan — sussurrou Noah. Ele se agachou a centímetros de distância, sem cor alguma naquela luz. Ele era sólido o bastante para seus joelhos deixarem uma marca na colcha, mas não para projetar qualquer tipo de sombra. — Você está acordado, você está acordado.

Por um longo minuto, Noah o fitou enquanto Ronan olhava de volta, tenso. Gradualmente, seu coração se desacelerou. Com um toque gelado, Noah desprendeu os dedos de Ronan dos espólios do sonho. A máscara. Ronan não tivera a intenção de trazê-la consigo. Ele teria de destruí-la. Talvez pudesse queimá-la.

Noah a levantou para a luz difusa da janela e teve um calafrio. A superfície da máscara estava salpicada de gotas vermelho-escuras. O DNA de quem, perguntou-se Ronan, um laboratório encontraria naquele sangue?

— O seu? — perguntou Noah, quase sem ser ouvido.

Ronan balançou a cabeça e cerrou os olhos de novo. Atrás das pálpebras fechadas, era o rosto pavoroso de Adam que ele via, não o de Noah.

No canto do quarto, um ruído se fez ouvir. Não o canto onde a gaiola de Motosserra estava. E não soava como um corvo jovem. Era um arranhar longo e lento no assoalho de madeira. Então um ruído rápido como um canudo nos raios de uma roda de bicicleta. *Tck-tck-tck-tck-tck*.

Era um ruído que Ronan tinha ouvido antes.

Ele engoliu.

Então abriu os olhos. Os olhos de Noah já estavam arregalados.

— Com o que você estava sonhando? — Noah perguntou.

18

Gansey havia acordado antes do amanhecer. Fazia já um tempo que ele não precisava acordar cedo para o treino de remo, mas, às vezes, ainda acordava às quinze para as cinco da manhã, pronto para cair na água. Normalmente, passava aquelas horas insones de manhã cedo estudando tranquilamente seus livros ou navegando na internet em busca de referências sobre Glendower, mas, após o desaparecimento de Cabeswater, Gansey não conseguia produzir nada. Em vez disso, saiu para a rua, passando pela chuva fina até o Pig em sua versão matinal. Imediatamente se sentiu confortado. Gansey passara tantas horas sentado ali daquele jeito — fazendo a lição de casa antes de ir para a aula, ou parado sem poder sair do acostamento da estrada, ou se perguntando o que faria se nunca encontrasse Glendower —, que ele se sentia em casa no carro. Mesmo quando não estava andando, o carro cheirava intimamente a vinil velho e gasolina. E, enquanto ele estava sentado ali, um único mosquito encontrou caminho para dentro do carro e ficou incomodando-o perto do ouvido, um trêmulo agudo contra o baixo contínuo da chuva e das trovoadas.

Cabeswater desapareceu. Glendower está lá — tem que estar —, e ela desapareceu.

As gotas batiam e se dispersavam no para-brisa. Ele pensou no dia em que fora picado até a morte por marimbondos e sobrevivera mesmo assim. Gansey repassou a memória até não sentir mais a emoção de ouvir o nome de Glendower sussurrado em seu ouvido, e então, em vez disso, se entregou ao sentimento de pena de si mesmo, que ele tivesse tantos amigos e mesmo assim se sentisse tão sozinho. Ele sentia que era sua obrigação confortá-los, mas nunca o inverso.

Como deve ser, pensou Gansey, abruptamente bravo consigo mesmo. *Você teve a vida mais fácil. Para que tanto privilégio, seu mimado frouxo, se você não consegue se manter de pé sozinho?*

A porta para Monmouth se abriu. Noah imediatamente viu Gansey e fez um gesto indefinido e agitado. Ele parecia querer dizer que precisava de Gansey e, além disso, que se sentia claramente ansioso a respeito disso.

Baixando a cabeça sob a chuva, Gansey se juntou a Noah.

— O que foi?

Dentro, os pequenos cheiros do prédio — os acessórios enferrujados, a madeira comida pelos cupins, os vasos de hortelã — haviam sido sobrepujados por um odor estranho. Algo úmido, estranhamente fértil e desagradável. Talvez tivesse sido trazido pela chuva e pela umidade. Talvez um animal tivesse morrido em um canto. Instado por Noah, Gansey entrou cuidadosamente na sala principal em vez de continuar para o apartamento no segundo andar. Diferentemente do segundo andar, o térreo era pouco claro, iluminado apenas por janelas pequenas no alto das paredes. Colunas de metal enferrujado seguravam o teto no lugar, com espaço suficiente entre elas para desenvolver quaisquer atividades para as quais o espaço fora projetado. Algo substancial, tanto em altura quanto em largura. Tudo era poeira naquela fábrica esquecida — o chão, as paredes, a forma em deslocamento do ar. Ela era inutilizada, espaçosa, atemporal. Sinistra.

Ronan estava parado no centro da sala, de costas para eles. Esse Ronan Lynch não era o Ronan que Gansey encontrara pela primeira vez. Não. Aquele Ronan, ele pensou, ficaria intrigado, mas não se aproximaria do jovem parado em meio às partículas de poeira. A cabeça raspada de Ronan estava baixada, mas tudo mais a respeito de sua postura sugeria vigilância e desconfiança. Sua tatuagem agressiva saía em gancho para fora da camiseta regata preta. Esse Ronan Lynch era uma criatura perigosa e oca. Era uma armadilha para você colocar o pé dentro.

Não pense nesse Ronan. Lembre-se do outro.

— O que você está fazendo aqui? — perguntou Gansey, vagamente nervoso.

A postura de Ronan não se alterou com o som da voz do amigo, e Gansey viu nesse instante que isso ocorria por ele já estar ferido demais. Um músculo saltou em seu pescoço. Ele era um animal pronto para voar.

Motosserra rolou na poeira entre seus pés. Ela parecia estar em meio a um êxtase ou a um ataque epilético. Quando viu Gansey, parou e o estudou com um olho e então com o outro.

Na rua, os trovões trovejavam. A chuva rufava através das vidraças quebradas acima do vão da escada. Uma aragem daquela fragrância úmida tomou conta do ambiente de novo.

A voz de Ronan não tinha entonação.

— *Quemadmodum gladius neminem occidit; occidentis telum est.*

Gansey tinha uma política rigorosa de evitar a declinação de substantivos antes do café da manhã.

— Se está tentando ser esperto, você venceu. *Quemadmodum* é "que nem"?

Quando Ronan se virou, seus olhos estavam fechados e com hematomas. Suas mãos também estavam cobertas de sangue.

Gansey teve um momento puro e destituído de lógica em que sentiu um aperto no estômago e pensou: *Eu não reconheço realmente nenhum dos meus amigos.*

Então a razão retornou a ele.

— Meu Deus. Isso é seu?

— Do Adam.

— O Adam de sonho — corrigiu Noah rapidamente. — Na maior parte.

Na chuva, na luz difusa, as sombras se moviam nos cantos. Isso lembrou Gansey das primeiras noites que ele passara ali, quando a única maneira que ele conseguia dormir era fingir que aquele vasto espaço não existia abaixo de sua cama. Ele podia ouvir Ronan respirando.

— Você se lembra do ano passado? — perguntou Ronan. — Quando eu disse... que não ia acontecer de novo?

Era uma pergunta boba. Gansey jamais esqueceu. Noah descobrindo Ronan em uma poça de seu próprio sangue, as veias arrebentadas. Horas no hospital. Terapia e promessas.

Não fazia sentido se esquivar.

— Quando você tentou se matar.

Ronan balançou a cabeça uma vez.

— Foi um pesadelo. Eles me arrebentaram no meu sonho, e quando acordei... — Ele gesticulou com as mãos sangrentas. — Eu trouxe isso comigo. Eu não podia te contar. Meu pai disse para nunca contar a ninguém.

— Então você me deixou pensar que você tinha tentado se matar?

Ronan deixou a carga de seus olhos azuis recair pesadamente sobre Gansey, fazendo-o perceber que ele não teria outra resposta. Seu pai lhe havia dito para jamais contar aquilo. E então ele jamais havia contado.

Gansey sentiu o ano inteiro assumindo uma nova forma em sua cabeça. Todas as noites ele se sentira aterrorizado pelo bem-estar de Ronan. E todas as vezes Ronan havia dito: "Não é bem assim". Imediatamente ele ficou irado pelo fato de que Ronan o tivesse deixado passar por aquele temor contínuo, mas aliviado que o amigo não fosse uma criatura tão esquisita assim no fim das contas. Era mais fácil para Gansey compreender um Ronan que tornava os sonhos reais do que um que quisesse morrer.

— Então por que... por que você está aqui embaixo? — disse Gansey por fim.

Houve um ruído de batida no andar de cima. Ronan e Motosserra viraram o queixo bruscamente para cima.

— Noah? — perguntou Gansey.

— Ainda estou aqui — respondeu Noah atrás dele. — Mas não por muito tempo.

Através do sibilar constante da chuva, Gansey ouviu o barulho de algo raspando o chão do andar de cima e mais uma batida quando algo caiu.

— Não é só o sangue — disse Ronan. Seu peito subia e descia com a respiração. — Outra coisa se soltou também.

A porta do quarto de Ronan estava fechada. Uma prateleira de livros havia sido esvaziada, virada de lado e empurrada na frente dela. Os livros haviam sido empilhados apressadamente ao lado do telescópio derrubado. Tudo estava em silêncio e cinza enquanto a chuva corria em gotas nas janelas. O cheiro que Gansey havia notado no andar de baixo era mais proeminente ali: mofado, doce.

— *Cráá?* — grasnou Motosserra do braço de Ronan. Ele fez um ruído manso para ela antes de baixá-la sobre a mesa de Gansey; ela desapareceu na sombra escura debaixo. Passando um pé de cabra para a mão direita, Ronan apontou para o estilete sobre a mesa até que Gansey percebeu que o amigo queria que ele o pegasse. Ele estendeu e retraiu a lâmina hesitantemente algumas vezes antes de olhar de relance para Noah. Este parecia pronto para desaparecer, por falta de energia ou de coragem.

— Você está pronto? — perguntou Ronan.

— Para que estou me preparando?

Atrás da porta, algo arranhava o chão. *Tck-tck-tck.* Como uma marreta arrastada sobre uma tábua de lavar roupa. Algo no coração de Gansey arrepiou de medo.

Ronan disse:

— Para o que está na minha cabeça.

Gansey não acreditava que houvesse uma maneira de se preparar para *isso*. Mas ajudou Ronan a tirar a prateleira de livros do caminho.

— Gansey — disse Ronan. A maçaneta estava virando sozinha. Ele estendeu a mão e a segurou firme. — Cuidado... cuidado com os olhos.

— Qual é o plano? — O olhar de Gansey estava voltado para o aperto de Ronan na maçaneta. Os nós dos dedos dele estavam brancos com o esforço para evitar que ela virasse.

— Matar essa coisa — disse Ronan.

E escancarou a porta.

A primeira coisa que Gansey viu foi o desastre: a gaiola de Motosserra destruída, o poleiro quebrado. A tela de cobertura de uma caixa de som estava entortada como um marisco junto à soleira. Um teclado de computador enfiado debaixo de um banco virado. Uma camisa rasgada e uma calça jeans largadas no chão, parecendo um corpo, num primeiro olhar de relance.

Então ele viu o pesadelo.

Saiu do canto no fundo. Como se fosse uma sombra, e então era uma coisa. Rápida. Negra. Maior do que ele esperava. Mais real do que ele esperava.

Tão alta quanto ele. Duas pernas. Usando uma roupa rasgada, preta, oleosa.

Gansey não conseguia parar de olhar para o bico.

— Gansey! — Ronan rosnou e então a golpeou com o pé de cabra.

A criatura se atirou no chão. Ela se contorceu para longe do alcance de Ronan quando ele tentou atingi-la de novo. Gansey percebeu uma garra. Não, *garras*, dúzias delas. Enormes, reluzentes, curvas até as pontas, como agulhas. Elas agarraram Ronan.

Gansey se lançou para frente, cortando um membro. A roupa da criatura se partiu debaixo da lâmina. Ela deu um salto, direto para Ronan, que a bloqueou com o pé de cabra. Com um bater de asas extraordinário, a criatura se lançou no ar e pousou sobre o batente da porta, as mãos entre as pernas, segurando-se como uma aranha. Não havia nada de humano nela. Ela sibilou para os garotos. Olhos com pupilas vermelhas piscavam repentinamente. Um pássaro. Um dinossauro. Um demônio.

Não é de espantar que Ronan nunca durma.

— Feche a porta! — disparou Ronan. — Não queremos brincar de esconde-esconde aqui!

O quarto parecia pequeno demais para eles se trancarem com um monstro, mas Gansey sabia que Ronan estava certo. Ele bateu a porta bem quando a criatura voou para cima dele. Garras e bico, negros e retorcidos. No mesmo instante, Ronan se atirou, jogando Gansey para o chão.

Em um instante cristalino, preso debaixo de Ronan e da criatura bicuda, Gansey viu as presas da coisa agarrando o braço de Ronan e, hiperconsciente, percebeu cascas de feridas condizentes entrecruzadas debaixo das feridas recentes. O bico se lançou sobre o rosto de Ronan.

Gansey enfiou a lâmina do estilete na carne negra cerosa entre as garras.

A coisa não fez ruído algum enquanto recuava. Ronan tentou atingi-la de novo com o pé de cabra e, quando o golpe errou a criatura, buscou atingi-la com o punho. Os dois tropeçaram no canto da cama. O pesadelo estava sobre Ronan. Eles lutavam em silêncio; Ronan poderia morrer, e Gansey só perceberia depois de consumado o fato.

Passando uma mão sobre a mesa de Ronan, Gansey pegou uma garrafa de cerveja e a quebrou contra o crânio da criatura. Instantaneamente, o cheiro de álcool tomou conta do ambiente. Ronan disse um palavrão debaixo do monstro. Gansey agarrou um dos membros da coisa — seria um braço? Uma asa? A repulsa obstruiu a garganta de Gansey, e ele atingiu o corpo da criatura com o estilete. Ele sentiu a lâmina fazer contato, perfurando a carne oleosa. Subitamente, havia uma garra em torno de seu pescoço, uma presa enfiada na pele fina abaixo do queixo. Fisgado como um peixe.

Gansey tinha consciência de como era minúscula a lâmina do estilete. Quão insubstancial em comparação às presas rijas da coisa. Ele sentiu um gotejar quente no colarinho da camisa. Seus pulmões se encheram do cheiro fecundo de putrefação.

Ronan acertou o pé de cabra na cabeça da criatura. E então a acertou de novo. E mais uma vez. Gansey e a criatura desabaram juntos no chão; o peso dela era uma âncora sobre a pele de Gansey. Ele estava preso, empalado, enredado no aperto dela.

O estilete foi tomado de Gansey. Vendo o que Ronan pretendia fazer, Gansey estendeu o braço para aquele bico que o imobilizava. Então era a criatura segurando Gansey segurando a criatura. E depois Ronan cortando a garganta da coisa. Não era algo rápido nem destituído de sangue. Era tortuoso e lento, como cortar papelão molhado.

Em seguida tudo terminou, e Ronan soltou a garra cuidadosamente da pele de Gansey.

Livre, Gansey saiu com dificuldade de debaixo da criatura. Ele pressionou o dorso da mão sobre o ferimento no queixo. Não podia dizer o que era seu sangue e o que era sangue da criatura e o que era sangue de Ronan. Os dois estavam ofegantes.

— Ela pegou você pra valer? — perguntou Ronan para Gansey. Um arranhão lhe descia pela têmpora e seguia pela sobrancelha até a face. *Cuidado com os olhos.*

Um exame cuidadoso com a ponta dos dedos de Gansey revelou que o ferimento debaixo do queixo era pequeno. A memória de ser pego pela garra não o deixaria tão cedo, no entanto. Ele se sentia perigosamente acabado, como se precisasse se segurar em algo ou seria levado pelas ondas. Gansey manteve a voz equilibrada:

— Acho que sim. Ela está morta?

— Se não estiver — disse Ronan —, é um pesadelo pior do que eu pensava.

Então Gansey se sentou, muito lentamente, na beira dos lençóis rasgados. Porque aquela *coisa* era impossível. O avião e a caixa quebra-cabeça, dois objetos inanimados, tinham sido muito mais fáceis de aceitar. Mesmo Motosserra, em todos os sentidos um corvo comum, a não ser pela origem, era mais fácil de aceitar.

Ronan observou Gansey sobre o corpo da criatura — ela parecia maior ainda na morte —, e sua expressão era a mais indefesa que Gansey já vira. Ele estava começando a compreender que aquilo, tudo aquilo, era uma confissão. Um olhar para quem Ronan realmente fora o tempo inteiro em que ele o conhecera.

Que mundo de maravilhas e horrores, e Glendower era apenas um deles.

— Sêneca. Foi ele quem disse aquilo, certo? — disse Gansey finalmente.

Enquanto seu corpo estava lutando contra um pesadelo, seu subconsciente estava combatendo contra o latim com o qual Ronan o tinha recepcionado.

Quemadmodum gladius neminem occidit; occidentis telum est.

O sorriso de Ronan era aguçado e em forma de gancho, como uma das garras da criatura.

— "Uma espada nunca mata ninguém; ela é uma ferramenta na mão do assassino."

— Não posso acreditar que o Noah não ficou para nos ajudar.

— Claro que pode. Nunca confie nos mortos.

Balançando a cabeça, Gansey apontou para as cascas de ferida que vira no braço de Ronan durante a briga.

— Seu braço. Isso foi por lutar com ela enquanto eu estava no Pig?

Ronan balançou a cabeça lentamente. Na outra sala, Motosserra estava fazendo ruídos ansiosos, preocupada com o destino dele.

— *Crááá?*

— Tinha outra — ele disse. — Ela escapou.

19

— Jane, o que você acha de fazer algo ligeiramente ilegal e definitivamente repugnante? — perguntou Gansey.

As costas de Ronan já estavam grudentas com o calor. O corpo do homem-pássaro estava no porta-malas do BMW, e sem dúvida estava acontecendo um processo científico medonho com ele. Ronan estava certo de que era um processo que ficaria mais malcheiroso à medida que o dia ficasse mais quente.

— Depende se envolve um helicóptero — respondeu Blue, parada na porta da Rua Fox, 300. Ela coçou a panturrilha com o pé descalço, usando um vestido que lembrava a Ronan um abajur. Qualquer que fosse esse abajur, Gansey claramente gostaria de ter um.

Ronan não era fã de abajures.

Além disso, ele tinha outras coisas na cabeça. Os nervos formigavam em seus dedos.

Gansey deu de ombros.

— Nenhum helicóptero. Dessa vez.

— Tem a ver com Cabeswater?

— Não — disse Gansey tristemente.

Ela olhou adiante deles para o BMW.

— Por que tem uma corda de bungee jump em volta do porta-malas?

Embora Ronan reconhecesse que o Pig merecia aquilo, Gansey havia se recusado a colocar o corpo no Camaro.

— É uma longa história. Por que você está me olhando desse jeito?

— Acho que eu nunca tinha visto você de camiseta antes. Nem de jeans.

Porque Blue estivera olhando para Gansey de um jeito que era mais visível pelo fato de ela tentar passar despercebida ao fazê-lo. Era um olhar ao mesmo tempo sobressaltado e impressionado. Era verdade que Gansey raramente usava jeans e camiseta, preferindo camisa social e calça cáqui, se não estivesse usando gravata. E era verdade que essas roupas lhe caíam bem; a camiseta se moldava aos ombros dele de uma maneira que revelava toda sorte de ângulos e cantos que uma camisa social normalmente esconde. Mas Ronan suspeitava que Blue estivesse mais chocada com o fato de que as roupas faziam Gansey parecer um garoto, por um dia que fosse, como qualquer um deles.

— É para a coisa repugnante — disse Gansey. E puxou a camiseta com dedos desaprovadores. — Estou bastante desalinhado no momento, eu sei.

Blue concordou.

— Sim, desalinhado, é exatamente isso que eu estava pensando. Ronan, estou vendo que você também está desalinhado.

Aquilo era brincadeira, uma vez que Ronan estava usando a combinação típica de Ronan: jeans e camiseta regata preta.

— Será que eu devia usar algo mais desalinhado também? — ela perguntou.

— Pelo menos ponha sapatos — respondeu Gansey melancolicamente. — E um chapéu, se precisar. Parece que vai chover.

— Ah, vai — disse Blue, olhando para cima para verificar. Mas o céu estava escondido pelas árvores folheadas da vizinhança. — Cadê o Adam?

— Vamos pegá-lo em seguida.

— Cadê o Noah?

— No mesmo lugar que Cabeswater — disse Ronan.

Gansey se encolheu.

— Muito bem, Ronan — disse Blue, incomodada, deixando a porta aberta enquanto entrava em casa gritando: — *Mãe! Estou indo com os meninos fazer... alguma coisa.*

Enquanto eles esperavam, Gansey se virou para Ronan.

— Vamos esclarecer uma coisa: se tivesse qualquer outro lugar onde a gente pudesse enterrar essa coisa sem medo de nos descobrirem, a gente escolheria esse lugar. Não acho que seja uma boa ideia ir à Barns, e eu gostaria que você não viesse com a gente. Gostaria que isso ficasse registrado.

— *Que tipo de alguma coisa?* — Era Maura, de dentro da casa.

— Muito bem, cara — respondeu Ronan. Mesmo a censura era eletrizante. Prova de que aquilo estava realmente acontecendo. — Que bom que você conseguiu pôr isso pra fora.

Ronan não desperdiçava uma chance.

— *Algo repugnante!* — gritou Blue de volta. Ela reapareceu na porta, com as roupas basicamente do mesmo jeito, a não ser pela adição de leggings de crochê e botas de borracha verdes. — Falando nisso, o que a gente vai fazer?

Casa, pensou Ronan. *Estou indo para casa.*

— Bem — disse Gansey lentamente, enquanto um trovão ribombava mais uma vez —, a parte ilegal é que vamos entrar na propriedade da família do Ronan, o que ele não tem permissão para fazer.

Ronan exibiu os dentes de relance para ela.

— E a parte repugnante é que vamos enterrar um corpo.

Ronan não estivera na Barns durante mais de um ano, mesmo em sonhos.

Ela estava como ele se lembrava de incontáveis tardes de verão: os dois pilares de pedra meio escondidos pela hera, ribanceiras tomadas pela mata como uma parede em torno da propriedade, os carvalhos posicionados proximamente, de cada lado do acesso de cascalho aberto. O céu cinzento acima tornava tudo verde e negro, floresta e sombra, em crescimento e misterioso. O efeito era dar à entrada da Barns uma espécie de privacidade. Um isolamento.

Enquanto eles subiam o acesso, a chuva batia no para-brisa do BMW. Trovões ribombavam. Ronan navegou o carro sobre uma ravina, passando pelos carvalhos, então uma curva fechada, e lá estavam — uma grande área aberta em declive, de puro verde, protegida por árvores de todos os lados. Em outros tempos, o gado pastava naquele capim, na parte da frente da propriedade, gado de todas as cores. Aquele rebanho, adorável como animais encantados, ainda povoava os sonhos de Ronan, embora em campos mais estranhos. Ele se perguntava o que havia acontecido com o gado de verdade.

No banco de trás, Blue e Adam esticavam o pescoço, olhando para a casa que se aproximava. Era tosca, simples, uma casa de fazenda ampliada de tempos em tempos. Eram as construções que davam nome à fazenda, espalhadas pelas colinas encharcadas, que eram memoráveis, a maioria branca como giz e com telhado de estanho, algumas ainda de pé, outras caindo. Algumas eram estábulo compridos e esguios para o gado, outras celeiros de feno, largos e com a cúpula pontuda. Havia anexos de pedra antigos e abrigos para equipamentos novos com tetos planos, currais de bodes e canis de cachorros há muito desocupados. Eles pontilhavam os campos como se tivessem crescido deles: os menores agrupados como cogumelos, os maiores se destacando.

Sobre todos eles havia o céu agitado, imenso e roxo com a chuva. Todas as cores eram mais profundas, verdadeiras, melhores. Aquilo era a realidade; ano passado havia sido o sonho.

Havia uma luz na casa da fazenda, a luz da sala de estar. Ela estava sempre acesa.

Será que estou mesmo aqui?, Ronan se perguntou.

Certamente ele acordaria logo e se veria novamente exilado na Indústria Monmouth, no banco de trás de seu carro ou deitado no chão, ao lado da cama de Adam na Santa Inês. Na luz opressiva, a Barns era tão verde e bela que ele sentia náuseas.

No espelho retrovisor, ele viu Adam de relance, sua expressão sonhadora e doente, e então Blue, a ponta dos dedos pressionada no vidro, como se ela quisesse tocar a relva úmida.

A área de estacionamento de cascalho estava vazia, a enfermeira da casa em outro lugar, pelo visto. Ronan estacionou ao lado de uma ameixeira carregada de frutas prontas para ser colhidas. Uma vez ele sonhara que havia mordido uma delas, e o suco e as sementes haviam explodido de dentro para fora. Outra vez, a fruta sangrara e criaturas apareceram para beber o sangue sofregamente antes de se esconderem debaixo de sua pele, parasitas com uma fragrância doce.

Quando Ronan abriu a porta, o carro se encheu imediatamente do cheiro de *casa*, a terra úmida, o verde ao redor, a pedra com limo.

— Parece outro país — disse Blue.

Era outro país. Era um país para os jovens, um país onde você morria antes de ficar velho. Saindo do carro, seus pés afundaram na grama fofa do verão, ao lado do cascalho. Uma chuva fina pegava nos seus cabelos. As gotas murmuravam sobre as folhas das árvores que os cercavam, um zunido ascendente.

O encanto do lugar não conseguia ser estragado nem com o conhecimento de que fora ali que Ronan encontrara o corpo do pai, e de que aquele era o carro ao lado do qual Ronan o havia encontrado caído. Assim como a Indústria Monmouth, a Barns se transformava totalmente com a mudança da luz. O corpo havia sido encontrado em uma manhã fria e escura, e aquela era uma tarde cinzenta e tempestuosa. Então a memória se tornou apenas um pensamento brevemente observado, analítico em vez de emocional.

A única realidade era esta: ele estava em casa.

Que vontade ele tinha de ficar.

☿

Alguns minutos mais tarde, parados junto ao porta-malas aberto, todos se deram conta de que nem Gansey nem Ronan haviam refletido o suficiente sobre o plano para arranjar uma pá.

— Einstein? — Ronan se dirigiu a Adam.

— Estábulo? — sugeriu Adam, despertando. — Ferramentas?

— Ah, sim. Por aqui.

Escalando uma cerca preta de quatro tábuas, eles partiram através dos campos na direção de um dos principais estábulos. A atmosfera encorajava o silêncio. Adam deu alguns passos apressados para caminhar ao lado de Blue, mas nenhum dos dois disse uma palavra. No ombro de Ronan, Motosserra batia as asas para manter o equilíbrio. Ela estava ficando pesada, esse sonho dele. Ao lado de Ronan, a cabeça de Gansey estava baixada contra a chuva, seu rosto pensativo. Ele havia feito essa caminhada muitas vezes antes.

Quantas vezes Ronan havia feito essa caminhada? Podia ter sido um ano atrás, cinco anos atrás.

Ronan sentia como se fosse arrebentar de fúria por Declan, executor do testamento de seu pai. Ele não podia ter o pai de volta, provavelmente jamais teria a mãe de volta. Mas, se lhe permitissem voltar ali... Não seria a mesma coisa, mas seria suportável.

Motosserra viu a coisa estranha primeiro. Ela observou:

— *Cráá.*

Ronan parou.

— O que é isso? — ele perguntou. A uns doze metros de distância, um objeto marrom e liso estava parado no meio de todo o verde. Batia na cintura dele em altura, e a textura era montanhosa.

Cheia de dúvidas, Blue perguntou:

— Isso é... uma vaca?

Era óbvio, uma vez que ela o dissera. Era certamente uma vaca, deitada como o gado faz na chuva. E era certamente uma das vacas que haviam ocupado aquele pasto antes de Niall Lynch ter morrido. Ronan não conseguia entender bem como ela ainda estava ali.

— Ela está morta? — Adam fez uma careta.

Ronan apontou para a paleta que se movia lentamente da vaca enquanto ele dava a volta nela. Agora ele podia ver seu rosto delicadamente esculpido e a umidade em torno das narinas. Seus olhos negros e grandes estavam entreabertos. Tanto ele quanto Motosserra se inclinaram do mesmo jeito para vê-la. Quando Ronan acenou uma mão na frente dos olhos da vaca, ela não se moveu.

— *Non mortem* — ele sussurrou, estreitando os olhos —, *somni fratrem*.

— O quê? — sussurrou Blue.

— Não a morte, mas seu irmão, o sono — traduziu Adam.

Gansey, com um pouco de maldade na voz, aconselhou:

— Cutuque o olho dela.

— Gansey! — disse Blue.

Ronan não cutucou o olho da vaca, mas passou um dedo sobre seus cílios suaves, que não piscavam. Gansey abriu a palma na frente das narinas da vaca.

— Ela *está* respirando.

Agachada, Blue acariciou o focinho da vaca, deixando marcas escuras sobre o pelo molhado.

— Pobrezinha. O que você acha que tem de errado com ela?

Ronan não sabia direito se tinha alguma coisa de errado com ela. A vaca não parecia doente, fora a falta de movimento. E Motosserra não parecia incomodada de um jeito fora do normal, embora tivesse pressionado o corpo contra a lateral da cabeça de Ronan, como um aviso para que ele não a colocasse no chão em lugar algum próximo do animal.

— Existe uma metáfora para o povo americano aqui — murmurou Gansey sombriamente —, mas me escapa no momento.

— Vamos seguir em frente antes que o Gansey tenha tempo de dizer algo que me faça odiá-lo — disse Blue.

Eles deixaram a vaca para trás e continuaram na direção de um dos maiores estábulos. A porta grande de correr estava comida pelos cupins e apodrecida perto da parte de baixo. As bordas de metal estavam enferrujadas.

Ronan colocou a mão sobre a superfície áspera da maçaneta da porta. Como de costume, sua palma memorizou a sensação. Não a ideia, mas a *sensação* real, a textura, a forma e a temperatura do metal, tudo de que precisava para trazê-la de volta de um sonho.

— Espere — disse Adam, cauteloso. — Que cheiro é esse?

O ar estava tomado por um odor quente, claustrofóbico — não desagradável, mas inegavelmente *agrícola*. Não era o cheiro de um estábulo que havia sido usado no passado; era o cheiro de um estábulo que estava sendo usado no presente.

Franzindo o cenho, Ronan abriu a enorme porta, que rangeu. Levou um momento para que seus olhos se ajustassem.

— Ah — disse Gansey.

Ali estava o restante do rebanho. Dúzias de cabeças de gado eram silhuetas escuras na luz pálida que passava pela porta. Não houve o menor movimento com o tinido da porta se abrindo. Apenas o som de várias dúzias de animais muito grandes respirando, e, acima deste, o ruído da chuva leve caindo sobre o telhado de metal.

— Modo de sono — afirmou Gansey, ao mesmo tempo em que Blue disse:

— Hipnose.

O coração de Ronan batia descompassadamente. O rebanho dormindo tinha um potencial que poderia ser despertado. Como alguém com a palavra correta poderia provocar o estouro da boiada.

— É culpa nossa também? — sussurrou Blue. — Como as quedas de luz?

Adam desviou o olhar.

— Não — respondeu Ronan, certo de que aquele rebanho dormindo não estava acontecendo por causa da linha ley. — Isso é algo mais.

— Sem querer soar como o Noah, mas isso está me deixando nervoso. Vamos encontrar uma pá e cair fora daqui — disse Gansey.

Arrastando os pés pela serragem, eles caminharam através dos animais imóveis até uma pequena sala de equipamentos tornada cinza pela chuva. Ronan encontrou uma pá de corte. Adam pegou uma pá de neve. Gansey testou o peso de um escavador de buracos para estacas, como se estivesse conferindo o equilíbrio de uma espada.

Após um momento, Blue perguntou:

— Você realmente cresceu aqui, Ronan?

— Nesse estábulo?

— Você sabe *exatamente* o que eu quero dizer.

Ronan começou a responder, mas a dor cresceu dentro dele, súbita e chocante. A única maneira de colocar o sentimento para fora era afogando as palavras com ácido. Elas saíram como se ele odiasse o lugar. Como se não pudesse esperar para ir embora dali. Irônico e cruel, ele disse:

— Sim. Este era o meu castelo.

— Uau — ela respondeu, como se ele não tivesse sido sarcástico. Então sussurrou: — Olhe!

Ronan seguiu o olhar dela. Onde o telhado corrugado encontrava a quina da parede, um pássaro marrom empoeirado estava enfiado em um ninho. Seu peito parecia negro, ensanguentado, mas um olhar mais próximo revelou que era um truque da luz difusa. A plumagem em seu peito tinha o tom esmeralda metálico de uma pomba. Como o gado, seus olhos estavam abertos, sua cabeça imóvel. O pulso de Ronan se acelerou de novo.

Sobre o seu ombro, Motosserra se encolheu, pressionando-se contra o pescoço dele, uma reação à reação *dele*, em vez de ao outro pássaro.

— Toque ele — sussurrou Blue. — Veja se ele está vivo também.

— Um de vocês, Gêmeos Pobreza, devia fazer isso — disse Ronan. — Eu toquei o último.

Os olhos de Blue lançaram faíscas.

— Do *que* você me chamou?

— Você me ouviu.

— *Gansey* — ela disse.

Ele largou a cavadeira.

— Você me disse que queria lutar suas batalhas com o Ronan sozinha.

Com um revirar de olhos, Adam arrastou uma cadeira e investigou.

— Está respirando também. Como as vacas.

— Agora confira os ovos — disse Ronan.

— Vá se ferrar.

Eles estavam todos um pouco apreensivos. Era impossível dizer se aquela sonolência era natural ou sobrenatural, e, sem esse conhecimento, não parecia impossível que aquilo pudesse acontecer a eles também.

— Nós somos os únicos acordados?

Isso inspirou Ronan. Deixando Motosserra sobre uma mesa feita de blocos de concreto, ele abriu o velho silo ao lado dela. Embora estivesse vazio, Ronan suspeitava que estaria ocupado. Como esperado, quando ele enfiou a cabeça lá dentro, percebeu um cheiro distinto, vivo, por trás do cheiro quente dos grãos.

— Luz — ordenou Ronan.

Ligando a função de lanterna do celular, Gansey iluminou o interior do silo.

— Rápido — ele disse. — Isso cozinha o meu telefone.

Estendendo o braço até o velho saco de ração no fundo, Ronan encontrou o ninho dos camundongos. Tirou cuidadosamente um deles com a mão. Ele era fofo e não pesava quase nada, tão pequeno que mal se percebia o calor de seu corpo. Embora o camundongo fosse adulto o suficiente para ser completamente móvel, permanecia calmo em sua mão em concha. Ronan correu um dedo carinhosamente sobre a espinha do animal.

— Por que ele está tão calmo? — perguntou Blue. — Está dormindo também?

Ele virou a mão apenas o suficiente para que ela visse seus olhos alertas, confiantes, mas não o bastante para que Motosserra percebesse — ela acharia que era comida. Ele e Matthew costumavam encontrar ninhos de camundongos nos currais e nos campos próximos das gamelas. Eles sentavam de pernas cruzadas por horas na relva, deixando os camundongos correrem para cima e para baixo por suas mãos. Os novos nunca tinham medo.

— Ele está desperto — ele disse. Erguendo a mão, pressionou o corpo minúsculo contra o rosto de maneira que pudesse sentir a palpitação dos batimentos cardíacos rápidos contra sua pele. Blue o estava encarando, então ele o ofereceu a ela. — Você pode sentir o coração dele desse jeito.

Ela pareceu desconfiada.

— É sério? Ou está de brincadeira comigo?

— Como você vai saber?

— Você é um sacana, e isso não parece uma atividade que sacanas gostem.

Ele sorriu ligeiramente.

— Não vá se acostumar.

Com relutância, ela aceitou o camundongo minúsculo e o segurou perto do rosto. Um sorriso surpreso surgiu em sua boca. Com um breve suspiro feliz, ela o ofereceu a Adam. Ele não parecia ansioso, mas, com a insistência de Blue, pressionou o corpinho contra o rosto e fez uma careta com a boca. Após um segundo, passou o camundongo para Gansey. Gansey foi o único que sorriu para o bicho *antes* de levá-lo ao rosto. E foi o sorriso dele que acabou com Ronan; ele se lembrou da expressão solta de Matthew quando eles descobriram os camundongos pela primeira vez, lá atrás, quando eles haviam sido a família Lynch.

— Incrivelmente encantador — relatou Gansey. E o largou nas mãos de Ronan.

Ronan segurou o camundongo sobre o topo da caixa.

— Alguém quer segurar mais um pouco antes que eu devolva? Porque ele vai estar morto em um ano. O tempo de vida de um camundongo do campo é uma merda.

— Muito bem, Ronan — disse Adam, virando-se para ir embora.

O rosto de Blue perdera a animação.

— Não durou muito.

Gansey não acrescentou nada. Seus olhos simplesmente se demoraram sobre Ronan, a boca pesarosa; ele o conhecia bem demais para se sentir ofendido. Ronan sentiu que estava sendo analisado, e talvez ele quisesse ser.

— Vamos enterrar aquela coisa — disse ele.

De volta ao BMW, Gansey foi suficientemente decente para não parecer presunçoso quando Blue tapou a boca com a mão e Adam prendeu a respiração ao verem o homem-pássaro pela primeira vez. Ronan e Gansey o haviam enfiado em uma caixa da melhor maneira possível, mas boa parte do corpo saía para fora dos dois lados para abusar da imaginação. Várias horas de morte não haviam melhorado sua aparência de maneira alguma.

— O que é isso? — perguntou Adam.

Ronan tocou uma das garras afiadas enganchadas na borda da caixa. Era terrível, aterrorizante. Ele temia aquela criatura de maneira permanente, primitiva, obtusa, que ocorria por ser constantemente morto por ela em sua cabeça.

— Elas aparecem quando estou tendo um pesadelo. Tipo, os pesadelos atraem essas coisas. Elas me odeiam. Nos sonhos, elas são chamadas de horrores noturnos. Ou... *niri viclis*.

Adam franziu o cenho.

— Isso é latim?

Perplexo, Ronan considerou a questão.

— Eu... acho que não.

Blue olhou bruscamente para ele, e imediatamente Ronan se lembrou de quando ela o havia acusado de conhecer a outra língua na caixa quebra-cabeça. Era possível que ela estivesse certa.

Entre os quatro, eles carregaram a caixa para a linha de árvores. Enquanto a chuva caía fina, eles se revezavam cavando o solo umedecido pela tempestade. Ronan olhava de relance para cima de tempos em tempos para observar Motosserra. Ela não se interessava por nada grande e negro, incluindo a si mesma, preferindo manter distância do corpo, mesmo depois que ele já estava dentro do buraco. Mas ela adorava Ronan acima de tudo, então se deixava ficar a meio caminho, bicando o chão em busca de insetos invisíveis.

Quando jogaram a última pilha de terra no buraco, estavam encharcados de chuva e suor. Havia algo afetuoso, pensou Ronan, a respeito de eles todos enterrarem um corpo por sua causa. Ele teria preferido que a criatura tivesse ficado em seus sonhos, mas, se tinha de escapar, isso era melhor que o último pesadelo fora de controle.

Com uma blasfêmia suave, Gansey cravou a ponta da pá no chão e secou a testa com o dorso da mão. Então enfiou uma folha de hortelã na boca.

— Estou com bolhas. Nino's?

Blue protestou sem dizer uma palavra.

Gansey olhou para Adam.

— Por mim qualquer coisa serve — respondeu Adam, o sotaque de Henrietta se revelando inadvertidamente e traindo sua fadiga. Não era o cansaço rotineiro. Era algo mais profundo. Não era difícil para Ronan imaginar a barganha se aninhando nos ossos de Adam.

Gansey olhou para Ronan.

Ronan passou um polegar cuidadoso por baixo de uma de suas tiras de couro, limpando a sujeira e o suor. Então pensou em quando voltaria à Barns. Em voz baixa, apenas para Gansey, ele perguntou:

— Posso ir ver a minha mãe?

20

Dentro da casa da fazenda, tudo estava em preto e branco. O ar estava carregado permanentemente com a fragrância agradável da infância de Ronan: buxo e fumaça de nogueira, sementes de capim e desinfetante de limão.

— Eu lembro — disse Gansey pensativo para Ronan — quando você costumava ter esse cheiro.

Gansey cacarejou ao ver seu reflexo enlameado no espelho de moldura escura pendurado no corredor. Motosserra olhou para si mesma brevemente antes de se esconder do outro lado do pescoço de Ronan; Adam fez o mesmo, mas sem a parte de se esconder no pescoço de Ronan. Até Blue parecia menos caprichosa que de costume, a iluminação proporcionando ao vestido em forma de abajur e ao cabelo cheio de pontas um ar de Pierrô melancólico.

— O lugar parece o mesmo de quando vocês moravam aqui — disse Gansey por fim. — Eu achei que teria mudado.

— Você vinha muito aqui? — perguntou Blue.

Ele trocou um olhar de relance com Ronan.

— Razoavelmente.

Ele não disse o que Ronan estava pensando, que Gansey era muito mais um irmão para ele do que Declan jamais havia sido.

Com a voz sumida, Adam perguntou:

— A gente pode tomar uma água?

Ronan os levou até a cozinha. Era uma cozinha de casa de fazenda, sem luxo, desgastada pelo uso. Não havia sido reformada ou atualizada desde que parara de funcionar, e assim o aposento era um amálgama de décadas e estilos: armários brancos simples, decorados com uma combinação de puxadores antigos de vidro e maçanetas de bronze, balcões que eram metade madeira nova para cortar carnes e metade laminado encardido, aparelhos que eram uma mistura de branco neve e aço inoxidável polido.

Com Blue e Adam ali, Ronan viu a Barns com novos olhos. Aquele não era o dinheiro antigo, pretensioso e belo da família de Gansey. Aquela casa era de uma riqueza maltrapilha, que traía sua fortuna não com cultura ou atmosfera, mas porque não faltava comodidade alguma: antiguidades e potes de cobre que não combinavam entre si, arte pintada à mão de verdade nas paredes e tapetes trançados à mão de verdade no chão. Onde a casa ancestral de Gansey era um museu de coisas elegantes e remotas que você não podia tocar, a Barns era um viveiro de mesas de sinuca e colchas artesanais, cabos de videogame e sofás de couro terrivelmente caros.

Ronan amava tudo aquilo. Quase não conseguia suportar. Ele queria destruir algo.

Em vez disso, disse:

— Lembra que eu te contei que o papai... que o meu pai era como eu? — Ele apontou para a torradeira. Era uma torradeira de aço inoxidável comum, com espaço para duas fatias de pão.

Gansey ergueu uma sobrancelha.

— Isso? É uma torradeira.

— Torradeira de sonho.

Adam riu sem fazer nenhum ruído.

— Como você sabe? — perguntou Gansey.

Ronan afastou a torradeira da parede. Não havia tomada ou painel de bateria. No entanto, quando você pressionava a alavanca, os filamentos ali dentro começavam a brilhar. Por quantos anos ele havia usado aquela torradeira antes de perceber que aquilo era impossível?

— Qual é a fonte de energia, então? — perguntou Adam.

— Energia de sonho — disse Ronan. Motosserra pulou desordenadamente do ombro dele para o balcão e teve de ser afastada do eletrodoméstico. — A mais limpa que há.

As sobrancelhas sujas de terra de Adam se ergueram. Ele respondeu:

— Políticos não gostariam disso. Nada contra sua mãe, Gansey.

— Sem problemas — disse Gansey cordialmente.

— Ah, e isso — disse Ronan, apontando para o calendário na frente da geladeira.

Blue folheou o calendário. Ninguém estivera ali para mudar o mês, mas isso não tinha importância. Cada página era a mesma — doze páginas em abril, cada foto exibindo três pássaros negros sobre uma cerca. Houvera uma época em que Ronan acreditara que aquilo era só um truque de apresentação. Mas agora ele podia reconhecer prontamente o artefato de um sonho frustrado. Blue espiou os pássaros, o nariz quase tocando a imagem.

— São urubus ou corvos?

Ao mesmo tempo em que Ronan disse "corvos", Adam disse "urubus".

— O que mais tem aqui? — perguntou Gansey, usando sua voz *profundamente curiosa* e seu rosto *profundamente curioso*, que ele reservava normalmente para todas as coisas relativas a Glendower. — Quer dizer, coisas de sonho?

— E eu vou saber? — respondeu Ronan. — Nunca fiz um estudo.

— Então vamos fazer — disse Gansey.

Os quatro deixaram a geladeira, abrindo armários e repassando os itens sobre o tampo do balcão.

— O telefone não conecta na parede — observou Adam, virando um velho telefone de discar de cabeça para baixo para examiná-lo. — Mas ainda tem sinal.

Na era dos telefones celulares, Ronan achou aquela descoberta profundamente desinteressante. Ele encontrara havia pouco um lápis que na realidade era uma caneta; embora o arranhão exploratório de uma unha sobre a ponta tivesse revelado se tratar de um lápis apontado, ela gerava uma linha perfeita de tinta azul quando arrastada sobre o bloco de notas ao lado da lata de canetas.

— O micro-ondas também não está conectado — disse Adam.

— Aqui tem uma colher com duas extremidades — acrescentou Gansey.

Um lamento agudo tomou conta da cozinha; Blue tinha descoberto que, ao girar o assento de um dos bancos altos, ele emitia um gemido que soava um pouco como "The Wind that Shakes the Barley" tocada diversas vezes mais rápido do que deveria. Ela o girou algumas vezes para ver se ele ia até o fim da canção. Não ia. Produto de outro sonho frustrado.

— *Maldita* — disse Gansey, largando uma faca sobre o balcão e sacudindo a mão. — Ela está incandescente. — Mas não estava. A lâmina era de aço inoxidável comum, e seu calor era percebido apenas pelo ligeiro odor do verniz do balcão, que derretia sob ela. Ele bateu no cabo algumas vezes para verificar que a faca inteira estava quente, não apenas a lâmina, e então usou um pano de prato para recolocá-la no aparador.

Ronan tinha parado de procurar a sério e estava só abrindo e fechando gavetas pelo prazer de ouvi-las bater. Ele não tinha certeza do que era pior: partir ou a expectativa de partir.

— Bem, isso não é nem um pouco frustrante — observou Adam, mostrando uma fita métrica que havia encontrado. A fita chegava a setenta e seis centímetros e não mais. — Eu teria jogado isso fora na manhã seguinte.

— Perfeito para medir caixas de pão — observou Gansey. — Talvez tenha valor nostálgico.

— E que tal isso? — Do corredor, Blue tocou a pétala de um lírio azul perfeito. Era um de uma dúzia reunida em um buquê sobre a mesinha do corredor. Ronan nunca dera muita atenção para as flores, mas, quando dera, ele sempre presumira que fossem falsas, uma vez que o vaso onde elas estavam nunca tivera água. Os lírios, brancos e azuis, eram grandes e aveludados, com estames dourados e espumosos, como ele jamais vira em outro lugar. Pensando bem, ele devia ter percebido. Adam arrancou um botão e virou a extremidade úmida do talo para os outros dois garotos.

— Elas estão vivas.

Esse era o tipo de coisa ao qual Gansey não conseguia resistir, e assim Adam e Ronan seguiram pelo corredor até a sala de jantar enquanto Gansey se demorava sobre as flores. Quando Ronan olhou sobre o ombro, Gansey estava parado, segurando uma flor na mão em concha. Havia algo de humilde e encantado no modo como ele estava parado, algo de grato e desejoso em seu rosto enquanto encarava a flor. Era uma expressão estranhamente deferente.

De alguma maneira, isso deixou Ronan ainda mais bravo. Ele se virou rapidamente antes que Gansey pudesse perceber seu olhar. Na sala de jantar cinza-clara, Adam estava tirando uma máscara de madeira de um gancho na parede.

Era entalhada em madeira escura e lisa, e parecia um suvenir barato para turistas. As órbitas dos olhos eram redondas e surpresas, a boca aberta em um sorriso franco, grande o suficiente para montes de dentes.

Ronan deu um salto.

— *Não.*

A máscara caiu ruidosamente no chão. Sobressaltado, Adam ficou olhando fixamente para onde a mão de Ronan segurava seu pulso. Ronan podia sentir o próprio coração batendo forte e, no pulso de Adam, o coração deste.

Ao mesmo tempo, ele o soltou e deu um passo para trás. Então pegou a máscara e a pendurou de volta na parede, mas seu pulso não baixou. Ele não olhou para Adam.

— Não faça isso — ele disse. Mas ele não sabia o que estava dizendo para Adam não fazer. Era possível que a versão de seu pai da máscara fosse inteiramente inofensiva. Era possível que ela só se tornasse mortal na cabeça de Ronan.

Subitamente, Ronan não suportava mais nada daquilo, os sonhos de seu pai, sua casa de infância, sua própria pele.

Ele deu um soco na parede. Os nós de seus dedos acertaram o estuque, e o estuque o acertou de volta. Ele sentiu o momento em que sua pele se partiu. Ele havia deixado uma ligeira marca de ira na parede, mas ela não havia rachado.

— Ah, por favor, Lynch — disse Adam. — Você está tentando quebrar a mão?

— O que foi isso? — perguntou Gansey da outra sala.

Ronan não fazia ideia do que era, mas fez aquilo de novo. E então chutou uma das cadeiras da sala de jantar. Jogou uma cesta alta cheia de flautas doces e de metal contra a parede. Arrancou um punhado de molduras pequenas de seus suportes. Ele estava irado antes, mas agora não era nada. Apenas nós dos dedos e centelhas de dor.

Abruptamente, seu braço parou em meio a um golpe.

O aperto de Gansey era firme, e sua expressão, a cinco centímetros de Ronan, não era divertida. Sua fisionomia era ao mesmo tempo jovem e velha. Mais velha que jovem.

— Ronan Lynch — ele disse. Era a voz que Ronan não conseguia suportar. Ela era convicta, de todas as maneiras que Ronan não conseguia ser. — Pare com isso *agora mesmo*. Vá ver a sua mãe. E depois vamos embora.

Gansey segurou o braço de Ronan um segundo a mais para ter certeza de que ele compreendera, e então o largou e se virou para Adam.

— Você ia ficar parado aí?

— Ãhã — respondeu Adam.

— Que decente da sua parte — disse Gansey.

Não havia calor na resposta de Adam.

— Não posso matar os demônios dele.

Blue não disse uma palavra, mas esperou no vão da porta até que Ronan se juntasse a ela. E então, enquanto os outros dois começaram a arrumar a sala de jantar, ela o acompanhou até a sala de estar.

Não era realmente uma sala de estar; ninguém mais precisava de uma sala de estar. Em vez disso, havia se tornado um depósito para tudo que parecia não pertencer a nenhum outro lugar. Três cadeiras de couro descombinadas estavam posicionadas de frente umas para as outras sobre o assoalho de madeira irregular — essa era a parte do *estar*. Vasos de cerâmica altos e delgados continham guarda-chuvas e espadas sem fio. Botas de borracha e pulas-pulas estavam alinhados nas paredes. Tapetes formavam rolos apertados de tapeçaria em um canto; um deles estava marcado com uma nota adesiva que dizia "esse não" na caligrafia de Niall. Um estranho candelabro de ferro, que fazia lembrar órbitas planetárias, estava pendurado no centro da sala. Niall provavelmente o tinha sonhado. Certamente os outros dois candelabros que ficavam pendurados nos cantos, meio acessórios de iluminação, meio plantas em vasos, também eram coisas sonhadas. Provavelmente tudo ali era. Só agora que Ronan estivera longe da casa ele podia ver quão cheia de sonhos ela era.

E ali, no meio de tudo, estava sua bela mãe. Ela tinha uma plateia silenciosa de cateteres, dispositivos intravenosos e tubos de alimentação — todas as coisas que as enfermeiras que a acompanhavam sempre acharam que ela precisaria. Mas ela não pedia nada. Era uma rainha sedentária de um poema épico antigo: cabelo dourado penteado para o lado, emoldurando o rosto pálido, bochechas coradas, lábios vermelhos como o diabo, olhos tranquilamente fechados. Ela não se parecia nem um pouco com seu marido carismático e seus filhos problemáticos.

Ronan caminhou diretamente até ela, próximo o suficiente para ver que ela não tinha mudado nada desde a última vez que ele a vira, meses e meses atrás. Embora a respiração de Ronan movesse os cabelos finos em torno das têmporas dela, ela não reagiu à presença do filho.

O peito dela subia e descia. Seus olhos permaneciam fechados.

Non mortem, somni fratrem. Não a morte, mas seu irmão, o sono.

Blue sussurrou:

— Que nem os outros animais.

A verdade — Ronan sempre a soubera, na realidade, se pensasse a respeito — se internalizou nele. Blue estava certa.

Sua casa era povoada por coisas e criaturas dos sonhos de Niall Lynch, e sua mãe era apenas mais uma delas.

21

Blue achou que já estava mais do que na hora de eles levarem Ronan até a família dela para uma consulta. Monstros de sonhos eram uma coisa. Mães de sonhos eram outra. Na manhã seguinte, ela foi de bicicleta até a Indústria Monmouth e lançou a ideia. Houve um silêncio, e então:

— Não — disse Ronan.

— Como? — ela perguntou.

— Não — ele respondeu. — Eu não vou.

Deitado no chão ao lado da longa impressão aérea da linha ley, Gansey não ergueu o olhar.

— Ronan, não seja difícil.

— Não estou sendo difícil. Só estou dizendo que não vou.

— Não é o dentista — disse Blue.

Recostado contra o batente da porta do quarto, Ronan respondeu:

— Exatamente.

Gansey fez uma anotação na impressão.

— Isso não faz sentido.

Mas fazia. Blue achou que sabia exatamente o que estava acontecendo. De modo frio, ela disse:

— É uma questão religiosa, não é?

— Você não precisa falar desse jeito — desdenhou Ronan.

— Na realidade, preciso sim. Essa é a parte em que você me diz que eu e a minha mãe vamos para o inferno?

— Eu não excluiria essa possibilidade — ele disse. — Mas realmente não tenho informações privilegiadas a esse respeito.

Com isso, Gansey rolou de costas e cruzou as mãos sobre o peito. Ele usava uma camisa polo salmão, que, na opinião de Blue, era bem mais infernal que qualquer coisa que eles tivessem discutido até aquele momento.

— Do que vocês estão falando agora?

Blue não podia acreditar que ele não soubesse ainda qual era o conflito. Ou ele era incrivelmente desatento ou extraordinariamente iluminado. Conhecendo Gansey, sem dúvida alguma era a primeira opção.

— Essa é a parte em que o Ronan começa a usar a palavra *oculto* — disparou Blue. Ela ouvira versões dessa conversa inúmeras vezes na vida; já havia se tornado lugar-comum demais alfinetá-la. Mas ela não esperava isso de seu círculo íntimo.

— Não estou usando palavra nenhuma — disse Ronan. O que sempre irritava a respeito de Ronan era que ele ficava bravo quando todo mundo estava calmo, e calmo quando todo mundo estava bravo. Porque Blue estava prestes a estourar uma veia, a voz dele era absolutamente pacífica. — Só estou dizendo que não vou. Talvez seja errado, talvez não. Minha alma já corre bastante perigo do jeito que as coisas estão.

Com isso, o rosto de Gansey ficou genuinamente sério, e pareceu que ele estava prestes a dizer alguma coisa. Mas apenas balançou a cabeça um pouco.

— Você acha que nós temos parte com o diabo, Ronan? — perguntou Blue. A pergunta teria melhor efeito se ela a tivesse feito com uma doçura doentia. Ela podia imaginar Calla fazendo isso, mas estava irritada demais para fazê-lo. — Elas são adivinhas diabólicas?

Ele revirou os olhos sensualmente para ela. Era como se ele simplesmente absorvesse a raiva dela, poupando-a toda para quando a precisasse para si mesmo.

— Minha mãe descobriu que era médium porque viu o futuro em um sonho — disse Blue. — Um *sonho*, Ronan. Ela não precisou sacrificar uma cabra no quintal para ver nada. Ela não tentou ver o futuro. É algo que ela se tornou, é algo que ela *é*. Eu também poderia dizer que você é diabólico porque pode tirar coisas dos seus sonhos!

— É, poderia — disse Ronan.

Gansey ficou com o cenho mais franzido ainda. Mais uma vez ele abriu a boca e a fechou.

Blue não conseguia deixar o assunto de lado. Ela disse:

— Então, mesmo que isso pudesse te ajudar a compreender você e o seu pai, você não vai falar com elas.

Ele deu de ombros, tão desinteressado quanto Kavinsky.

— Não.

— Por quê, seu cabeça-dura...

— Jane — Gansey engrossou a voz. *Desatento!* Ele desviou os olhos para ela, parecendo tão majestoso quanto uma pessoa pode parecer deitada de costas com uma camisa polo salmão. — Ronan.

— Estou sendo totalmente educado, cacete — disse Ronan.

— Você está sendo medieval — respondeu Gansey. — Diversos estudos sugerem que a mediunidade faz parte do reino da ciência, não da magia.

Ah. Iluminado.

— Por favor, cara — disse Ronan.

Gansey se sentou.

— Por favor, você. Todos nós sabemos que Cabeswater modifica o tempo. Você mesmo conseguiu escrever naquela rocha em Cabeswater antes que qualquer um de nós tivesse chegado lá. O tempo não é uma linha. É um círculo ou um número oito ou um maldito brinquedo de molas. Se você pode acreditar nisso, não sei por que não pode acreditar que alguém possa ser capaz de ver algo mais adiante nesse brinquedo de molas.

Ronan olhou para ele.

Aquele olhar, pensou Blue. Ronan Lynch faria qualquer coisa por Gansey.

Eu também provavelmente faria, ela pensou. Era impossível para ela compreender como ele conseguia produzir esse efeito naquela camisa polo.

— Como você quiser — disse Ronan. O que queria dizer que ele faria.

Gansey olhou para Blue.

— Feliz, Jane?
— Como você quiser — disse Blue.
O que queria dizer que ela estava.

⌁

Maura e Persephone estavam trabalhando, mas Blue conseguiu pegar Calla de jeito na Sala do Gato/Telefone/Costura. Se ela não podia ter as três juntas, era Calla que ela queria de qualquer maneira. Calla era uma médium tão tradicional quanto as outras duas, mas tinha um dom estranho, adicional: a psicometria. Quando ela tocava um objeto, muitas vezes podia sentir de onde ele tinha vindo, o que o proprietário estava pensando quando o usou e onde ele poderia terminar. Como eles pareciam estar lidando com coisas que eram ao mesmo tempo pessoas *e* objetos, o talento de Calla parecia vir a calhar.

Parada no vão da porta com Ronan e Gansey, Blue disse:
— Precisamos do seu conselho.
— Tenho certeza que sim — respondeu Calla, não da maneira mais receptiva. Ela tinha uma daquelas vozes graves, de tabagista, que sempre pareciam mais apropriadas para um filme em preto e branco. — Faça a sua pergunta.

Educadamente, Gansey perguntou:
— Você tem certeza que consegue pensar desse jeito?
— Se está duvidando de mim — disparou Calla —, não sei por que você está aqui.

Em defesa de Gansey, Calla estava de cabeça para baixo, pendurada magnificamente no teto da Sala do Gato/Telefone/Costura. A única coisa que evitava que ela despencasse no chão era uma faixa de seda roxo-escura enrolada em volta de uma das coxas.

Gansey desviou o olhar e sussurrou no ouvido de Blue:
— Isso é um ritual?

Havia algo um pouco mágico naquilo, supôs Blue. Embora a sala, coberta por um papel de parede verde listrado, estivesse cheia de uma miríade de bugigangas para atrair atenção, era difícil evitar olhar para a forma de Calla girando lentamente. Parecia impossível que aquele pedaço de seda fosse segurar o peso dela. Naquele momento, ela estava virada para o canto, de costas para eles. Sua túnica pendia baixa, revelando uma porção considerável de pele bem morena, uma alça de sutiã rosa e quatro coiotes minúsculos tatuados correndo ao longo da espinha dela.

Segurando a caixa quebra-cabeça nas mãos, Blue sussurrou de volta:

— É ioga aérea. — Mais alto, disse: — Calla, é sobre o Ronan.

Calla se endireitou, enrolando a seda em volta da outra coxa.

— Quem é ele mesmo? O bonito?

Blue e Gansey se entreolharam. O olhar de Blue disse: *Sinto muito, de verdade*. O de Gansey: *Sou eu o bonito?*

Calla continuou girando, quase imperceptivelmente. À medida que se enrolava, ficava cada vez mais óbvio que Calla não era a mulher mais magra no planeta, mas tinha músculos abdominais que *uau*.

— O camiseta da Coca-Cola?

Ela queria dizer Adam. Ele usara uma camiseta vermelha da Coca-Cola na primeira leitura, e agora e para sempre seria identificado por ela.

Ronan disse, com a voz num rosnado baixo:

— A cobra.

A rotação de Calla parou assim que ele terminou de falar. Eles olharam um para o outro por um longo momento, Ronan em pé, Calla de cabeça para baixo. Motosserra, sobre o ombro de Ronan, virou a cabeça para ver melhor. Não havia nada particularmente simpático a respeito de Ronan naquele instante, a boca bonita traçando uma linha cruel, a tatuagem sombria saindo pela gola da camiseta preta, o corvo pressionado contra a lateral da cabeça raspada. Era difícil lembrar do Ronan que havia pressionado aquele camundongo pequenino contra o rosto lá na Barns.

De cabeça para baixo, Calla tentou parecer desinteressada, mas estava claro, pelas sobrancelhas arqueadas, que ela estava terrivelmente interessada.

— Compreendo — Calla respondeu finalmente. — De que tipo de conselho você precisa, Cobra?

— Meus sonhos — respondeu Ronan.

Agora as sobrancelhas se combinavam com a boca desinteressada. Ela se permitiu girar para longe deles de novo.

— É com a Persephone que você vai querer conversar sobre interpretação de sonhos. Boa sorte.

— Eles vão te interessar — disse Ronan.

Calla apenas deu risada e estendeu uma das pernas.

Blue fez um ruído irritado. Com dois passos largos sala adentro, ela pressionou a caixa quebra-cabeça contra o peito nu de Calla.

Calla parou de girar.

Lentamente, ela se endireitou. O gesto foi tão elegante quanto um movimento de balé, uma bailarina do cisne desabrochando. Então perguntou:

— Por que você não disse antes?

— Eu disse — respondeu Ronan.

Ela comprimiu os lábios roxo-escuros.

— Uma coisa você devia saber a meu respeito, Cobra. Eu não acredito em qualquer um.

Motosserra sibilou. Ronan disse:

— Uma coisa você devia saber a meu respeito. Eu nunca minto.

☿

Calla continuou a fazer sua ioga aérea pelo resto da conversa.

Às vezes ela estava do lado certo, as pernas curvas para baixo.

— Todas essas coisas ainda fazem parte de você. Para mim, elas parecem exatamente do jeito que você sente. Bem, na maior parte das vezes. São como as unhas que você corta. Então elas compartilham a mesma vida que você. A mesma alma. Vocês são a mesma entidade.

Ronan quis protestar — se Motosserra caísse de uma mesa, ele não sentiria a dor dela, mas não sentiria a dor de uma de suas unhas cortadas também.

— Então, quando você morrer, elas vão parar.

— Parar? Elas mesmas não vão morrer? — perguntou Gansey.

Calla se virou de cabeça para baixo, os joelhos dobrados e os pés pressionados um no outro. Isso a deixava com um ar de aranha habilidosa.

— Quando você morre, seu computador não morre também. Elas nunca chegaram a viver realmente, da forma como você pensa na vida. Não é uma alma que está animando essas coisas. Tire o sonhador e... elas são como um computador esperando pelos comandos.

Ronan pensou no que Declan havia dito todos aqueles meses atrás: *A mamãe não é nada sem o papai*. Ele estava certo.

— Então a minha mãe nunca vai despertar.

Calla escorregou lentamente até se endireitar, livrando as mãos.

— Cobra, me passe esse pássaro.

— Não aperte — disse Ronan brevemente, dobrando as asas do corvo contra o corpo e o entregando a Calla.

Motosserra prontamente bicou o dedo dela. Sem se intimidar, Calla exibiu os dentes de volta para o corvo.

— Cuidado, gatinha — ela disse para Motosserra, com um sorriso mortal. — Eu também mordo. Blue?

Isso significava que ela queria usar o poder invisível de Blue para incrementar sua visão. Blue pousou uma mão no joelho de Calla e usou a outra para evitar que ela girasse. Por um longo momento, Calla ficou pendurada ali com os olhos fechados. Motosserra ficou imóvel em suas mãos, as penas eriçadas diante da ignomínia de toda a situação. Então Calla fixou o olhar em Ronan, com um sorriso bruscamente armado se manifestando nos lábios pintados de roxo-escuro.

— O que você *fez*, Cobra?

Ronan não respondeu. O silêncio nunca era a resposta errada.

Calla enfiou o pássaro nas mãos de Blue, que tentou acalmá-lo antes de devolvê-lo para Ronan.

— Eis a questão. A sua mãe era um sonho. Seu tolo pai a tirou do sonho. Como se não tivesse mulheres suficientes no mundo sem que seja preciso fazer uma. E agora ela não tem sonhador. Você quer a sua mãe de volta, mas ela tem que voltar em um sonho.

Então ela realizou vários procedimentos elaborados, todos eles aparentemente elegantes e pouco exigentes. Eles lembravam a Ronan um pouco do movimento da caixa quebra-cabeça, no sentido de que pareciam meio ilógicos, meio impossíveis. Era difícil compreender como ela tirava o braço da seda sem enrolar o torso. Difícil perceber como ela torcia a perna sem cair no chão.

Ronan interrompeu o silêncio.

— Cabeswater. Cabeswater é um sonho.

Calla parou de girar.

— Você não precisa me dizer que estou certo — disse Ronan. Ele pensou em todas as vezes em que sonhara com as árvores antigas de Cabeswater; em quão familiar parecia caminhar por lá; no modo como as árvores sabiam o nome dele. Ele estava preso nas raízes delas, de certa maneira, e elas, nas veias dele. — Se a minha mãe estiver em Cabeswater, ela vai despertar.

Calla o encarou. O silêncio nunca era a resposta errada.

— Acho que realmente precisamos recuperar Cabeswater, então — disse Gansey.

Blue inclinou a cabeça de maneira que Calla ficasse ligeiramente menos de cabeça para baixo em relação a ela.

— Alguma ideia?

— Não sou mágica — disse Calla. Blue deu um giro nela. Calla riu a volta inteira, um som satisfeito, sujo. Ela apontou para Ronan enquanto ele se dirigia para a porta. — Mas ele é. E outra coisa: livre-se daquela máscara. Que criação detestável.

22

Últimos desejos & testamento de
Niall T. Lynch

Artigo 1
Declarações preliminares

Eu sou casado com Aurora Lynch e todas as referências neste testamento à minha esposa dizem respeito a Aurora Lynch. Tenho três filhos vivos, chamados Declan T. Lynch, Ronan N. Lynch e Matthew A. Lynch. Todas as referências neste testamento a meu "filho" ou "filhos" ou "prole" dizem respeito ao filho ou filhos acima, e a qualquer filho ou filhos nascidos ou adotados no futuro por mim. Todas as referências ao "filho do meio" dizem respeito a Ronan N. Lynch.

— Eu estava pensando que podíamos passar o Quatro de Julho juntos — disse Matthew, espiando Ronan; a luz da tarde que caía deixava seus cachos angelicais. A pedido de Ronan, eles tinham se encontrado para jantar no parque central da cidade. Era um ato egoísta. Tanto Declan quanto Ronan tratavam Matthew como um manto de segurança. — Nós três. Para ver os fogos de artifício.

Ronan se curvou sobre ele de cima da velha mesa de piquenique.

— Não.

Antes que o irmão mais novo tivesse chance de dizer algo para inadvertidamente fazê-lo se sentir culpado e então topar o convite, Ronan gesticulou para o sanduíche de atum de Matthew com o seu.

— Como está o seu sanduíche?

— Ah, está bom — disse Matthew entusiasticamente. Não chegava a ser um grande elogio. Matthew Lynch era um fosso dourado e indiscriminado no qual o mundo jogava comida. — Está muito bom. Eu não acreditei quando você ligou. Quando vi seu número na tela, quase me caguei todo! Você poderia vender o seu telefone, tipo, como se fosse novinho, na caixa.

— Sem palavrão, cacete — disse Ronan.

Artigo 2
Doações e legações testamentárias

> Lego a soma de vinte e três milhões de dólares ($ 23.000.000,00) para um fundo em separado que deverá providenciar o cuidado e a manutenção perpétuos da propriedade referida como "Barns" (ver item B) e para o cuidado, a educação e o alojamento dos meus filhos sobreviventes. Esse fundo deve ser executado por Declan T. Lynch até todos os filhos completarem dezoito anos de idade.
>
> Lego a soma de três milhões de dólares ($ 3.000.000,00) para meu filho Declan T. Lynch, assim que ele completar dezoito anos de idade.
>
> Lego a soma de três milhões de dólares ($ 3.000.000,00) para meu filho Ronan N. Lynch, assim que ele completar dezoito anos de idade.
>
> Lego a soma de três milhões de dólares ($ 3.000.000,00) para meu filho Matthew A. Lynch, assim que ele completar dezoito anos de idade.

Ronan pegou uma batata de Matthew e deu para Motosserra, que a mutilou sobre a superfície da mesa, mais pelo ruído que pelo gosto. Na calçada, uma senhora empurrando um carrinho de bebê lhe lançou um olhar feio, fosse por estar sentado sobre a mesa ou por parecer pouco respeitável andar com aves carniceiras. Ronan lhe devolveu o olhar, com alguns graus a mais de vulgaridade.

— Ei, o Declan ainda perderia a cabeça se a gente voltasse para a Barns?

Mastigando afetuosamente, Matthew abanou para o conteúdo do carrinho de bebê. O conteúdo abanou de volta. Ele falou com a boca cheia.

— Ele sempre perde. A cabeça, quero dizer. Sobre isso. E sobre você. É verdade que a gente perde nosso dinheiro se voltarmos? O papai era realmente tão mau quanto o Declan diz?

```
Artigo 7
Condição adicional
```

```
     Com a minha morte, nenhum dos meus filhos poderá aden-
trar os limites físicos da "Barns", tampouco perturbará nada
que esteja dentro da propriedade, vivo ou inerte, ou os ativos
tratados neste testamento serão legados para o fundo New York-
-Roscommon, exceto o fundo estabelecido para o cuidado con-
tinuado de Aurora Lynch.
```

— O quê? — Ronan largou seu sanduíche, e Motosserra o pegou furtivamente. — O que ele diz sobre o papai?

O irmão mais novo deu de ombros.

— Sei lá, só que ele nunca estava lá ou algo do gênero. Você sabe. Ei, o Declan não é tão ruim assim. Não sei por que vocês dois não se dão.

A mamãe e o papai simplesmente não se amam mais, pensou Ronan, mas não podia dizer isso para Matthew, que o encarava com os mesmos olhos confiantes que o bebê-camundongo virara para ele. Aquele lanche não bastara para recuperar seu equilíbrio. Sua visita ilícita à Barns, a percepção a respeito de sua mãe e a avaliação de Calla da situação o haviam deixado muito abalado. Subitamente, Ronan estava diante de uma decisão: se deveria ou não reviver sua mãe. Se ele pudesse ter a mãe de volta, isso certamente ajudaria, mesmo se ela tivesse de morar em Cabeswater. Um dos pais era melhor que nenhum. A vida era melhor que a morte. Ficar desperto era melhor que ficar dormindo.

Mas as palavras de Declan incomodavam Ronan: *Ela não é nada sem o papai.*

Era como se ele soubesse. Ronan queria muito saber *quanto* Declan sabia, mas não podia perguntar.

— O Declan começou a me odiar primeiro — disse Ronan. — Caso você esteja se perguntando. Então não fui eu.

Matthew soltou uma respiração com cheiro de atum, com o ar alegre e contente de uma freira ou de um maconheiro.

— Ele só estava chateado porque o papai gostava mais de você. Eu não me importava. Todo mundo tem preferências. A mamãe gostava mais de *mim*, de qualquer forma.

```
Artigo 2A
Legados adicionais


    Lego toda minha parte na propriedade imobiliária que era
minha residência no momento de minha morte (a "Barns"), as-
sim como qualquer seguro sobre essa propriedade, para meu fi-
lho do meio.
```

Os dois comeram seus sanduíches em silêncio. Ronan pensou que ambos provavelmente estavam considerando que isso deixava Declan como o favorito de ninguém.

Se eu era o seu favorito, ele perguntou ao pai morto, *por que você me deixou uma casa aonde eu jamais posso voltar?*

Cuidadosamente — isso era difícil, pois Ronan nunca fazia nada cuidadosamente —, ele perguntou:

— O Declan fala sobre sonhos?

Ele precisou repetir a pergunta. Tanto Matthew quanto Motosserra haviam se distraído com um par de borboletas-monarcas.

— Tipo, os dele? — perguntou Matthew, e deu de ombros de maneira elaborada. — Não acho que ele sonhe. Ele toma remédio para dormir, sabia?

Ronan não sabia.

— De que tipo?

— Sei lá. Mas eu olhei a caixa. O dr. Mac deu para ele.

— Doutor quem, cacete?

— O médico da Aglionby.

Ronan assobiou.

— Ele não é médico, cara. É enfermeiro ou algo assim. Não sei se ele pode receitar remédios. Por que o Declan toma remédio para dormir?

Matthew enfiou o restante de seu sanduíche na boca.

— Ele diz que você está dando úlcera nele.

— Úlceras não são problemas de sono. Elas aparecem quando o ácido faz um maldito buraco no seu estômago.

— Ele diz que você e o papai eram sonhadores — disse Matthew —, e que você vai fazer a gente perder tudo.

Ronan ficou absolutamente imóvel. Ele parou tão rapidamente que Motosserra congelou também, a cabeça inclinada na direção do irmão Lynch mais novo, o sanduíche de atum roubado esquecido.

Declan sabia a respeito do pai deles. Declan sabia a respeito da mãe deles. Declan sabia a respeito *dele*.

O que isso mudava? Nada, talvez.

— Ele colocou uma arma debaixo do banco do carro — disse Matthew. — Eu vi quando meu telefone caiu entre os bancos.

Ronan percebeu que Matthew tinha parado de mastigar e de se mexer e, em vez disso, estava curvado sobre a mesa de piquenique, seus olhos líquidos e incertos encarando o irmão mais velho.

— Não diga *assaltantes* — disse Matthew por fim.

— Eu não ia dizer — respondeu Ronan. — Você sabe que eu não minto.

Matthew anuiu rápido. Ele estava mordendo o lábio. Seus olhos estavam inconscientemente marejados.

— Escute — disse Ronan, e então de novo —, escute. Acho que eu sei como dar um jeito na mamãe. Ela não vai poder ficar na Barns e...

quer dizer, não podemos ir lá de qualquer jeito... e acho que eu sei como dar um jeito nela. Então pelo menos a gente vai ter ela de volta.

Niall Lynch encontra-se, no momento da celebração deste testamento, com a mente sã e sem nenhum problema de memória ou compreensão. Age de livre e espontânea vontade e goza de plena capacidade para realizá-lo. Este testamento é válido até que outro documento mais recente seja criado.

Firmo o presente: T'Libre vero-e ber nivo libre n'acrea.

Provavelmente fora por isso que ele ligara para Matthew. Ele provavelmente tivera a intenção de prometer essa esperança impossível desde o início. Ele provavelmente precisava dizê-la em voz alta para que ela parasse de abrir um maldito buraco no seu estômago.

Seu irmão mais novo parecia cauteloso.

— Sério?

A decisão galvanizou Ronan.

— Eu prometo.

23

O Homem Cinzento levou vários dias para perceber que havia perdido a carteira. Ele teria notado antes, se não tivesse sucumbido aos dias cinzentos — dias em que a manhã parecia esvaída de cor e se levantar não tinha importância. Muitas vezes o Homem Cinzento não comia nesses dias; ele certamente não olhava o relógio. Ele estava dormindo e desperto ao mesmo tempo, não havia diferença entre as duas coisas, sem sonhar, indiferente. E então uma manhã ele abriria os olhos e descobriria que o céu havia se tornado azul de novo.

Ele tivera vários dias cinzentos no porão da Pousada Vale Aprazível, e, após ter se levantado no amanhecer e comido trêmulo algo, colocou a mão no bolso de trás da calça e o encontrou vazio. A carteira de identidade falsa e os cartões de crédito inúteis — o Homem Cinzento pagava tudo em dinheiro — não estavam mais ali. Deviam estar na Rua Fox, 300.

Ele tentaria dar uma passada lá mais tarde. Conferiu o telefone para ver se havia mensagens de Greenmantle, deixou os olhos pularem sem dar atenção à chamada perdida de seu irmão uns dias antes e finalmente consultou suas anotações codificadas para si mesmo.

Ele olhou de relance pela janela. O céu tinha um tom irreal de azul. Ele sempre se sentia muito vivo naquele primeiro dia. Cantarolando um pouco, o Homem Cinzento colocou as chaves no bolso. Próxima parada: Indústria Monmouth.

Gansey não estava se sentindo bem com o desaparecimento de Cabeswater. Ele tentara se reconciliar com a ideia. Era mais um revés, e ele sabia que precisava tratá-lo como todos os outros reveses: formular um plano novo, encontrar outra pista, jogar todos os recursos em uma nova direção. Mas a situação não *parecia* um revés qualquer.

Ele havia passado quarenta e oito horas mais ou menos desperto e angustiado, e então, no terceiro dia, comprara um sonar de varredura lateral, dois aparelhos de ar-condicionado, um sofá de couro e uma mesa de sinuca.

— Agora está se sentindo melhor? — perguntara Adam secamente.

Gansey respondera:

— Não faço ideia do que você está falando.

— Ei, cara — disse Ronan —, gostei da mesa de sinuca.

A situação inteira deixava Blue maluca.

— Tem crianças passando fome nas ruas de Chicago — ela disse, o cabelo se eriçando de indignação. — Três espécies são extintas a cada hora porque não existem recursos que as proteja. E você ainda está usando esses mocassins idiotas e, de todas as coisas que você comprou, ainda não trocou esses sapatos!

Perplexo, Gansey observou os pés. O movimento dos dedos era praticamente imperceptível por fora dos mocassins. Realmente, diante dos últimos acontecimentos, aqueles sapatos eram a única coisa *certa* no mundo.

— Eu *gosto* desses sapatos.

— Às vezes eu odeio você — disse Blue. — E a *Orla*, ainda por cima!

Isso foi porque Gansey também tinha alugado um barco, um trailer e uma picape para rebocá-los, e então pedira à prima mais velha de Blue, Orla, para acompanhá-los em sua última viagem. A picape alugada exigia um motorista com mais de vinte e um anos, e a missão, de acordo com Gansey, exigia uma médium. Orla se encaixava nos dois quesitos e estava mais que disposta a ir junto. Ela tinha chegado a Monmouth vestida para trabalhar: calça boca de sino, sandália plataforma e um top de biquíni laranja. Sua barriga nua era tão claramente um convite à admiração que Gansey podia ouvir a voz carregada de menosprezo do pai em seu ouvido. *As garotas hoje em dia...* Mas Gansey tinha visto fotos de garotas na época de seu pai, e elas não lhe pareciam muito diferentes.

Ele trocou um olhar com Adam, porque isso tinha de ser feito, e é claro que Blue o interceptou. Os olhos dela se estreitaram. Ela vestia duas camisetas regatas rasgadas e calça cargo descolorida. Em algum universo paralelo, havia um Gansey que poderia dizer a Blue que achava vinte centímetros de suas panturrilhas nuas muito mais perturbadores que os dois metros quadrados de pele nua que Orla exibia. Mas, neste universo, esse trabalho era de Adam.

Gansey estava com um humor péssimo.

Em algum lugar em Henrietta, algo estourou explosivamente. Ou era um transformador vitimado pelos caprichos da linha ley ou Joseph Kavinsky estava se divertindo prematuramente com um de seus infames explosivos para o Quatro de Julho. De qualquer maneira, era um bom dia para sair da cidade.

— A gente devia começar a se mexer — ordenou Gansey. — Vai esquentar.

A poucas dezenas de metros dali, o Homem Cinzento estava sentado na Monstruosidade Champanhe, na Avenida Monmouth, folheando um livro de história e ouvindo o disco *Muswell Hillbillies*, enquanto o ar-condicionado brincava em sua pele. Realmente, ele deveria estar estudando a história galesa — sua pesquisa superficial sobre os irmãos Lynch revelara que um dos garotos com quem eles andavam era obcecado por isso —, mas, em vez disso, se divertia tentando uma nova tradução de "Bede's Death Song". Era como um quebra-cabeça arcaico. Quando o texto dizia *Fore ðæm nedfere nænig wiorðe*, seria mais próximo da intenção original do escritor traduzi-lo como "Antes da jornada fatídica para lá" ou "Diante do caminho para a Morte"? Provações prazerosas!

O Homem Cinzento olhou para cima quando um garoto emergiu da Indústria Monmouth. O pátio com a grama alta já estava uma bagunça de adolescentes, veículos e barcos alugados; era evidente que eles estavam se aprontando para ir a algum lugar. O garoto que saíra havia pouco era o careta, exibido, que parecia pronto para cair no Senado — Richard Gansey. O terceiro. Isso significava que em algum lugar havia pelo menos dois outros Richard Gansey. Ele não notou o carro alugado do Homem Cinzento estacionado em paralelo nas sombras. Tampouco notou o Mitsubishi branco estacionado mais adiante na estrada. O Homem Cinzento não era o único esperando que o prédio da Indústria Monmouth ficasse vazio.

Um colega acadêmico perguntara certa vez ao Homem Cinzento: "Por que história anglo-saxônica?" Na época, a pergunta pareceu boba e irrespondível para o Homem Cinzento. As coisas que o atraíam para aquele período no tempo eram certamente inconscientes e multifacetadas, difundidas em seu sangue por uma vida inteira de influências. Alguém poderia simplesmente lhe perguntar por que ele preferia usar cinza, por que ele não gostava de nenhum tipo de molho, por que adorava os anos 70, por que era tão fascinado por irmãos quando ele mesmo não parecia conseguir ser um. Ele havia dito ao acadêmico que as armas haviam tornado a história chata, o que ele sabia ser mentira mesmo enquanto a dizia, e então se retirara da conversa. É claro que depois ele pensou na resposta verdadeira, mas então já era tarde demais.

Era isto: Alfredo, o Grande. Alfredo se tornou rei durante um dos períodos difíceis da história inglesa. Não havia Inglaterra, na realidade, não na época. Apenas pequenos reinos com dentes ruins e pavio curto. A vida era, como dizia o velho ditado, dura, bruta, curta. Quando os vikings desembarcaram rasgando na ilha, os reinos não tiveram nenhuma chance. Mas Alfredo tomou a iniciativa de uni-los. Fez deles uma irmandade e expulsou os vikings. Promoveu a alfabetização e a tradução de livros importantes. Encorajou poetas, artistas e escritores. Propiciou uma renascença antes mesmo de os italianos considerarem o conceito.

Ele era apenas um homem, mas havia mudado a Inglaterra anglo-saxônica para sempre. Impôs ordem e honra, e, sob esse princípio opressor de relva, a flor da poesia e da civilidade conseguiu abrir caminho.

Que herói, pensou o Homem Cinzento. *Outro Artur.*

Sua atenção se aguçou quando Ronan Lynch saiu da velha fábrica. Ele era muito parecido com Declan: mesmo nariz, mesmas sobrancelhas escuras, mesmos dentes fenomenais. Mas havia um senso de perigo cuidadosamente cultivado nesse irmão Lynch. Esse não era uma cascavel escondida na relva, mas uma cobra coral raiada com cores de advertência. Tudo a respeito dele era uma advertência: se essa cobra o mordesse, você não tinha ninguém para culpar a não ser a si mesmo.

Ronan abriu a porta lateral do motorista do BMW carvão com tanta força que o carro sacudiu, então se jogou para dentro com tanta força que o carro continuou sacudindo, e então bateu a porta com tanta força que o carro sacudiu ainda mais. E aí partiu com tanta velocidade que fez os pneus cantarem.

— Hum — disse o Homem Cinzento, já preferindo esse irmão Lynch ao último.

A picape alugada arrancou com bem mais cuidado que o BMW e seguiu pela rua na mesma direção. Então, embora o estacionamento estivesse vazio, o Homem Cinzento esperou. Como esperado, o Mitsubishi branco que ele tinha visto antes apareceu, o baixo do estéreo liquefazendo lentamente o pavimento abaixo dele. Um garoto saiu do carro, carregando uma sacola plástica pequena cheia de algo que pareciam cartões de visita. Ele era do tipo que o Homem Cinzento preferia manter distância; cantarolava com uma energia ansiosa, imprevisível. O Homem Cinzento não se importava com pessoas perigosas, mas preferia pessoas perigosas sóbrias. Ele observou o garoto entrar na fábrica e voltar com a sacola vazia. O Mitsubishi partiu, pneus cantando.

Então o Homem Cinzento desligou os Kinks, atravessou a rua e subiu a escada para o apartamento no segundo andar. No patamar, descobriu o conteúdo da sacola do Garoto do Mitsubishi: uma pilha de carteiras de motorista da Virgínia idênticas. Cada uma trazia uma fotografia mal-humorada de Ronan Lynch ao lado de uma data de nascimento que o colocaria a alguns meses da festa de seu aniversário de setenta e cinco anos. Fora a data de nascimento claramente jocosa, eram falsificações muito boas. O Homem Cinzento segurou uma contra a luz que passava pela janela quebrada. Quem a produzira havia caprichado no trabalho de replicar a parte mais difícil, o holograma. O Homem Cinzento estava impressionado.

Ele deixou as carteiras do lado de fora e arrombou a porta da Indústria Monmouth. Mas foi cuidadoso. Quebrar uma fechadura era fácil. Voltar atrás, não. Enquanto o Homem Cinzento trabalhava nela, digitou um número no telefone e o ajeitou no ombro. Levou um momento para alguém atender.

— Ah, é você — disse Maura Sargent. — Rei de espadas.

— E é você. A espada nas minhas costas. Acho que perdi minha carteira em algum lugar. — O Homem Cinzento deixou a porta comprometida se abrir. Um cheiro de papel mofado e hortelã se assomou à sua volta. Grãos de poeira brincavam sobre milhares de livros; não era bem isso o que ele esperava. — Quando você estava passando o aspirador debaixo de Calla, não encontrou nada por acaso?

— Passando o aspirador! — disse Maura. — Vou olhar. Ah. Veja só. *Tem* uma carteira no sofá. Imagino que você queira vir buscar. Como vamos fazer?

— Eu adoraria conversar a respeito. — O Homem Cinzento trancou a porta atrás de si. Se os garotos voltassem para buscar algo, ele teria alguns segundos para encontrar um plano de ação. — Pessoalmente.

— Você é realmente horripilante.

— Imagino que você goste de homens horripilantes.

— Provavelmente — admitiu Maura. — Misteriosos, talvez. *Horripilante* é uma palavra muito forte.

O Homem Cinzento caminhou em meio à confusão da busca de Gansey. Tirou um mapa aberto na parede. Ele ainda não tinha certeza do que estava procurando.

— Você podia me fazer uma leitura. — Ele sorriu ligeiramente enquanto dizia isso, folheando um livro sobre armas medievais que ele também tinha.

Maura ouviu o sorriso em sua voz.

— Com certeza não posso. Nenhum de nós quer isso, posso lhe garantir.

— Tem certeza? Eu poderia ler mais poesia para você quando tiver terminado. Eu sei um monte de poesias.

Maura gargalhou.

— Isso é um lance da Calla.

— E qual é o seu lance? — O Homem Cinzento conferiu uma pilha de livros sobre a língua galesa. Ele se sentia tão encantado com todos aqueles objetos de Richard Gansey. No entanto, não sabia direito se Gansey compreendia quão bem Glendower estava escondido. A história era sempre enterrada fundo, mesmo quando você sabia onde procurá-la. E era difícil escavá-la sem cometer estragos. Pincéis e esfregões de algodão, não cinzéis e picaretas. Trabalho lento. Você tinha de gostar de fazê-lo.

— O meu lance — disse Maura — é que eu nunca conto qual é o meu lance.

Mas ela estava satisfeita; ele podia sentir isso na voz dela. Ele gostava da voz dela, também. Ela tinha a dose certa de sotaque de Henrietta, de maneira que você sabia de onde ela vinha.

— Você me dá três chances para adivinhar?

Ela não respondeu imediatamente, e ele não a pressionou. Ferimentos do coração, ele sabia, faziam a pessoa pensar mais lentamente.

Enquanto esperava, o Homem Cinzento se inclinou para estudar o modelo em miniatura de Henrietta feito por Gansey. Quanto afeto naquelas ruas minúsculas recriadas! Ele se endireitou com cuidado para não danificar nenhum dos prédios feitos com tanto carinho, e seguiu em direção a um dos dois quartos pequenos.

O quarto de Ronan Lynch parecia o cenário de uma briga de bar. Todas as superfícies estavam cobertas por partes caras de alto-falantes caros, partes pontudas de gaiolas pontudas e partes puídas e estilosas de jeans puídos e estilosos.

— Me conte então, sr. Cinzento: você é perigoso?

— Para algumas pessoas.

— Eu tenho uma filha.

— Ah. Eu não sou perigoso para *ela*. — O Homem Cinzento pegou um estilete da escrivaninha e o estudou. Ele tinha sido usado para ferir algo antes de ser apressadamente limpo.

— Eu só não sei se é uma boa ideia — disse Maura.

— Não sabe?

Ele inverteu uma bota de caubói que parecia fora do lugar. Deu uma sacudida nela, mas nada caiu para fora. Ele não sabia dizer se o Greywaren estava em algum lugar no prédio. Procurar algo sem uma única descrição... Ele tinha de imaginar como um pão se parecia, com base na trilha de migalhas que ele deixava para trás.

— Eu só... Me conte algo verdadeiro a seu respeito.

— Eu tenho uma calça boca de sino — ele confessou. — E uma camisa de discoteca laranja.

— Não acredito em você. Use, então, da próxima vez que nos vermos.

— Não posso — disse o Homem Cinzento, divertido. — Eu teria que mudar o meu nome para sr. Laranja.

— Pessoalmente — respondeu Maura —, não acho que a sua autoimagem deva ser flexível. Especialmente se você for andar por aí como o rei de espadas.

Da sala principal, a maçaneta estalou audivelmente enquanto a tranca era testada. Alguém estava ali. Alguém sem chave. Ele disse para Maura:

— Guarde essa ideia. Eu preciso ir.

— Matar alguém?

— De preferência não — disse o Homem Cinzento, numa voz muito mais baixa. Então se escondeu atrás da porta semiaberta do quarto de Ronan. — Quase sempre existem maneiras mais fáceis.

— Sr. Cinzento...

Alguém arrombou a porta com um chute. O trabalho cuidadoso do Homem Cinzento com a fechadura foi por água abaixo.

— Depois eu ligo — o Homem Cinzento a interrompeu educadamente.

Parado nas sombras do quarto de Ronan Lynch, ele observou dois homens entrarem cautelosamente. Um usava uma camisa polo grande demais e o outro uma camiseta com um míssil impresso. Os dois homens avaliaram o espaço, obviamente incomodados, e então se dividiram. O da camisa polo grande demais saiu da área próxima das janelas para vigiar o estacionamento, e o outro partiu para cima dos pertences dos garotos. Eles chutaram para o chão pilhas de livros, abriram gavetas e levantaram os colchões vazios.

Em determinado momento, o Míssil se virou para o Camisa Polo. O Míssil segurou um par de óculos escuros para inspeção.

— Gucci. Riquinhos filhos da mãe.

Ele largou os óculos escuros antes de pisar neles. Uma das hastes quebradas escorregou pelas tábuas largas do assoalho até os pés do Homem Cinzento, mas apenas ele a estava observando. Ele se inclinou e pegou o pedaço, passando o polegar, pensativo, sobre a extremidade quebrada e afiada.

Então essas eram as pessoas sobre as quais Greenmantle o tinha avisado. Colegas na busca do Greywaren, o que quer que isso fosse. O Homem Cinzento palitou os dentes com a haste quebrada dos óculos escuros e então usou seu telefone para tirar fotos dos homens para Greenmantle.

Alguma coisa a respeito deles estava fazendo com que ele perdesse a paciência. Talvez o fato de eles ainda não terem notado que ele os estava observando. Ou talvez a ineficiência do seu processo. O que quer que fosse se solidificou precisamente quando eles começaram a pisotear o modelo em miniatura de Henrietta. Ele não sabia como era o Greywaren, mas estava certo de que poderia encontrá-lo sem chutar um tribunal de papelão em miniatura.

Ele saiu rapidamente do quarto de Ronan.

— Ei! — disse o Míssil do meio da Henrietta destruída. — Não se mexa.

Como resposta, o Homem Cinzento enfiou a extremidade afiada da haste no pescoço do Camisa Polo. Eles lutaram brevemente. O Homem Cinzento usou uma combinação de física e a borda do ar-condicionado da janela para deitar suavemente o outro homem no chão.

Isso aconteceu tão rápido que o Míssil mal os tinha alcançado quando o Homem Cinzento limpava as mãos na calça e dava um passo sobre o corpo.

— Puta que pariu — disse o Míssil, apontando uma faca para o Homem Cinzento.

Essa luta durou um pouco mais que a primeira. A questão não era que o Míssil era ruim; a questão era que o Homem Cinzento era melhor.

E assim que o Homem Cinzento aliviou o outro de sua faca, a luta terminou imediatamente. O Míssil se agachou nos destroços de Henrietta, os dedos se agarrando às tábuas do assoalho, com a respiração ofegante.

— Por que você está aqui? — o Homem Cinzento lhe perguntou. Ele enfiou a ponta da faca o mais fundo possível no ouvido do homem sem fazer um estrago.

O homem já estava tremendo e, diferentemente de Declan Lynch, se entregou de primeira.

— Procurando uma antiguidade para um cliente.

— Quem é ele? — incitou o Homem Cinzento.

— Nós não sabemos o nome dele. Ele é francês.

O Homem Cinzento lambeu os lábios e se perguntou se o *lance* de Maura não seriam questões ambientais. Ela não estava usando sapatos, e isso, para ele, possivelmente era o tipo de coisa que alguém interessado no meio ambiente poderia fazer.

— Francês morando na França ou francês morando aqui?

— Eu não sei, cara, o que importa? Ele tem sotaque!

Importava para o Homem Cinzento. Ocorreu-lhe que ele teria de trocar de roupa antes de passar pela Rua Fox, 300 em busca de sua carteira. Ele tinha matéria intestinal na calça.

— Você tem um número de contato? É claro que não. Qual era a antiguidade?

— Ah, hum, uma caixa. Ele disse que provavelmente era uma caixa. Chamada Greywaren. Que nós saberíamos quando víssemos.

O Homem Cinzento duvidou muito daquilo. Ele olhou para o relógio. Eram quase onze horas; o dia estava voando e ele tinha muitos planos. Por fim, disse:

— Eu te mato ou te deixo ir embora?

— Por favor...

O Homem Cinzento balançou a cabeça.

— Foi uma pergunta retórica.

24

— Você pode explicar por que estamos no meio dessa poça? — perguntou Adam.

— Dessa maldita poça — corrigiu Ronan ao lado de Gansey. Como um tipo celta, pálido e de cabelos escuros, ele não apreciava o calor.

Os cinco — mais Motosserra, menos Noah (ele estivera presente, mas debilmente, quando eles partiram) — flutuavam no barco no meio do lago beligerantemente feio feito pelo homem que haviam encontrado antes. O dia estava terrivelmente ensolarado. O cheiro de campo — terra quente — lembrava Gansey de todas as manhãs em que ele fora buscar Adam na casa pré-fabricada dos pais dele.

Da margem, corvos guinchavam apocalipticamente para eles. Motosserra guinchou de volta.

Realmente era o pior que Henrietta tinha a oferecer.

— Nós estamos procurando debaixo dele. — Gansey olhou para o laptop. Ele não conseguia fazer com que o equipamento de sonar se comunicasse com ele, apesar de um exame superficial do manual de instrução. A irritação estava começando a formar gotas de suor em suas têmporas e sua nuca.

Empoleirada na outra extremidade do barco, Blue perguntou:

— Nós vamos passar o sonar em todos os lagos na linha ley? Ou só nos que te irritam?

Ela ainda estava brava, a respeito do sofá, da mesa de sinuca e da barriga nua de Orla. Esta, se bronzeando ociosamente, não estava ajudando. Ela ocupava a maior parte do barco, as pernas se perdendo para um lado e o longo torso bronzeado ornando o outro. De vez em quando, ela abria os olhos para sorrir abertamente para um dos garotos, virando para esse lado e para aquele como se estivesse simplesmente endireitando a coluna.

— Essa é uma missão piloto — disse Gansey. Ele estava mais profundamente desconfortável com o fato de Blue estar brava com ele do que ele gostaria de admitir para qualquer pessoa, muito menos para si mesmo. — A probabilidade maior é que Glendower não esteja debaixo desse lago. Mas eu quero ter os meios, caso a gente encontre um corpo de água em que ele possa estar debaixo.

— Meios — ecoou Ronan, mas sem força. A água refletia o sol em seu rosto por baixo, tornando-o um deus translúcido e impaciente. — Que merda, como tá quente.

A explicação de Gansey não era precisamente verdadeira. De vez em quando, ele tinha *palpites*, sempre a respeito de encontrar coisas, sempre a respeito de Glendower. Eles eram consequência de seu esforço ao se debruçar sobre mapas, repassar registros históricos e se lembrar de achados que fizera antes. Quando você encontra coisas impossíveis, isso torna a localização de outra coisa impossível mais previsível.

O palpite sobre aquele lago tinha algo a ver com aquele campo aberto parecer uma das únicas passagens fáceis através daquela seção de montanhas desafiadoras. Algo a ver com o nome da estrada estreita na parte de baixo da colina — Estrada Hanmer, sendo Hanmer o sobrenome da esposa de Glendower. Algo a ver com onde ela ficava na linha, a aparência do campo, o comichão de *parar e olhar mais de perto*.

— Será possível que você comprou uma sucata de seiscentos e cinquenta dólares? — Ronan puxou um fio da parte de trás do laptop e o conectou de um jeito diferente. O laptop fingiu que não sabia a diferença. Gansey pressionou algumas teclas. O laptop fingiu que ele não tinha feito isso. Todo o processo parecia muito mais direto no vídeo online de instruções.

Do convés do barco, Orla disse:

— Estou tendo um momento mediúnico. Envolve você e eu.

Distraído, Gansey tirou os olhos da tela do computador.

— Você estava falando comigo ou com o Ronan?

— Tanto faz. Sou flexível.

Blue fez um ruído baixo, terrível.

— Eu gostaria que você voltasse o seu olho interior para a água — disse Gansey. — Porque... Droga, Ronan, a tela ficou preta.

Ele estava começando a pensar que *havia* comprado uma sucata de seiscentos e cinquenta dólares. Ele esperava que a mesa de sinuca funcionasse melhor.

— Quanto tempo vamos ficar em Washington? — perguntou Adam subitamente.

— Três dias — disse Gansey.

Por Deus, Adam havia concordado em ir junto. Havia montes de oportunidades em um evento para arrecadar fundos como aquele. Estágios, posições futuras, patrocinadores. Um nome que impressionasse na parte de baixo de uma carta de recomendação da faculdade. Tantas pérolas para ser encontradas, se você estivesse com disposição para abrir as ostras.

Gansey odiava ostras.

Ronan sacudiu com força a parte de trás do laptop. O equipamento de sonar apareceu na tela, com o formato de um submarino minúsculo.

— Seu canalha brilhante! — disse Gansey. — Você conseguiu. O que você fez?

— Cansei de suar, foi o que fiz. Vamos olhar debaixo desse maldito lago e voltar para o ar-condicionado. Ah, nem comece, Parrish.

Na outra extremidade do barco, Adam parecia extremamente indiferente à falta de tolerância ao calor de Ronan.

— Eu não disse nada.

— Tanto faz, cara — respondeu Ronan. — Eu conheço essa cara. Você nasceu no inferno, está acostumado com isso.

— Ronan — disse Gansey — Lynch.

Por alguns longos minutos, todos ficaram quietos enquanto zanzavam lentamente pela água, observando os elementos indistintos na tela. Gansey teve a nítida e desagradável sensação de uma única gota de suor rolando entre as omoplatas.

— Estou tendo um momento mediúnico — declarou Orla.
— Pfff! — respondeu Blue.
— Não, é sério. — Orla abriu os olhos. — Tem algo na tela agora?

Tinha. Na tela do laptop, as imagens o atormentaram. Uma era um tipo de disco, e a outra era um corvo pouco claro. Na realidade, podia ser qualquer tipo de pássaro. Mas, para o grupo daquele barco, uma sugestão era tudo que eles precisavam. Eles precisavam que fosse um corvo. Seria um corvo.

Gansey contemplou se poderia mergulhar em busca do objeto. A primeira coisa que lhe ocorreu foi sua camisa polo verde-azulada — ele teria de tirá-la. A questão seguinte que lhe ocorreu foi sua calça cáqui — será que ele poderia tirá-la na presença de todas aquelas mulheres? Duvidoso. E, por fim, ele considerou suas lentes de contato. Elas se rebelavam mesmo na água da piscina, e aquilo certamente não era uma piscina.

Blue espiou a água marrom sobre a borda.
— Qual a profundidade da água aqui?
— Está dizendo... — Gansey se esforçou para ver no laptop — ... três metros.
— Então tá. — Blue jogou suas sandálias na barriga nua de Orla, ignorando seus vagos protestos.
— O quê? Você não pode entrar! — disse Gansey.
— Posso sim — ela respondeu, prendendo o rabo de cavalo vestigial em um nó atrás do crânio. — Eu realmente posso.
— Mas... — ele tentou. —Você não vai conseguir abrir os olhos nessa água. Eles vão ficar irritados.
— Seus olhos altamente cultos, quem sabe — respondeu Blue, tirando a camiseta regata de cima e jogando-a sobre Orla também. A pele nua apareceu através do tecido rasgado da regata que estava por baixo. — Meus olhos de pântano vão se adaptar perfeitamente.

Gansey se sentiu atingido, mas, antes que pudesse protestar, foi forçado a aparar o laptop quando o equipamento virou. Orla havia ficado de pé, súbita e rapidamente, fazendo o barco se agitar. Todos se seguraram como puderam e olharam fixamente para a giganta de calça boca de sino.

— Pare, Blue. Eu faço isso — ordenou Orla. Seu umbigo com piercing estava precisamente na altura do olhar de Gansey. A esfera de prata deu uma piscadela para ele. A joia dizia: *Olhem só, garotos!* — Você está de roupa. Eu estou de biquíni.

Blue respondeu ferozmente:

— Nenhum de nós pode esquecer disso. — Se não fosse pelo sol, sua voz teria congelado o lago.

Orla jogou a cabeça para trás, o nariz magnificamente grande descrevendo um círculo no ar. Então tirou a calça boca de sino tão rápido que todos os garotos no barco a encararam, fascinados e atordoados. Gansey não conseguia entender a velocidade daquilo. Num momento ela estava vestida e, no seguinte, estava de biquíni. Cinquenta por cento do mundo era pele morena e cinquenta por cento, nylon laranja. Pelo sorriso de Mona Lisa nos lábios de Orla, era claro que ela estava satisfeita por finalmente poder mostrar seus verdadeiros talentos.

Uma parte minúscula do cérebro de Gansey disse: *Você está encarando demais.*

E a parte maior dele disse: LARANJA.

— Ah, pelo amor de Deus — disse Blue e saltou para fora do barco.

Ronan começou a rir, e isso foi tão inesperado que o encanto se rompeu. Ele riu quando Motosserra se lançou ao ar para voar em círculos onde Blue havia se atirado, e riu quando Orla soltou um grito como uma buzina e torpedeou a água. Ele riu quando a imagem do laptop ficou distorcida com a formação de pequenas ondas. Riu quando estendeu o braço para Motosserra voltar, e então cerrou os lábios com uma expressão que indicava que, por dentro, ainda estava achando todos hilários.

O barco, antes lotado até o máximo de sua capacidade, agora continha apenas três garotos e uma pequena pilha de roupas e sapatos femininos. Adam olhou para Gansey com uma expressão atônita:

— Isso está mesmo acontecendo?

Estava mesmo acontecendo, porque o sonar de varredura lateral mostrava duas formas abaixo da superfície. Uma delas não estava nem um pouco próxima dos objetos e parecia estar se movendo em círculos um tanto a esmo. A outra seguia intencionalmente na direção dos arredores do corvo, movendo-se em breves impulsos que sugeriam nado de peito. Gansey, ex-capitão da equipe de remo da Aglionby e um nadador relativamente talentoso, aprovou.

— Estou um tanto envergonhado — ele admitiu.

Ronan passou uma mão sobre a cabeça raspada.

— Eu não queria molhar o cabelo.

Adam apenas acompanhou as pequenas ondulações se expandindo na água.

Um segundo mais tarde, Orla retornou à superfície. Assim como seu mergulho, seu reaparecimento foi dramático: uma bela saída espumosa que terminou com ela flutuando preguiçosamente de costas, as mãos atrás da cabeça.

— Está escuro demais — ela disse, com os olhos fechados contra o sol. Ela não parecia ter nenhuma pressa de tentar de novo ou voltar para o barco. — Mas está fresco e gostoso. Vocês deviam entrar.

Gansey não tinha desejo algum de se juntar a ela. Ele espiou ansiosamente sobre a borda do barco. Mais um segundo e ele ia...

Blue reapareceu ao lado deles. O cabelo escuro grudado nas faces. Com uma mão exibindo os nós dos dedos brancos, ela se agarrou à borda do barco e se impulsionou meio para fora da água.

— Deus do céu — disse Gansey.

Blue cuspiu alegremente uma boca cheia de água marrom sobre os mocassins de Gansey, formando uma poça na lona, sobre seus dedos do pé.

— Deus do *céu* — ele disse.

— Agora eles são *realmente* sapatos náuticos — ela respondeu. Com um balanço do braço livre, jogou seu prêmio para dentro, que caiu sobre as tábuas com um baque surdo. Motosserra imediatamente saltou do ombro de Ronan para investigar. — Tem mais uma coisa lá embaixo. Vou voltar para pegar.

Antes que Gansey tivesse tempo de dizer algo, a água escura se fechou sobre a cabeça dela. Ele ficou espantado com o animal glorioso e destemido que era Blue Sargent, e fez uma nota mental para contar a ela exatamente isso, se ela não se afogasse buscando o que quer que fosse essa segunda coisa.

Blue ficou submersa apenas por um momento dessa vez. O barco balançou quando ela emergiu de novo, respirando ofegante e triunfante. Ela enganchou um cotovelo na borda.

— Me ajudem a subir!

Adam puxou Blue para dentro como se ela fosse a pescaria do dia, estendida na base do barco. Embora ela usasse bem mais roupas que Orla, Gansey ainda achava que devia desviar o olhar. Tudo estava molhado e colado de um jeito que parecia mais excitante que todo o guarda-roupa de Blue.

Sem fôlego, ela perguntou:

— O que é a primeira coisa? Você sabe?

Ele pegou o primeiro objeto de Ronan. Sim, ele sabia. Gansey esfregou os dedos sobre a superfície limosa. Era um disco de metal arranhado de aproximadamente dezoito centímetros de diâmetro. Havia três corvos gravados nele. Os outros deviam estar enterrados fundo demais no lodo para aparecerem na tela do sonar. Era incrível que eles tivessem chegado a ver um deles. Um disco completamente obscurecido seria algo muito fácil de acontecer. Mais fácil ainda que houvesse uma crosta sobre o pássaro que o identificava e que ele tivesse sido escondido pelas algas.

Algumas coisas querem ser encontradas.

— É um ornamento — disse Gansey com assombro, correndo o polegar em torno da borda irregular do disco. Tudo a respeito dele evidenciava sua antiguidade. — Ou um umbo. De um escudo. Essa parte reforçava o meio do escudo. O resto deve ter apodrecido. Provavelmente era de madeira e couro.

Não era o que ele esperava encontrar ali, de maneira alguma. Do que ele podia lembrar, escudos como aquele não eram popularmente usados na época de Glendower. Uma boa armadura os havia tornado desnecessários. Certamente o capricho na produção parecia excessivo para um armamento. Parecia mais o tipo de coisa que seria trazido para ser enterrado com um rei. Ele passou um dedo sobre os corvos. Três corvos marcados em um triângulo — o brasão de armas de Urien, o pai mitológico de Glendower.

Quem mais havia tocado esse ornamento? Um artesão, a mente ocupada com a determinação de Glendower. Um soldado, carregando-o em um barco para atravessar o Atlântico.

Talvez o próprio Glendower.

Seu coração fervilhava com essa ideia.

— Então é antigo — disse Blue, da outra extremidade do barco.

— É.

— E isso aqui?

Com o tom da voz dela, ele levantou os olhos para o objeto grande que repousava no alto de suas coxas.

Ele sabia *o que* era. Só não sabia *por que* era.

— Bom, essa roda é do Camaro.

E era.

Ela parecia idêntica às rodas do Pig — exceto pelo fato de que essa tinha obviamente centenas de anos. A superfície descolorida trazia buracos e calombos. Com toda a deterioração, a roda elegantemente simétrica não parecia fora de lugar ao lado do ornamento do escudo. Se você fizesse vista grossa para o logotipo da Chevrolet no meio.

— Você se lembra de ter perdido uma roda um tempo atrás? — perguntou Ronan. — Tipo, uns quinhentos anos atrás?

— Nós sabemos que a linha ley mexe com o tempo — disse Gansey imediatamente, sentindo-se acabado. Não exatamente *acabado*, mas desancorado. Liberto dos caminhos percorridos pela lógica. Quando as regras do tempo se tornavam flexíveis, o futuro parecia conter possibilidades demais para suportar. Aquela roda prometia um passado com o Camaro, um passado que tanto não havia acontecido quanto havia. Não havia acontecido porque as chaves ainda estavam no bolso de Gansey e o carro ainda estava estacionado lá na Indústria Monmouth. E havia porque Blue segurava a roda nas mãos ainda úmidas.

— Acho que você devia deixar essas coisas comigo enquanto passa o fim de semana com a sua mãe — disse Blue. — E eu vejo se consigo convencer a Calla a trabalhar nelas.

O barco foi levado para a margem, Orla recebeu de volta sua calça boca de sino, o laptop foi recolocado em uma sacola, e o equipamento de sonar foi puxado para fora da água. Entediado, Adam ajudou a prender o barco ao trailer antes de subir na picape — Gansey precisava conversar com Adam, embora ele não fizesse ideia do que iria dizer; seria bom para eles darem uma saída da cidade juntos —, e Ronan voltou para o BMW sozinho. Gansey provavelmente precisava falar com ele também, embora tampouco soubesse o que lhe diria.

Blue se aproximou dele na sombra do barco, com o ornamento do escudo na mão. Aquela descoberta não era Cabeswater e não era Glendower, mas era algo. Gansey estava ficando ganancioso, ele percebeu, faminto por Glendower e somente Glendower. Aquelas pistas tantalizantes costumavam ser o suficiente para sustentá-lo. Agora era apenas o Santo Graal que ele queria. Ele se sentia envelhecendo dentro de sua pele jovem. *Estou cansado de milagres*, pensou.

Ele observou o biquíni laranja de Orla desaparecer auspiciosamente no BMW. Sua mente estava longe dali, no entanto: ainda absorta com o mistério da roda antiga do Camaro.

Em voz baixa, Blue perguntou sugestivamente:

— Já viu o suficiente?

— De... ah, da Orla?

— É.

A questão o incomodava. Ela o julgava, e, nesse caso, ele não achava que tivesse feito nada para merecer isso. Blue não tinha o direito de se meter na vida dele, não desse jeito.

— O que você tem a ver com isso — ele perguntou —, com o que eu penso da Orla?

Isso parecia perigoso, por alguma razão. Quem sabe seria melhor se ele não tivesse perguntado. Pensando bem, a pergunta em si não era o problema. Era a maneira como ele a havia feito. Seus pensamentos andavam longe e ele não vinha dando importância para sua aparência exterior, e agora, tarde demais, ouvira o veneno de suas próprias palavras. Como a inflexão parecia conter um desafio.

Vamos lá, Gansey, ele pensou. *Não estrague as coisas.*

Blue sustentou o olhar dele, irredutível. Seca, ela respondeu:

— Nada.

E era mentira.

Não devia ter sido, mas foi, e Gansey, que valorizava a honestidade acima de quase tudo, sabia quando a ouviu. Blue Sargent se importava se ele estava ou não interessado em Orla. Ela se importava muito. Quando ela se virou rapidamente para voltar para a picape balançando a cabeça com menosprezo, ele sentiu uma emoção do tipo indecente.

O verão se impregnou em suas veias, e ele entrou na picape.

— Vamos embora — disse aos outros, e deslizou os óculos escuros sobre o rosto.

25

É claro, o Homem Cinzento tinha de se livrar dos dois corpos. Era uma chateação, nada mais. O tipo que arrombaria uma casa em busca de artefatos sobrenaturais também tendia a ser o tipo que não era dado como desaparecido.

O Homem Cinzento não seria dado como desaparecido, por exemplo.

Ainda assim, ele precisava limpar os corpos de impressões digitais e então levá-los para algum lugar mais conveniente para eles morrerem. No porta-malas da Abominação Champanhe, o Homem Cinzento tinha latas de combustível e dois potes peruanos quentes demais para ser vendidos enrolados em cobertores da Dora, a Aventureira, então ele colocou os corpos no banco de trás, pondo o cinto de segurança neles para que não mexessem muito para os lados. Ele estava tristemente a caminho de criar uma mancha incriminadora em mais um carro alugado. Seu pai estava certo: um desempenho passado realmente parecia ser o melhor indicador de um desempenho futuro.

Enquanto dirigia, ele ligou para a Hospedaria e Restaurante Varanda e cancelou a reserva do jantar.

— O senhor gostaria de mudar para mais tarde? — perguntou a recepcionista. O Homem Cinzento gostava do jeito como ela dissera *mais tarde*. Era algo como *táárde*, mas com bem mais vogais.

— Acho que hoje não vai dar mesmo. Posso remarcar para... quinta? — Ele pegou a saída para a estrada do Parque Blue Ridge. A força da curva fez bater a cabeça de um dos bandidos contra a janela. Ele não se importava mais com isso.

— Mesa para um, certo?

Ele pensou em Maura Sargent e em seus tornozelos nus e esbeltos.

— Não, para dois.

Ele desligou o telefone, colocou os Kinks para tocar e seguiu pela estrada do parque. Entrou em um acesso depois do outro até o GPS do carro alugado ficar irremediavelmente confuso. O Homem Cinzento fez seu próprio caminho mata adentro com o carro alugado, passando por diversas placas de ENTRADA PROIBIDA (ele nunca se arrependia de pagar pelo seguro de danos adicionais em uma locação). O Homem Cinzento estacionou em uma clareira pequena, idílica, baixou a janela e aumentou lá em cima o volume do estéreo. Ele tirou o Míssil e o Camisa Polo do carro, depois desamarrou os sapatos deles.

Tinha acabado de colocar os sapatos do Camisa Polo em seus próprios pés quando o telefone tocou.

O Homem Cinzento atendeu.

— Você sabe quem eram aqueles homens? — perguntou, em vez de saudá-lo.

A voz de Greenmantle soou exaltada.

— Eu disse. Eu disse que tinham outros no pedaço.

— Sim, você disse — concordou o Homem Cinzento. Ele encheu a sola dos sapatos do Camisa Polo com o bom barro da Virgínia, pisoteando o chão. — Tem mais?

— É claro — disse Greenmantle tragicamente.

O Homem Cinzento trocou para os sapatos do Míssil. A clareira estava coberta com os rastros dos dois homens.

— De onde eles estão vindo?

— As leituras! As máquinas! Qualquer um pode seguir as leituras — disse Greenmantle. — Nós não somos os únicos com geofones por aí.

Ao fundo, os Kinks cantavam sobre o demônio do álcool.

— Como mesmo você sabe que essa coisa existe?

— Da mesma maneira que a gente sabe de qualquer coisa. Rumores. Livros antigos. Velhos gananciosos. Que música é essa?

— The Kinks.

— Eu não sabia que você era fã. Na verdade, é estranho pensar em você ouvindo qualquer tipo de música. Espere. Não sei por que eu disse isso. Desculpe, soou péssimo.

O Homem Cinzento não ficou ofendido. Isso significava que Greenmantle pensava nele como uma coisa em vez de uma pessoa, e ele não se incomodava com isso. Por um momento, os dois ficaram ouvindo os Kinks cantarem sobre vinho do Porto, Pernod e tequila. Toda vez que o Homem Cinzento colocava os Kinks para tocar, considerava retomar seus estudos acadêmicos. Dois dos Kinks eram irmãos. *Fraternidade no rock dos anos 60 e 70 seria um belo título*, ele pensou. Os Kinks o intrigavam porque, embora brigassem direto — um membro deu uma cuspida famosa no outro antes de chutar a bateria e sair ruidosamente do palco —, eles permaneceram juntos por décadas. Isso sim, ele achava, era irmandade.

— Você vai conseguir se livrar desses dois? — perguntou Greenmantle.
— Eles serão um problema?

O Homem Cinzento levou um momento para se dar conta de que ele estava se referindo ao Míssil e ao Camisa Polo.

— Não — disse o Homem Cinzento. — Não serão.
— Você é bom — disse Greenmantle. — É por isso que você é o único.
— Sim — concordou o Homem Cinzento. — Certamente eu sou. Você diria que essa coisa é uma caixa?
— Não, eu não diria isso, porque eu não sei. *Você* diria isso?
— Não. Provavelmente não.
— Por que você perguntou, então?
— Se fosse uma caixa, eu poderia parar de procurar coisas que não fossem caixas.
— Se eu achasse que fosse uma caixa, eu teria lhe dito para procurar uma caixa. Se eu diria que é uma caixa... Por que você tem que ser tão misterioso o tempo inteiro? Você se diverte com isso? Quer que eu comece a pensar em caixas agora? Porque eu estou pensando. Vou ver isso. Vou ver o que posso fazer.

O Homem Cinzento desligou e avaliou a cena. Em um mundo auspicioso, os dois corpos diante dele seguiriam sem ser descobertos durante anos, seriam comidos por animais e consumidos pelo tempo. Mas, em um mundo onde amantes achavam que estavam sentindo um cheiro estranho, ou caçadores tropeçavam em ossos de pernas, ou urubus circulavam inconvenientemente durante dias, tudo que restaria na cena seriam dois homens com sapatos cobertos de lama e amostras defensivas de DNA encravadas debaixo das unhas. De certa maneira, dois corpos tornavam as coisas mais fáceis. Tornavam a história mais simples. Dois homens mal-intencionados em uma propriedade privada. Uma discussão entre os dois. Uma briga que saiu de controle.

Um para solidão. Dois para uma batalha.

O Homem Cinzento franziu o cenho e conferiu o relógio. Com sorte, aqueles seriam os únicos corpos que ele teria de enterrar em Henrietta, mas era difícil prever exatamente.

26

Quando Blue chegou em casa com suas roupas encharcadas, Noah estava ajoelhado no jardinzinho sombreado na frente do número 300 da Rua Fox. Orla entrou correndo e não o cumprimentou. Como médium, ela provavelmente o viu, mas, como Orla, não se importou. Blue, no entanto, parou. Ela estava contente por ele estar ali. Ela ajeitou a roda do Camaro debaixo do braço e tirou o cabelo molhado da testa.

— Oi, Noah.

Mas ele estava ocupado demais em ser espectral para lhe dar atenção.

Naquele momento, ele se dedicava a uma de suas atividades mais horripilantes: reencenar a própria morte. Ele olhou de relance em volta do jardinzinho como se apreciasse a ravina coberta de mata contendo a si mesmo e seu amigo Barrington Whelk. Então soltou um grito terrível e deturpado quando foi atingido pelas costas por um skate invisível. Ele não fez ruído algum quando foi atingido de novo, mas seu corpo estremeceu de maneira convincente. Blue tentou não olhar enquanto ele corcoveava algumas vezes mais antes de cair no chão. Sua cabeça teve espasmos; suas pernas pedalaram.

Blue respirou fundo, ansiosamente. Embora ela já tivesse visto Noah fazer aquilo quatro ou cinco vezes, era sempre perturbador. Onze minutos. Esse era o tempo que toda a encenação do homicídio durava: a vida de um garoto destruída em menos tempo do que levava para fritar um hambúrguer. Os últimos seis minutos, os que ocorreram depois de Noah ter caído pela primeira vez, mas antes de ele ter realmente morrido, eram torturantes. Blue se achava uma garota sensata, razoavelmente equilibrada, mas, não importava quantas vezes ela ouvisse a respiração agonizante vinda da garganta dele, ela sentia um pouco de vontade de chorar.

Entre as raízes retorcidas do jardim da frente, o corpo de Noah teve espasmos e parou como estava, finalmente morto. De novo.

Delicadamente, ela chamou:

— Noah?

Ele estava no chão, e então, de uma hora para outra, estava de pé ao lado dela. Era como um sonho, onde a parte do meio fora cortada, o intervalo do ponto A para o ponto B.

Era mais uma de suas coisas horripilantes.

— Blue! — ele disse e acariciou o cabelo molhado dela.

Ela o abraçou forte; ele estava frio contra a roupa úmida dela. Ela sempre se preocupava tanto que ele não saísse daquela condição ao fim da encenação.

— Por que você faz isso? — ela demandou.

Noah havia retornado à sua personalidade normal, segura. A única prova de sua verdadeira natureza era a mancha sempre presente em seu rosto, onde o osso havia sido esmagado. De resto, ele era novamente o garoto encurvado, meigo e eternamente vestido no uniforme da Aglionby.

Ele parecia vagamente surpreso e satisfeito por ter uma garota abraçada a ele.

— Isso?

— O que você fez. Agora *mesmo*.

Ele deu de ombros, informe e amigável.

— Eu não estava aqui.

Estava sim, Noah, ela pensou. Mas, qualquer que fosse a parte de Noah que ainda existia para fluir pensamentos e memórias naquela forma, misericordiosamente desaparecia pelos onze minutos de sua morte. Ela não tinha certeza se a amnésia sobre a coisa toda tornava a situação mais ou menos horripilante.

— Ah, Noah.

Ele colocou um braço sobre os ombros dela, ele mesmo frio e esquisito demais para notar que ela também estava úmida e fria. Eles caminharam lentamente até a porta desse jeito, um pretzel de garoto morto e garota não mediúnica.

É claro, ele não queria entrar. Blue suspeitava que ele não conseguia. Fantasmas e médiuns competiam pela mesma fonte de energia, e, na disputa por energia entre Noah e Calla, não havia dúvida na mente de Blue sobre quem sairia vitorioso. Ela teria pedido a Noah para confirmar isso, mas ele era notoriamente desinteressado nos detalhes de sua vida pós-morte. (Certa feita, Gansey havia perguntado de um modo muito sério: "Você não se importa em saber como é que ainda está aqui?", ao que Noah respondera com uma sagacidade extraordinária: "Você se importa em saber como seus rins funcionam?")

— *Você* não está indo para Washington, né? — Noah perguntou com alguma ansiedade.

— Não. — Ela tivera a intenção de apenas *dizer* isso, sem inflexão alguma, mas na verdade se sentia curiosamente desolada com a ideia de Gansey e Adam deixarem a cidade ao mesmo tempo. Na realidade, ela se sentia exatamente como Noah soava.

Audaciosamente, Noah ofereceu:

— Vou te deixar entrar em Monmouth.

Blue corou imediatamente. Uma de suas fantasias mais ocultas e persistentes era impossível: morar em Monmouth. Ela jamais seria realmente do grupo, pensou, enquanto vivesse ali, na Rua Fox, 300. Ela jamais seria realmente uma deles enquanto não fosse estudante da Aglionby. O que significava que ela jamais seria realmente uma deles enquanto fosse uma *garota*. A injustiça disso, a *necessidade*, a mantinha acordada à noite. Ela não podia acreditar que Noah tivesse adivinhado seu desejo de forma tão precisa. Para disfarçar o constrangimento, ela se irritou:

— E eu andaria o dia inteiro com você e com o *Ronan*?

Alegremente, Noah disse:

— Tem uma mesa de sinuca agora! Eu sou o pior jogador de sinuca de todos os tempos! É *maravilhoso*. — Ele a abraçou. — Hum. Lá vem problema.

Um homem avançava na calçada na direção deles. Ele estava cuidadosamente vestido e era irresistivelmente... cinza. Ao mesmo tempo em que Blue avaliava aquele Homem Cinzento, achou que estava sendo avaliada também.

No fim, ambos se olharam com uma espécie de decisão mútua de não se subestimar.

— Olá — ele disse cordialmente. — Lamento interromper.

Em primeiro lugar, pela maneira como ele formulou a frase, significava que podia ver Noah, o que nem todos podiam. Em segundo lugar, ele era educado de um jeito diferente de qualquer coisa que Blue encontrara antes. Gansey era educado de um modo esmagador, que diminuía o outro. Adam era educado para tranquilizar o interlocutor. E aquele homem era educado de maneira intensa, questionadora. Como tentáculos são educados, testando a superfície cuidadosamente, conferindo para ver como ela reagia à sua presença.

Ele era, Blue decidiu subitamente, muito inteligente. Um sujeito para ser levado a sério.

Ela gesticulou para suas roupas encharcadas.

— Isso é arte cênica. Estamos reencenando *A pequena sereia*. Não a versão da Disney.

Esse era seu próprio pequeno teste de tentáculo.

O Homem Cinzento sorriu amavelmente.

— E ele é o príncipe? Você o esfaqueia ou o transforma em espuma no final?

— Espuma, é claro — disse Blue, bastante satisfeita.

— Eu sempre achei que ela devia tê-lo esfaqueado — ele refletiu. — Estou procurando a Maura.

— *Ah.* — Agora tudo fazia sentido. Aquele era o sr. Cinzento. Ela ouvira o seu nome sussurrado entre Maura, Calla e Persephone nos últimos dias. Especialmente entre Calla e Persephone. — Você é o assassino de aluguel.

O sr. Cinzento teve a boa graça de parecer eficientemente sobressaltado.

— Ah. E você é a filha. Blue.

— Em carne e osso. — Blue fixou um olhar penetrante nele. — Então, você tem uma arma favorita?

Sem perder o embalo, ele respondeu:
— Oportunidade.
Agora ela ergueu uma sobrancelha.
— Tudo bem. Vem comigo. Noah, já volto.

Ela levou o Homem Cinzento para dentro de casa. Como sempre, novos visitantes a faziam se sentir hiperconsciente da aparência pouco ortodoxa da casa. Eram duas casas que haviam sido juntadas, e nenhuma estrutura havia sido um palácio, para começo de conversa. Corredores estreitos se inclinavam ávidos uns contra os outros. Uma privada perdida vazava constantemente. Os assoalhos de madeira eram tão curvados quanto a calçada na frente da casa, como se raízes estivessem ameaçando sair por entre as tábuas. Algumas paredes eram pintadas em tons roxos e azuis vívidos, e algumas mantinham um papel de parede de décadas atrás. Fotografias gastas em preto e branco estavam penduradas ao lado de pôsteres de Klimt e velhas tesouras de metal. Toda a decoração era vítima de compras demais em brechós e uma quantidade grande demais de personalidades fortes.

Estranhamente, o Homem Cinzento — um ponto sereno de cor neutra em meio ao excesso — não parecia fora de lugar. Blue o notou observando o ambiente à sua volta enquanto eles caminhavam para o interior da casa. Ele não parecia o tipo de pessoa que alguém poderia pegar desprevenido.

Mais uma vez, ela pensou: *Não o subestime.*

— Ah! — resmungou Jimi, apertando o corpanzil para passar pelo Homem Cinzento. — Vou chamar a Maura!

Enquanto Blue o levava na direção da cozinha, ela perguntou:
— Qual é exatamente a sua intenção com a minha mãe?
— Isso parece direto demais — disse o sr. Cinzento.

Blue passou sobre duas garotas pequenas (ela não tinha certeza a quem elas pertenciam), que brincavam com tanques no meio do corredor, e desviou de um possível primo em segundo grau, que carregava duas velas acesas. O Homem Cinzento ergueu os braços acima da cabeça para evitar ser incendiado pelo primo em segundo grau, que cacarejou para ele:

— A vida é curta.

— E fica mais curta a cada dia que passa.

— Então você entende.

— Em nenhum momento duvidei disso.

E então eles estavam na cozinha, com todas as suas xícaras e chás meio empacotados, e caixas de óleos essenciais esperando para ser colocadas no correio, e flores decapitadas esperando para ser fervidas.

Blue apontou para uma cadeira, sob a luminária falsa da Tiffany.

— Sente-se.

— Eu prefiro ficar de pé.

Ela mostrou uma bela fileira de dentes para o Homem Cinzento.

— Sente-se.

O Homem Cinzento se sentou. Ele olhou de relance sobre o ombro, para o corredor atrás dele, então de volta para ela. Ele tinha aqueles olhos brilhantes e ativos que dobermanns e gaios têm.

— Ninguém vai te matar aqui. — Ela lhe passou um copo de água. — Não está envenenada.

— Obrigado. — Ele pegou o copo, mas não bebeu a água. — Minha única intenção nesse instante é convidar sua mãe para jantar fora.

Apoiando o traseiro no balcão, Blue cruzou os braços e o estudou. Ela estava pensando a respeito de seu pai biológico, Artemus. A verdade é que Blue jamais o encontrara e, aliás, sabia muito pouco a respeito dele — pouco mais que o seu nome, Artemus. No entanto, ela se sentia estranhamente protetora em relação ao pai. Não gostava de pensar nele reaparecendo e encontrando um usurpador em seu lugar. Mas, por outro lado, fazia dezesseis anos. A probabilidade de que ele voltasse era ínfima.

E era apenas um jantar.

— Você não vai ficar aqui, não é? — perguntou Blue. Ela se referia a Henrietta, não à casa.

Ela devia ter esclarecido a questão, mas ele pareceu ter entendido, pois respondeu:

— Eu não fico em lugar nenhum. Não por muito tempo.

— Isso não parece muito agradável.

Ao fundo, o telefone tocou. Não era problema seu. Ninguém ligaria para *aquela* casa atrás de uma não médium.

A expressão intensa dele não descaiu.

— É preciso se manter em movimento.

Blue considerou essa sabedoria antes de responder.

— O planeta gira a mais de mil e seiscentos quilômetros por hora a todo momento. Na realidade, ele dá a volta no sol a cento e sete mil quilômetros por hora, mesmo se não estivesse girando. Então você pode se mover bem rápido sem ir a lugar nenhum.

O sr. Cinzento fez um cacoete com a boca.

— Taí uma sacada muito filosófica.

Após uma pausa, ele disse:

— *Þing sceal gehegan/ frod wiþ frodne. Biþ hyra ferð gelic.*

Soava como alemão, mas, de ouvir os sussurros de Calla a respeito do Homem Cinzento, ela sabia que era inglês arcaico.

— Língua morta? — perguntou com interesse. Ela parecia estar ouvindo muitas delas ultimamente. — O que significa?

— "Encontros têm lugar, do sábio com o sábio. Pois seus espíritos são afins." Ou mentes. A palavra *ferð* tem o sentido de mente, ou espírito, ou alma. É uma das *Máximas anglo-saxônicas*. Poesia sábia.

Blue não tinha certeza se ela e aquele Homem Cinzento pensavam exatamente parecido, mas não achava que eles fossem tão diferentes, também. Ela podia ouvir a batida pragmática do coração dele, e gostava disso.

— Escute, ela não gosta de porco — Blue disse. — Leve ela em algum lugar em que usem um monte de manteiga. E nunca diga *galhofa* perto dela. Ela odeia essa palavra.

O Homem Cinzento bebeu sua água. Ele piscou para o vão da porta do corredor, e, um momento depois, Maura apareceu com o telefone na mão.

— Oi, filha — ela disse, desconfiada. Por um milésimo de segundo, sua expressão era dura enquanto ela analisava se Blue corria ou não algum perigo com aquele homem estranho sentado à mesa de sua cozinha. Ela analisou o copo de água na frente do Homem Cinzento e os braços casualmente cruzados de Blue. Só então relaxou. Blue, de sua parte, gostou de ver o milésimo de segundo em que sua mãe pareceu perigosa. — O que posso fazer por você, sr. Cinzento?

Que coisa estranha que todos soubessem que o sr. Cinzento certamente não era o sr. Cinzento e, no entanto, todos continuassem com a farsa. Essa atuação devia ter incomodado o lado sensato de Blue, mas, em vez disso, parecera-lhe uma solução razoável. Ele não queria dizer quem era, e elas precisavam chamá-lo de algo.

O Homem Cinzento disse:

— Jantar.

— Se você se refere a eu cozinhar para você, não — disse Maura. — Se formos sair, talvez. Blue, essa ligação é para você. É o Gansey.

Blue notou que o Homem Cinzento ficou abruptamente desinteressado em quem era ao telefone. O que era interessante, pois ele estivera tão interessado em absolutamente todo o resto antes.

O que levou Blue a concluir que, na realidade, ele estava muito interessado em quem poderia estar ao telefone, só não queria que elas soubessem que ele estava interessado.

O que era interessante.

— O que ele quer? — perguntou Blue.

Maura lhe passou o telefone.

— Parece que alguém entrou na casa dele.

27

Embora tanto Kavinsky quanto Gansey estivessem irremediavelmente interligados na infraestrutura de Henrietta, Ronan sempre fizera um bom trabalho em mantê-los separados em sua mente. Gansey presidia sobre os elementos mais ordeiros e reluzentes da cidade; o mundo ensolarado das escrivaninhas da Aglionby, os professores mais novos acenando para o seu carro da calçada, os motoristas de guincho o chamando pelo nome. Mesmo o apartamento na Indústria Monmouth era típico de Gansey: ordem e estética impostas sobre um amontoado de ruína e abandono. Kavinsky, por outro lado, governava a noite. Ele vivia em lugares que nem ocorreriam a Gansey: nos fundos de estacionamentos de escolas públicas, nos porões de McMansões, agachado atrás de portas de banheiros públicos. O reino de Kavinsky não era conduzido tanto no brilho verde-amarelo de um semáforo, mas na escuridão fora dele.

Ronan preferia vê-los separados. Ele não gostava que seus alimentos se tocassem.

E, no entanto, ali estava ele, na noite antes de Gansey deixar a cidade, levando-o a um dos rituais mais vulgares de Kavinsky.

— Eu posso fazer isso sem você — disse Ronan, ajoelhando-se para pegar uma das dúzias de carteiras de motorista falsificadas idênticas.

Andando de um lado para o outro junto à sua Henrietta em miniatura arruinada, Gansey mirou os olhos em Ronan. Havia algo intenso e insensato neles. Havia muitas versões de Gansey, mas essa havia sido rara desde a entrada da presença calmante de Adam. Era também a favorita de Ronan. Era o oposto da face mais conhecida de Gansey, que era puro controle embrulhado em um fino papel acadêmico.

Mas essa versão de Gansey era Gansey o garoto. Esse era o Gansey que havia comprado o Camaro, o Gansey que havia pedido a Ronan que o ensinasse a lutar, o Gansey que continha todas as fagulhas vibrantes que não apareciam nas outras versões.

Teria sido o escudo debaixo do lago que liberara isso? O biquíni laranja de Orla? As ruínas despedaçadas de sua Henrietta reconstruída e as carteiras de motorista falsas que eles haviam encontrado ao voltar para casa?

Ronan não se importava realmente. Tudo que importava era que algo havia riscado o fósforo, e Gansey estava queimando.

Eles pegaram o BMW. Seria mais fácil lidar com um fogo de artifício inserido em seu cano de descarga do que no do Pig. Ele deixou Motosserra para trás, o que a deixou irritada. Ronan não queria que ela aprendesse nenhum palavrão.

Ronan dirigiu, pois ele sabia para onde eles estavam indo. Ele não disse para Gansey por que ele sabia disso, e Gansey não perguntou.

O sol tinha baixado quando eles chegaram à velha feira do condado, escondida em uma estrada vicinal a leste de Henrietta. O local não era usado para receber uma feira desde que a feira do condado falira dois anos atrás. Agora era um campo enorme coberto de relva, crivado de holofotes e enfeitado com bandeirolas esfarrapadas, descoloridas pelos meses ao ar livre.

Ordinariamente, o lugar ficava absolutamente no escuro à noite, fora do alcance das luzes de Henrietta e longe de qualquer casa. Mas, naquela noite, os holofotes jogavam uma luz branca estéril sobre a relva, iluminando as formas inquietas de mais de uma dúzia de carros. Havia algo insuportavelmente sexy a respeito de carros à noite, pensou Ronan. O modo como os para-lamas desvirtuavam a luz e refletiam a estrada, o modo como cada motorista se tornava anônimo. A visão deles fazia seu coração palpitar.

Quando Ronan dobrou no velho acesso, os faróis iluminaram a forma familiar do Mitsubishi branco de Kavinsky, a grade negra se escancarando. O ritmo de seu pulso se tornou um rufar excitado.

— Não diga nada idiota para ele — disse Ronan para Gansey. A batida do estéreo dele já estava sendo abafada pelo som de Kavinsky, o baixo pulsando através do próprio chão.

Gansey enrolou as mangas da camisa e estudou a mão enquanto fechava e abria o punho.

— O que é idiota?

Era difícil dizer, em se tratando de Kavinsky.

À esquerda, dois carros assomaram da escuridão, um vermelho e um branco, acelerando direto um contra o outro. Nenhum dos dois fugia da colisão iminente. Jogo do medroso. No último momento, o carro vermelho desviou, derrapando de lado, e o branco buzinou forte. Um garoto colocou metade do corpo para fora do assento do passageiro do carro branco, se segurando no teto com uma mão e mostrando o dedo médio com a outra. A poeira engoliu aos dois. Gritos entusiasmados encheram o espaço entre os ruídos dos motores.

Do outro lado do jogo, um Volvo cansado estava estacionado debaixo de uma linha de bandeirolas esfarrapadas e desbotadas. Estava iluminado por dentro, como uma entrada para o inferno. Foi necessário um momento para registrar que ele estava em chamas, ou pelo menos começando a pegar fogo. Havia garotos parados em torno do Volvo, bebendo e fumando, suas formas distorcidas e escuras contra o estofamento que ardia lentamente. Duendes em torno de uma fogueira.

Algo dentro de Ronan estava ansioso e em movimento, irado e irrequieto. O fogo o comia por dentro.

Ele levou o BMW até o Mitsubishi, nariz com nariz. Então viu que Kavinsky já estivera brincando: o lado direito do carro estava chocantemente mutilado e amassado. Parecia um sonho — difícil acreditar que o Mitsubishi estivesse tão destroçado; ele era imortal. O próprio Kavinsky estava parado próximo dele, garrafa na mão, sem camisa, os holofotes apagando as costelas de seu torso côncavo. Quando ele viu o BMW, Kavinsky jogou a garrafa no capô. Ela se partiu ao bater no metal, cacos de vidro e líquido para toda parte.

— Jesus — disse Gansey, surpreso ou admirado. Pelo menos eles não haviam trazido o Camaro.

Puxando o freio de mão, Ronan escancarou a porta. O ar estava carregado com o cheiro de plástico derretido, embreagens acabadas e, por trás de tudo isso, a fragrância morna de maconha. O barulho era grande, a sinfonia era constituída de tantos instrumentos que era difícil identificar quaisquer timbres individuais.

— Ronan — disse Gansey, exatamente da mesma maneira que ele acabara de invocar Jesus.

— Vamos levar isso adiante? — respondeu Ronan.

Gansey escancarou a porta. Segurando o teto do carro, ele deslizou para fora. Mesmo esse gesto, observou Ronan, era o Gansey animal, o Gansey exaltado. Como ele havia se puxado para fora do carro, pois sair normalmente seria lento demais.

Aquela seria uma noite e tanto.

O fogo dentro de Ronan era o que o mantinha vivo.

Percebendo Ronan de relance indo direto para ele, Kavinsky abriu a mão sobre o peito liso.

— Ei, garota. Essa é uma festa de embalo. Ninguém entra a não ser que tenha trazido uma droga.

Como resposta, Ronan fechou uma mão em torno da garganta de Kavinsky e outra em torno do ombro e o jogou ordeiramente sobre o capô do Mitsubishi. Para enfatizar seu ponto, se juntou a ele novamente do lado oposto e enfiou um soco no nariz de Kavinsky.

Enquanto Kavinsky recuava se reerguendo, Ronan lhe mostrou os nós dos dedos ensanguentados.

— Aqui estão as suas drogas.

Kavinsky limpou o nariz com o braço nu, deixando uma faixa vermelha.

— Ei, cara, não seja tão antissocial, caralho.

Ao lado de Ronan, Gansey levantou a mão no sinal universal de *Calma, garoto*.

— Não quero acabar com a sua festa — disse Gansey, frio e glorioso —, então vou dizer apenas isso: fique longe da minha casa.

Kavinsky respondeu:

— Eu não sei do que você está falando. Baby, me passa um cigarro.

A última parte parecia dirigida a uma garota que se recostava indolentemente no banco do passageiro do Mitsubishi batido, os olhos profundamente chapados. Ela não dignificou a ordem dele com uma resposta.

Ronan exibiu uma das carteiras de motorista falsas.

Kavinsky sorriu abertamente do próprio trabalho. Com as faces encovadas, ele parecia vampiresco naquela luz.

— Você está bravo porque eu não te deixei uma também?

— Não, estou bravo porque você detonou meu apartamento — disse Gansey. — Você devia estar feliz que eu estou aqui e não na delegacia.

— Ei, cara — disse Kavinsky. — Calma aí. Não sei qual de nós dois está mais chapado. Eu não detonei a sua casa.

— Por favor, não insulte a minha inteligência — respondeu Gansey, e havia apenas um indício de uma risada glacial em sua voz. Era um riso aterrorizante e maravilhoso, pensou Ronan, porque Gansey havia adicionado apenas desdém e nenhum toque de humor.

A conversa deles foi interrompida pelo ruído familiar e destrutivo de carros colidindo. Não havia nada dramático no som de veículos mais novos colidindo: os muitos para-choques faziam com que quase tudo não passasse do baque surdo de plásticos rachando. Não era o volume, no entanto, que provocou calafrios na espinha de Ronan — era a especificidade do ruído. Não havia outro ruído no mundo como uma batida de carro.

Kavinsky percebeu a linha da atenção deles.

— Ah — disse ele —, vocês querem participar também, não é?

— De onde são esses caras? — Gansey forçou a visão. — Aquele é o Morris? Achei que ele estava em New Haven.

— É uma festa de embalo — Kavinsky deu de ombros.

— Não tem drogas em New Haven? — rosnou Ronan.

— Não como essas. É o País das Maravilhas! Algumas te deixam grande, outras te deixam pequeno...

Era a citação errada. Ou melhor, a citação certa, feita de maneira errada. No lar Lynch, Ronan havia crescido ouvindo duas histórias recorrentes e perenes de seus pais. A favorita de Aurora Lynch era uma versão em filme preto e branco do mito de Pigmaleão, sobre um escultor que se apaixona por uma de suas estátuas. E Niall Lynch tinha afeição extraordinária por uma velha e feia edição de *Alice no País das Maravilhas*, frequentemente lida em voz alta para dois ou três irmãos Lynch relutantes, meio dormindo. Ronan vira *Pigmaleão* e ouvira *Alice no País das Maravilhas* tantas vezes na infância que não sabia mais julgar se as obras eram boas ou não, se ele realmente gostava delas ou não. O filme e o romance eram passado agora. Eram seus pais.

Então ele sabia que a citação era, na realidade: "Um lado faz você crescer e o outro faz você diminuir".

— Depende do lado do cogumelo que você usar — disse Ronan, mais para o pai morto que para Kavinsky.

— Verdade — concordou Kavinsky. — Então, o que você vai fazer com o problema dos ratos?

Gansey piscou.

— Como?

Isso fez Kavinsky rir ruidosamente e, quando passou o acesso, ele disse:

— Se eu não detonei a sua casa, algo a está infestando.

Os olhos de Gansey se transferiram para Ronan. *Possibilidade?*

É claro que era uma possibilidade. Outra pessoa que não Ronan tinha arrebentado a cara de Declan Lynch, então, teoricamente, alguma coisa que não Kavinsky poderia ter arrombado a Indústria Monmouth. *Possibilidade?* Qualquer coisa era possível.

— Lynch! — Um participante da festa se aproximou e o reconheceu. Ronan, por sua vez, também o reconheceu: Prokopenko. Sua voz estava leitosa com as drogas, mas Ronan teria reconhecido sua silhueta em qualquer lugar, um ombro arqueado e mais alto que o outro, orelhas de abano. — E Gansey!

— Isso aí — disse Kavinsky, polegares enganchados nos bolsos de trás, ossos dos quadris aparecendo para fora da calça baixa. — A mamãe e o papai vieram. Ei, Gansey, você conseguiu uma babá para o Parrish? Sabe de uma coisa, cara, não responda; vamos fumar um cachimbo da paz.

Imediatamente, Gansey respondeu com desprezo preciso:

— Não estou interessado nas suas pílulas.

— Ah, sr. Gansey — zombou Kavinsky. — Pílulas! A primeira regra da festa de embalo é: você não fala sobre a festa de embalo. A segunda é: você *traz* uma droga se quiser outra.

Prokopenko deu uma risadinha.

— Sorte sua, sr. Gansey — continuou Kavinsky, no que provavelmente era para soar como um sotaque elegante —, que eu sei o que o seu cachorro quer.

Prokopenko deu uma risadinha de novo. Era o tipo de risadinha que significava que ele estaria vomitando logo. Gansey pareceu compreender isso, enquanto se afastava um pouco dele.

Comumente, Gansey teria feito mais do que se afastar um pouco dele. Tendo conseguido tudo que eles precisavam, ele teria dito para Ronan que era hora de partir. Ele teria sido friamente educado com Kavinsky, e então teria ido embora.

Mas aquele não era o Gansey de sempre.

Era o Gansey com uma inclinação arrogante do queixo, um trejeito condescendente da boca. O Gansey que sabia que, não importava o que acontecesse ali naquela noite, ainda assim ele voltaria para a Indústria Monmouth e presidiria o seu canto particular do mundo. Era o Gansey, percebeu Ronan, que Adam odiaria.

Gansey disse:

— E o que é que o meu cachorro precisa?

Os lábios de Ronan se curvaram em um sorriso.

Foda-se o passado. Aquele era o presente.

— Pirotecnia. Bum! — disse Kavinsky. Ele socou o teto de seu carro amassado. Amigavelmente, disse para a garota no banco do passageiro: — Sai do carro, vagabunda. A não ser que você queira morrer. Pra mim tanto faz.

Ronan se deu conta de que Kavinsky tinha a intenção de explodir o Mitsubishi.

No estado da Virgínia, fogos de artifício que explodiam ou emitiam uma chama mais alta que quatro metros eram ilegais, a não ser que você tivesse uma permissão especial. Não era um fato que a maioria dos residentes de Henrietta precisava lembrar, no entanto, porque era impossível encontrar fogos de artifício que fizessem qualquer coisa mesmo ligeiramente fora do comum, muito menos ilegal, dentro das fronteiras do estado. Se você quisesse algo um pouco mais impressionante para o fim de semana de feriado, você procurava o show de fogos de artifício da cidade. Se você fosse como alguns dos garotos mais arruaceiros da Aglionby ou caipiras com mais dinheiro de Henrietta, você atravessava a divisa do estado e enchia o porta-malas com fogos de artifício ilegais da Pensilvânia. Se você fosse Kavinsky, fazia os seus próprios.

— Aquele amassado vai cair — disse Ronan, igualmente empolgado e horrorizado em pensar no Mitsubishi perecendo. Tantas vezes apenas o primeiro vislumbre de suas luzes traseiras na estrada à frente dele era suficiente para bombear um espasmo urgente de adrenalina em seu corpo.

— Eu sempre vou saber que ele estava aí — respondeu Kavinsky, indiferente. — Aos virgens, que deixaram de ser. Prokopenko, me prepara um coquetel, cara.

Prokopenko obedeceu, satisfeito.

— Pra tirar a tensão — disse Kavinsky. Ele se virou para Gansey com uma garrafa na mão. Dava para ouvir o líquido lá dentro; uma camiseta havia sido amarrada e enfiada pelo gargalo. Ela estava pegando fogo. Na realidade, era um coquetel molotov.

Para a surpresa e a alegria de Ronan, Gansey o aceitou.

Ele era uma versão extraordinária de si mesmo, uma versão perigosa, parado ali, diante do Mitsubishi detonado de Kavinsky, com uma bomba caseira na mão. Ronan se lembrou do sonho de Adam e da máscara: a versão com mais dentes de Adam.

No entanto, em vez de jogá-lo no Mitsubishi, Gansey mirou uma trajetória na direção do Volvo distante. Ele o jogou, alto, gracioso e para valer. Cabeças se curvaram para observar o progresso. Uma voz da turma gritou:

— *Oh-oh, garoto Gansey!* — o que significava que pelo menos um membro da equipe de remo estava presente. Um momento mais tarde, a garrafa caiu um pouco antes dos pneus traseiros do Volvo. A quebra do vidro e a explosão simultâneas fizeram parecer que o coquetel molotov estava afundando no chão. Gansey limpou a mão na calça e se virou.

— Bom arremesso — disse Kavinsky —, mas carro errado. Proko!

Prokopenko lhe passou outro coquetel molotov. Esse, Kavinsky pressionou na mão de Ronan. Ele se inclinou mais próximo — próximo demais — e disse:

— É uma bomba. Que nem você.

Ronan sentiu um frêmito de empolgação. Era como um sonho, a intensidade de tudo aquilo. O peso da garrafa em sua mão, o calor do pavio em chamas, o cheiro daquele prazer poluído.

Kavinsky apontou para o Mitsubishi.

— Mire alto — aconselhou. Seus olhos brilhavam, abismos negros refletindo o pequeno inferno na empunhadura de Ronan. — E seja rápido, cara, ou essa coisa vai explodir o seu braço. Ninguém quer saber de meia tatuagem.

Uma coisa curiosa aconteceu quando a garrafa deixou a mão de Ronan. Enquanto ela descrevia um arco no ar, uma trilha de fogo laranja em seu rastro, Ronan sentiu como se tivesse lançado seu coração. O calor enchendo seu corpo, vertendo para dentro do buraco que ele havia feito. Mas agora ele podia respirar, agora que havia espaço em seu peito subitamente leve. O passado era algo que havia acontecido com outra versão de si mesmo, uma versão que podia ser acesa e lançada longe.

Então a garrafa caiu na janela do motorista do Mitsubishi. Era como se não houvesse líquido, apenas fogo. As chamas se espalharam pelo encosto da cabeça como um ser vivo. Vivas ecoaram pela feira. Os participantes da festa se deslocaram na direção do carro, mariposas e uma lâmpada nova.

Ronan suspirou.

Kavinsky, sua risada alta e maníaca, lançou outra bomba pela janela. Prokopenko lançou mais uma. Agora o interior estava em chamas, e o cheiro ficando tóxico.

Parte de Ronan não conseguia acreditar que o Mitsubishi estivesse desaparecendo. Mas, à medida que os outros começaram a jogar cigarros e drinques na fogueira, a música subitamente sumiu enquanto o estéreo fundia. Pelo visto, um veículo estava morto para valer no momento em que seu estéreo fundira.

— Skov! — gritou Kavinsky. — Música!

O estéreo de outro carro ressoou para a vida, assumindo a partir do ponto em que o Mitsubishi havia parado.

Kavinsky virou para Ronan com um sorriso irônico.

— Você vem para a festa do Quatro de Julho este ano?

Ronan trocou um olhar com Gansey, mas o outro garoto estava observando as inúmeras silhuetas, seus olhos se estreitando.

— Talvez — ele disse.

— É muito parecido com uma festa de embalo — disse Kavinsky. — Se você quer ver algo explodir, traga algo que exploda.

Havia um desafio ali. Um desafio que podia ser satisfeito, talvez, por uma ida para o outro lado da fronteira ou pelo preparo inteligente de um explosivo a partir de receitas encontradas na internet.

Mas, pensou Ronan, com a mesma emoção que sentira antes, era também um desafio que ele podia atacar com um sonho.

Ele era bom com coisas perigosas, tanto em sonho quanto acordado.

— Talvez — ele respondeu. Gansey estava indo na direção do BMW. — Vou acender uma vela para o seu carro.

— Vocês estão indo? Dureza.

Se Gansey estava indo, Ronan estava indo. Ele parou e jogou outra carteira de motorista falsa no peito nu de Kavinsky.

— Fique longe da nossa casa.

O sorriso de Kavinsky era largo, aberto, sacana.

— Eu só vou aonde sou convidado, cara.

— Lynch — disse Gansey. — Deu por hoje.

— Isso mesmo — gritou Kavinsky nas costas de Ronan. — Leve o seu cachorro!

Ele disse isso com a intenção de que tanto Ronan quanto Gansey se sentissem ofendidos.

Mas Ronan não sentiu nada, apenas uma caverna abrasadora e vazia no peito. Ele deslizou para o banco do motorista enquanto Gansey fechava a porta do passageiro.

O telefone de Ronan vibrou no compartimento da porta. Ele olhou para o aparelho — uma mensagem de Kavinsky.

te vejo nas ruas

Largando o telefone de volta na porta, Ronan deixou que o giro do motor fosse lá em cima, então deu ré com um giro dramático na terra. Gansey fez um ruído aprovador.

— O Kavinsky — disse Gansey com um risinho na voz, ainda o desprezando. — Ele acha que é o dono desse lugar. Ele acha que a vida é um videoclipe.

E se agarrou à porta enquanto Ronan deixava que o BMW despejasse a sua potência. O carro galopou alegre e imprudentemente na direção de casa por alguns quilômetros, o velocímetro marcando o ritmo de seus pulsos.

— Você não percebe o apelo? — disse Ronan.

Fechando os olhos, Gansey recostou a cabeça no banco, o queixo virado para cima, a garganta verde com as luzes do painel. O sorriso em sua boca ainda transmitia certo perigo — que tormento era a possibilidade naquele sorriso —, e ele disse:

— Nunca teve um momento em que eu e você podíamos ser aquilo. Sabe a diferença entre a gente e o Kavinsky? A gente *importa*.

Só então, naquele momento, o pensamento de Gansey partindo para Washington sem ele foi insuportável. Eles haviam sido uma criatura de duas cabeças por tanto tempo, Ronan e Gansey. No entanto, ele não podia dizer isso. Havia milhares de razões para ele não dizer isso.

— Enquanto eu estiver fora — disse Gansey, fazendo uma pausa —, sonhe o mundo para mim. Algo novo a cada noite.

28

— Boa noite, rei de espadas.

— Boa noite, nobre lâmina. Você fez uma leitura antes de eu vir? Para lhe explicar como tudo deu certo? — perguntou o Homem Cinzento, enquanto acompanhava Maura na direção do Motim Champanhe. Ele tinha tomado banho antes de ir buscá-la, embora não tivesse feito a barba que era sua marca registrada, e estava bonito, embora Maura não tenha dito isso.

— Você matou alguém antes de vir me buscar? — Maura havia trocado o jeans azul rasgado por um jeans azul ligeiramente menos rasgado e uma blusa de algodão com os ombros de fora, que mostrava como sua clavícula e seu pescoço combinavam bem. Ela estava bonita, embora o Homem Cinzento não tenha dito isso.

Mas ambos sabiam que o outro havia notado.

— É claro que não. Não acho que eu mate tantas pessoas quanto você imagina — ele disse, abrindo a porta do passageiro para ela. — Sabe, é a primeira vez que eu te vejo usando sapatos. Ah, então... O que é aquilo?

Maura olhou de relance sobre o ombro, para onde ele apontava. Um Ford pequeno, cansado, havia estacionado um pouco atrás do carro alugado do Homem Cinzento.

— Ah, é a Calla. Ela vai nos seguir até o restaurante para ter certeza que você vai me levar realmente lá, e não me enterrar na mata.

O Homem Cinzento disse:

— Que ridículo. Eu nunca enterro ninguém.

Calla acenou de má vontade na direção dele. Seus dedos eram garras no volante.

— Ela gosta de você — disse Maura. — Você devia ficar satisfeito. Ela é uma boa amiga para se ter.

O Ford cansado os seguiu até o restaurante e esperou no meio-fio até que o Homem Cinzento e Maura estivessem sentados a uma mesa debaixo de uma madressilva e um caramanchão coberto de luzes natalinas. Ventiladores fixos nos cantos mantinham a noite úmida a distância.

— Vou fazer o pedido para você — disse Maura.

Ela esperou para ver se ele contestaria, mas ele apenas disse:

— Sou alérgico a morango.

— Seis por cento da população é — ela observou.

— Agora vejo a quem sua filha puxou — ele disse.

Ela sorriu exultante para ele. Ela tinha um daqueles sorrisos adoráveis, abertos e perfeitos, genuinamente feliz e muito bonito. O Homem Cinzento pensou: *Essa foi a pior decisão que eu já tomei.*

Ela fez o pedido para eles. Nenhum dos dois bebia vinho. As entradas estavam deliciosas, não por causa da cozinha, mas porque toda comida consumida antes de um beijo é deliciosa.

— Como é ser uma clarividente? — perguntou o Homem Cinzento.

— Essa é uma maneira engraçada de colocar a questão.

— O que eu quero dizer é: quanto você pode ver e com que grau de clareza? Você sabia que eu faria essa pergunta? Você sabe o que eu estou pensando?

O sorriso de Maura se crispou inteligentemente.

— É como um sonho ou uma lembrança, mas para frente. A maior parte é confusa, mas às vezes vemos um elemento em particular muito claramente. E nem sempre é o futuro. Muitas vezes, quando as pessoas chegam para uma leitura, nós contamos coisas que elas já sabem. Então não, eu não sabia que você faria essa pergunta. E sim, eu sei o que você está pensando, mas isso porque sou boa com conjecturas, não uma boa médium.

Era engraçado, pensou o Homem Cinzento, como ela parecia brincalhona sempre, como aquele sorriso estava sempre a apenas um instante de seus lábios. Você realmente não via a tristeza ou o desejo, a não ser que já soubesse que eles estavam ali. Mas esse era o truque, não era? Todo mundo tinha suas frustrações e sua bagagem, só que algumas pessoas as carregavam nos bolsos internos e não nas costas. E este era o outro truque: Maura não estava fingindo sua felicidade. Ela era muito feliz e muito triste.

Mais tarde, os pratos chegaram. Maura havia pedido salmão para o Homem Cinzento.

— Porque tem algo de escorregadio a seu respeito — ela disse.

Ele achou divertido.

— E como é ser um assassino de aluguel?

— Essa é uma maneira engraçada de colocar a questão. — Mas, realmente, o Homem Cinzento concluiu que não queria falar sobre seu trabalho. Não porque tivesse vergonha dele, afinal era o melhor do ramo, mas porque o trabalho não o definia. Não era o que ele fazia no tempo livre. — Paga as contas. Mas prefiro a minha poesia.

Maura havia pedido para si um daqueles pássaros pequenos servidos como se tivessem caminhado até o prato com suas próprias forças. Ela parecia estar questionando essa decisão agora.

— A sua poesia em inglês arcaico. Tudo bem, vou morder a isca. Me conte por que você gosta dela.

Ele contou. Contou da melhor maneira possível, sem mencionar onde havia estudado ou o que havia feito antes de publicar o seu livro. Ele disse que tinha um irmão, mas rapidamente voltou atrás e contornou essa parte da história. Ele lhe contou o máximo que podia contar a respeito de si sem dizer o seu nome. Seu telefone estava vibrando contra a perna, mas ele o deixou tocar.

— Então você é um assassino só para pagar o aluguel — disse Maura. — Você não se importa de machucar as pessoas?

O Homem Cinzento considerou a questão. Ele não queria faltar com a verdade.

— Eu me importo — ele disse. — Eu apenas... desligo essa parte do cérebro.

Maura puxou uma das coxas de seu pássaro pequenino.

— Acho que não preciso lhe dizer como isso é psicologicamente prejudicial.

— Existem impulsos mais destrutivos no mundo — ele respondeu.

— Eu me sinto relativamente equilibrado. E você e a sua ambição?

Os olhos dela se arregalaram, surpresos.

— Por que você diz isso?

— O jogo que você estava jogando naquela primeira noite. Quando estava adivinhando as cartas. Praticando. Experimentando.

— Eu só quero *compreender* — disse Maura. — Isso mudou completamente minha vida. É um desperdício se eu não souber o máximo que puder. Mas não sei se chamaria isso de ambição. Ah, sei lá. Já causou o seu dano... Então, você mencionou um irmão.

De alguma maneira, ela conseguira associar a palavra *irmão* com *dano*. Ele sentiu como se ela já tivesse adivinhado as nuances da relação deles.

— Meu irmão — ele disse, e então fez uma pausa e se reagrupou. De maneira absolutamente precisa, respondeu: — Meu irmão é muito inteligente. Ele pode desenhar o mapa de um lugar se tiver passado dirigindo por ele uma única vez. Ele consegue fazer contas complexas de cabeça. Eu sempre o admirei quando criança. Ele inventava jogos complicados e passava o dia inteiro neles. Às vezes me deixava jogar, se eu prometesse seguir as regras. Às vezes ele pegava um jogo, como xadrez ou War, e aplicava essas regras para o bairro inteiro. Às vezes construíamos fortes e nos escondíamos neles. Às vezes ele encontrava coisas na casa de outras pessoas e me machucava com elas. Às vezes ele pegava animais com armadilhas e fazia coisas com eles. Às vezes nos fantasiávamos e encenávamos peças.

Maura empurrou o prato para frente.

— Então ele era um sociopata.

— Provavelmente.

Ela suspirou. Um suspiro muito triste.

— E agora você é um assassino. O que ele faz? Ele está na prisão?

— Ele investe o dinheiro de outras pessoas em fundos de pensão. Ele jamais irá para a prisão. É inteligente demais.

— E você?

— Acho que eu não me daria bem na prisão — ele disse. — Eu preferiria não ir para lá.

Maura ficou quieta por um bom tempo. Então dobrou o guardanapo, colocou-o de lado e se inclinou na direção dele.

— Te incomoda que ele tenha te deixado desse jeito? Você sabe que é por isso que você consegue fazer o seu trabalho, não sabe?

Qualquer parte do Homem Cinzento que tivesse se incomodado com isso havia morrido há muito tempo, queimada com fósforos, cortada com tesouras e espetada com alfinetes, e, quando olhou para ela, ele não disfarçou essa morte nele.

— Ah — ela disse, estendendo o braço sobre a mesa e colocando a palma da mão no rosto dele. Ela era fria, macia e inteiramente diferente, de alguma forma, do que o Homem Cinzento havia esperado. Mais real. Muito mais real. — Lamento que ninguém o tenha salvado.

Ele não fora salvo? Será que ele poderia ter terminado de outro jeito?

Maura pediu a conta. O Homem Cinzento pagou. Ele havia deixado dois pequenos pedaços de salmão no prato, e Maura usou o garfo dela para roubá-los.

— Assim nós dois teremos hálito de peixe — disse ela.

E então, no escuro ao lado da Paródia Champanhe, ele a beijou. Há tempos nenhum dos dois beijava alguém, mas não tinha importância. Beijar é muito parecido com rir. Se a piada for engraçada, não importa há quanto tempo você ouviu uma boa.

Por fim, ela murmurou, a mão na camisa dele, os dedos percorrendo suas costelas:

— Essa é uma ideia terrível.

— Não existem ideias terríveis — disse o Homem Cinzento. — Apenas ideias terrivelmente executadas.

— Esse também é um conceito psicologicamente prejudicial.

Mais tarde, após tê-la deixado em casa e voltado para a Pousada Vale Aprazível, ele descobriu que Shorty e Patty Wetzel tentaram desesperadamente ligar para ele durante todo o jantar para avisá-lo que seu quarto no hotel havia sido revirado.

— Você não ouviu o telefone tocar? — perguntou Patty urgentemente.

O Homem Cinzento se lembrou da vibração do celular e tateou os bolsos. Mas o telefone havia desaparecido. Maura Sargent o roubara enquanto eles se beijavam.

Em seu lugar estava o dez de espadas: o Homem Cinzento morto no chão e Maura, a espada, atravessando-lhe o coração.

29

— Você não está dormindo — disse Persephone enquanto acordava Blue —, então pode nos ajudar?

Blue abriu os olhos. Seus lábios estavam colados um no outro. Um ventilador no canto do quarto girava, secando o suor na parte de trás de seus joelhos. Persephone se ajoelhou na beirada da cama, envolvendo o rosto de Blue em uma nuvem de cabelo claro e frisado. Ela cheirava a rosas e fita adesiva. O céu na rua estava negro e azul.

— Eu *estava* dormindo.

Em sua voz pequenina, Persephone salientou:

— Mas agora não está mais.

Não havia absolutamente sentido algum em discutir com ela; era como brigar com um gato. Também, não era estritamente uma mentira. Espreguiçando-se irritada, ela chutou Persephone para fora da cama e jogou para o lado o lençol. Juntas, elas desceram silenciosamente os degraus à meia-noite para o brilho embolorado da cozinha. Maura e Calla já estavam lá, curvadas sobre a mesa, como uma dupla de conspiradoras. A luminária falsa da Tiffany acima delas pintava a parte de trás da cabeça delas de roxo e laranja. A noite forçava a entrada pela porta de vidro às suas costas, e Blue podia ver a silhueta familiar e reconfortante da faia no jardim.

Ao som dos passos de Blue, Maura ergueu o olhar.

— Ah, que bom.

Blue lançou um olhar pesado para a mãe.

— Dá tempo de eu fazer um chá?

Maura assentiu com a mão para Blue ir em frente. Quando a garota se juntou a elas na mesa com sua xícara, todas as três voltaram a atenção para um único objeto, uma cabeça loira, uma morena e uma negra. Três pessoas, mas uma entidade.

Blue se arrepiou um pouco quando se sentou.

— Ah, chá de *hortelã* — disse Calla sugestivamente, arruinando o clima.

Revirando os olhos, Blue perguntou:

— Como posso ajudar?

Elas abriram a formação para que Blue visse sobre o que elas estavam amontoadas: um telefone celular. Calla o segurava, e elas vinham tentando uma leitura da médium sobre o objeto.

— Esse telefone é do sr. Cinzento — disse Maura. — Você nos ajudaria?

Aborrecida, Blue colocou a mão no ombro de Calla.

— Não — disse Maura. — Não desse jeito. Estamos tentando descobrir como acessar os e-mails dele.

— Ah. — Ela pegou o telefone. — A garotada de hoje em dia...

— Pois é.

Blue passou o polegar pela tela. Embora ela não tivesse um celular, já manuseara muitos, e aquele era do mesmo modelo do de Gansey. Não era preciso nenhuma habilidade especial para abrir o e-mail do sr. Cinzento. Ela devolveu o telefone.

A três mulheres se inclinaram para frente.

— Você roubou isso? — perguntou Blue.

Não houve resposta. Só pescoços esticados, observando.

— Devo queimar um pouco de íris? E aipo?

Persephone piscou, os olhos negros um pouco distantes.

— Ah, sim, por favor.

Com um bocejo, Blue se afastou da mesa e preparou um prato pequeno com sementes de aipo e um rizoma de íris do armário. Ela usou uma das velas sobre o balcão para acendê-las. A mistura fez fumaça e estalou, as sementes de aipo se retorcendo como pipoca e o rizoma de íris cheirando a violeta queimada. A ideia era que a fumaça tornasse as impressões mediúnicas mais claras.

Ela colocou o prato no centro da mesa. Ele começou a cheirar um pouco como fogos de artifício.

— Por que vocês estão mexendo no telefone dele?

— Todas nós sabíamos que ele estava procurando algo — respondeu Maura. — Só não sabíamos o quê. Mas agora sabemos.

— E o que é?

— O seu garoto cobra — disse Calla. — Só que ele não sabe que é um garoto.

— Ele o chama de Greywaren e diz que serve para tirar coisas de sonhos. Você vai ter que tomar cuidado, Blue. Acho que aquela família está toda enrolada em alguma confusão — disse Maura.

Alguma confusão que envolvia o pai de Ronan ter sido espancado até a morte com uma chave de roda. Essa parte Blue já sabia.

— Você acha que ele é perigoso para o Ronan? — Blue se lembrou do rosto machucado de Declan Lynch. — Quer dizer, se ele descobrir que o Greywaren é um *ele* e não uma *coisa*?

— Com certeza — disse Calla, ao mesmo tempo em que Maura disse:

— Provavelmente não.

Persephone e Calla lançaram olhares para Maura.

— Vou entender como um *talvez* — disse Blue.

Nesse momento, o telefone pulou da superfície da mesa. As quatro deram um salto. Blue foi a primeira a se acalmar; ele só estava tocando. Ou melhor, abrindo caminho mesa afora enquanto zunia e vibrava.

— Anote o número! — gritou Calla, mas devia estar falando consigo mesma, pois já o estava anotando.

Com uma voz pequena, Persephone disse:

— É um número de Henrietta. Você quer atender?

Maura balançou a cabeça. Após um momento, chegou uma mensagem no correio de voz.

— Mas isso nós vamos ouvir. Hã, Blue? Você consegue?

Blue pegou o telefone e encontrou o correio de voz com o polegar, então o passou para Maura.

— Ah — disse Maura, ouvindo. — É ele. Aperto esse botão para ligar de volta...? Sim. — Ela esperou enquanto o telefone tocava, e então:

— Ah, olá, sr. Cinzento.

Blue adorava aquela voz de sua mãe, exceto quando era usada com ela. Era uma voz alegre, que transmitia autoridade, que dizia que ela tinha todas as cartas. Só que agora ela a estava usando com um assassino, cujo telefone ela havia roubado. Blue não sabia dizer se aquilo era encantadoramente descarado ou incrivelmente tolo.

— Bem, você não achou que eu ia atender uma chamada no *seu* telefone, não é? Isso seria terrivelmente grosseiro. Você chegou em casa bem? Ah, sim, pode pegar o telefone de volta agora. Desculpe se você precisou dele. Você... ah.

O que quer que o Homem Cinzento tenha dito imediatamente fez Maura se calar. Ela baixou os olhos e sugou o lábio superior entre os dentes. A ponta das orelhas ficou rosada. Ela ouviu por um momento, puxando Calla e Persephone de volta.

— Bem — ela disse, por fim. — Quando você quiser. Eu acho que você devia ligar primeiro, mas... bem. Você sabe. Eu tenho o seu telefone. Ha. Tudo bem. Tudo bem. Não durma de costas. Todas as espadas vão te atravessar. Sim, esse é o meu conselho profissional.

Maura desligou o telefone.

— O que ele disse? — demandou Blue.

— Que a gente podia simplesmente pedir os objetos de valor que quisermos dele da próxima vez, para que ele possa se precaver — disse Maura.

Calla apertou os lábios.

— Isso é tudo?

Maura estava ocupada passando o telefone da mão esquerda para a direita e de volta para a esquerda.

— Ah, e que ele gostou do jantar.

Blue irrompeu:

— Mas você não esqueceu o Chuchu.

Dessa vez, sua mãe não reclamou do nome. Ela disse:

— Eu nunca esqueço.

30

Naquela noite, Ronan sonhou com sua tatuagem.

Ele havia feito a tatuagem grande e intrincada apenas alguns meses atrás, um pouco para irritar Declan, um pouco para ver se era realmente tão dolorido como diziam, e definitivamente para que todo mundo que visse as garras dela tivesse um aviso claro. Ela estava cheia de coisas da sua cabeça, bicos, garras, flores e vinhas enfiadas em bocas gritando.

Ele levou um longo tempo para dormir naquela noite, seus pensamentos cheios com o Mitsubishi queimando, Gansey segurando o coquetel molotov, a língua enigmática na caixa quebra-cabeça, as olheiras escuras de Adam.

E, quando dormiu, sonhou com a tatuagem. Geralmente, Ronan via partes e pedaços dela; ele não via o desenho inteiro desde que a fizera. Mas, naquela noite, ele viu a tatuagem em si, por trás, como se estivesse fora do próprio corpo, como se ela não fizesse parte de seu corpo. Ela era mais complicada do que ele lembrava. A estrada até a Barns estava entremeada através dela, e Motosserra espiava para fora de um arbusto de espinhos. Adam estava no sonho, também; ele percorreu o padrão emaranhado da tinta com o dedo. E disse: *Scio quid hoc est*, enquanto seguia com o dedo cada vez mais longe sobre a pele nua das costas de Ronan, o qual desapareceu inteiramente enquanto a tatuagem ficava cada vez menor. Ela era um laço céltico do tamanho de uma hóstia, e então Adam, que havia se tornado Kavinsky, disse: *Scio quid estis vos*. Ele colocou a tatuagem na boca e a engoliu.

Ronan acordou com um sobressalto, envergonhado e eufórico.
A euforia passou bem antes da vergonha.
Ele nunca mais ia dormir.

31

Na manhã seguinte, Helen chegou de helicóptero para buscar Gansey e Adam. Quando eles decolaram, Adam apoiou a cabeça nas mãos, os olhos vidrados de terror, e Gansey, costumeiramente fã de voar, tentou ser compreensivo. Sua cabeça era uma confusão de carros em chamas, rodas de Camaro antigas e a desconstrução de tudo que Blue havia lhe dito.

Lá embaixo, ele ainda podia ver Ronan deitado no teto do BMW, observando-os decolar. Parecia ridículo deixar Henrietta, o epicentro do universo, para ir à casa de seus pais.

Quando alçaram voo, passando sobre o telhado da Monmouth, Gansey viu de relance uma última imagem de Ronan lhe mandando sarcasticamente um beijo antes de virar a cabeça.

No entanto, o resto do voo não deixou tempo para introspecção. Helen deu a Gansey seu telefone e passou o voo inteiro ditando textos através dos fones de ouvido. Era impossível para Gansey ponderar o que eles fariam a respeito de Cabeswater quando a voz de Helen soava diretamente em sua cabeça: "Diga a ela que os centros de mesa estão na garagem. A vaga mais distante da casa. É claro que não onde o Adenauer está estacionado! Eu tenho cara de idiota? Não digite isso. O que ela está dizendo agora? As taças de champanhe extras estão sendo entregues pela Chelsea. Diga a ela que, se o queijo não está na geladeira, eu não sei onde está. Você não tem o celular da Beech? É claro que eu sei o que é vegano! Diga a ela que eles precisam usar azeite em vez de manteiga. Porque vacas fazem manteiga e italianos fazem azeite! Ótimo! Diga que vou pegar alguns petiscos veganos. Veganos também votam! Não digite isso".

Se Gansey já não tivesse adivinhado o teor da festa, durante o voo teria recolhido todos os indícios de que precisava. É claro, não seria apenas a festa daquela noite. Haveria também o chá na manhã seguinte e o discurso no clube do livro um dia depois. Adam parecia prestes a vomitar. Gansey queria muito lhe dizer que tudo ia ficar bem, mas não tinha como ser discreto usando fones de ouvido. Adam ficaria mortificado se Helen soubesse como ele estava nervoso.

Quarenta e cinco minutos mais tarde, Helen pousou o helicóptero no campo de pouso e transferiu a si mesma, a bagagem de mão, os garotos e seus ternos embrulhados para seu Audi prata.

Gansey se sentia vagamente perturbado por estar de volta ao norte da Virgínia. Como se ele nunca tivesse partido. O sol parecia mais inclemente sobre as traseiras de todos os carros limpos e novos, e o ar que passava pelas ventilações cheirava a descarga e a alguém preparando algo na cozinha. Vários arquipélagos de lojas transpassavam mares de asfalto. Parecia que havia luzes de freio por toda parte, mas nada realmente imóvel. Em busca dos aperitivos, Helen conseguiu encontrar uma vaga para parar o carro nos fundos do estacionamento da Whole Foods. Ela se virou e encarou Gansey e Adam.

— Vocês querem vir junto e me ajudar?

Eles a olharam fixamente.

— Estou chocada. Vou deixar o motor ligado — ela disse.

Tão logo ela bateu a porta, Gansey se virou no banco do passageiro para encarar Adam no banco de trás, descansando o rosto contra o couro frio do apoio de cabeça.

— Como você está?

Adam havia se fundido ao longo do comprimento do banco de trás. Ele disse:

— Rezando que eu não tenha crescido do ano passado pra cá.

Gansey tinha ido com Adam tirar as medidas para um terno no inverno anterior. Ele disse:

— Eu experimentei o meu antes de partirmos. Não acho que você tenha ficado mais alto. Só se passaram alguns meses.

Adam fechou os olhos.

— Você vai se sair bem.

— Nem fale nisso. Não posso... — Adam deslizou mais ainda no banco. Ele estava deitado agora, as pernas apoiadas na porta do outro lado. — Fale de outra coisa.

— O que mais tem para falar?

Blue.

Ele não disse nada. *Corta essa, Gansey.*

Adam perguntou:

— Malory? Ele te deu um retorno?

Ele não tinha dado. Gansey discou o número de Malory. Ele ouviu o toque duplo, baixinho, de um telefone no Reino Unido, e então Malory atendeu:

— O quê?

Ele parecia confuso que seu telefone tivesse aceitado uma chamada. Havia um ruído tremendo, indefinido, ao fundo.

— É o Gansey. Liguei em uma hora ruim?

— Não, não, não. Não, não.

Gansey colocou o telefone no viva-voz e o largou sobre o painel do carro.

— Você por acaso pensou em mais alguma coisa? Não? Bem, nós temos um novo problema.

— Qual é o problema?

Gansey contou para ele.

— Deixe-me pensar um pouco — disse Malory. Uma comoção zunia na linha. Um guincho pavoroso se fez ouvir.

— Mas que diabos é esse *barulho*?

— Pássaros, Gansey, o rei dos pássaros.

Gansey trocou um olhar com Adam.

— Uma águia?

— Não blasfeme. Pombos! É o campeonato regional hoje. Eu costumava exibi-los, sabia? Não tenho tempo ultimamente, mas eu ainda adoro a visão de um pombo ornamental voorburg de qualidade.

— Uma exposição de pombos — disse Gansey.

— Se você pudesse ver, Gansey!

Do outro lado da linha, um alto-falante ressoou.

A boca de Adam se curvou, e Gansey sugeriu:

— Pombos ornamentais voorburg.

— Tem muito mais para ver aqui — respondeu Malory. — Muito mais do que os voorburgs.

— Me diga o que você está vendo *nesse instante*.

Malory estalou os lábios — ele era realmente a pessoa mais difícil do mundo para se falar ao telefone — e considerou.

— Estou vendo... Qual será a raça deste? Um tumbler do oeste da Inglaterra. Acho que é. Sim. Um exemplar adorável. Você precisa ver as penas nas patas dele. Bem ao lado dele há um pombo do campo thuringen pequenino, terrível. Eu nunca tive um, mas estou bastante convicto de que não deveriam ter aquele pescoço de cavalo horroroso. Não faço ideia do que seja esse aqui. Vamos ler a ficha. Ringbeater da Anatólia. É claro. Ah, e esse é um homer beleza alemã.

— Ah, são os meus favoritos — disse Gansey. — Sou fã de um belo homer beleza alemã.

— Gansey, não brinque comigo — disse Malory severamente. — Essas coisas parecem malditos papagaios-do-mar.

O corpo de Adam tremeu em convulsões silenciosas de riso.

Gansey levou um momento para recuperar o fôlego antes de perguntar:

— E o que é esse barulho aí no fundo?

— Deixe-me dar uma olhada — respondeu Malory. Houve um estalido, e então sua voz, bem mais alta que antes, disse: — Eles estão leiloando alguns pássaros.

— De que tipo? Por favor, não vá me dizer que são homers beleza alemã.

Adam, completamente descontrolado, mordeu a mão. Mesmo assim, pequenos arquejos ainda escaparam.

— Pouters pigmeus — respondeu Malory. — Exuberantes!

Gansey pronunciou *Blue* em silêncio para Adam, que soltou um gemido de riso desamparado.

— Você nunca me levou a nenhuma exposição de pombos quando eu estava aí — disse Gansey de maneira reprovadora.

— Nós tínhamos outras coisas para fazer, Gansey! — disse Malory. — Como agora. Eis o que eu penso sobre a linha ley. Acho que a sua floresta é como uma aparição, se eu tivesse que dar um palpite sobre essas coisas. Sem uma fonte sólida de energia, uma aparição só pode oscilar.

— Mas nós despertamos a linha ley — respondeu Gansey. — Ela é tão forte às vezes que estoura os transformadores aqui.

— Ah, mas você disse que a eletricidade cai também, não é?

Gansey concordou relutantemente. E agora ele estava pensando em Noah desaparecendo na Dollar City.

— Então você vê que a sua floresta pode ser deixada à míngua, assim como pode ser alimentada em excesso. Por Deus, homem, tome cuidado com essa coisa! Desculpe! Você devia estar mesmo! Eu também lamentaria se tivesse de assumir a propriedade dessa monstruosidade! Esse pescoço de salsicha... Dê licença *você*! — Houve um tumulto, e então Malory disse: — Desculpe, Gansey. Tem cada um! Acho que você precisa encontrar uma maneira de estabilizar a linha. As altas de tensão eu esperaria, mas certamente não as interrupções.

— Alguma sugestão?

— Eu pensei em várias possibilidades agora mesmo — disse Malory. — Eu gostaria de ver essa sua linha. Você se importaria se um dia...?

— Você é bem-vindo a qualquer momento — disse Gansey, e ele estava sendo sincero. Apesar de todos os defeitos, Malory ainda era o aliado mais antigo de Gansey. Ele havia conquistado isso.

— Excelente, excelente. Agora, se você me dá licença — disse Malory —, acabei de ver um par de croppers escudo.

Eles se despediram. Gansey virou os olhos para Adam, que se parecia mais consigo mesmo agora do que parecera nos últimos tempos. Silenciosamente, ele prometeu que faria o que estivesse a seu alcance para mantê-lo daquele jeito.

— Bem. Não sei dizer até que ponto *isso* ajudou.

— Ficamos sabendo que homers beleza alemã parecem malditos papagaios-do-mar — disse Adam.

A primeiríssima coisa que Ronan fez depois que Gansey partiu foi pegar as chaves do Camaro. Ele não tinha outro plano imediato a não ser ver se elas realmente se encaixavam na ignição.

No sol do verão, o Pig brilhava como uma joia na grama alta e no cascalho. Ronan colocou a mão sobre o painel traseiro e escorregou a palma ligeiramente sobre o teto. Até isso parecia proibido; havia tanto de Gansey naquele carro que parecia que, em algum lugar, Gansey seria capaz de sentir essa pequena transgressão. Quando Ronan levantou a mão, ela estava coberta de verde. Ele ficou encantado com os detalhes do momento. Era algo de que ele precisava se lembrar, quando sonhasse. Aquele sentimento do instante: o coração palpitando, o pólen grudando na ponta dos dedos, o suor de julho fazendo brotar suor em seu peito, o cheiro da gasolina e da churrasqueira de outra pessoa. Cada folha de grama era distinguida detalhadamente. Se Ronan pudesse sonhar como se sentia naquele momento, poderia tirar qualquer coisa do sonho. Poderia tirar aquele maldito carro inteiro.

Ele colocou a chave na porta.

Ela encaixou.

Ele a virou.

A tranca abriu.

Um sorriso estava surgindo em sua boca, embora não houvesse ninguém para vê-lo. *Especialmente* porque não havia ninguém para vê-lo.

Ronan afundou no banco do motorista. O vinil estava infernalmente quente no sol, mas ele apenas guardou aquela informação. Era mais uma sensação que tornava o momento real em vez de um sonho. Lentamente, ele correu um dedo em torno da direção fina e pousou a palma sobre o câmbio liso.

O coração de Gansey pararia se ele visse Ronan Lynch ali.

A não ser que a chave não funcionasse na ignição.

Ronan colocou os pés na embreagem e no freio, inseriu a chave e a virou.

O motor rugiu para a vida.

Ronan abriu um largo sorriso.

Bem na hora, seu telefone vibrou e uma mensagem entrou. Ele o escorregou para fora do bolso. Kavinsky.

minhas rodas novas vão te deixar maluco. te vejo às 11 da noite.

♉

Uma hora mais tarde, Noah abriu a porta da Indústria Monmouth para Blue. O sol havia tornado o espaço vasto e bolorento e adorável. O ar quente, preso, tinha cheiro de madeira antiga, hortelã e dez mil páginas sobre Glendower. Embora Gansey tivesse saído apenas por algumas horas, subitamente parecia mais tempo, como se aquilo fosse tudo que tivesse sobrado dele.

— Onde está o Ronan? — ela sussurrou, enquanto Noah fechava a porta.

— Se metendo em confusão — ele sussurrou de volta. Era estranho estar ali sem mais ninguém: falar parecia algo um pouco proibido. — Nada que a gente possa fazer a respeito.

— Tem certeza? — Blue murmurou. — Eu posso fazer um monte de coisas.

— Não quanto a isso.

Ela hesitou junto à porta. Parecia uma invasão sem Gansey e Ronan ali. O que ela queria era de alguma forma enfiar a Indústria Monmouth inteira em sua cabeça e mantê-la ali. Ela sentia um desejo ansioso.

Noah estendeu a mão. Ela a aceitou — estava fria como um osso, como sempre —, e juntos eles se viraram para a sala enorme. Noah respirou fundo, como se eles estivessem se preparando para explorar a mata em vez de avançar mais para dentro da Indústria Monmouth.

Ela parecia maior com apenas os dois ali. O teto tomado de teias de aranha se elevava para o alto, grãos de poeira formando móbiles acima. Eles viraram a cabeça de lado e leram os títulos dos livros em voz alta. Blue espiou Henrietta pelo telescópio. Noah audaciosamente recolocou no lugar um dos telhados em miniatura da maquete da cidade de Gansey. Eles viram o que havia dentro da geladeira enfiada no banheiro. Blue escolheu um refrigerante. Noah pegou uma colher plástica. Ele a mordia enquanto Blue alimentava Motosserra com um hambúrguer que sobrara. Eles fecharam a porta de Ronan — se Gansey ainda habitava o resto do apartamento, a presença de Ronan ainda estava entranhada resolutamente em seu quarto. Noah mostrou a Blue o quarto dele. Eles pularam sobre a cama perfeitamente arrumada e então jogaram uma partida ruim de sinuca. Noah se jogou no sofá novo, enquanto Blue persuadia o velho toca-discos a tocar um LP sofisticado demais para interessar a qualquer um deles. Eles abriram todas as gavetas na mesa da sala principal. Um dos autoinjetores de adrenalina rolou no interior da gaveta mais alta no momento em que Blue pegava uma caneta chique. Ela copiou a letra pesada de Gansey em um recibo do Nino's, enquanto Noah colocava um suéter de mauricinho que encontrara enfiado debaixo da mesa. Ela mastigou uma folha de hortelã e bafejou no rosto de Noah.

Curvando-se, eles avançaram lateralmente ao longo da foto aérea impressa que Gansey havia espalhado por todo o quarto. Ele havia feito anotações enigmáticas para si mesmo por toda a margem. Algumas eram coordenadas. Algumas eram explicações da topografia. Algumas eram letras dos Beatles.

Por fim, eles observaram a cama de Gansey, que era apenas um colchão mal arrumado sobre uma caixa de molas, numa armação de metal. Ele ficava em um quadrado de luz do sol no meio do quarto, virado em ângulo, como se tivesse sido jogado contra o prédio. Sem discussão, eles se deitaram encolhidos sobre o cobertor, cada um pegando um travesseiro de Gansey. Parecia algo ilícito e preguiçoso. Com o rosto perto do de Blue, Noah piscou os olhos cheios de sono para ela. Blue levou um punhado da ponta do lençol até o nariz. Cheirava a hortelã e relva, o que era o mesmo que dizer: a Gansey.

Enquanto eles cozinhavam ao sol, ela se deixou pensar:
Eu tenho uma queda por Richard Gansey.
De certa maneira, era mais fácil que fingir que não. Ela não podia fazer nada a respeito, é claro, mas se deixar pensar naquilo era como furar uma bolha.

É claro, a verdade oposta era também bastante óbvia.
Eu não tenho uma queda por Adam Parrish.
Ela suspirou.
Noah disse com a voz abafada:

— Às vezes finjo que sou como ele.
— Qual parte?
Ele considerou.
— Vivo.

Blue passou um braço sobre o pescoço frio de Noah. Não havia realmente nada para dizer que tornasse estar morto melhor.

Por alguns minutos sonolentos, eles ficaram em silêncio, aninhados nos travesseiros, e então Noah disse:

— Fiquei sabendo que você não quer beijar o Adam.

Ela virou o rosto para o travesseiro, as faces quentes.

— Bom, *eu* não estou nem aí — disse Noah. Com certo prazer, ele conjeturou: — Ele cheira mal, é isso?

Blue se virou para ele.

— Ela *não* cheira mal. Desde pequena, toda médium que eu conheço me diz que, se eu beijar meu verdadeiro amor, ele vai morrer.

Noah franziu o cenho, ou pelo menos a metade dele que não estava enterrada no travesseiro. Ela nunca vira o nariz dele tão torto como agora.

— O Adam é o seu verdadeiro amor?

— Não — disse Blue. Ela se sobressaltou com a rapidez da resposta. Ela não conseguia deixar de ver o lado afundado da caixa que ele chutara. — Quer dizer, não sei. Eu simplesmente não beijo ninguém, para não ter erro.

Estar morto tornava Noah uma pessoa com a mente mais aberta que a maioria das pessoas, então ele não se incomodou com a dúvida dela.

— A questão é *quando* ou *se*?

— Como assim?

— Tipo, *se* você beijar o seu verdadeiro amor, ele vai morrer — ele disse —, ou *quando* você beijar o seu verdadeiro amor, ele vai morrer?

— Não vejo diferença.

Ele esfregou o lado do rosto sobre o travesseiro.

— Hummfofo — observou, então acrescentou: — Numa situação, a culpa é sua. Na outra, você simplesmente está ali quando acontece. Tipo, quando você o beija, *bum!*, um urso acerta ele. Totalmente não sua culpa. Você não precisa se sentir mal com isso. O urso não é seu.

— Acho que é *se*. Elas todas dizem *se*.
— Que droga. Então você nunca vai beijar ninguém?
— Parece que não.
Noah esfregou a mancha sobre o rosto. Ela não saiu. Nunca saía. Ele disse:
— Eu sei de alguém que você poderia beijar.
— Quem? — Ela percebeu os olhos divertidos dele. — Ah, espere.
Ele deu de ombros. Noah talvez fosse a única pessoa que Blue conhecia que podia preservar a integridade de um menear de ombros mesmo deitado.
— Não é tipo... como se você fosse me matar. Quer dizer, se você tiver curiosidade.
Ela não achava que tinha curiosidade. Não havia sido uma opção, afinal. Não poder beijar ninguém parecia muito com ser pobre. Ela procurava não pensar muito sobre as coisas que não podia ter.
Mas agora...
— Tudo bem — ela disse.
— O quê?
— Eu disse tudo bem.
Ele corou. Ou melhor, como estava morto, ficou com uma cor normal.
— Hum. — Noah se apoiou em um cotovelo. — Bom... — Ela desenterrou o rosto do travesseiro. — Só, tipo...
Ele se inclinou na direção dela. Blue sentiu um frêmito por meio segundo. Não, mais como um quarto de segundo. Porque depois disso ela sentiu o franzir firme demais dos lábios tensos dele. A boca de Noah se misturou à dela até encontrar os dentes. A coisa toda foi ao mesmo tempo viscosa, coceguenta e hilária.
Os dois expiraram com um riso envergonhado. Noah disse:
— *Blé!*
Blue considerou limpar a boca, mas achou que seria grosseiro. Tudo aquilo fora um tanto decepcionante.
— Bem... — ela disse.
— Espere — respondeu Noah —, espereespereespere. — Ele tirou um fio de cabelo de Blue da boca. — Eu não estava pronto.

Ele balançou as mãos como se os lábios de Blue fossem um evento esportivo e ter uma câimbra fosse uma possibilidade muito real.

— Vai — disse Blue.

Dessa vez, eles chegaram a apenas uma respiração dos lábios um do outro quando ambos começaram a rir. Ela eliminou a distância e foi recompensada com outro beijo que parecia muito com beijar uma máquina de lavar louça.

— Estou fazendo algo errado? — ela sugeriu.

— Às vezes é melhor com a língua — ele respondeu vagamente.

Eles olharam um para o outro.

Blue semicerrou os olhos:

— Você tem certeza que já fez isso antes?

— Ei! — ele protestou. — É esquisito para mim porque é *você*.

— Bom, é esquisito para mim porque é você.

— A gente pode parar.

— Talvez a gente deva mesmo.

Noah se ergueu mais sobre o ombro e mirou o teto vagamente. Finalmente, baixou o olhar de volta para ela.

— Você já viu, tipo, nos filmes. Os beijos, certo? Seus lábios precisam estar, tipo, querendo ser beijados.

Blue tocou a própria boca.

— O que eles estão fazendo agora?

— Tipo, se preparando para o pior.

Ela apertou e soltou os lábios. Blue entendeu o que ele queria dizer.

— Então imagine um desses — sugeriu Noah.

Blue suspirou e procurou na memória até encontrar um que servisse. Não era um beijo de filme, no entanto. Era o beijo que a árvore dos sonhos havia mostrado a ela em Cabeswater. O primeiro e único beijo dela e de Gansey, um pouco antes de ele morrer. Ela pensou na linda boca dele quando ele sorria. Nos olhos afetuosos quando ele ria. Blue fechou os olhos.

Apoiando um cotovelo do outro lado da cabeça dela, Noah se aproximou e a beijou mais uma vez. Dessa vez, foi mais um pensamento que um sentimento, um calor suave que começou na boca e se propagou pelo resto do corpo dela. Uma mão fria escorregou por trás do pescoço de Blue, e ele a beijou de novo, os lábios abertos. Não era apenas um toque, uma ação. Era a simplificação de ambos: eles não eram mais Noah Czerny e Blue Sargent. Agora eram apenas *ele* e *ela*. Nem isso. Apenas o tempo que sustentavam entre si.

Ah, pensou Blue. *Então é isso que eu não posso ter.*

Não poder beijar quem quer que ela estivesse apaixonada não parecia muito diferente de não ter um celular quando todo mundo na escola tinha. Não parecia muito diferente de saber que ela não ia estudar ecologia em uma faculdade no exterior, ou ir para o exterior e ponto-final. Não parecia muito diferente de saber que Cabeswater seria a única coisa extraordinária em sua vida.

O que era o mesmo que dizer que era insuportável, mas ela tinha de suportar de qualquer jeito.

Porque não havia nada terrível a respeito de beijar Noah Czerny, fora ele ser frio. Blue deixou que ele a beijasse, e o beijou de volta até que ele se afastou, se apoiando em um cotovelo e desajeitadamente secando algumas lágrimas dela com o dorso da mão. Sua mancha havia ficado bastante escura, e ele estava tão frio que Blue teve um arrepio.

Ela abriu um sorriso úmido para ele.

— Foi muito bom.

Ele deu de ombros, os olhos tristes, os ombros voltados para dentro. Noah estava desaparecendo. A questão não era que ela pudesse ver através dele. A questão era que ela tinha dificuldade de lembrar como ele era, mesmo enquanto olhava para ele. Quando ele virou a cabeça, Blue o viu engolir. Ele murmurou:

— Eu convidaria você para sair, se estivesse vivo.

Nada era justo.

— Eu aceitaria.

Ela só teve tempo de vê-lo sorrir ligeiramente. E então ele desapareceu.

Blue rolou de costas no meio da cama subitamente vazia. Acima dela, as vigas brilhavam com o sol de verão. Ela tocou a própria boca. Parecia do mesmo jeito de sempre. Não parecia que ela tinha dado seu primeiro e último beijo.

32

— Entre — disse Ronan.

— Aonde vamos? — perguntou Matthew. Mas ele já estava entrando, jogando a sacola no banco de trás. Ele fechou a porta. O interior do carro passou instantaneamente a cheirar a uma amostra de água de colônia.

Ronan pôs o BMW em movimento. A Aglionby foi sumindo no espelho retrovisor.

— Para casa.

— *Para casa!* — exclamou Matthew. Agarrando-se à maçaneta da porta, ele olhou sobre o ombro como se os transeuntes adivinhassem o seu destino. — Ronan, a gente *não* pode. O Declan disse...

Ronan pisou com tudo nos freios. Os pneus guincharam obsequiosamente e o carro parou bruscamente junto à calçada. O carro atrás deles buzinou e desviou do BMW.

— Você pode sair e caminhar de volta, se quiser. Mas eu estou indo. Você quer ou não?

Os olhos arredondados de seu irmão ficaram mais arredondados ainda.

— O Declan...

— Não diga o nome dele.

Covinhas apareceram no queixo de Matthew, do tipo que queriam dizer, quando ele tinha três ou quatro anos, que ele ia chorar. Mas ele não chorou. Ronan desejou por meio segundo não odiar Declan, pelo bem de Matthew.

— Tudo bem — disse Matthew. — Você tem certeza que não vai ter problema?

— Não — Ronan respondeu, porque ele sempre dizia a verdade.

Matthew colocou o cinto de segurança.

Ronan remexeu o aparelho de MP3 até encontrar uma playlist de músicas de bouzouki. Matthew não tocava desde que Niall Lynch morrera, mas fora bastante competente nesse instrumento antes disso. Parecia um gesto indulgente. Ronan racionava a música do passado deles, como se consumisse um pouco das memórias de seu pai toda vez que a tocasse. Certamente essa ocasião a justificava, no entanto.

À medida que a canção tangia dos alto-falantes, seu irmão mais novo deixava todo o ar escapar dos pulmões. E Ronan dirigiu para casa pela segunda vez.

Dessa vez parecia diferente. Trazer Matthew junto deveria ter feito o retorno à Barns parecer mais familiar do que antes, mas, em vez disso, serviu apenas para lembrar Ronan quão proibido isso era. A luz do sol tornou a viagem uma experiência mais ansiosa ainda, como se a luz brilhante os deixasse mais expostos enquanto eles avançavam pelo acesso da casa.

Ronan seguiu lentamente até verificar que o carro da enfermeira não estava ali, então deu a volta por trás da casa, onde ficava um galpão de equipamentos cercado de grama alta e tomado de mofo esverdeado.

— Abra aquela porta — ele ordenou a Matthew. — Vamos, rápido.

Matthew deixou o carro apressadamente, arrancou parte da trepadeira que cobria o galpão e lutou para levantar a porta de metal. Ele tirou um cortador de grama pequeno e enferrujado do caminho, e Ronan entrou com o BMW de ré. Ele o desligou, puxou a porta para baixo de novo e conferiu para ter certeza de que os pneus não haviam deixado marcas.

— James Bond — observou Matthew inexplicavelmente. Ele estava incrivelmente animado. — O que é isso?

Ronan segurava a caixa quebra-cabeça debaixo do braço.

— Uma caixa de sapatos.

Matthew inclinou a cabeça, trabalhando a questão. Ele procurou assimilar os fatos: a caixa perfeitamente quadrada era de madeira, coberta com marcas estranhas e vários centímetros mais curta que os pés de seu irmão.

Matthew piscou, então disse:

— Tudo bem!

Trotando à frente na direção da porta dos fundos, ele encontrou a chave escondida junto ao tirador de botas.

— Espere — avisou Ronan. — Fique atento. Se alguém vir pelo acesso, entre no porão. E desligue o telefone, pelo amor de Deus.

— Certo! Boa! Inteligente!

Ele entrou aos trancos na casa, na frente de Ronan, que olhou sobre o ombro antes de trancar a porta dos fundos atrás deles. Ronan ouviu os passos hesitantes de Matthew avançando na direção da sala de estar, e então subiu ruidosamente a escada até seu quarto. O afeto de Matthew se revelava de maneira sentimental, expansiva, e ele parecia não saber o que fazer de sua mãe imóvel agora.

Ronan seguiu o corredor até a sala de estar mais lentamente, atento aos ruídos de um carro que se aproximava entre cada passo. A sala de estar estava mais escura e silenciosa do que o corredor, sem janelas para deixar entrar a tarde quente ou os pássaros cantantes. A porta para o porão ficava na parede mais distante, de maneira que ele poderia interceptar Matthew se outra pessoa aparecesse.

Ronan foi diretamente até a escrivaninha contra a parede, sem olhar para sua mãe. Seu pai costumava chamar a escrivaninha de "escritório", como se o seu trabalho exigisse uma forma legítima de burocracia. Ronan se perguntou se sua mãe fazia ideia de como Niall Lynch ganhava a vida. Certamente ela devia saber. Ela tinha de saber que era uma criatura de sonho.

Subitamente, por um momento brevíssimo, o pânico forçou passagem.

Eu sou uma criatura de sonho? Eu saberia se fosse?

Então ele deixou que a razão abafasse o pensamento. Todos os meninos tinham álbuns de bebês, com fotos e registros do hospital. Ele tinha um tipo sanguíneo. E, se seu pai o tivesse sonhado, ele estaria imóvel como sua mãe. Ele havia nascido, não sido invocado. Ele era real.

O que é real?

Será que algo se torna real ao ser retirado de um sonho? E, se for assim, já era real no momento em que foi pensado?

Ele olhou de relance sobre o ombro para sua mãe. Ela não parecia particularmente lógica *agora*, sentada, imóvel e sem cuidados, por meses e meses. Mas ele nunca duvidara dela antes da morte de seu pai, mesmo quando apenas ela estava presente por meses seguidos.

Ela não é nada sem o papai.

Declan estava errado. Ela existia à parte de Niall Lynch, mesmo que ele fosse seu único criador.

Ronan voltou para a escrivaninha. Deixou a caixa quebra-cabeça ali e abriu a gaveta principal. Uma cópia do testamento de seu pai estava bem em cima dos papéis, como ele lembrava.

Sem se dar ao trabalho de reler as cláusulas iniciais do documento — elas apenas o deixariam bravo —, ele pulou diretamente para a última página. Ali, um pouco antes da assinatura do seu pai.

Niall Lynch encontra-se, no momento da celebração deste testamento, com a mente sã e sem nenhum problema de memória ou compreensão. Age de livre e espontânea vontade e goza de plena capacidade para realizá-lo. Este testamento é válido até que outro documento mais recente seja criado.

Firmo o presente: T'Libre vero-e ber nivo libre n'acrea.

Ronan semicerrou os olhos ao ler a frase final. Pegou a caixa quebra-cabeça e a virou até que o lado com a língua desconhecida ficasse de frente para ele. Era um trabalho cansativo inserir cada palavra. Embora não conseguisse compreender o funcionamento da caixa, ela mantinha as palavras previamente inseridas em seus mecanismos, a fim de traduzir a gramática também. Fora assim que ela funcionara no sonho, afinal.

Se ela funcionava no sonho, funcionava na vida real.

Ele franziu o cenho diante da tradução que a caixa forneceu.
Este testamento é válido até que outro documento mais recente seja criado.
Pressionando o dedo sobre o papel para mantê-lo no lugar, ele o comparou. Com certeza, a frase traduzida era idêntica à frase final em inglês. Mas por que seu pai escrevera a mesma coisa em duas línguas diferentes?

A esperança — ele não se dera conta do que era o sentimento até tê-lo abandonado — lentamente o deixou. Ele estivera certo a respeito da língua, mas errado quanto à existência de uma mensagem secreta. Ou, se havia uma mensagem secreta, ele não era inteligente o suficiente para decodificá-la.

Ronan deu um empurrão na gaveta, que se fechou, e dobrou o testamento no bolso de trás para levá-lo consigo. Bem quando se virou com a caixa quebra-cabeça, Matthew apareceu no vão da porta. Ele chegou tão rápido que seu ombro bateu no batente.

— Muito bem — disse Ronan, lacônico.

Matthew acenou com a mão e falou sem fôlego, com a voz baixa:

— Acho que tem alguém aí.

Os dois olharam para trás, na direção da porta do porão.

— Que tipo de carro? — perguntou Ronan.

Matthew balançou a cabeça agitadamente.

— Na casa.

Era impossível, mas Ronan sentiu os pelos no pescoço se arrepiarem.

E então ele ouviu o barulho, ao longe, vindo de algum outro lugar na casa:

Tck-tck-tck-tck.

O horror noturno. Ronan não pensou. Ele atravessou a sala rapidamente e arrastou Matthew para dentro.

Um ruído de arranhar lento vinha da cozinha.

— Porão? — engoliu Matthew, chocado.

Ronan não respondeu. Fechou com um empurrão a porta da sala de estar e olhou nervosamente ao redor.

— Cadeira! — sussurrou para o irmão mais novo. — *Rápido!*

Matthew procurou aqui e ali antes de trazer uma cadeira frágil, sem braço. Ronan tentou obstruir a porta, mas a velha maçaneta curva resistiu a seus esforços. Mesmo se fosse uma maçaneta comum, a cadeira não era alta o suficiente para proporcionar o menor apoio.

Tck-tck-tck-tck.

— Ronan? — sussurrou Matthew.

Ronan saltou sobre três jarros antigos de farinha para onde um baú de cedro estava pressionado contra a parede. Ele testou o peso e então começou a empurrá-lo.

— Vamos, me ajude — grunhiu. Matthew deslizou até ele e jogou o ombro contra o baú.

As garras arranhavam as tábuas do assoalho. Arrastando-se.

O baú de cedro rangeu até parar na frente da porta. Lá na Monmouth, a prateleira havia sido pesada o suficiente para prender o horror noturno em seu quarto. Ronan só podia torcer para que o baú fosse tão eficiente quanto.

Matthew ergueu o olhar para Ronan, desnorteado, enquanto o irmão mais velho subia em cima do baú de cedro. Ronan estendeu um braço e abraçou a cabeça crespa do irmão, uma vez, forte. Ele o afastou com um empurrão.

— Senta perto da mamãe — sussurrou. — Ele não quer você. Quer a mim.

— Ro...

— Mas, se ele passar por mim, não espere. Apenas lute.

Matthew recuou para onde Aurora Lynch estava sentada na cadeira, no meio da sala, tranquila e imóvel. Ronan o viu agachado ali no espaço obscurecido, segurando a mão de sua mãe.

Ele jamais devia tê-lo trazido junto.

A porta deu um tranco.

Surpreso, Matthew deu um salto. Aurora, não.

Ronan segurou a maçaneta enquanto ela era forçada. Havia um ruído lento, como de água escorrendo da torneira.

A porta sacudiu novamente.

Mais uma vez, Matthew se sobressaltou. Mas o baú de cedro não cedeu. Ele era pesado, e o horror noturno não era. Sua força estava naquelas garras e naquele bico.

Três vezes mais a porta balançou nas dobradiças. Então houve uma longa pausa...

Era possível que ele tivesse desistido.

Mas Ronan não havia considerado qual seria o seu próximo passo. Eles não podiam arriscar abrir a porta se o horror noturno estivesse do outro lado. Talvez ele devesse sair sozinho — os homens-pássaros nunca queriam saber de mais ninguém. Era apenas Ronan que eles desprezavam. Ele relutava com todas as forças em deixar seu irmão e sua mãe para trás, mas ambos estariam mais seguros sem ele.

Longos minutos se passaram em silêncio. E então, em algum lugar na casa, uma porta bateu.

Matthew e Ronan se encararam. O ruído tinha algo de cuidadoso e humano — nem um pouco o que Ronan teria esperado do horror noturno.

Passos comuns começaram a ranger enquanto avançavam pelo corredor. Possibilidades se abriram na mente de Ronan, nenhuma delas boa. Não havia tempo de tirar o baú de cedro sem chamar atenção. Não fazia sentido avisar o recém-chegado a respeito do pesadelo, também — a presença de Ronan apenas o deixaria mais perigoso.

— Se esconda — ordenou Ronan a Matthew. Seu irmão mais novo estava congelado, então ele o pegou pela manga e o puxou para longe de sua mãe. Havia espaço apenas para eles se enfiarem atrás dos tapetes enrolados no canto da sala. O esconderijo não resistiria a um exame cuidadoso, mas, na obscuridade, não havia razão para eles serem descobertos.

Vários minutos mais tarde, após muitos rangidos nas tábuas dos assoalhos por outras partes da casa, alguém experimentou a porta com um empurrão. Dessa vez, ficou bastante claro que era *alguém*, e não *algo*. Houve um suspiro audível, com uma sonoridade humana, do outro lado, e o arrastar de pés sobre as tábuas do assoalho era claramente produzido por sapatos.

Ronan levou um dedo aos lábios.

Houve apenas um empurrão a mais, e então a porta se abriu um centímetro. Mais um resmungo, outro empurrão, e a porta se abriu o suficiente para admitir uma pessoa.

Ronan não tinha certeza de quem ele esperava que aparecesse. A enfermeira da casa, provavelmente. Talvez até Declan, visitando ilegalmente.

Mas aquele era um homem bonito, vigoroso, todo vestido de cinza; Ronan nunca o vira antes. A maneira como ele movia rapidamente o olhar ao redor da sala era tão intensa que Ronan temia que ele os visse atrás dos tapetes. Mas o interesse do homem foi capturado por Aurora Lynch em sua cadeira, no meio do aposento.

Ronan ficou tenso.

Não seria preciso muito para fazê-lo saltar de seu esconderijo. Bastava que ele tocasse nela...

Mas o Homem Cinzento não tocou Aurora. Em vez disso, ele se inclinou para observar o rosto dela. Era um estudo curioso, penetrante, e que terminou em poucos segundos. Ele cutucou com a ponta dos pés os tubos e cabos que saíam das máquinas para lugar nenhum. Esfregou o queixo e refletiu.

Por fim, o Homem Cinzento perguntou:

— Por que você está enfiada aqui?

Aurora Lynch não respondeu.

O Homem Cinzento se virou para ir embora, mas fez uma pausa. A caixa de línguas, ainda parada sobre a escrivaninha, havia chamado sua atenção. Ele a pegou, virou de um lado para o outro nas mãos, girou experimentalmente uma das rodas e observou o efeito que isso tinha sobre os outros lados.

Então, ele a levou consigo.

Ronan colocou um punho na testa. Ele queria segui-lo e recuperar a caixa, mas não podia arriscar ser descoberto. Onde ele conseguiria outra caixa quebra-cabeça? Ele não tinha como saber se um dia sonharia com uma de novo. Ronan ficou tenso, pensou em sair de onde estava, pensou em se esconder, pensou em sair de onde estava. Matthew colocou a mão em seu braço.

Eles esperaram por um longo tempo. Finalmente, um carro ligou o motor na frente da casa antes de se retirar pelo acesso.

Eles saíram do esconderijo. Matthew ficou colado ao lado de Ronan, o que o fez lembrar de Motosserra, quando ela ficava assustada. Geralmente Ronan teria protestado, mas dessa vez deixou.

— O que foi aquilo? — sussurrou Matthew.

— Tem coisas ruins no mundo. Vamos embora daqui — respondeu Ronan.

Matthew beijou o rosto da mãe. Ronan verificou que ainda tinha o testamento no bolso de trás da calça. A perda da caixa quebra-cabeça ainda doía, mas pelo menos ele levava consigo aquele enigma de seu pai. Duas frases, duas línguas. *O que você estava tentando dizer, pai?*

— Tchau, mãe — ele disse a Aurora. E tateou o bolso em busca das chaves. Havia dois molhos: o do BMW e as chaves falsas do Camaro. — Até mais.

33

Precisamente naquele momento, Richard Campbell Gansey III estava a cento e quarenta e oito quilômetros de seu amado carro. Ele estava parado no acesso ensolarado da mansão de Washington dos Gansey, usando uma gravata furiosamente vermelha e um terno listrado de bom gosto e fina elegância. Ao lado dele estava Adam, o rosto estranho e belo parecendo pálido acima do tom ligeiramente escuro do próprio terno. Feito sob medida pelo mesmo italiano talentoso que fazia as camisas de Gansey, o terno era a armadura sedosa de Adam para a noite que eles tinham pela frente. Era a coisa mais cara que ele já tivera, o salário de um mês traduzido em lã penteada. O ar recendia a molho teriyaki, cabernet sauvignon e gasolina premium. Em algum lugar, um violino tocava com terrível triunfo. Estava impossivelmente quente.

Eles estavam a cento e cinquenta e seis quilômetros e vários milhões de dólares de distância da casa em que Adam fora criado.

O largo acesso circular era um quebra-cabeça de veículos: sedãs negros como smokings, camionetes em tons marrons de violoncelo, carros esportivos prateados de dois assentos e que poderiam caber na palma da sua mão, cupês brancos reluzentes com placas diplomáticas. Dois manobristas, tendo exaurido todas as soluções de estacionamento, fumavam e soltavam anéis de fumaça sobre os para-lamas de uma Mercedes encostada no meio-fio ao lado deles.

Gansey serpenteou por entre os carros.

— Sorte nossa que não precisamos nos preocupar em encontrar uma vaga.

A carona de helicóptero ainda não caíra bem no estômago de Adam. Ele não gostava de voar nem de ser visto chegando em um helicóptero. Ele havia passado trinta minutos esfregando a graxa da ponta dos dedos antes de eles partirem. Isso era o sonho, ou sua vida lá em Henrietta o era?

— Sorte nossa — ele ecoou.

Dois homens e uma mulher saíram pela porta da frente da casa. Mãos cortavam o ar; trechos da conversa ressoaram das sarjetas. "Já foi aprovada... legislação... maldito idiota... a esposa dele também é uma vaca." O murmúrio dos convidados passou pela porta aberta atrás deles como se o trio tivesse trazido o som para fora. A visão através do vão era uma colagem de terninhos femininos e colares de pérolas, Vuitton e damasco. Eram muitos. Muitos mesmo.

— Meu Deus — disse Gansey tragicamente, seus olhos sobre a reunião. — Bem, fazer o quê... — Ele deu um piparote em um fio invisível no ombro do terno de Adam e colocou uma folha de hortelã na língua. — Vai ser bom para eles conhecerem você.

Eles. Em algum lugar lá dentro estava a mãe de Gansey, estendendo as mãos para a turma faminta da capital com seus ternos comprados em lojas de departamentos, oferecendo-lhes um tesouro no céu em troca de votos. E Gansey fazia parte do pacote de vendas; não havia nada mais congressional que a família Gansey inteira debaixo do mesmo teto. Porque aqueles colares e aquelas gravatas vermelhas formavam a comitiva cativa que financiaria a campanha da sra. Richard Gansey II. E aqueles reluzentes sapatos masculinos e saltos de veludo eram os nobres cuja fidalguia Adam desejava.

Vai ser bom para eles conhecerem você.

Um riso, alto e confiante, cortou o ar. A conversa aumentou o volume para assimilá-lo.

Quem são essas pessoas, pensou Adam, *para acreditar que sabem alguma coisa a respeito do resto do mundo?*

Ele não podia deixar que isso transparecesse em seus olhos. Se ele lembrasse a si mesmo que precisava delas, *daquelas pessoas,* se lembrasse a si mesmo que aquilo era apenas um meio para atingir um fim, ficava um pouco mais fácil.

Além disso, Adam era bom em esconder coisas.

Gansey cumprimentou os convidados parados do lado de fora da porta. Apesar da reclamação anterior, ele estava completamente à vontade, um leão no Serengeti.

— Lá vamos nós — ele disse solenemente. E assim, de uma hora para outra, o Gansey de quem Adam havia ficado amigo, o Gansey por quem ele faria qualquer coisa, desapareceu, e em seu lugar estava o herdeiro nascido com um cordão umbilical de seda enrolado no pescoço de sangue azul.

A mansão Gansey se estendia diante deles. Havia Helen, agora afetada de propósito e decididamente fora de seu alcance, em um vestido preto justo, as pernas mais longas que o acesso da casa. "A que devemos brindar? A mim, é claro. Ah, sim, à minha mãe também." Havia a ex-deputada Bullock e o presidente do Comitê Vann-Shoaling e havia o sr. e a sra. John Benderham, os maiores financiadores individuais da campanha do Partido Republicano no oitavo distrito. Por toda parte havia rostos que Adam vira nos jornais e na televisão. Tudo cheirava a folhados e a ambição.

Dezessete anos antes, Adam havia nascido em um trailer. Eles podiam ver isso nele. Ele sabia disso.

— O que esses dois belos sacanas estão aprontando?

Gansey riu: *Hahaha*. Adam se virou, mas a pessoa que havia falado já tinha passado. Alguém pegou a mão de Gansey.

— Dick! Que bom ver você.

O violino invisível lamentou. A acústica do lugar dava a impressão de que o instrumento estava aprisionado no sofá de espaldar alto junto à porta. Um homem de camisa branca colocou cálices de champanhe em suas mãos. Era refrigerante de gengibre, doce e fraudulento.

Uma mão bateu na nuca de Adam; ele se encolheu, assustado. Na sua cabeça, ele rolava escada abaixo na casa de seu pai, os dedos se agarrando à terra. Ele jamais parecia conseguir deixar Henrietta para trás. Podia sentir uma imagem, uma aparição, pairando atrás de seus olhos, mas a empurrou para longe. Não aqui, não agora.

— Nós sempre precisamos de sangue novo! — retumbou o homem. Adam estava suando, alternando-se entre a memória de ver estrelas girando em torno da cabeça e o fato da agressão presente. Gansey tirou a mão do homem da nuca de Adam e o cumprimentou. Adam sabia que estava sendo resgatado, mas a sala estava barulhenta e apertada demais para que ele expressasse gratidão.

— É o que temos no momento — disse Gansey.

— Vocês são realmente jovens — disse o homem.

— Este é Adam Parrish — disse Gansey. — Cumprimente-o. Adam é mais inteligente do que eu. Um dia vamos organizar um desses bailes para ele.

De alguma maneira, Adam conseguiu passar um cartão de visita para a mão do homem; outra pessoa o serviu de refrigerante de gengibre. Não, dessa vez era champanhe. Adam não bebia álcool. Gansey delicadamente tirou o cálice da mão dele e o colocou sobre uma mesa antiga com marfim embutido. Com um dedo, limpou uma única gota de vinho tinto que manchava a superfície. Vozes lutavam umas com as outras; a voz mais grave venceu. "Oito meses atrás nós estávamos neste mesmo ponto da campanha", um homem com um enorme alfinete de gravata disse para outro com a testa enormemente reluzente. "Às vezes você simplesmente arruma fundos e torce para que dê certo." Gansey apertava mãos e ombros. Ele conseguia fazer com que as mulheres confessassem seus nomes e então as fazia acreditar que já as conhecia. Ele sempre chamava Adam de *Adam Parrish*. Todo mundo sempre o chamava de *Dick*. Adam juntou um buquê de cartões de visita. Seu quadril bateu em um móvel com pés em forma de patas de leão; cristais irlandeses tilintaram na luminária sobre ele. Um espírito tocou seu cotovelo. Não aqui, não agora.

— Se divertindo? — perguntou Gansey. Ele não parecia estar se divertindo muito, mas seu sorriso era à prova de balas. Seus olhos varreram a sala enquanto ele bebia seu refrigerante de gengibre ou seu champanhe. Ele aceitou outro cálice de uma bandeja sem rosto.

Eles avançaram para a próxima pessoa, e a próxima. Dez, quinze, vinte pessoas depois e Gansey era uma tapeçaria bordada de um rapaz, a juventude sonhada dos Estados Unidos, o filho principezinho educado da sra. Richard Gansey II. A sala o adorava.

Adam se perguntou se havia um sorriso de verdade naquela manada de animais ricos.

— Dick, finalmente, você está com as chaves do Fiat? — Helen se aproximou deles olhando Gansey nos olhos, em um par de sapatos de salto pretos que pareciam sensatos em todas as outras mulheres no ambiente e extraordinariamente sexy nela. Ela era, pensou Adam, o tipo de mulher que Declan estava sempre tentando conquistar, sem perceber que ela não era do tipo conquistável. Você podia adorar a beleza eficiente e lustrosa de um trem-bala novo em folha, mas apenas um tolo poderia imaginar que ele corresponderia ao seu amor.

— Por que eu estaria? — perguntou Gansey.

— Ah, sei lá. Todos os carros estão bloqueados, menos aquele. Aqueles manobristas idiotas. — Ela inclinou a cabeça para trás e olhou para o teto com uma árvore pintada. — A mamãe quer que eu vá comprar mais bebida. Se você for comigo, posso usar a faixa para veículos com dois ocupantes ou mais e não passar o resto da vida indo buscar vinho. — Ela notou Adam. — Ah, Parrish. Você fica bem elegante assim.

Ela não quis dizer nada além disso, nada mesmo, mas Adam sentiu como se um perfurador de gelo picasse seu coração.

— Helen — disse Gansey. — Cala a boca.

— É um elogio — disse Helen. Um garçom substituiu os drinques vazios por cheios.

Lembre-se por que você está aqui. Entre, pegue o que precisa e saia. Você não é um deles.

— Está tudo bem — disse Adam tranquilamente, abrandando o sotaque.

— Eu quis dizer que vocês estão sempre com o uniforme da escola — disse Helen. — Não, tipo...

— Cala a boca, Helen.

— Não venha com chilique para cima de mim — ela respondeu —, só porque você gostaria de estar na sua amada Henrietta.

Uma expressão passageira cruzou o rosto de Gansey; ela adivinhara certo. A presença dele ali o estava matando.

— Por que, mais uma vez, você não trouxe o outro? — perguntou Helen. Mas, antes que Gansey pudesse responder, outra pessoa chamou a atenção dela e Helen se deixou ir tão rapidamente quanto aparecera.

— Que pensamento assustador — observou Gansey subitamente.
— O Ronan no meio dessa gente.

Por um momento fugaz, Adam pôde imaginar a cena: as cortinas de brocados se decompondo em chamas, os consortes gritando debaixo do cravo, Ronan parado em meio a tudo aquilo dizendo "Foda-se Washington".

— Pronto para a próxima rodada? — perguntou Gansey.

A noite jamais terminaria.

Mas Adam continuou observando.

Ele engoliu seu refrigerante de gengibre. Agora ele não tinha certeza se não havia sido champanhe desde o começo, na realidade. A festa havia se tornado um festim diabólico: fogos-fátuos capturados em lanternas de bronze, carnes de um brilho impossível servidas em bandejas com filigranas sinuosas, homens de preto, mulheres usando joias verdes e vermelhas. As árvores pintadas no teto se curvavam baixas sobre a cabeça deles. Adam estava tenso e exausto, ali e em outro lugar. Nada era real, fora ele e Gansey.

Diante deles, estava uma mulher que havia falado com a mãe de Gansey poucos instantes atrás. Todas as pessoas que se aproximavam de Gansey haviam falado ou cumprimentado ou visto de relance a mãe dele poucos instantes atrás, movendo-se em meio aos convidados com roupas escuras. Era um jogo político elaborado, em que sua mãe fazia o papel de uma aparição querida, mas rara; embora todos se lembrassem de tê-la visto, ninguém conseguia realmente localizá-la no momento da recordação.

— Você cresceu tanto desde a última vez que o vi. Você deve estar com quase... — disse a mulher para Gansey e, no momento de adivinhar a idade dele, ela hesitou. Adam sabia que ela havia sentido aquela *estranheza* em seu amigo: aquela sensação de Gansey ser ao mesmo tempo jovem e velho, como se acabasse de chegar ou sempre tivesse existido.

Então foi salva por um olhar de relance para Adam. Rapidamente avaliando a idade dele, ela concluiu:

— Dezessete? Dezoito?

— Dezessete, senhora — disse Gansey, afetuosamente. E ele tinha, tão logo dissera isso. É claro que ele tinha dezessete anos e nada mais. Algo parecido com alívio passou pelo rosto da mulher.

Adam sentiu a pressão dos galhos da árvore cristalizada acima; à direita, captou uma meia-imagem de si em um espelho com moldura dourada e levou um susto. Por um momento, seu reflexo parecera errado.

Estava acontecendo. *Não, não, não está acontecendo. Não aqui, não agora.*

Um segundo olhar de relance revelou uma imagem mais clara. Nada estranho. Ainda.

— Creio ter lido no jornal que você ainda está procurando aquelas joias da coroa — a mulher disse a Gansey.

— Ah, estou procurando um rei de verdade — ele respondeu, falando alto para ser ouvido sobre o violino (havia três deles, na realidade; o último homem o havia informado de que se tratava de estudantes da Peabody). As cordas oscilavam como se o som viesse de debaixo d'água.

— Um rei galês do século XV.

A mulher riu com prazer. Ela havia interpretado Gansey erroneamente e achou que ele fizera uma piada. Gansey riu também, como se tivesse feito uma piada, e qualquer constrangimento que pudesse ter surgido foi rapidamente afastado.

Adam tomou nota disso.

E agora, finalmente, lá estava a sra. Gansey, pairando no canto de sua visão como um sonho materializado. Como o próprio Gansey, ela era intrinsecamente bela de uma maneira que somente alguém que sempre tivera dinheiro poderia ser. Parecia certo que uma festa inteira fosse realizada em sua honra. Ela era uma rainha merecedora da noite.

— Gloria — disse a sra. Gansey para a mulher. — Adorei esse colar. É claro que você se lembra do meu filho Dick, não é?

— É claro que sim — disse Gloria. — Ele está tão alto. Você vai entrar para a faculdade logo, estou certa?

As duas mulheres se viraram para ouvir a resposta. Os violinos atingiram notas agudas na escala.

— Bem, é... — E então, de uma hora para outra, Gansey vacilou. Não foi bem uma parada completa. Apenas uma falha em deslizar suavemente de um momento para o outro. Houve apenas tempo suficiente para Adam perceber o hiato, e então Gansey disse: — Desculpe, achei que tinha visto alguém.

Adam o encarou. Havia uma pergunta tácita em seu olhar. O olhar devolvido por Gansey era complicado; não, ele não estava bem, mas não, não havia nada que Adam pudesse fazer a respeito. Adam sentiu uma alegria breve e cruel de que aquelas pessoas também conseguissem atingir Gansey. Como ele as odiava.

— Ah, *estou* vendo uma pessoa. Com licença — disse Gansey, impecavelmente educado. — Desculpe, mas vou deixá-las com... Sra. Elgin, este é meu amigo Adam Parrish. Ele tem ideias interessantes a respeito dos direitos dos viajantes. A senhora tem pensado a respeito dos direitos dos viajantes ultimamente?

Adam tentou lembrar quando fora a última vez que ele e Gansey haviam conversado a respeito dos direitos dos viajantes. Ele tinha bastante certeza de que toda a discussão ocorrera enquanto eles comiam uma pizza sem graça, e que tinha algo a ver com os scanners corporais funcionando como verdadeiros fornos de micro-ondas nas células do cérebro de viajantes habituais. Mas, agora que ele tinha visto Gansey em ação, sabia que o amigo desdobraria a coisa toda em uma epidemia política solucionável por sua mãe.

— Não tenho — respondeu Gloria Elgin, deslumbrada com o jeito Gansey de ser. — Normalmente nós usamos o Cessna de Ben. Mas eu gostaria de ouvir a respeito.

Quando ela se virou para Adam, Gansey desapareceu em meio às pessoas.

Por um momento, Adam não disse nada. Ele não era Gansey, não deslumbrava, era um impostor com uma taça de champanhe falso na mão esguia feita de pó. Ele olhou para a sra. Elgin. Ela olhou de volta para ele através dos cílios.

Com um choque, Adam percebeu que a intimidava. Parado ali, em seu terno impenetrável e sua gravata vermelha, jovem, de ombros retos e asseado, ele havia conseguido realizar qualquer que fosse a estranha alquimia que Gansey fazia. Talvez pela primeira vez na vida, alguém o olhava e via poder.

Adam tentou evocar a magia que vira Gansey fazer aquela noite. Sua mente derivou com o ruído daquela companhia cintilante, o bruxulear no fundo de seu copo de champanhe, o conhecimento de que aquele era o futuro, se ele o fisgasse.

ele estava em uma floresta, sussurros o perseguiam
Não aqui.
Então ele disse:
— Posso servir a senhora de mais champanhe primeiro?
O rosto da sra. Elgin se derreteu com prazer enquanto ela oferecia o copo.

Você não sabe?, perguntou-se Adam. Ele, pelo menos, ainda conseguia sentir o cheiro de diesel nas mãos. *Você não sabe quem eu sou?*

Mas aquele bando de pavões estava ocupado demais com bobagens para notar que estavam sendo enganados.

Adam não conseguia se lembrar do motivo pelo qual estava ali. Ele estava se dissolvendo em uma alucinação de convidados fantasmagóricos, ao lado dos convidados de verdade.

Porque isso é a Aglionby, ele pensou, tentando desesperadamente se controlar. *É isso que acontece à Aglionby no mundo real. É assim que você usa aquela educação pela qual trabalhou tão duro. É assim que você vai conseguir sair.*

Subitamente, um chiado elétrico percorreu a sala. As luzes baixaram e deram estalidos. O tilintar de copos parou, enquanto as lâmpadas se intensificaram mais uma vez.

E então as luzes se apagaram completamente.

Aquilo era real?

Não agora.

O sol tinha se posto, e o interior da casa parecia fechado e marrom-escuro ao redor dos convidados. As janelas eram quadrados desfocados de luz cinzenta da rua. Os cheiros pareciam estranhamente pronunciados: lilás e limpador de tapetes, canela e mofo. A sala foi tomada pelo arrastar de pés mudo de um curral.

E naquela breve pausa na conversa, naquele silêncio chocado preenchido nem com o burburinho das vozes, tampouco com ruídos eletrônicos, uma canção aguda flutuou através da escuridão. Uma melodia precisa, arcaica, cantada por um coro de vozes femininas. Pura e fina, expandindo-se de um fio para um rio de som. Adam precisou apenas de um momento para perceber que as palavras não eram em inglês.

Rex Corvus, parate Regis Corvi.

Adam se sentiu carregado dos pés até a ponta dos dedos.

Em algum lugar na escuridão, Gansey estava ouvindo aquilo também. Adam podia *senti-lo* ouvindo. Aquelas vozes eram verdadeiras de uma maneira que nada mais havia sido aquele dia. Adam lembrou imediatamente como era sentir, ser real, ser *Adam*, em vez de *meu amigo Adam Parrish, passe para ele o seu cartão*. Ele não pôde acreditar na diferença enorme que havia entre essas duas coisas.

As luzes voltaram com tudo. As conversas retomaram o ambiente. Alguma parte de Adam ainda se aninhava lá na escuridão.

— Aquilo era espanhol? — perguntou Gloria Elgin, a mão pressionando a garganta. Adam podia ver a linha de sua maquiagem no queixo.

— Latim — ele respondeu, tentando encontrar o rosto de Gansey em meio às pessoas. Seu pulso ainda galopava. — Era latim.

O rei Corvo, abram caminho para o rei Corvo.

— Que coisa engraçada — disse Gloria Elgin.

Owen Glendower era o rei Corvo. Havia tantas histórias a respeito de Glendower saber a língua dos pássaros. Tantas histórias de corvos sussurrando segredos para ele.

— Provavelmente foi uma sobrecarga — respondeu Adam. Os cartões de visita em seu bolso pareciam irrelevantes. Ele ainda estava procurando pelo único par de olhos na sala que importava. Onde estava Gansey? — O ar-condicionado de todo mundo ligado ao mesmo tempo.

— Provavelmente — disse Gloria Elgin, confortada.

A conversa em torno deles sussurrava: "Esses garotos da Peabody têm um senso de humor dos diabos! Vou querer mais um daqueles camarões. O que você estava dizendo? O que você fez quando o mármore rachou?"

Lá, do outro lado da sala, estava Gansey. Seu olhar se fixou em Adam e ali ficou. Embora as luzes tivessem voltado, as vozes há tempo se dissipado, Adam ainda podia sentir o poder da linha ley recentemente desperta rugindo debaixo dele, pelo caminho todo até Henrietta. Aquela anfitriã cintilante já tinha seguido em frente, mas não Adam. Não Gansey. Eles eram as duas únicas coisas vivas naquela sala.

Está vendo?, Adam teve vontade de gritar. *Foi por isso que eu fiz o sacrifício.*

Era assim que ele encontraria Glendower.

34

O interior do velho Camaro cheirava a asfalto e desejo, gasolina e sonhos. Ronan se sentou atrás do volante, olhos na rua à meia-noite. As luzes cercavam o asfalto, talhando reflexos sobre o capô laranja atômico. De cada lado da estrada, os estacionamentos desertos das revendedoras de carros se esparramavam, sombrios e silenciosos.

Ele estava faminto como a noite.

A cor do painel do carro ficou verde-amarela-vermelha debaixo do semáforo. No espelho rachado do lado do passageiro, Noah parecia ansioso. Ele conferiu sobre o ombro para ver se havia policiais. Ronan conferiu os dentes.

— Que bom te ver, Noah — ele disse. Ele podia sentir cada bombeada do coração, cada pulsação em suas veias. — Fazia tempo.

Eu fiz isso, pensou Ronan. As chaves bateram umas nas outras na ignição. *Eu fiz isso acontecer.*

Kavinsky estava atrasado, como sempre. O tempo, como ele gostava de dizer, era dinheiro, e embora ele tivesse bastante de ambos, ele gostava de roubar mesmo assim.

— Eu tenho tentado — disse Noah. E acrescentou: — Não quero ver você morrer.

Sem responder, Ronan passou o polegar sobre os números gastos no câmbio. O motor reverberava em seus sapatos através dos pedais. Se alguma coisa havia sido construída no Camaro para dar conforto, esses artigos haviam desaparecido pelo desgaste de quarenta anos de uso. A parte de baixo das suas costas estava grudada contra o assento de vinil rachado. O relógio não funcionava, mas o tacômetro sim. O suspiro relutante de ar através das ventilações era fraco, mas o ronco dos pistões não tinha nada de fraco. O motor era o concerto mais alto no mundo, lentamente se desmanchando, peça por peça, debaixo do capô. O velocímetro ia até 220. Era uma insanidade. O carro parecia perigoso e parecia rápido.

— Vou chamar o Gansey — ameaçou Noah.

— Não acho que você consiga.

— Quanto tempo até o Kavinsky chegar aqui?

— Noah — disse Ronan afetuosamente, colocando a palma sobre o dorso da mão fria do amigo, morta há sete anos —, você está começando a me irritar.

Faróis cortaram de lado a lado o espelho retrovisor. Dezessete minutos depois da hora marcada, Kavinsky chegou.

No espelho retrovisor, Ronan acompanhou um Mitsubishi branco enquanto ele reduzia a velocidade até parar. Sua boca negra se escancarou; a faca resoluta na lateral era idêntica ao carro anterior de Kavinsky.

O Mitsubishi parou ao lado do Camaro. A janela do passageiro baixou. Kavinsky usava seus óculos escuros com aros brancos.

— Lynch, seu canalha — ele disse como saudação. Não tomou conhecimento de Noah; provavelmente não conseguia vê-lo. Ronan girou o punho para mostrar o dedo médio para Kavinsky. Reflexo muscular.

Kavinsky avaliou o Pig.

— Impressionante.

Eu o sonhei, Ronan queria gritar.

Mas, em vez disso, acenou com o queixo na direção do Mitsubishi. Era difícil de acreditar que ele fosse real. Não fazia muito ele vira o último queimando de dentro para fora. Kavinsky deve ter saído correndo e o substituído na manhã seguinte. E os grafismos? Talvez ele mesmo tivesse feito, embora fosse difícil de imaginar Kavinsky realmente se ocupando de qualquer coisa que não tivesse pó envolvido.

Ronan disse:

— Você é quem diz.

— Ah, esse aí tem um pouco mais para mostrar. Você não gosta?

A mão de Ronan tremia um pouco sobre o câmbio. Mais faróis passaram reluzindo nos espelhos — a matilha de Kavinsky. Os rostos eram anônimos por trás das janelas sombreadas e escuras, mas Ronan conhecia os carros: o Supra de Jiang, o RX-7 de Skov, os Golfs de Swan e Prokopenko. Já ganhara de todos eles antes.

— Trouxe a família toda — observou Ronan. Em alguns minutos, eles se dispersariam para não chamar a atenção dos policiais. O primeiro radar que vissem e Kavinsky seria avisado, arrancando dali antes que o asfalto esfriasse.

— Você me conhece — disse Kavinsky afetuosamente. — Eu simplesmente odeio ficar sozinho. Então, você vai foder essa velharia aí, ou só vai andar de mãos dadas com ela?

Ronan ergueu uma sobrancelha.

— Ronan, não. O Gansey vai te matar. Ronan... — disse Noah.

Através da janela aberta, Ronan perguntou calmamente:

— Você vai correr com esses óculos escuros, seu merda de búlgaro mafioso de New Jersey?

Kavinsky anuiu lentamente enquanto ouvia a pergunta como se concordasse, coçando o punho sobre a direção. Ele parecia muito cansado ou muito enfadado quando respondeu:

— O que eu não sei mesmo — a luz do semáforo passou para o vermelho, deixando suas lentes sombreadas em um tom carmesim — é quem fica por cima, você ou o Gansey.

Algo negro fervilhou dentro de Ronan, lenta e ameaçadoramente. Sua voz era cianeto e querosene quando ele disse:

— O que vai acontecer é que eu vou ganhar *daquele* carro e então vou sair *desse* carro e quebrar a sua cara.

— Trezentos e vinte cavalos dizem que você está errado, cara. — Kavinsky tocou a nuca. Ele usava uma camiseta regata branca, o ombro exposto frio e belo como um cadáver. — Mas vai sonhando.

Sua janela deslizou até em cima. Mal visível através da película escura como asfalto, Kavinsky jogou os óculos escuros no assento do passageiro.

O mundo inteiro se resumia agora às luzes do semáforo acima dos dois carros.

— Ronan — disse Noah —, estou com um péssimo pressentimento.

— Isso se chama estar morto — respondeu Ronan.

— Esse tipo de piada só é engraçada quando você está vivo.

— Que bom que eu estou.

— *Por enquanto.*

Espere o verde. Os olhos de Ronan não estavam no semáforo, mas na luz na rua do outro lado. Quando ela ficasse amarela, ele tinha dois segundos para deixar a linha de partida.

Ronan aliviou o pé da embreagem, apertou o acelerador e segurou o carro nos pedais. O conta-giros tremia um pouco abaixo da linha vermelha. O motor estava vivo, rosnando, chocalhando. O som tomou o lugar do pulso de Ronan. Fumaça dos pneus traseiros subiu por debaixo do carro e para dentro das janelas ainda abertas. Mal dava para ouvir o Mitsubishi de Kavinsky sobre o uivo do Pig.

Por um único segundo, Ronan se permitiu pensar em seu pai e na Barns e em seus sonhos se estendendo diante dele, cheios de coisas impossíveis. Ele se deixou pensar a respeito da parte de si mesmo que era uma bomba, o pavio queimando rápido e destrutivo, quase inteiro.

A luz do outro lado ainda estava um sólido verde. O semáforo estava vermelho como um aviso.

A carência o consumia por dentro.

A luz do semáforo do outro lado ficou amarela. Um segundo. Ele tirou o pé um pouco mais da embreagem. Um segundo. O câmbio suava debaixo da palma da sua mão.

Verde.

Os carros saltaram da linha. Foi um rosnar, rosnar, rosnar, e isto, estranhamente audível: a risada selvagem de Kavinsky.

Troca a marcha.

Imediatamente, o Mitsubishi estava quase um carro à frente. De cada lado da rua, as luzes dos postes tremeluziam e cintilavam, medindo a vida em acessos epiléticos de luz:

brilho

asfalto rachado

brilho

adesivo da Aglionby no painel do carro

brilho

os olhos arregalados de Noah

Eles eram corpos elétricos.

O Camaro alcançou o Mitsubishi na segunda metade, como Ronan esperava. O motor vociferou no ápice da segunda marcha, e lá estava ela. Escondida em algum lugar entre a segunda e a terceira marchas, em algum lugar entre quatro mil e cinco mil RPMs, havia uma alegria pura. Gritando com milhares de explosões minúsculas debaixo do capô, havia um lugar onde Ronan não sentia nada, a não ser uma felicidade sem complicações, um lugar morto e vazio em seu coração onde ele não precisava de nada mais.

Ao lado deles, o Mitsubishi perdeu o ritmo. Kavinsky tinha errado a marcha da terceira para a quarta. Como sempre fazia.

Ronan não.

Troca a marcha.

O motor rugiu renovado. O carro era a religião de Gansey, e Ronan o achava um deus digno. O capô esguio se colocou à frente do Mitsubishi. Colocou um carro entre eles. Mais uma metade. O caminho estava aberto para a vitória.

Não havia nada dentro de Ronan. Um nada glorioso e, atrás dele, mais nada.

Mas...

Havia algo errado.

A janela de Kavinsky baixou. Ele esticou a cabeça para encontrar o olhar de Ronan no espelho retrovisor e gritou algo. As palavras ficaram perdidas em meio ao ruído, mas seu significado era visível. Dentes à mostra para um "Vai se..." e então lábios esticados para "... der". Cuspidas em um palavrão animado.

O Mitsubishi passou pelo Camaro com um estrondo. As luzes da rua serpenteavam sobre as janelas negras, acendendo e apagando ao longo do abismo que se abria.

Não era possível.

Ronan deitou a mão sobre outra marcha — a única que sobrara. O acelerador grudado no chão. Tudo sacudia como se o carro fosse se desintegrar.

O Mitsubishi ainda estava se distanciando. A mão de Kavinsky estendida, dedo médio acenando.

— *Impossível!* — gritou Noah.

Ronan conhecia os números. Ele andara no Camaro. Ele conhecia o carro de Kavinsky. Ele ganhara do carro de Kavinsky. A sensação estava voltando a ele como o sangue em um membro dormente, apunhalando com espasmos e sobressaltos.

Branco como uma presa, o Mitsubishi mergulhou na escuridão à frente deles. Era o tipo de rapidez que não pertencia a carros. Era o tipo de rapidez que não era uma velocidade, era uma distância. Como um avião que estava aqui, e então estava ali, em um momento. Um cometa deste lado do céu, e então do outro. O Mitsubishi estava ao lado do Camaro, e então não estava.

Ele estava tão distante em sua vitória que a única nota de motor que restara era a do Camaro. Centelhas choviam das luzes da rua, lágrimas ardentes se dissipando no pavimento.

Apenas um mês atrás, Ronan havia detonado com o Mitsubishi em um carro muito menos potente que o Camaro. Não havia uma realidade que permitisse ao carro de Kavinsky possuir aquele tipo de desempenho.

As luzes da rua piscaram acima deles e se apagaram. O Camaro cheirava a um forno. As chaves balançavam na ignição, metal tilintando contra metal. Ronan começava a compreender lentamente que havia perdido feio.

Não era assim que as coisas deveriam ter terminado. Ele havia sonhado as chaves, pegara o Camaro, havia feito todas as trocas de marcha, e Kavinsky não.

Eu sonhei isso.

— Agora você joga a toalha, certo? — perguntou Noah. — Agora você para?

Mas o sonho estava se esvaindo. *Como eles sempre fazem*, ele pensou. Sua alegria estava se dissolvendo, plástico em ácido.

— Pare — repetiu Noah.

Não havia nada mais a fazer a não ser parar.

Mas foi então que um dos horrores noturnos pousou sobre o teto do Camaro.

Ronan pensou primeiro na pintura — o Pig estava um lixo, mas a pintura estava impecável. E então uma das garras socou harmoniosamente o para-brisa.

Se aquilo estava acontecendo em sonho ou na realidade, o horror noturno queria a mesma coisa: matar Ronan.

35

— Ronan! — gritou Noah.

A estrada se estendia à frente deles, escura e vazia. Ronan pisou no acelerador. O Camaro respondeu com um rosnado tosco e entusiasmado.

Noah esticou o pescoço.

— Não está funcionando!

Uma longa rachadura estava se formando no vidro do para-brisa, com a garra do horror noturno como epicentro. Ronan jogava a direção de um lado para o outro. O Camaro derrapou violentamente, o corpo rolando para os lados.

— Droga — resmungou Ronan, lutando para controlar o carro. Aquele não era o BMW. Controle era uma criatura imaginária.

— *Ele ainda está ali!* — relatou Noah.

O Camaro estremeceu, a traseira guinando.

Os olhos de Ronan dardejaram para o espelho retrovisor. Uma segunda criatura-pássaro se agarrou ao porta-malas.

Isso era ruim.

— Você podia ajudar! — disparou Ronan.

Noah agitou as mãos, pressionando-as contra a manivela da janela, a parte de trás do banco e finalmente o painel. Ele claramente não queria fazer o que quer que estivesse considerando.

Um guincho rasgou o ar. Era difícil dizer se era um prego sobre o metal ou o som do homem-pássaro gritando. Arrepiou os pelos dos braços de Ronan.

— Noah, cara, vamos lá!

Noah desapareceu.

Ronan esticou o pescoço, procurando.

Com um estrondo enorme, o canto inferior direito do para-brisa despencou no painel. Uma garra entrou.

Noah gritou:

— *Freia!*

Ronan enfiou o pé no freio. Ele tinha velocidade demais, freios demais e controle de menos. O Camaro dançou de um lado para o outro enquanto zunia em frente. A direção não tinha efeito algum.

Noah e uma imagem negra rolaram sobre o lado esquerdo do capô, deixando o para-brisa subitamente aberto. O carro deu um tranco quando um dos pneus subiu no canteiro central.

Não deu tempo de ver para onde os dois tinham ido, porque o choque desequilibrou o carro — *Noah já está morto, ele está bem*, pensou Ronan freneticamente —, e o Camaro estava ficando sem estrada.

O cheiro de borracha e freio tomou conta do carro. Era um acidente sem colisão. A estrada seguia para a esquerda, mas o carro continuava indo reto.

Não.

Em detalhes agonizantes, Ronan viu o poste de telefone bem quando a porta do passageiro fez contato.

Não houve nada de suave no ruído. Não era nem um pouco como os carros colidindo na festa de embalo do Kavinsky. Aquilo era metal se despedaçando. Vidro se estilhaçando. Um soco de cinco dedos metálico na lateral de Ronan.

Então estava tudo terminado.

O carro ficou absolutamente em silêncio. Ronan não sabia se o motor tinha afogado ou se ele o tinha desligado. A porta do passageiro havia entrado para dentro até o câmbio. O porta-luvas estava escancarado, e o conteúdo, incluindo o autoinjetor de adrenalina de Gansey, estava todo espalhado no banco da frente.

A ficha começou a cair lentamente de que tudo tinha ido para o espaço.

Tck-tck-tck-tck.

O segundo horror noturno olhou para Ronan de cabeça para baixo. Ele estava no teto, encarando-o pelo para-brisa. Próximo o suficiente para Ronan ver cada escama em torno de sua pupila vermelha e sombria. Experimentando um empurrão, a criatura tamborilou as unhas sobre o para-brisa. O que restava do vidro vergou onde ele se prendia ao carro. Com apenas um pouco mais de peso, ele desabaria inteiro.

— *Faça alguma coisa.* — Noah era uma voz e nada mais, sua energia gasta.

Mas o impacto havia congelado Ronan. Seus ouvidos zumbiam.

O homem-pássaro sibilou.

Ronan sabia. Ele sabia o que sempre soubera: o horror noturno o queria morto.

Em seus sonhos, isso não importava.

Mas ele não estava sonhando.

A cabeça do horror noturno se levantou bruscamente quando um carro passou ao largo do Camaro. Foi uma passagem sexy, atravessada, com estilo, e o carro que fazia isso era um Mitsubishi branco. O carro deu a volta, de maneira que a lateral do motorista ficasse iluminada pelos faróis do Pig.

O horror noturno desceu do para-brisa. Agachando-se no capô, sibilou para o recém-chegado.

A janela do lado do motorista do Mitsubishi baixou. Atrás dela estava Kavinsky, sua expressão impossível de determinar por trás dos óculos escuros brancos. Ele se inclinou para pegar alguma coisa debaixo do assento e então apontou para o horror noturno. Ronan levou um instante para perceber o que era. Era uma arma pequena, brilhante como cromo. Parecia irreal.

Ronan se abaixou atrás do painel, curvado como uma bola.

Fora do carro, Kavinsky disparou. No primeiro tiro, o sibilar do homem-pássaro parou abruptamente. No segundo, seu peso desabou ruidosamente contra o capô. Ele não se mexeu depois disso, mas Kavinsky disparou mais quatro vezes, até que algo respingou na parte superior do para-brisa do Camaro.

Não havia barulho algum, a não ser o rugido baixo do motor do Mitsubishi. Ronan lentamente se sentou ereto.

Kavinsky ainda estava inclinado para fora da janela, a arma cromada pendendo casualmente da mão. Ele parecia estar se divertindo, ou pelo menos não parecia incomodado.

Ronan teve de continuar lembrando a si mesmo que estava acordado. Não porque não se sentisse desperto, mas porque tudo que havia acontecido lembrava muito algo que ele sonharia. Ele abriu a porta — não parecia fazer sentido ficar onde estava, uma vez que o Camaro obviamente não iria a lugar algum — e saiu.

Parado no asfalto, ele encarou o horror noturno morto abraçado à parte da frente do Camaro arruinado, e então encarou Kavinsky.

— Tente se animar, Lynch — disse Kavinsky. Ele recuou para dentro do carro, e, por um momento, Ronan ficou preocupado com o fato de que ele estava indo embora. Kavinsky não era um aliado, mas era um humano, e estava vivo, e acabara de salvar a vida de Ronan, e isso era algo. Mas Kavinsky estava apenas colocando a arma de volta no lugar de onde a havia tirado e dando ré para estacionar o Mitsubishi no meio-fio.

Então ele se juntou a Ronan ao lado do Camaro, os sapatos esmigalhando os cacos de vidro.

— Bem, fodeu — disse Kavinsky de maneira aprovadora.

E tinha mesmo. A linha suave sobre a qual Ronan correra a mão apenas algumas horas antes estava agora retorcida, o metal abraçado em torno do poste telefônico. Uma das rodas tinha se soltado e se encontrava na vala a vários metros de distância. Mesmo o ar cheirava a desastre: produtos químicos derramando e substâncias derretendo.

Ronan passou a mão na nuca. Ele sentia como se seu coração estivesse desabando dentro do peito. Cada parede ruiu individualmente, derrubando a seguinte.

— Ele vai me matar. Merda. Ele vai me matar.

Kavinsky apontou para o horror noturno.

— Não, *aquilo* ia te matar, cara. O Gansey vai te perdoar, cara. Ele não quer dormir sozinho.

Aquela foi a gota-d'água para Ronan. Ele agarrou as alças da camisa regata de Kavinsky e o empurrou.

— *Chega!* Isso aqui não é a merda do seu Mitsu. Não posso sair e comprar outro amanhã de manhã.

Com um olhar compreensivo, Kavinsky soltou os dedos de Ronan. Ele observou enquanto Ronan se afastava, andando de um lado para o outro, as mãos atrás da cabeça, os olhos mirando a estrada para ver se outros carros estavam vindo. Mas não havia como consertar aquilo, não importava como Ronan encarasse a questão.

— Escute, Lynch — disse Kavinsky. — É simples. Concentre seu cerebrozinho celta nesse conceito. O que a sua mãe fez quando o seu peixinho dourado morreu?

Ronan parou de andar de um lado para o outro.

— Eu já disse. O Camaro não é o seu carrinho japa. Eu posso conseguir outro, mas não vai ser a mesma coisa. Ele não quer outro. Ele quer esse.

— Vou ser paciente — disse Kavinsky —, porque você bateu a porra da sua cabeça. Você não está ouvindo o que eu estou dizendo.

Ronan lançou uma mão na direção do Pig.

— Isso não é um peixinho dourado.

— Vocês são tão dramáticos. Vou abrir o porta-malas e você vai varrer essa coisa pra dentro dele. E aí vamos fazer uma excursão à terra dos conceitos.

Ronan o encarou, desconfiado.

— Escute, você está tendo uma experiência aqui que vai mudar a sua vida. Entre no carro antes que eu precise ficar chapado de novo.

Ronan não tinha para onde ir. Ele entrou no carro.

36

Várias horas tinham se passado na festa, e Gansey e Adam se encontraram no corredor da ala norte, entre a escada dos fundos da cozinha e o velho quarto de Gansey. A conversa ainda seguia animada e chegava como um burburinho até eles. Adam não tinha certeza da situação de Gansey, mas tinha consciência de que estava bêbado. Pelo menos, sua boca tinha gosto de champanhe e o mundo parecia embotado e escuro. Ele nunca estivera bêbado antes. Seu pai tinha feito toda essa parte por ele.

Eles ficaram lado a lado sobre um tapete persa roxo exuberante ao lado de uma mesa de apoio estilo Queen Anne coberta de quinquilharias com tema de caça. Versões dourado-escuras de Adam e Gansey apareciam em um absurdo espelho negro pendurado na parede. No reflexo, a linha habitualmente segura da boca de Gansey se torcia em uma expressão preocupada. Ele abriu o nó da gravata em um ângulo lascivo.

— Dá para acreditar numa coisa dessas? — perguntou tragicamente. — Que eu cresci num lugar desses?

Adam não disse a Gansey que ele normalmente não conseguia esquecer isso.

— Eu queria poder ir embora amanhã — disse Gansey. — Queria poder voltar e ver se Cabeswater apareceu.

Quando ele disse a palavra *Cabeswater*, o pescoço de Adam teve um espasmo, como se um dedo matreiro puxasse um ligamento retesado, ansioso. Outra imagem tentou abrir caminho — um piscar de olhos e ele veria um homem de canto de olho, parado atrás do seu ombro, olhando para ele no espelho. Olhos tristes e um chapéu-coco. *Por que não?*, pensou Adam iradamente. *Por que não, diabos?*

— *Rex Corvus*. Nunca mais vou beber.

— Você não está bêbado — disse Gansey. — Era refrigerante de gengibre. Na maioria das vezes. Olhe para o nosso rosto ali. Nós estamos mais velhos do que éramos.

— Quando?

— Apenas um minuto atrás. Estamos ficando mais velhos o tempo inteiro. Adam... Adam, é isso que você quer? Isso? — Ele fez um gesto elegante e desdenhoso na direção do andar de baixo, empurrando tudo para longe de si.

— Eu quero sair de Henrietta — disse Adam.

Ele sabia que era algo cruel de se dizer, mesmo que fosse verdade. Porque é claro que Gansey diria...

— Eu não quero.

— Eu sei que você não quer. Escute, não é que eu esteja tentando... — Ele ia dizer *te deixar para trás*, mas isso era demais, mesmo com o champanhe batendo à porta.

Gansey riu terrivelmente.

— Sou um peixe que esqueceu como respirar na água.

Mas Adam estava pensando a respeito da verdade suprimida: os dois estavam percorrendo caminhos perpendiculares, não paralelos, e uma hora ou outra tomariam direções diferentes. Na faculdade, provavelmente. Se não na faculdade, depois. Uma tensão estava crescendo nele, como a tensão que às vezes o assombrava tarde da noite, quando ele queria salvar Gansey, ou *ser* Gansey.

Gansey se virou para ele; seu hálito era todo folhas de hortelã e champanhe. Ele perguntou:

— Por que você foi a Cabeswater sem mim, Adam?

Ali estava, finalmente.

A verdade era uma coisa complicada. Adam deu de ombros.

— Não — disse Gansey. — Não isso.

— Eu não sei o que te dizer.

— Que tal a verdade?

— Eu não sei qual é a verdade.

— Eu simplesmente não acredito nisso — disse Gansey. Ele estava começando a usar *a voz*. A voz de Richard Gansey III. — Você não faz algo sem saber por quê.

— Todo esse lance talvez funcione com o Ronan — respondeu Adam. — Mas não comigo.

O Gansey no espelho riu, sem humor.

— O Ronan nunca pegou o meu carro. Ele não mentiu para mim.

— Ah, fala sério. Eu não menti. Algo precisava ser feito, ou o Whelk teria o controle da linha neste instante. — Adam lançou uma mão para a escada, na direção da festa, da canção em latim. — *Ele* é quem estaria ouvindo aquilo. Eu fiz a coisa certa.

— Não era essa a questão. A questão é *aquela noite*. Você teve de *passar bem ao meu lado* para ir. Você faz tanta questão de ser Adam Parrish, exército de um homem só.

Ele *era* Adam Parrish, exército de um homem só. Gansey, criado por aqueles amáveis cortesãos, jamais conseguiria compreender isso.

A voz de Adam estava ficando acalorada.

— O que você quer que eu diga, Gansey?

— Só me diga por quê. Já faz semanas que defendo você para a Blue e o Ronan.

A ideia de que seu comportamento fosse um tópico de conversa enfurecia Adam.

— Se os outros têm problemas comigo, eles podem tratar disso diretamente comigo.

— Por Deus, Adam. Não é *essa* a questão, também. O ponto é... Só me diz que isso não vai voltar a acontecer.

— E o que é "isso"? Alguém fazendo algo que você não pediu para fazer? Se você quer alguém que possa controlar, escolheu a pessoa errada.

Houve uma pausa, cheia do tilintar distante de prataria e copos. Alguém riu, uma risada aguda e encantada.

Gansey apenas suspirou.

E aquele suspiro era o que faltava. Porque ele não subentendia pena — estava afogado nela.

— Ah, nem comece — disparou Adam. — Não ouse.

Não houve troca dessa vez. Não houve um salto do normal para o irado. Porque ele já estava irado. Já estava escuro antes, e agora estava negro.

— Olhe para você, Adam. — Gansey ergueu uma mão, demonstrando. Prova A, Adam Parrish, impostor. — Apenas *olhe*.

Adam se sentiu cansado dos convidados, da sua falsa civilidade, das luzes cintilantes, da falsidade de tudo. Ele lutou para encontrar as palavras.

— Está certo. "Eis o Adam, que desgraça. O que você acha que ele estava tentando dizer quando despertou a linha ley sozinho? Não sei, Ronan. Melhor não perguntar para *ele*." Que tal essa, Gansey? *A questão não era você*. Eu fiz o que precisava ser feito.

— Ah, não minta pra mim. Tinha tantas outras maneiras.

— E você não estava explorando nenhuma delas. Ou você quer encontrar essa coisa, ou não quer. — Havia algo de brutalmente libertador em poder dizer em voz alta tudo o que ele estivera pensando. Ele gritou: — E você não precisa dele. *Eu* preciso. Não vou ficar parado de braços cruzados e deixar outra pessoa tomar a minha frente.

Os olhos de Gansey dardejaram até o fim do corredor e de volta para Adam. *Está certo, Gansey, não acorde o bebê*. Ele falou quase num sussurro:

— O Glendower não era seu, Adam. Era uma questão minha primeiro.

— Você pediu a nossa ajuda. Não sei se foi sincero. Você fez isso.

Gansey pressionou um dedo ligeiramente contra o peito de Adam.

— *Isso?* Acho que não.

Adam agarrou o punho de Gansey com força. O terno era escorregadio como sangue debaixo dos seus dedos.

— Não vou ser seu subordinado, Gansey. Era isso que você queria? Se você quiser que eu o encontre, vai ter que me deixar procurar do *meu* jeito.

Gansey arrancou o braço do aperto de Adam. Novamente seus olhos dardejaram até o fim do corredor e de volta.

— Você devia se olhar no espelho.

Adam não olhou.

— Se vamos fazer isso, vai ser como iguais — disse.

Gansey olhou de relance sobre o ombro, furtivo. Sua boca fez o formato de *shh*, mas não o som.

— Ah, que foi agora? — demandou Adam. — Está com medo que alguém ouça? Que saibam que nem tudo é perfeito na terra de Dick Gansey? Uma dose de realidade poderia ajudar essas pessoas!

Com um giro súbito, Adam varreu todas as estatuetas da mesa estilo Queen Anne. Raposas de calção e terriers capturados em pleno voo. Todos se jogaram ao chão com um baque satisfatório e doentio. Ele ergueu a voz.

— O mundo está acabando, pessoal!

— Adam...

— Eu não preciso da sua sabedoria, Gansey — disse ele. — Não preciso que você seja a minha babá. Eu consegui a Aglionby sem você. Eu consegui a Blue sem você. Eu despertei a linha ley sem você. *Não vou aceitar a sua pena.*

Agora, finalmente, Gansey foi silenciado. Havia algo de muito remoto em seus olhos, ou na resolução de seus lábios, ou no erguimento de seu queixo.

Ele não disse nada mais. Apenas sacudiu ligeiramente a manga que Adam havia agarrado, alisando as rugas na camisa. Suas sobrancelhas estavam franzidas como se a ação exigisse toda sua atenção. Então ele deixou Adam parado no corredor.

Ao lado de Adam, o espelho exibia o seu reflexo e o da forma bruxuleante de um fantasma que ninguém, a não ser ele, podia ver. Ela estava gritando, mas não havia som.

37

O sonho era este: sentado no assento do passageiro do Mitsubishi de Joseph Kavinsky, o cheiro da batida se prendendo às roupas de Ronan, as luzes brancas do painel entalhando um rosto selvagem e emaciado em Kavinsky, as músicas obscenamente sedutoras cuspidas dos alto-falantes, os picos cobertos de veias dos nós dos dedos de Kavinsky sobre o câmbio entre eles. O cheiro no carro era doce e estranho, tóxico e agradável, de uma maneira que Ronan sempre achara que a maconha seria antes de entrar para a Aglionby. Mesmo a sensação dos assentos de corrida era estranha; eles seguravam os ombros de Ronan e sugavam suas pernas para as profundezas do carro, como uma armadilha. Cada buraco na estrada se transferia diretamente para os ossos de Ronan, abrupto e imediato. Um toque da direção e eles se lançavam em uma direção ou outra. Era como um carro construído tanto para alimentar quanto para gerar ansiedade.

Ronan não sabia se o adorava ou o odiava.

Eles não falaram nada. Ronan não sabia o que diria de qualquer forma. Parecia que qualquer coisa podia acontecer. Todos os seus segredos pareciam perigosamente próximos da superfície.

Kavinsky deixou Henrietta, passando por Deering, para lugar nenhum. A estrada passou de quatro pistas para duas, e árvores de um negro puro pressionavam o negro céu opaco do céu lá em cima. As palmas das mãos de Ronan suavam. Ele observava Kavinsky trocar as marchas enquanto ele serpenteava ao longo de estradas vicinais. Toda vez que ele trocava para a quarta marcha, perdia o tempo certo. Será que ele não sentia o carro perder impulso quando fazia isso?

— Meus olhos estão aqui em cima, querido — disse Kavinsky.

Com um ruído de desdém, Ronan recostou a cabeça no assento e olhou para fora, para a noite. Ele sabia dizer onde eles estavam agora; estavam próximos da feira onde a festa de embalo havia acontecido. Hoje os holofotes potentes estavam apagados; a única prova da existência da feira era quando os faróis passavam pelas bandeirolas, e então não havia nada a não ser macegas enquanto Kavinsky entrava com o carro em uma vereda de cascalho coberta pela relva de frente para a feira.

Alguns metros adiante, Kavinsky parou. Ele olhou para Ronan.

— Eu sei o que você é.

Foi como depois da batida. Após despertar de um sonho. Ronan estava congelado no mar, encarando-o de volta.

O Mitsubishi arrancou forte, e o caminho cedeu lugar a uma clareira interminável. Nos faróis, Ronan viu outro carro branco estacionado à frente. Quando eles se aproximaram, as luzes iluminaram um aerofólio enorme no porta-malas, e então revelaram uma porção da estampa de uma faca na lateral. Era outro Mitsubishi. Por um instante, Ronan achou que poderia ser o velho, os estragos miraculosamente escondidos de alguma maneira pela iluminação ruim. Mas então os faróis viraram para outro carro estacionado ao lado dele. Esse segundo carro também era branco com um aerofólio grande. A estampa de uma faca espiava para fora da lateral sombreada.

Kavinsky avançou mais uns metros. Um terceiro carro foi trazido para o foco. Um Mitsubishi branco. Eles continuaram avançando lentamente, a relva farfalhando contra o para-choque baixo. Outro Mitsubishi. Mais um. Outro.

— Peixinho dourado — disse Kavinsky.

Não seria a mesma coisa.

Mas eram a mesma coisa. Dúzias e mais dúzias — agora Ronan viu que havia ao menos duas fileiras de Mitsubishis estacionados — de carros idênticos. Só que eles não eram bem idênticos. Quanto mais Ronan olhava, mais diferenças ele via. Um para-lama maior aqui. A pintura de um dragão respingada ali. Alguns tinham faróis esquisitos que se estendiam por toda a frente. Alguns não tinham luz alguma, apenas folhas de metal lisas onde elas deviam estar. Alguns eram ligeiramente mais altos; outros, ligeiramente mais longos. Alguns tinham apenas duas portas. Alguns não tinham nenhuma.

Kavinsky foi até o fim da primeira fila desigual e dobrou para a próxima. Havia mais de uma centena deles.

Não era possível.

Ronan fechou as mãos em punhos. Ele disse:

— Acho que não sou o único com sonhos recorrentes.

Porque, é claro, aqueles carros tinham saído da cabeça de Kavinsky. Assim como as carteiras de motorista falsas, as tiras de couro que ele havia dado para Ronan, as substâncias incríveis com as quais seus amigos viajariam durante horas, cada fogo de artifício impossível que ele soltava a cada ano no Quatro de Julho, cada uma das falsificações pelas quais ele era conhecido em Henrietta.

Ele era um Greywaren.

Kavinsky puxou o freio de mão. Eles eram um Mitsubishi branco em um mundo de Mitsubishis brancos. Cada pensamento na cabeça de Ronan era um fragmento de luz, longe dali antes que ele pudesse contemplá-lo.

— Eu te disse, cara — disse Kavinsky. — Solução simples.

Ronan falou em voz baixa:

— Carros. Um *carro* inteiro.

Ele jamais imaginara que isso fosse possível. Nunca chegara nem a pensar em tentar algo mais do que as chaves do Camaro. Nunca pensara que houvesse qualquer pessoa fora ele mesmo e o pai.

— Não... Mundos — disse Kavinsky. — Um *mundo* inteiro.

38

Após a festa ter se reduzido a nada, Gansey se esgueirou pela escada dos fundos, evitando a sua família. Ele não sabia onde estava Adam — ele ia ficar no antigo quarto de Gansey, uma vez que os convidados de sua mãe ocupariam todos os outros — e não saiu à sua procura. Gansey ia dormir no sofá, mas não haveria sono para ele aquela noite. Então ele saiu silenciosamente para o jardim dos fundos.

Com um suspiro, ele se sentou na beira da fonte de concreto. As nuances e maravilhas do jardim inglês eram muitas, mas a maioria se perdia após o cair da noite. O ar estava denso com a fragrância de buxo, gardênias e comida chinesa. As únicas flores que ele conseguia ver eram brancas e modorrentas.

Ele sentia a alma escoriada e machucada dentro de si.

O que ele precisava era dormir, para que aquele dia terminasse e ele pudesse começar um novo. O que ele precisava era desligar suas recordações, para parar de repassar a briga com Adam.

Ele me odeia.

O que Gansey queria era estar em casa, e sua casa não era ali.

Ele estava fragilizado demais para considerar o que era sensato e o que não era. Ele ligou para Blue.

— Alô?

Ele apertou os olhos fechados. Só o som da voz dela, o sossego de Henrietta nela, o fez se sentir desestabilizado e aos pedaços.

— Alô? — ela ecoou.

— Acordei você?

— Ah, Gansey! Não, não acordou. Eu fui trabalhar no Nino's hoje. Você terminou o que tinha para fazer aí?

Gansey se deitou, a face encostada contra o concreto ainda quente do banco da fonte, e olhou para fora, para o jardim à meia-noite no paraíso de vapor de sódio que era Washington. Ele segurou o telefone no outro ouvido. As saudades de casa o devoravam.

— Por enquanto.

— Desculpa pelo barulho — disse Blue. — Está um zoológico aqui, como sempre. E estou comendo um pouco de... hã... iogurte, e estou... é isso. Então, o que você quer?

Ele respirou fundo.

O que eu quero?

Ele viu o rosto de Adam novamente. Gansey repassou as próprias respostas. Ele não sabia quais delas estavam erradas.

— Você acha... — ele começou — que pode me contar o que está acontecendo na sua casa agora?

— O quê? Tipo, o que a minha mãe está fazendo?

Um grande inseto passou zunindo junto à sua orelha, vindo como um jato de passageiros. Ele seguiu em frente, embora o voo rasante tenha sido próximo o suficiente para fazer cócegas em sua pele.

— Ou a Persephone. Ou a Calla. Ou qualquer outra pessoa. Só descreva para mim.

— Ah — disse ela. Sua voz tinha mudado um pouco. Ele ouviu uma cadeira rangendo do lado do telefone. — Tá, tudo bem.

E ela contou. Às vezes Blue falava com a boca cheia, e às vezes tinha que fazer uma pausa para responder para outra pessoa, mas contou sem pressa a história e pintou para cada uma das mulheres na casa um quadro completo. Gansey piscou, mais lento. O cheiro de comida de delivery havia desaparecido, e tudo que sobrara era o aroma pesado e agradável de coisas crescendo. Isso e a voz de Blue do outro lado da linha.

— Assim está bom? — ela perguntou por fim.

— Sim — disse Gansey. — Obrigado.

39

Algo estranho e químico estava acontecendo com o Homem Cinzento. Uma vez ele fora atacado com uma chave de fenda — Philips, cabo azul-claro —, e se apaixonar por Maura Sargent era exatamente a mesma coisa. Ele não sentira nada quando a chave de fenda perfurara a lateral de seu corpo. Não fora insuportável quando ele levara pontos enquanto via *O último cavaleiro* na televisão (deitado na cama da Taverna e Hospedaria Arbor Palace, cor local!). Não, só ficara terrível quando o ferimento começou a fechar. Quando começou a refazer a pele onde esta havia sido arrancada.

Agora o buraco rasgado em seu coração estava se recuperando a partir do tecido cicatrizado, e ele não conseguia deixar de senti-lo.

Ele o sentiu enquanto instalava uma nova série de medidores no Massacre Champanhe. Eles sorriam e piscavam e chilreavam para ele.

O Homem Cinzento o sentiu enquanto rasgava as solas do seu segundo par de sapatos e retirava o dinheiro para os gastos de dentro deles. As notas farfalhavam afetuosamente em sua mão.

Ele o sentiu enquanto experimentava a maçaneta da mansão de vinil de Kavinsky. A porta da frente se escancarou sem resistência. Ele encontrou uma casa cheia de maravilhas, nenhuma delas o Greywaren. A sra. Kavinsky levantou o rosto lentamente da privada, os cílios vibraram remelosos, as narinas ranhosas.

— Sou uma fantasia da sua imaginação — ele lhe disse.

Ela anuiu.

Ele o sentiu quando se inclinara sobre o BMW de Ronan Lynch no estacionamento da Indústria Monmouth e conferia o número de identificação do veículo. Números de identificação comuns tinham dezessete dígitos de comprimento e indicavam que tipo de carro era e onde havia sido feito. Aquele número de identificação tinha apenas oito números de comprimento e correspondia à data de nascimento de Niall Lynch. O Homem Cinzento se sentiu insensatamente encantado com isso.

Ele o sentiu quando Greenmantle ligou e ralhou, irada e ansiosamente, a respeito do tempo decorrido.

— Você está me ouvindo? — demandou Greenmantle. — Preciso ir aí pessoalmente?

O Homem Cinzento respondeu:

— Henrietta é uma bela cidadezinha.

Ele o sentiu quando arrombou a reitoria da Santa Inês e perguntou ao padre que estava lá se os irmãos Lynch já haviam confessado alguma coisa que valesse a pena. O padre fez uma série de ruídos chocados enquanto o Homem Cinzento o arrastava sobre o pequeno balcão laminado da quitinete e a mesa redonda de café da manhã, passando pelo alimentador automático colocado ali para o uso dos dois gatos da reitoria, Joan e Dymphna.

— Você é um homem muito doente — o padre disse para o Homem Cinzento. — Posso conseguir ajuda para você.

— Eu acho — disse o Homem Cinzento, baixando o padre sobre uma caixa de missais novos — que já a encontrei.

Ele o sentiu quando todas as máquinas no Flagelo Champanhe se iluminaram como uma árvore de Natal, piscando, lamentando e oscilando bruscamente com tudo o que tinham direito. Quando isso começara pela primeira vez, seu primeiro pensamento fora: *Sim. Sim, é exatamente assim que deve ser.*

E então ele lembrou por que estava ali.

As luzes se acenderam, os medidores oscilaram bruscamente, os alertas berraram.

Aquilo não era um teste.

Lenta e inexoravelmente, as leituras o levaram para fora da cidade, recompensando-o com resultados cada vez mais fortes. O Homem Cinzento o sentiu até aquele momento, na inevitabilidade daquela caça ao tesouro. De vez em quando, as máquinas cediam, as leituras bruxuleando. E então, bem quando ele começava a suspeitar que a anormalidade havia desaparecido para sempre, deixando-o à deriva, os medidores explodiam em luzes e som novamente, mais fortes ainda do que antes.

Aquilo não era um teste.

Ele encontraria o Greywaren naquele dia.

Ele podia sentir.

40

Às onze da manhã do outro dia, Gansey recebeu uma série de mensagens de Ronan. A primeira era meramente uma fotografia. Um close de uma parte da anatomia de Ronan que ele não tinha visto antes. Uma bandeira irlandesa estava amarrada a ela. Não era a exibição de nacionalismo mais grotesca que Gansey já vira, mas estava perto disso.

Gansey recebeu a mensagem enquanto participava do chá de sua mãe. Sonolento pela noite maldormida no sofá, dormente pela socialização recatada acontecendo por toda sua volta e assombrado pela briga com Adam, ele não processou imediatamente as possíveis implicações de uma fotografia como aquela. A compreensão começava apenas a alfinetá-lo quando uma segunda mensagem chegou.

antes que você saiba por outra pessoa, eu bati o Pig

Gansey ficou subitamente muito desperto.

mas não se preocupe cara está tudo sob controle diga oi a sua mãe por mim

Na maior parte, o momento foi propício. Porque Gansey havia herdado de sua mãe uma aversão extrema por demonstrar as emoções mais desagradáveis em público ("O rosto de todas as pessoas é um espelho, Dick — se esforce para fazê-las refletir um sorriso"), e receber a notícia cercado por um público de porcelanas refinadas e damas sorridentes com seus cinquenta anos deu a ele tempo suficiente para ponderar sobre como reagir.

— Está tudo bem? — perguntou a mulher à frente dele.

Gansey piscou para ela.

— Ah, sim, obrigado.

Não havia circunstâncias em que Gansey teria respondido a essa pergunta de qualquer outra maneira. Possivelmente se ele tivesse ficado sabendo que um membro da família tivesse morrido. Possivelmente se um dos seus membros tivesse sido separado do seu corpo.

Possivelmente.

Enquanto ele aceitava uma travessa de sanduíches de pepino da mulher à sua direita para passar para a mulher à sua esquerda, ele se perguntou se Adam já tinha acordado. Gansey suspeitava que ele não desceria, mesmo se estivesse desperto.

Sua mente repassou a imagem de Adam jogando as estatuetas no chão.

— Esses sanduíches estão deliciosos — disse a mulher à sua direita para a mulher à sua esquerda. Ou possivelmente para ele.

— São do Clarissa's — disse Gansey automaticamente. — Os pepinos são locais.

O Ronan pegou o meu carro.

Naquele momento, a lembrança que Gansey teve de Ronan e de seu sorriso sujo não parecia muito diferente do sorriso aberto e asqueroso de Joseph Kavinsky. Gansey teve de lembrar a si mesmo que eles tinham diferenças muito importantes. Ronan estava quebrado; Ronan tinha conserto; Ronan tinha alma.

— Estou tão satisfeita com o movimento para estimular a produção de alimentos locais — disse a mulher à sua direita, possivelmente para a mulher à sua esquerda. Ou talvez para ele.

Ronan tinha charme. Ele só estava enterrado lá no fundo.

Muito fundo.

— O gosto é mais fresco — disse a mulher à sua esquerda.

A questão era que Gansey sabia o que acontecia nas noites de sexta-feira, quando o BMW de Ronan voltava cheirando a freio queimado e com a embreagem desgastada. E ele levara as chaves do Camaro consigo, quando partira, por uma razão. Então aquilo não era surpresa.

— Realmente, as vantagens estão nos baixos custos de combustível e transporte — disse Gansey —, que são repassados para o consumidor. E para o meio ambiente.

Mas o que ele queria dizer com *bati*?

A mente de Gansey estava sobrecarregada. Ele podia sentir as sinapses se matando.

— É de se perguntar o que vai acontecer com os empregos no segmento do transporte, no entanto — disse a mulher à direita. — Você me passaria o açúcar, por favor?

Diga oi a sua mãe?

— Acredito que a infraestrutura local necessária para processar e vender esses produtos vai resultar em perda de empregos de soma zero — disse Gansey. — O maior desafio vai ser ajustar as expectativas das pessoas à sazonalidade dos produtos que elas passaram a esperar o ano inteiro.

Bati.

— Talvez você esteja certo — disse a mulher à sua esquerda. — Embora eu adore comer pêssegos no inverno. Vou querer o açúcar também, por favor.

Ele passou uma tigela com torrões de açúcar marrons da mulher à sua direita para a mulher à sua esquerda. Do outro lado da mesa, Helen gesticulava animadamente para uma cremeira com o formato de uma lâmpada do gênio. Ela parecia bem-disposta como uma apresentadora de televisão.

Erguendo a cabeça, ela cruzou com o olhar de Gansey e então limpou os cantos da boca delicadamente com seu guardanapo, disse algo para sua colega de conversa e se levantou. Ela apontou para Gansey e gesticulou na direção da porta da cozinha.

Gansey pediu licença e se juntou a ela na cozinha. Era a única parte da casa que não havia sido reformada nas últimas duas décadas, e estava sempre escura e cheirando vagamente a cebolas. Gansey parou ao lado da máquina de expresso. Ele teve uma lembrança imediata, distante, de sua mãe glamourosa colocando o termômetro do espumador de leite debaixo de sua língua para conferir a febre. O tempo parecia irrelevante.

A porta bateu atrás de Helen.

— O que foi? — ele perguntou em voz baixa.

— Parecia que você estava gastando sua última nota de alegria.

— Eu não sei nem do que você está falando — ele sibilou.

— Sei lá. Eu estava apenas tateando no escuro.

— Bem, isso não funciona. Não faz sentido. E, de qualquer maneira, não me faltam notas de alegria. Tenho um monte delas.

— O que estava acontecendo ali, no seu telefone?

— Um débito de alegria muito pequeno.

O sorriso de sua irmã mais velha reluziu brilhantemente.

— Está vendo? Funciona sim. Agora, você precisava ou não sair daquela sala?

Gansey inclinou a cabeça num ligeiro reconhecimento. Os irmãos Gansey se conheciam bem.

— Não tem de quê, viu? — disse Helen. — Me avise se precisar que eu faça um cheque de alegria.

— Eu realmente não acredito que isso funcione.

— Ah, acho que tem futuro — ela respondeu. — Agora, se você me dá licença, preciso voltar para a srta. Capelli. Estamos falando sobre a síndrome de adaptação espacial e o efeito Coriolis. Eu só queria que você soubesse o que está perdendo.

— *Perdendo* é um termo forte.

— É. É mesmo.

Helen passou para a sala empurrando a porta vai e vem. Gansey ficou imóvel na cozinha escura cheirando a vegetais de raiz até a porta parar. Então ligou para Ronan.

— Dick — disse Kavinsky. — Gansey.

Afastando o telefone da cabeça, Gansey confirmou que realmente havia ligado para o número correto. A tela exibia RONAN LYNCH. Ele não conseguia entender como o telefone de Ronan havia parado nas mãos de Kavinsky, mas coisas mais estranhas já haviam acontecido. Pelo menos agora as mensagens faziam sentido.

— Dick Três — disse Kavinsky. — Você está aí?

— Joseph — disse Gansey afavelmente.

— Engraçado ouvir a sua voz. Vi o seu carro andando pela cidade ontem à noite. Ele só tem metade da cara agora. Pobre diabo.

Gansey fechou os olhos e deixou escapar um suspiro.

— Desculpe, não ouvi — disse Kavinsky. — Como? Eu sei, eu sei... Isso é o que o Lynch diz.

Gansey cerrou os dentes em uma linha absolutamente reta. O pai de Gansey, Richard Campbell Gansey II, também fora para um internato, a agora extinta Rochester Hall. Seu pai, colecionador de coisas, colecionador de palavras, colecionador de dinheiro, tinha histórias hipnotizantes para contar. Nelas, Gansey vislumbrava cenas de uma comunidade utópica de pares com vontade de aprender, entusiasmados em sua busca por sabedoria. Era uma escola que não ensinava apenas história — não, ela usava o passado como um casaco confortável, amado apesar das bordas puídas. Era C. S. Lewis e os Inklings, Yeats e o Teatro Abbey, Tolkien e seu Kolbítar, Glendower e seu poeta Iolo Goch, Artur e seus cavaleiros. Era uma comunidade de acadêmicos recém-saídos da adolescência, uma espécie de história em quadrinhos da Marvel, em que cada herói representava um braço diferente das ciências humanas.

Não tinha nada de árvores cheias de papel higiênico e subornos sussurrados, embaixadinhas com bolas no jardim e casos entre professores, vodca dada e carros roubados.

Não tinha nada da Academia Aglionby.

Às vezes, a diferença entre a utopia e a realidade exauria Gansey.

— Tudo bem, então — disse Gansey. — Isso foi ótimo. Você vai devolver o telefone para o Ronan algum dia?

Houve um silêncio. O tipo de silêncio *pouco sincero*, que faria as pessoas virarem a cabeça para observar, como uma risada em voz alta.

Gansey não dava a menor importância para isso.

— Ele vai ter que tentar com mais vontade — disse Kavinsky.

— Como?

— Isso é o que o Lynch está dizendo, também.

Gansey podia ouvir o sorriso desonesto na voz de Kavinsky. Ele perguntou:

— Você não acha que o seu humor nivela por baixo demais?

— Cara, não me venha com esse papo professoral aí. Olha só: o Ronan que você conhece não existe mais. Ele está passando por um momento de autodescoberta. Um... um... *Bildungsroman*. Olha só pra mim! Que tal *essa*, professor Dick-dick-dick.

— Kavinsky — disse Gansey sem alterar a voz. — Cadê o Ronan?

— Bem aqui. *Acorda, seu merda, é a sua namorada!* — disse Kavinsky. — Desculpe. Ele está completamente bêbado. Quer deixar recado?

Gansey levou um minuto muito longo para se recompor. E descobriu, do outro lado do minuto, que ainda estava bravo demais para falar.

— Dickie. Você ainda está aí?

— Estou. O que você quer?

— O que eu sempre quis. Me divertir.

O telefone ficou mudo.

Ali parado, Gansey subitamente se lembrou de uma história sobre Glendower, uma que sempre o incomodara. Glendower era uma lenda, de muitas maneiras. Ele se rebelara contra os ingleses quando todos os homens medievais de sua idade já encaravam a velhice e a morte. Ele unira os povos, superara obstáculos impossíveis e dominara o País de Gales com os rumores de seus poderes mágicos. Advogado, soldado, pai. Um gigante místico que deixara uma marca permanente.

Mas essa história... Alguns galeses não estavam convencidos de que cutucar seus vizinhos ingleses melhoraria a situação difícil do País de Gales. Em particular, um dos primos de Glendower, um homem chamado Hymel, achava que Glendower havia perdido sua cabeça jurídica. Como ocorre na maioria das famílias, ele expressou sua diferença de opinião juntando um pequeno exército. Isso poderia desanimar a maioria dos príncipes, mas não Glendower. Ele era um advogado e — assim como Gansey — um crente no poder das palavras. Ele combinou de se encontrar sozinho com Hymel em um campo de caça de veados, para se entenderem.

Gansey não se incomodara com a história até esse ponto. Esse era o Glendower que ele seguiria para qualquer parte.

Então, os dois homens viram um veado. Hymel ergueu o arco. Mas, em vez de atirar no animal, ele atirou em Glendower... o qual, inteligentemente, vestira uma malha de metal por baixo da túnica.

Gansey preferiria que a história terminasse aí.

Mas não terminou. Em vez disso, sem ter sido ferido pela flecha e irado pela traição, Glendower perseguiu Hymel, o esfaqueou e finalmente enfiou o corpo de Hymel dentro de um carvalho.

Toda essa parte da punhalada, do corpo enfiado e da absoluta perda de autocontrole parecia bastante ignóbil. Gansey preferiria jamais ter encontrado essa história. Não havia como voltar atrás em sua leitura. Mas agora, após ouvir a risada lenta de Kavinsky do outro lado da linha, imaginando Ronan bêbado em sua ausência, vendo o Camaro num estado totalmente diferente de como ele o deixara, Gansey entendeu o que se passara com Glendower.

Ele estava ao mesmo tempo mais próximo e mais distante de Glendower do que jamais estivera.

41

Ronan acordou em um assento de cinema.
É claro, aquilo não era realmente um cinema; era apenas a sala de projeção no porão de uma mansão suburbana. À luz do dia, ele podia ver que ela era completa. Assentos de cinema reais, máquina de pipoca, projetor no teto, prateleira cheia de filmes de ação e pornôs com títulos pouco criativos. Ele se lembrou vagamente, com menos precisão do que em um sonho, de ver um vídeo interminável de corridas de rua na Arábia Saudita, na tela grande baixada na noite passada. O que ele estava fazendo? Ronan não fazia ideia do que estava fazendo. Ele não conseguia se concentrar em nada, a não ser numa centena de Mitsubishis brancos em um campo.

— Você não vomitou — observou Kavinsky de seu poleiro, dois assentos adiante. Ele ergueu o telefone de Ronan. — A maioria das pessoas vomita depois de beber tanto.

Ronan não disse a verdade: que ele estava acostumado a beber até cair. Ele não disse nem uma palavra. Apenas encarou Kavinsky, fazendo as contas: *Cem Mitsubishis brancos. Duas dúzias de carteiras de motorista falsas. Cinco pulseiras de couro. Dois de nós.*

— Fala alguma coisa, Rain Man — disse Kavinsky.

— Existem outros?

Kavinsky deu de ombros.

— E eu vou saber?

— O seu pai é um?

— O *seu* pai é um?

Ronan se levantou. Kavinsky o observou tentar as três portas brancas insubstanciais até que ele encontrou o banheiro. Ele fechou a porta atrás de si, mijou e jogou água no rosto. Então encarou a própria imagem.

Cem Mitsubishis brancos.

Do outro lado da porta, Kavinsky disse:

— Estou ficando de saco cheio, cara. Você quer uma carreira?

Ronan não respondeu. Secou as mãos trêmulas, se recompôs e saiu do banheiro. Então se sentou contra a parede e observou Kavinsky cheirar uma carreira em cima da máquina de pipoca. Ele balançou a cabeça quando Kavinsky ergueu uma sobrancelha, oferecendo a ele.

— Você é sempre tão falante quando bebe? — perguntou Kavinsky.

— O que você estava fazendo com o meu celular?

— Ligando para a sua mãe.

— Fale mais alguma coisa sobre a minha mãe — disse Ronan tranquilamente — e eu afundo a sua cabeça. Como você faz isso?

Ele esperava que Kavinsky fizesse mais uma piada obscena sobre a sua mãe, mas, em vez disso, ele apenas fixou o olhar em Ronan, as pupilas enormes pela cocaína.

— Tão violento. O garoto-propaganda do transtorno de estresse pós-traumático. Você sabe como se faz isso — disse Kavinsky. — Eu vi você fazer.

O coração de Ronan se contraiu convulsivamente. Ele parecia não se acostumar com seu segredo ser de fato o oposto de um segredo.

— Do que você está falando?

Kavinsky se pôs de pé de um salto.

— A sua "tentativa de suicídio", cara. Eu vi acontecer. O portão é bem do lado da janela do Proko. Eu vi você acordar e o sangue aparecer. Eu sabia o que você era.

Isso fora meses e meses e meses atrás. Antes mesmo de as corridas de rua terem começado. Todo esse tempo. Kavinsky sabia por todo esse tempo.

— Você não sabe nada sobre mim — disse Ronan.

Kavinsky saltou para ficar de pé em um dos assentos do cinema. Quando a cadeira balançou com seu peso, ela cantou uns versos — apenas um trecho de uma música pop que havia tocado demais dois anos antes —, e Ronan percebeu que aquilo devia ser algo sonhado também.

— Fala sério, cara.

— Me conta como você faz — disse Ronan. — Não estou falando só dos sonhos. Os carros. As carteiras de motorista. As... — ele ergueu o punho para mostrar as pulseiras. A lista poderia continuar para sempre. Os fogos de artifício. As drogas.

— Você tem que ir atrás das coisas que quer — disse Kavinsky. — Você precisa saber o que quer.

Ronan não disse nada. Nesses parâmetros, seria impossível para ele. O que ele queria era saber o que ele queria.

Kavinsky sorriu abertamente.

— Vou te ensinar.

42

Adam desaparecera.

Às duas da tarde, Gansey achou que já esperara tempo suficiente por Adam. Criando coragem, bateu à porta do quarto. Então a abriu e encontrou o quarto vazio e estéril. O sol da tarde lavava as silhuetas inacabadas de velhos modelos em miniatura. Ele se inclinou na direção do banheiro e chamou o nome de Adam, mas era evidente que não havia ninguém em nenhum dos aposentos.

O primeiro pensamento de Gansey foi de apenas uma ligeira irritação; ele não culpava Adam por evitar tudo que tivesse a ver com o chá, tampouco estava surpreso pelo fato de o amigo se recolher após a discussão da noite passada. Mas agora Gansey *precisava* dele. Se não contasse para alguém sobre Ronan arrancando partes de seu carro, ele ia se matar.

Mas Adam não estava ali. A questão era que Adam não estava em lugar nenhum.

Ele não estava na cozinha cheirando a cebola, nem na biblioteca com chão de pedra, nem no vestíbulo pequeno e bolorento. Tampouco deitado nos sofás duros da sala de estar formal, ou nos divãs de canto volumosos da sala informal da família. Não estava entocado no bar do porão nem perambulando pelo jardim úmido lá fora.

Gansey repassou a discussão da noite anterior. Ela pareceu pior dessa vez.

— Não consigo encontrar o Adam — ele disse para Helen. Ela estava cochilando em uma poltrona no gabinete do segundo andar, mas, quando viu o rosto do irmão, se endireitou sem reclamar.

— Ele não tem celular? — perguntou Helen.

Gansey balançou a cabeça e disse, com uma voz mais fina:

— A gente brigou.

Ele não queria ter de dar mais explicações.

Helen anuiu. Ele não disse mais nada.

Ela o ajudou a procurar nos lugares mais difíceis: nos carros da garagem, no espaço baixo do sótão, no pátio da cobertura na ala leste.

Não havia lugar algum aonde ele pudesse ter ido. Aquele não era um bairro em que as pessoas se deslocavam a pé; o café mais próximo, o centro comercial ou a congregação de mulheres em calças de ioga ficavam a cinco quilômetros dali, acessados por avenidas movimentadas da região norte da Virgínia, de quatro e seis faixas. Eles estavam a duas horas de Henrietta de carro.

Ele tinha de estar ali, mas não estava.

O dia inteiro pareceu imaginário: a notícia do Camaro de manhã, Adam perdido à tarde. Aquilo não estava acontecendo.

— Dick — disse Helen —, você tem alguma ideia?

— Ele não desaparece simplesmente — respondeu Gansey.

— Não entre em pânico.

— Não estou em pânico.

Helen olhou para o irmão.

— Está sim.

Ele ligou para Ronan (*Atenda, atenda, uma vez na vida atenda*) e para a Rua Fox, 300 (*A Blue está? Não? O Adam — camiseta da Coca-Cola — ligou?*).

Depois disso, não era mais apenas Gansey e Helen. Era Gansey e Helen, o sr. Gansey e a sra. Gansey, Margo, a empregada, e Delano, o vigia do bairro. Era uma ligação discreta para um amigo de Richard Gansey II no departamento de polícia. Eram planos para a noite silenciosamente colocados de lado. Era uma pequena frota de veículos particulares examinando as ruas sombreadas próximas e as zonas comerciais cheias de gente.

Seu pai dirigia um Tatra 59, um espécime tcheco que se dizia ter pertencido a Fidel Castro, enquanto Gansey embalava seu telefone no banco do passageiro. Apesar do ar-condicionado, suas mãos suavam. O verdadeiro Gansey se encolheu fundo dentro do corpo para que ele pudesse manter o rosto composto.

Ele partiu. Ele partiu. Ele partiu.

Às sete da noite, quando as nuvens de um temporal começaram a se adensar sobre os subúrbios e Richard Gansey II circulava mais uma vez as belas e verdes ruas de Georgetown, o telefone tocou — um número do norte da Virgínia que ele não conhecia.

Ele atendeu imediatamente.

— Alô?

— Gansey?

E, com isso, o alívio se derreteu por seu corpo, liquefazendo suas articulações.

— Por Deus, Adam.

O pai de Gansey estava olhando para ele, então ele anuiu uma vez. Imediatamente, seu pai começou a procurar um lugar para estacionar.

— Eu não conseguia lembrar do seu número — disse Adam miseravelmente. Ele estava se esforçando tanto para fazer sua voz soar normal que ela soava terrível. Ele não suprimiu, ou não quis suprimir, o sotaque de Henrietta.

Vai ficar tudo bem.

— Onde você está?

— Não sei. — Então mais baixo, para outra pessoa: — Onde eu estou?

O fone foi passado para a outra pessoa; Gansey ouviu o ruído de carros rodando ao fundo. A voz de uma mulher perguntou:

— Alô? Você é amigo desse garoto?

— Sou.

A mulher do outro lado da linha explicou que ela e o marido haviam parado no acostamento da autoestrada.

— Parecia um corpo. Ninguém mais estava parando. Você está aqui perto? Pode vir buscá-lo? Nós estamos perto da saída 7, na 395 sul.

A mente de Gansey se alterou abruptamente para ajustar sua imagem das cercanias de Adam. Eles não estavam nem um pouco próximos. Não havia lhe ocorrido procurar tão longe.

Richard Gansey II ouvira o que ela dissera.

— Isso fica ao sul do Pentágono! Deve ser a uns vinte e cinco quilômetros daqui.

Gansey apontou para a estrada, mas seu pai já estava conferindo o tráfego para fazer o retorno. Quando ele virou, o sol da tarde pegou de cheio o para-brisa, cegando os dois momentaneamente. Ao mesmo tempo, eles ergueram a mão para bloquear a luz.

— Estamos indo — disse Gansey ao telefone.

Vai ficar tudo bem.

— Talvez ele precise de um médico.

— Ele está machucado?

A mulher fez uma pausa.

— Eu não sei.

⌁

Mas não estava tudo bem. Adam não disse absolutamente nada para Gansey. Nem enquanto se encolhia no banco de trás do carro. Nem enquanto estava sentado à mesa da cozinha e Margo lhe trazia um café. Nem após parar junto ao sofá com o telefone apertado no ouvido, falando com um médico, um velho amigo da família de Gansey.

Nada.

Ele sempre fora capaz de lutar por muito mais tempo que qualquer pessoa.

Por fim, ele parou na frente dos pais de Gansey, o queixo erguido, mas os olhos distantes, e disse:

— Sinto muito por todo o incômodo.

Mais tarde, ele dormiu sentado na ponta do mesmo sofá. Sem nenhuma discussão particular, a família Gansey inteira levou a conversa para o gabinete do segundo andar, longe dos ouvidos de Adam. Embora vários compromissos tivessem sido cancelados e Helen tivesse perdido um voo para o Colorado à noite, ninguém mencionara a inconveniência. E eles jamais o fariam. Era o jeito Gansey de ser.

— Como o médico chamou isso? — perguntou a sra. Gansey, sentada na poltrona na qual Helen havia dormido antes. Na luz verde que passava pelo abajur verdejante a seu lado, ela se parecia com Helen, o que queria dizer que se parecia com Gansey, o que também queria dizer que se parecia um pouco com o marido. Todos os Gansey de certa maneira se pareciam uns com os outros, como um cachorro que começa a se parecer com o dono, ou vice-versa.

— Amnésia global transitória — respondeu Helen. Ela ouvira a conversa ao telefone e acompanhara a discussão com grande interesse. Helen gostava bastante de descer até a vida das outras pessoas e se enlamear por lá com um balde e uma pá e possivelmente com um daqueles maiôs antigos listrados que cobriam as pernas e os braços. — Episódios de duas a seis horas. Não conseguem se lembrar de nada até o último minuto. Mas as vítimas... essa foi a palavra usada por Foz, não por mim... aparentemente sabem que estão perdendo a noção de tempo enquanto isso acontece.

— Que coisa horrível — disse a sra. Gansey. — Pode piorar?

Helen fez desenhos aleatórios no risque-rabisque com um toco de lápis.

— Parece que não. Algumas pessoas têm apenas um episódio. Outras têm o tempo inteiro, como enxaquecas.

— E isso está relacionado ao estresse? — intercedeu Richard Gansey II. Embora ele não conhecesse Adam bem, sua preocupação era profunda e genuína. Adam era amigo de seu filho e, assim, tinha um valor inerente. — Dick, você sabe o que poderia estar estressando-o?

Estava claro que aquele era um problema que todos os Gansey tinham a intenção de solucionar antes que o filho voltasse para Henrietta com Adam.

— Ele se mudou há pouco da casa dos pais — disse Gansey. Ele havia começado a dizer *trailer*, mas não quis pensar no que seus pais fariam com aquela imagem. Ele pensou por um momento e então acrescentou: — O pai batia nele.

— Meu Deus — observou seu pai. E então: — Por que deixam essas pessoas terem filhos?

Gansey apenas olhou para o pai. Por um longo momento, nada foi dito.

— Richard — sua mãe ralhou.

— Onde ele está morando agora? — seu pai perguntou. — Com você?

Ele não sabia dizer quanto ou por que aquela pergunta feria. Gansey balançou a cabeça.

— Eu tentei. Ele está morando em um quarto que pertence à Igreja Santa Inês, uma igreja local.

— Isso é legal? Ele tem carro?

— Ele vai fazer dezoito anos daqui a alguns meses. E não.

— Seria melhor ele ficar com você — observou Richard Gansey II.

— Ele não quer. Simplesmente não quer. O Adam gosta de fazer tudo do jeito dele. Ele não aceita nada que pareça esmola. Está pagando a escola sozinho. Ele tem três empregos.

Os outros rostos Gansey olharam em sinal de aprovação. A família inteira apreciava o charme e a garra, e aquela ideia de Adam Parrish, alguém que venceu pelo próprio esforço, lhes agradava imensamente.

— Mas ele precisa de um carro — disse a sra. Gansey. — Isso certamente ajudaria. Não podemos ajudá-lo de alguma forma a conseguir um?

— Ele não aceitaria.

— Ah, certamente se dissermos...

— Ele não aceitaria. Vão por mim, ele não aceitaria.

Eles pensaram por um longo momento, durante o qual Helen desenhou seu nome em letras grandes, e seu pai folheou a *Breve enciclopédia de cerâmica mundial*, e sua mãe pesquisou discretamente *amnésia global transitória* em seu celular, e Gansey contemplou apenas jogar tudo o que tinha no Suburban e se mandar o mais rápido possível. Uma voz pequenina, muito egoísta dentro de Gansey, sussurrou: *E se você o deixasse aqui, e se o fizesse encontrar o próprio caminho de volta; e se ele tivesse de ligar para você e pedir desculpa uma vez que fosse?*

Por fim, Helen disse:

— E se eu desse para ele o meu velho carro da faculdade? O detonado, aquele que vou doar para aquela instituição de caridade de carros usados se ele não quiser. Ele me pouparia o incômodo de ter que arranjar um guincho!

Gansey franziu o cenho.

— Qual carro detonado?

— Obviamente, eu ia *arrumar* um — respondeu Helen, desenhando um iate de cinquenta e oito pés no risque-rabisque. — E dizer que era meu.

Os Gansey mais velhos adoraram a ideia. A sra. Gansey já estava ao telefone. O humor coletivo havia melhorado com aquele plano. Gansey achou que seria preciso mais do que um carro para aliviar o estresse de Adam, mas a verdade era que ele *precisava* de um veículo. E se Adam realmente caísse na história de Helen, não faria mal algum.

Gansey não conseguia se livrar da imagem de Adam ao lado da estrada, caminhando, caminhando, caminhando. Sabendo que estava esquecendo o que estava fazendo, mas incapaz de parar. Incapaz de lembrar o número de Gansey, mesmo quando as pessoas *pararam* para ajudar.

Eu não preciso da sua sabedoria, Gansey.

Então não havia nada que ele pudesse fazer a respeito.

43

— Muito bem, princesa — disse Kavinsky, passando um pacote com seis latas de cerveja para Ronan. — Me mostre o que você pode fazer.

Eles estavam de volta à clareira próxima da feira. Estava brumoso, bruxuleante, ofuscante no calor. Aquele era um lugar apropriado para mais matemática de sonhos. Cem Mitsubishis brancos. Duas dúzias de carteiras de motorista falsas. Os dois.

Um dia.

Dois? Três?

O tempo não fazia sentido. Os dias eram irrelevantes. Eles marcavam o tempo com sonhos.

O primeiro havia sido apenas uma caneta. Ronan acordou no ar-condicionado gelado do assento do passageiro, os dedos imóveis sobre a caneta plástica fina equilibrada sobre o seu peito. Como sempre, ele pairava acima de si mesmo, um não participante paralisado na própria vida. O alto-falante despejou algo que soava espirituoso, ofensivo e búlgaro. Moscas vorazes se aferravam esperançosamente ao exterior do para-brisa. Kavinsky usava seus óculos brancos porque ele estava desperto.

— Uau, cara, isso é... uma caneta.

Tomando a caneta por debaixo dos dedos dóceis de Ronan, Kavinsky a testou sobre o painel. Havia algo de fascinante a respeito de sua total desconsideração por sua propriedade.

— O que é essa merda, cara? Parece a Declaração da Independência.

Assim como no sonho, a caneta escrevia tudo em uma caligrafia refinada, não importava quem a estivesse segurando. Kavinsky rapidamente se cansou de sua magia ingênua. Ele batucou com a caneta nos dentes de Ronan acompanhando a batida búlgara até a sensação voltar às mãos de Ronan e ele ser capaz de afastar a caneta.

Ronan achou que não era nada mau para um objeto de sonho produzido a seu comando. Mas Kavinsky olhou para a caneta desdenhosamente.

— Observe isso. — Pegando uma pílula verde, ele a jogou na boca e a engoliu com cerveja. Tirando os óculos escuros, pressionou os nós dos dedos em um dos olhos, fazendo careta. E então ele estava dormindo.

Ronan o observou dormir, a cabeça jogada para o lado, o pulso batendo visivelmente através da pele do pescoço.

O pulso de Kavinsky parou.

E então, com um sobressalto violento, ele despertou bruscamente, uma das mãos fechada em punho. A boca se abriu em um largo sorriso que surpreendeu Ronan. Com um giro teatral da mão, ele apresentou o seu objeto de sonho. Uma tampa de caneta. Ele contraiu os dedos até Ronan lhe passar a caneta de sonho.

A tampa, é claro, se encaixava perfeitamente. Tamanho certo, cor certa, brilho certo para o plástico. E por que ela não seria perfeita? Kavinsky era conhecido por suas falsificações.

— Amador — disse Kavinsky. — É *assim* que você vai sonhar as bolas do Gansey para devolver para ele.

— Você vai complicar, é? — demandou Ronan. Ele estava irado, mas não tanto quanto estaria antes de começar a beber. Ele colocou os dedos sobre a maçaneta da porta, pronto para sair. — Tipo, você quer se divertir com isso? Porque não estou tão ansioso assim para aprender com você. Posso descobrir sozinho.

— Claro que pode — disse Kavinsky. E ergueu um dedo para ele. — Dê essa caneta pra ele. Escreva um pequeno bilhete com ela. Com a letra do maldito George Washington: "Caro Dick, dirija *isso*, bjs. Ronan Lynch".

Ronan não tinha certeza se fora Kavinsky usando seu nome de verdade ou a memória refrescada do Pig arruinado que o convenceu, mas ele largou a mão da porta.

— Deixe o Gansey fora disso.

Kavinsky fez um *uuuh* com a boca.

— Com todo prazer, Lynch. Olha só: você pega suas coisas do mesmo lugar todas as vezes, certo?

A floresta.

— Na maior parte das vezes.

— Volte lá então. Não vá a nenhum outro lugar. Por que você iria a outro lugar? Você quer ir onde estão suas coisas. É lá que você tem que ir. Você pensa no que quer antes de ir dormir, certo? Você sabe que a coisa vai estar lá, naquele lugar. Não deixe ela saber que você está lá. Ela vai mudar o cenário se você deixar. Você tem que entrar e sair, Lynch.

— Entrar e sair — repetiu Ronan. Não soava como um sonho que ele já tivera.

— Como um ladrão filho da puta.

Kavinsky revelou outras duas pílulas verdes na mão. Uma ele pegou para si. A outra, ofereceu a Ronan.

— Nos encontramos do outro lado?

Cair no sono. Sim, você cai no sono. Você está desperto e então fecha os olhos e os pensamentos vêm com tudo e a lucidez o invade, mas então, no fim, você balança à beira do cochilo e cai.

Ronan não caiu no sono. Ele engoliu a pílula verde e foi jogado no sono. Lançado nele. Derrubado, batido, destruído. Ele rolou para aquela margem, uma versão esmigalhada de si mesmo, as pernas sumidas debaixo dele. As árvores se inclinaram sobre ele. O ar ria abertamente. Ladrão? *Ele* havia sido roubado.

Dentro.

Fora.

Lá estava o objeto que ele planejara levar. Era mesmo? Ele não conseguia dizer se era. As árvores abraçaram seus ramos em torno dele. A Garota Órfã o puxava e o puxava.

Dentro.

Fora.

A voz de Kavinsky, muito clara:

— A morte é um efeito colateral chato.

Ronan agarrou com esforço o metal da coisa. Dentro dele, um ventrículo se contraía incansavelmente. Sangue era despejado no átrio vazio de seu coração.

— SAI DAQUI! — gritou a Garota Órfã.

As pálpebras de Ronan se abriram subitamente.

— Bem-vindo de volta à terra dos vivos, marinheiro. — Kavinsky se inclinou sobre ele. — Lembre-se: você toma a pílula ou ela te toma.

Ronan não conseguia se mexer. Kavinsky bateu em seu peito com o punho para ajudá-lo.

— Você está bem — ele disse amigavelmente. E derramou um pouco de cerveja nos lábios dóceis de Ronan, depois a terminou sozinho. O sol parecia estranho do lado de fora do para-brisa, como se o tempo tivesse passado, ou o carro tivesse se movido. — Mas que diabos você tem por lá?

Os braços de Ronan recuperaram a sensação. Ele segurava uma gaiola de metal com um Camaro pequenino de vidro dentro dela, que não lembrava em nada a caixa de som que ele havia planejado trazer consigo. Era apenas ligeiramente parecido com o Camaro de verdade. Dentro do carro de vidro havia um motorista anônimo, a expressão facial vagamente chocada.

— Caro Dick — disse Kavinsky. — Dirija *isso*!

Dessa vez, Ronan riu. Kavinsky mostrou a ele seu próprio prêmio: uma arma de prata com as palavras "ASSASSINO DE SONHOS" gravadas no cano.

— Você não entrou furtivamente, não é? — ele disse de maneira acusadora. — Entre sem chamar atenção, saia sem chamar atenção. Pegue o lance, caia fora. Antes que o lugar perceba.

— Maldita pílula — disse Ronan.

— É uma droga maravilhosa. Minha mãe adora essas bolinhas, cara. Quando ela começa a quebrar as coisas em casa, eu esmago uma dessas para ela. Coloco na vitamina de frutas dela. Pode fazer piada agora, fera. É fácil, vá em frente. Deixei no ponto.

— Qual é o seu lugar?

Kavinsky deixou mais duas pílulas verdes sobre o painel; elas dançaram e tremeram na batida dos alto-falantes. A canção contou dissimuladamente a Ronan: *Аре махай се, аре махай се, аре махай се.* Kavinsky lhe passou uma cerveja.

— Meu lugar secreto? Você quer ir no meu lugar secreto? — Kavinsky gargalhou abertamente. — Eu sabia.

— Tá bom, não me conte. Você coloca pílulas na bebida da sua mãe?

— Só quando ela rouba minhas coisas. Ela era muito sacana lá em Jersey.

Ronan não sabia muito a respeito da vida familiar de Kavinsky, fora a lenda que todos conheciam: seu pai, rico, poderoso e búlgaro, morava em Jersey, onde era possivelmente um mafioso. Sua mãe, bronzeada, em forma e feita de peças sob medida, morava com Kavinsky numa mansão no subúrbio. Essa era a história que Kavinsky contava. Essa era a lenda. O rumor era que o septo nasal de sua mãe tinha sido comido pela cocaína e que o instinto paternal de seu pai havia morrido quando Kavinsky tentara matá-lo.

Com Kavinsky, sempre fora difícil dizer o que era real. Agora, olhando para ele segurando uma arma de fogo de cromo fraudulentamente perfeita, ficava mais difícil ainda.

— É verdade que você tentou matar o seu pai? — perguntou Ronan. Ele encarou Kavinsky quando disse isso. Seu olhar irredutível era sua segunda melhor arma, após o silêncio.

Kavinsky não desviou o olhar.

— Eu nunca *tento* fazer nada, cara. Eu faço o que tenho a intenção de fazer.

— Dizem que é por isso que você está aqui e não em Jersey.

— Ele tentou *me* matar — respondeu Kavinsky. Seus olhos brilhavam. Ele não tinha íris. Apenas preto e branco. A linha do seu sorriso era feia e lasciva. — E ele nem sempre faz o que tem intenção de fazer. E, de qualquer maneira, sou mais difícil de matar do que isso. Você matou o seu velho?

— Não — disse Ronan. — Isso matou ele.

— Tal pai, tal filho — observou Kavinsky. — Pronto para ir de novo? Ronan estava.

Pílulas na língua. Seguidas de cerveja.

Dessa vez, ele viu o chão vindo. Como ser cuspido do ar. Ele não teve tempo de segurar o pensamento, prender a respiração, curvar o corpo. Rolou sonho adentro. Rápido. Jogado de um veículo em movimento.

Sem fazer ruído algum, Ronan rolou na direção das árvores.

Elas observaram umas às outras. Um pássaro estranho guinchou. A Garota Órfã não estava em parte alguma.

Ronan se agachou. Ele estava sereno como a chuva embaixo de uma raiz. Então pensou:

Bomba.

E lá estava, um coquetel molotov, não muito diferente daquele que havia jogado no Mitsubishi. Três pedras se projetavam para fora do solo úmido da floresta, apenas as pontas visíveis, os dentes erodidos, as gengivas musgosas. A garrafa estava virada entre elas.

Ronan rastejou para frente e fechou os dedos em torno do gargalo coberto de orvalho.

Te vidimus, Greywaren, sussurrou uma das árvores.

(*Estamos vendo você, Greywaren.*)

Ele cerrou a mão em torno da bomba e sentiu o sonho se movendo, se movendo...

Ronan despertou com a explosão.

Kavinsky já estava de volta, cheirando uma carreira de cocaína no painel. A luz na rua estava sombria e sem brilho, passado o crepúsculo. O pescoço e o queixo estavam iluminados como uma atração de jardim pelas luzes do painel abaixo. Ele limpou o nariz. Sua expressão já interessada se aguçou quando ele viu o objeto de sonho de Ronan.

Ronan estava paralisado como sempre, mas podia ver perfeitamente bem o que havia acabado de produzir: um coquetel molotov idêntico àqueles da festa de embalo — uma camiseta enrolada e enfiada em uma garrafa de cerveja cheia de gasolina. Era idêntico ao do sonho.

Só que agora estava queimando.

A chama, bela e voraz, consumiu a camiseta e estava quase atingindo a garrafa. A gasolina havia derramado dos lados da garrafa, ávida por demolição.

Com um riso selvagem, Kavinsky apertou o botão da janela com o cotovelo e tomou a bomba. Ele a lançou, anoitecer adentro. A garrafa voou apenas dois metros antes de explodir, estilhaçando cacos de vidro contra a lateral do Mitsubishi e através da janela aberta. O cheiro era tremendo, uma batalha aérea, e o som tragou toda a audição dos ouvidos de Ronan.

Pendurando o braço para fora da janela e parecendo profundamente despreocupado, Kavinsky sacudiu cacos de vidro da pele para a grama. Dois segundos mais tarde e ele não teria braço para se preocupar. Ronan não teria rosto.

— Ei — disse Ronan. — Não toque nas minhas coisas.

Kavinsky virou os olhos pesados para Ronan, as sobrancelhas erguidas.

— Olha só.

Ele levantou seu objeto de sonho: um diploma emoldurado. Joseph Kavinsky, graduado com louvor pela Academia Aglionby. Ronan não tinha visto um para saber se o papel creme estava correto, ou se as palavras usadas eram precisas. Mas reconheceu a assinatura espalhada da correspondência da Aglionby. O garrancho artístico do presidente Bell era inconfundível.

Era algo realmente contra o código de Ronan se deixar impressionar, muito menos demonstrar, mas a precisão e os detalhes eram impressionantes.

— Você é emotivo demais, Lynch — disse Kavinsky. — Está bem, eu entendo. Se você tivesse bolas, seria diferente. — Ele bateu com o dedo indicador na própria têmpora. — Isso aqui é o Walmart. Vá para a seção dos eletrônicos, pegue algumas TVs, caia fora. Não fique se demorando por lá. Isso ajudaria.

Ele gesticulou para o pó que ainda sujava o painel. Mal visível. Uma memória fina do pó. Ronan balançou a cabeça. Ele podia sentir os olhos de Gansey sobre ele.

— Você que sabe. — Kavinsky pegou outra caixa com seis latas de cerveja do banco de trás. — Pronto para ir?

E eles sonharam. Eles sonharam e sonharam, e as estrelas rodaram acima da cabeça deles e para longe, e a lua se escondeu nas árvores, e o sol se moveu em torno do carro. O carro se encheu de aparelhos impossíveis e plantas urticantes, pedras cantantes e sutiãs rendados. À medida que a tarde esquentou, eles saíram do carro, tiraram a camisa suada e suaram no calor. Coisas grandes demais para caber no carro. Repetidas vezes, Ronan partia para dentro da floresta em seus sonhos desordenados, se enfiava sorrateiramente entre as árvores e roubava algo. Ele estava começando a compreender o que Kavinsky queria dizer. O sonho era um subproduto de tudo aquilo; o sono era irrelevante. As árvores eram apenas obstáculos, uma espécie de sistema de alarme falho. Assim que Ronan provocava um curto-circuito nele, conseguia tirar coisas da sua mente sem se preocupar que o próprio sonho as corrompesse.

A luz se estendia longa e fina, quase a ponto de se romper, e então havia a noite com seus reflexos tantalizantes de centenas de carros brancos. Ronan não sabia dizer se haviam se passado dias ou se era a mesma noite ainda. Há quanto tempo ele havia batido o Pig? Quando fora seu último pesadelo?

Então era de manhã. Ele não sabia se eles já tinham feito uma manhã, ou se aquela era uma nova em folha. A grama estava molhada, e o capô dos Mitsubishis suava gotas d'água, mas era difícil dizer se havia chovido ou se era só orvalho.

Ronan se sentou no para-lama traseiro de um dos Mitsubishis, a superfície lisa contra as costas nuas, e devorou um pacote de Twizzlers. Eles pareciam flutuar em álcool dentro dele. Kavinsky estava inspecionando a última obra de Ronan — uma motosserra. Após verificar que ela mutilava alguns pneus de outros Mitsubishis, ele voltou para onde Ronan estava e aceitou um único Twizzler. Ele estava chapado demais para dar a um alimento interesse maior do que um conceito.

— E então? — perguntou Ronan.

A brincadeira com a motosserra havia feito voar pequenas partículas de borracha pelo rosto e pelo peito desnudo de Kavinsky.

— Agora você sonha o Camaro.

44

Agora parecia simples.

Pílula. Cerveja. Sonho.

Um Camaro estava parado em meio às árvores da floresta de sonhos: tão fácil de imaginar quanto qualquer objeto de sonho que Ronan buscara. Apenas maior.

Dentro.

Fora.

Silenciosamente, ele colocou a mão na maçaneta da porta. As folhas das árvores tremeram; um pássaro cantou tristemente ao longe.

A Garota Órfã o observava do outro lado do carro. Ela balançou a cabeça. Ele levou o dedo aos lábios.

Desperto.

Ele abriu os olhos no céu matutino, e lá estava ele. Um Camaro vermelho-magnífico. Não era perfeito, mas perfeitamente imperfeito, manchado e arranhado como o Pig. Até o arranhão na porta onde Gansey tinha dado ré em um arbusto de azaleias.

A primeira sensação não foi de alegria, mas de alívio. Ele não tinha arruinado as coisas — ele tinha o Pig de volta, podia voltar para a Monmouth sem precisar se arrastar no chão. E então bateu a alegria. Era pior do que as pílulas verdes de Kavinsky. Ele foi lançado na emoção. Ela o golpeava e o excitava. Ronan sentira tanto orgulho da caixa quebra-cabeça, dos óculos escuros, das chaves. Como ele fora tolo então, como um garoto apaixonado por seus desenhos de giz de cera.

Era um carro. Um carro inteiro. Ele não estivera ali, mas agora estava.

Um mundo inteiro.

Agora ele não teria mais problemas. Tudo ficaria bem.

Na frente do carro, Kavinsky não parecia impressionado. Ele levantou o capô.

— Achei que você disse que conhecia esse maldito carro, cara.

Depois que Ronan voltou a sentir os membros, ele se juntou a Kavinsky ao lado do capô aberto. O defeito ficou claro na hora. Não havia motor. Ronan podia ver o caminho desimpedido até a grama alta. Ele provavelmente funcionaria, é claro. Se funcionava no sonho, funcionava na vida real. Mas isso não servia de consolo.

— Eu não pensei nele — ele disse. — No motor.

A alegria estava se dissipando tão rapidamente quanto havia surgido. Como Ronan poderia esperar guardar todos os pontos fracos do Pig na cabeça? Gansey não ia querer um Pig perfeito, um Pig que funcionasse sem motor. Ele ia querer o *seu* Pig. Ele adorava o Camaro *porque* ele quebrava, não apesar disso. O desespero tomou conta dos pensamentos de Ronan. Era complicado demais.

Kavinsky socou abruptamente a lateral da cabeça de Ronan.

— Pensar? Não tem o que pensar, idiota! Nós não somos professores. Mate o seu cérebro. — Ele avaliou o compartimento vazio do motor de novo. — Acho que o Dick pode usar isso como um canteiro. Para plantar petúnias e o cacete aqui.

Irritado, Ronan fechou o capô violentamente. Ele subiu nele — não fazia sentido poupar a pintura dos arranhões — e tamborilou os dedos contra o joelho enquanto tentava fazer sua mente voltar a funcionar direito. *Não tem o que pensar.* Ronan não conhecia um caminho melhor para tirar o carro dos seus sonhos. Ele não entendia como manter o conceito enquanto mergulhava no sono. Ele estava cansado dos seus sonhos. Eles pareciam tão esfarrapados quanto as asas dos horrores noturnos.

— Ei, cara, tenho certeza que ele vai gostar desse — disse Kavinsky.

— E, se não gostar, que se foda.

Ronan simplesmente o encarou com seu olhar mais pesado. Kavinsky não era Gansey, então talvez não compreendesse o significado daquilo. Não haveria foda-se para Gansey. Ronan não tivera a intenção de bater o Camaro quando o pegara pela primeira vez, mas havia batido. E não ia piorar as coisas trazendo de volta aquela falsificação. Aquele carro era uma belíssima mentira.

— Isso — disse Ronan, pressionando as mãos abertas contra o metal quente do carro — é um peixinho dourado muito cagado.

— Culpa de quem?

— Sua.

Kavinsky dissera que o ensinaria. Ele não havia sido ensinado.

— *Sua*. Eu pratiquei, cara! — Kavinsky gesticulou amplamente para o campo de Mitsubishis. — Você está vendo todos esses perdedores? Levei meses para fazer direito. Olha aquele sacana!

Ele apontou para um Mitsubishi com um único eixo, bem no meio. O carro repousava sonolentamente sobre o para-choque dianteiro.

— Se eu faço errado, tento de novo, espero o meu lugar dos sonhos se recuperar, faço de novo, faço errado, faço de novo.

— O que você quer dizer com *se recuperar*? — repetiu Ronan.

— O lugar dos sonhos se esgota — disse Kavinsky. — O Walmart não consegue produzir TVs a noite inteira! Ele está se cansando agora. Você não percebe?

Era isso que ele sentira? O desgaste nas extremidades? No momento, ele só conseguia sentir ansiedade, entorpecida até a lentidão de raciocínio pela cerveja.

— Não tenho tempo para praticar. Eu preciso dele agora ou não vou poder voltar.

— Você não precisa voltar — disse Kavinsky.

Essa era a coisa mais sem sentido que ele havia dito desde que toda aquela experiência começara. Ronan nem deu ouvidos.

— Vou fazer de novo. Vou fazer certo dessa vez.

— Ãhã, com certeza.

Kavinsky pegou mais álcool — talvez ele tivesse sonhado aquilo *também* — e se sentou com Ronan sobre o capô do Camaro defeituoso. Eles beberam em silêncio por vários minutos. Kavinsky derramou um punhado de pílulas verdes na palma da mão de Ronan; ele as embolsou. Ele desejou fervorosamente algo além de Twizzlers. Ele estava exausto dos sonhos.

Se Gansey o visse agora... O pensamento se retorceu e enegreceu dentro dele, encolhido como papel queimado.

— Rodada bônus — disse Kavinsky. Então: — Abra.

Ele colocou uma pílula impossivelmente vermelha na língua de Ronan. Este sentiu apenas por um instante gosto de suor, borracha e gasolina na ponta dos dedos. Então a pílula atingiu seu estômago.

— O que essa faz? — perguntou Ronan.

— A morte é um efeito colateral chato.

Levou apenas um momento.

Ronan pensou: *Espera, mudei de ideia.*

Mas não havia como voltar atrás.

Ronan era um estranho em seu próprio corpo. O pôr do sol atingiu sua visão, enviesado e insistente. Enquanto seus músculos se contraíam, ele se encolheu contra o peito e então pousou o rosto contra o capô, o calor do metal não chegava a ser doloroso o suficiente para ser insuportável. Ronan fechou os olhos. Aquela não era a pílula lançar-se-ao-sono de antes. Era uma fatalidade líquida. Ele podia sentir seu cérebro se desligando.

Após um momento, ouviu o capô ranger enquanto Kavinsky se inclinava sobre ele. Então sentiu um dedo como um calo áspero passar lentamente sobre a pele de suas costas. Um arco lento entre as omoplatas, desenhando o padrão de sua tatuagem. Então deslizando espinha abaixo, retesando cada músculo pelo qual ele passava.

O detonador dentro dele estava queimando por nada, nada mesmo.

Ronan não se mexeu. Se ele se mexesse, o toque sobre sua espinha o perfuraria — um ferimento como aquela pílula. Não haveria volta.

Mas, quando seus olhos se semicerraram, lutando contra o sono, Kavinsky estava simplesmente cheirando outra carreira de cocaína no capô, o corpo estendido sobre o para-brisa.

Talvez ele tenha imaginado isso. O que era real?

Novamente o Camaro estava estacionado nas árvores de sonho. Novamente a Garota Órfã estava agachada do outro lado dele, com os olhos tristes. As folhas tremulavam e desapareciam.

Ele sentiu o poder daquele lugar desaparecendo.

E se arrastou até o carro.

Dentro.

Fora.

— Ronan — sussurrou a Garota Órfã. — *Quid furantur a nos?* (*Por que você rouba de nós?*)

Ela parecia descorada como Noah, manchada como os mortos.

Ronan sussurrou:

— Só mais um. Por favor. — Ela o encarou. — *Unum. Amabo te.* Não é para mim.

Dentro.

Fora.

Mas Ronan não se escondeu dessa vez. Ele não era um ladrão. Em vez disso, ficou de pé e saiu de seu esconderijo. Subitamente consciente de sua presença, o sonho estremeceu em volta dele. Oscilou. As árvores se inclinaram para trás.

Ele não roubara Motosserra, a coisa mais verdadeira que já tirara de um sonho.

E não roubaria um carro. Não dessa vez.

— Por favor — disse Ronan de novo. — Me deixe levar.

Ele correu a mão sobre a linha elegante do teto. Quando levantou a palma da mão, ela estava coberta de verde. Seu coração palpitou enquanto ele esfregava as pontas dos dedos cobertas de pólen umas nas outras. O ar estava subitamente quente, o suor grudento na dobra dos cotovelos, a gasolina pinicando as narinas. Aquilo era uma lembrança, não um sonho.

Ele abriu a porta. Quando entrou, o assento queimou sua pele nua. Ronan estava consciente de tudo à sua volta, até o vinil desgastado abaixo das manivelas da janela inapropriadamente restauradas.

Ele estava perdido no tempo. Estava dormindo?

— Chame o carro pelo nome — disse a Garota Órfã.

— Camaro — disse Ronan. — Pig. Do Gansey. Cabeswater, *por favor*.

Ele virou a chave. O motor girou, girou, girou, melindroso como sempre.

Quando pegou, Ronan acordou.

Kavinsky abriu um largo sorriso no para-brisa para ele. Ronan estava sentado no banco do motorista do Pig.

O ar saiu crepitando das ventilações de ar-condicionado, cheirando a gasolina e a fumaça de descarga. Ronan não precisava olhar debaixo do capô para saber que o tremor que ele sentia nos pés vinha de um motor de verdade.

Sim-sim-sim.

Além disso, Ronan pensou que sabia por que Cabeswater havia desaparecido. O que significava que ele talvez soubesse como trazê-la de volta. O que significava que talvez pudesse trazer sua mãe de volta. O que significava que talvez pudesse fazer Matthew sorrir um pouco mais. O que significava que tinha algo além de um carro restaurado para trazer de volta para Gansey.

Ele baixou a janela.

— Estou indo.

Por um momento, o rosto de Kavinsky ficou absolutamente desconcertado, e então *Kavinsky* voltou a si. Ele disse:

— Você está de sacanagem comigo.

— Vou mandar flores.

Ronan pisou no acelerador. Fumaça e pó redemoinhavam como uma tempestade atrás do Camaro. Ele tossia a duas mil e oitocentas rotações por minuto. Igualzinho ao Pig. Tudo voltara a ser como antes.

— Correndo de volta para o mestre?

— Foi divertido — disse Ronan. — Mas chegou a hora de brincar de gente grande.

— Você é uma peça no jogo dele, Lynch.

A diferença entre a gente e o Kavinsky, sussurrou Gansey ao ouvido de Ronan, *é que a gente importa.*

— Você não *precisa* dele, cacete — disse Kavinsky.

Ronan soltou o freio de mão.

Kavinsky ergueu uma mão como se fosse bater em algo, mas não havia nada a não ser ar.

— Você está de *sacanagem comigo.*

— Eu nunca minto — disse Ronan. Ele franziu o cenho sem conseguir acreditar. O cenário era mais bizarro que qualquer coisa que tivesse acontecido até aquele momento. — Espera. Você pensou... Jamais seríamos eu e você. Foi isso que você pensou?

Kavinsky parecia magoado.

— Só existe comigo ou contra mim.

O que era risível. Sempre fora Ronan contra Kavinsky. *Com* nunca fora uma possibilidade.

— Jamais seríamos eu e você.

— Vou acabar com você — Kavinsky disse.

O sorriso de Ronan era afiado como uma faca. Já haviam acabado com ele.

— Vai sonhando.

Kavinsky fez uma arma com o polegar e o indicador e colocou na têmpora de Ronan.

— *Bang* — disse baixinho, retirando a arma falsa. — A gente se vê nas ruas.

45

Então agora Adam tinha um carro.

O veículo era apenas um de três objetos que Adam havia conseguido naquela manhã. Cada Gansey que saía pela porta lhe concedia um presente, como excêntricas fadas madrinhas. Richard Gansey II conferiu sua gravata em um espelho no corredor e passou para Adam um colete xadrez.

— Não sou mais tão magro como costumava ser — ele disse para o garoto. — Eu ia dar para o Dick, mas vai servir melhor em você, eu acho. Aqui, experimente.

Não era nem um presente, era uma ordem.

Em seguida foi a sra. Gansey, espiando pela janela para verificar se seu motorista já chegara antes de dizer:

— Dick, consegui outro vaso de hortelã para você levar. Não esqueça. Adam, peguei para você um vaso de árvore-da-borracha. Vocês, garotos, nunca pensam no feng shui.

Ele sabia que isso estava acontecendo porque eles o haviam resgatado pateticamente do acostamento de uma rodovia, mas ele sentia que não podia recusar. Era uma planta. E ele havia arruinado o sábado deles.

Passou, Adam pensou. Ele havia arruinado o sábado deles, mas havia perdido *inteiramente* o *próprio* sábado. O que quer que o tornava Adam havia simplesmente desaparecido enquanto seu corpo seguia em frente, trôpego.

Se ele se permitisse pensar a respeito, o terror simplesmente...

Não aconteceria novamente. Não podia acontecer.

Os garotos saíram pela porta, Gansey segurando seu vaso minúsculo de hortelã e Adam pelejando com um vaso de vinte litros de árvore-da-borracha, quando Helen desceu puxando uma maleta preta de rodinhas.

— Dick — ela disse —, os caras do guincho disseram que não podem vir hoje de manhã. Você me faria o *favor* de cuidar disso antes de ir? Eu vou perder o voo.

Gansey, que já estava com cara de poucos amigos, aumentou a irritação no rosto para oficialmente incomodado.

— Ele anda? A gente não pode simplesmente deixar lá?

— Ele anda. Eu acho. Mas é em Herndon o local da entrega.

— *Herndon!*

— Eu sei. É por isso que vou rebocar. Está me custando mais levar o carro até lá do que estou recebendo para doá-lo. Ei, você não precisa dele? Adam, quer uma lata-velha? Me pouparia o guincho.

A oferta pareceu imaginária. Sua consciência estava passando em uma tela de cinema.

Três Gansey, três presentes e três horas de viagem de volta a Henrietta.

Não permita que eu perca o controle a caminho de casa, pensou Adam. *Apenas me leve de volta, é só o que eu peço.*

Seu novo carro era de marca e modelo incertos. Era uma coisa de duas portas e cheirava a fluidos corporais automotivos. O capô, a porta do lado do passageiro e o para-lama traseiro direito eram claramente de três carros diferentes. O câmbio era manual. Adam vivia a situação peculiar de saber melhor como consertar uma embreagem do que como operá-la. Mas ele ia melhorar com a prática.

Não era nada, mas era o nada de Adam Parrish.

Este dia... este lugar... esta vida...

Parecia que ele sempre estivera ali na capital, nascido na placa de Petri de asfalto escaldante que é a cidade. Ele havia sonhado Henrietta e a Aglionby. E fazia um esforço enorme para lembrar que havia um futuro além daquele momento imediato.

Apenas volte, ele pensou. *Volte para que você possa descobrir...*

— Cara, pisque os faróis se algo der errado — disse Gansey, parado diante da porta aberta de seu Suburban preto. Ele costumava mantê-lo ali, mas ninguém confiava realmente que o veículo novo de Adam conseguisse atravessar o estado. Gansey balançou um pouco a porta do motorista. Adam podia dizer que o que ele queria mesmo era perguntar: *Você está bem?* ou *Do que você precisa, Adam?* O vaso de hortelã, colocado sobre o painel, espiava ansiosamente ao redor do ombro de Gansey.

— Para — avisou Adam.

Um cenho franzido, mais bravo que anteontem.

— Você nem sabe o que eu ia dizer.

— É possível que eu saiba.

Gansey balançou a porta mais uma vez. O Suburban era enorme atrás dele. O carro novo de Adam *e* o Pig caberiam dentro dele, com espaço para uma bicicleta ou duas. Adam se lembrou de como a existência daquele carro o espantara quando ele ficara sabendo a seu respeito. *Rico o suficiente para dois carros?*

— O que eu ia dizer, então?

As linhas de força tremeram acima de Adam. Algo murmurava e vibrava dentro dele. Ele precisava voltar. Logo. Isso era tudo que ele sabia.

— Não acho que a gente deva fazer isso agora — ele disse.

— Nós *estamos* fazendo alguma coisa agora? Achei que o que estava acontecendo era que *você* estava sendo... — Com um esforço visível, Gansey se segurou. — Você vai voltar para a Monmouth ou...

Sem tempo. Sem tempo para isso. Ele precisava parar de esperar e começar a agir. Ele não era melhor do que Gansey esperando que outra pessoa despertasse a linha ley. Ele precisava se mexer.

— Vou até a Rua Fox pedir um conselho — respondeu Adam.

Gansey abriu a boca. Havia cem coisas que ele poderia dizer, e noventa e nove delas apenas deixariam Adam bravo. Gansey pareceu intuir isso, porque pensou antes de dizer:

— Vou ver como o Ronan está, então.

Adam afundou no banco desgastado e empoeirado de seu novo carro velho. Sussurros escapavam das ventilações de ar. *Está bem, estou indo, estou indo.*

Gansey ainda estava olhando fixamente para Adam, mas o que ele queria que Adam dissesse? Ele estava fazendo todo o esforço possível para se lembrar de quem era.

— Apenas pisque os faróis — disse Gansey por fim — se algo der errado.

46

Quando Maura abriu a porta da Rua Fox, 300, encontrou o Homem Cinzento parado pensativamente do outro lado. Ele havia trazido duas coisas para ela: uma coroa de margaridas, que colocou melancolicamente sobre a cabeça dela, e um canivete de mola rosa, que passou para Maura. Ambas haviam exigido algum esforço para conseguir. A primeira porque o Homem Cinzento havia esquecido como encadear eficientemente margaridas, e a segunda porque canivetes de mola eram ilegais na Virgínia, mesmo se fossem rosa.

— Estive procurando algo — disse o Homem Cinzento.

— Eu sei.

— Achei que fosse uma caixa.

— Eu sei.

— Não é, certo?

Maura balançou a cabeça e deu um passo para trás para deixá-lo entrar.

— Um drinque?

O Homem Cinzento não entrou imediatamente.

— É uma pessoa?

Ela fixou o olhar nele e repetiu:

— Um drinque?

Com um suspiro, ele a seguiu casa adentro. Maura o levou pelo corredor principal até a cozinha, onde ela preparou (mal) um drinque, e então o conduziu até o pátio dos fundos. Calla e Persephone já estavam posicionadas nas cadeiras arranjadas, onde o gramado desgrenhado dava lugar a poças novas e a tijolos velhos. Elas pareciam etéreas e satisfeitas na luz solar da tarde dourada e longa que havia emergido após a tempestade. O cabelo de Persephone era uma nuvem branca. O de Calla trazia três tons diferentes de roxo.

— Sr. Cinzento — disse Calla, expansiva e mordaz. Ela matou um mosquito na panturrilha e então olhou para o copo na mão de Maura. — Dá para dizer daqui que esse drinque está uma merda.

Maura olhou para o copo tristemente.

— Como você sabe?

— Porque foi você que preparou.

Endireitando a coroa de margaridas na cabeça, Maura deu um tapinha na cadeira restante e se sentou nos tijolos ao lado dela. O Homem Cinzento se jogou no assento.

— Ah, querido — disse Persephone, observando a moleza dele. — Então você descobriu, foi isso?

Como resposta, ele bebeu o copo inteiro. As leituras o haviam levado a uma clareira com cem Mitsubishis Evolution brancos e dois garotos bêbados manifestando sonhos. Ele os observara durante horas. Cada minuto, cada sonho impossível, cada fragmento de conversa ouvido havia sacramentado a verdade.

— O que vai acontecer agora? — perguntou Maura.

O Homem Cinzento disse:

— Sou um assassino de aluguel, não um sequestrador.

Ela franziu o cenho.

— Mas você acha que o seu patrão talvez seja.

O Homem Cinzento não tinha certeza do que achava que Greenmantle pudesse ser. Ele sabia que o homem não gostava de perder, e que estava obcecado pelo Greywaren havia pelo menos cinco anos. O Homem Cinzento também sabia que ele mesmo havia espancado o último Greywaren até a morte com uma chave de roda. Embora o Homem Cinzento tivesse matado um número relativamente grande de pessoas, nunca havia destruído nenhum artefato que havia sido incumbido de buscar.

Tudo aquilo era mais complicado do que ele esperava.

— Certamente são aqueles dois garotos, não é.

Não era uma pergunta, no entanto. O Homem Cinzento tentou imaginar trazer um deles de volta para Greenmantle. Ele não estava acostumado a transportar vítimas *vivas* por qualquer distância. Pareceu-lhe algo estranhamente de mau gosto, um animal diferente de um assassinato sem rodeios.

— Dois? — ecoou Calla. Ela e Persephone se entreolharam.

— Bem — disse Persephone em sua voz pequena. Ela usou o guarda-chuvinha de papel para tirar um mosquito de seu drinque. — Isso faz mais sentido.

— Não é uma coisa — disse Maura. — Isso é que é importante. Não é uma coisa mais do que... uma conjuntivite é uma coisa.

Esfregando o olho, Persephone murmurou:

— Que metáfora estranhamente desagradável, Maura.

— Não é algo que você possa levar — esclareceu Maura. E acrescentou severamente: — E nós conhecemos pelo menos um dos garotos. Ficaríamos muito bravas se você o levasse. *Eu* ficaria muito brava com você.

— Ele não é um homem muito gentil — disse o Homem Cinzento. Isso não havia interferido na relação dos dois antes; até então, qualquer gentileza feita ao Homem Cinzento havia sido um desperdício.

— Então você não pode explicar que eles são bons rapazes? — perguntou Persephone.

Calla resmungou:

— Eles não são bons rapazes. Bem, pelo menos um deles não é.

O Homem Cinzento disse:

— Não acredito que faria alguma diferença para ele, de qualquer forma.

Com um suspiro profundo, ele recostou a cabeça e fechou os olhos, tão indefeso quanto já estivera um dia. O sol da tarde iluminou seu rosto, o pescoço e os bíceps musculosos, e também iluminou Maura olhando para eles.

Todos deram um gole no drinque, exceto o Homem Cinzento, que já havia terminado o seu. Ele não queria raptar o garoto, não queria provocar a ira de Maura, ele queria... ele apenas queria. Cigarras cantavam enlouquecidamente das árvores. Era tão exageradamente verão.

Ele queria ficar.

— Bem — disse Calla, conferindo o relógio e pondo-se de pé. — Não invejo você. Tenho aula de boxe, preciso correr. Tchau, tchau. Maura, não seja assassinada.

Maura acenou o canivete de mola.

Persephone, se levantando também, disse:

— Eu daria isso para a Blue, se fosse você. Vou trabalhar no meu lance. Minhas coisas. Meu doutorado. Você sabe.

O Homem Cinzento abriu os olhos, então Persephone parou diante dele com as mãos envolvendo o copo vazio. Ela parecia muito pequena e delicada, e não realmente ali em comparação com a presença nodosa dele. Ela tirou uma mão do copo para dar um tapinha no joelho dele.

— Eu sei que você vai fazer a coisa certa, sr. Cinzento.

Ela e Calla deslizaram a porta até fechá-la atrás de si. Maura escorregou o traseiro alguns centímetros mais para perto e se escorou contra a perna dele. Pareceu ao Homem Cinzento um gesto que demonstrava muita confiança, dar as costas para um assassino de aluguel. Seu coração anteriormente sem vida se agitou esperançoso. Ele arrumou com cuidado a coroa de margaridas no cabelo dela, então pegou seu celular.

Greenmantle atendeu imediatamente.

— Me dê uma boa notícia.

— Não está aqui.

Houve uma longa pausa.

— Desculpe, a ligação está ruim. Pode repetir?

O Homem Cinzento não gostava de se repetir desnecessariamente. Ele disse:

— Todas as leituras acontecem por causa de uma antiga falha sísmica que corre ao longo dessas montanhas. Elas estão apontando para um lugar, não para um objeto.

Outra pausa, mais feia que a primeira. Greenmantle disse:

— Então, quem ganhou você? Um dos caras do Laumonier? Quanto ele disse que ia lhe pagar? Quer saber... Merda, hoje não é dia de sacanear comigo. Justo hoje.

O Homem Cinzento disse:

— Não estou querendo mais dinheiro.

— Então você pretende ficar com ele? Acho que isso devia fazer eu me sentir melhor, mas não faz.

Normalmente, Greenmantle levava alguns minutos para ter um acesso de raiva, mas parecia evidente que o Homem Cinzento havia interrompido um acesso já em andamento.

— Todos esses anos eu confiei em você, seu canalha doente desgraçado, e agora...

— Não está comigo — interrompeu o Homem Cinzento. — Não estou te enganando.

Ao lado dele, Maura baixou a cabeça e a balançou um pouco. Mesmo sem conhecer Greenmantle, ela já adivinhara o que o Homem Cinzento sabia: aquilo não ia funcionar.

— Eu já menti para você? — demandou Greenmantle. — Não! Eu nunca menti para ninguém, e no entanto, hoje, *todo mundo* insiste em... Sabe de uma coisa, por que você simplesmente não esperou quatro meses e me disse que não conseguia encontrá-lo? Por que você não contou uma mentira melhor?

O Homem Cinzento disse:

— Eu prefiro a verdade. As anomalias de energia seguem o curso da falha sísmica e escapam através do leito de rocha firme em determinadas áreas. Fotografei algumas anormalidades no crescimento das plantas que esses vazamentos de energia causaram. A companhia de energia elétrica tem lutado contra picos de energia ligados aos vazamentos já faz um tempo. E a atividade só se intensificou por causa de um terremoto que aconteceu alguns meses atrás. Você pode conferir isso nos jornais online. Eles cobriram esse assunto extensivamente. Eu posso te mostrar quando devolver os equipamentos eletrônicos.

Ele parou. E esperou.

Houve um breve momento em que pensou: *Ele vai acreditar em mim.*

Greenmantle desligou o telefone.

O Homem Cinzento e Maura ficaram em silêncio e olharam para a faia grande que se esparramava, ocupando quase todo o jardim. Um pombo selvagem piou da árvore, persistente e doloroso. A mão do Homem Cinzento pendia, e Maura a acariciou.

— Esse é o dez de espadas — ele adivinhou.

Maura beijou o dorso de sua mão.

— Você vai ter que ser corajoso.

— Eu sempre sou corajoso.

— Mais corajoso que isso — ela disse.

47

Gansey teve poucos segundos de aviso antes de o Camaro o atingir. Ele estava parado em um semáforo próximo da Indústria Monmouth quando ouviu o som familiar e anêmico da buzina do Pig. Talvez ele a tivesse imaginado. Quando Gansey olhou de relance pelas janelas e para o espelho retrovisor, o Suburban balançou ligeiramente.

Algo o havia empurrado por trás.

A buzina do Pig grasnou novamente. Gansey baixou a janela e esticou a cabeça para fora para olhar atrás do Suburban.

Ele ouviu o riso histérico de Ronan antes de vislumbrar o Pig. E então o motor subiu a rotação e Ronan pressionou o Camaro contra o para-choque traseiro do Suburban de novo.

Era o tipo de recepção que ele deveria esperar após o fim de semana desastroso.

— EI, VELHÃO!

— *Ronan!* — gritou Gansey. Ele não tinha outras palavras. *Bati.* A parte do painel que ele podia ver parecia bem; ele não queria ver o resto. Ele queria preservar a ideia do Camaro, intacto e inteiro, por mais alguns momentos.

— Encosta aí! — Ronan berrou de volta. Havia ainda muito de risada em sua voz. — Menonitas! Agora!

— Eu não quero ver! — Gansey gritou de volta. A luz ficou verde acima dele, mas ele não se mexeu.

— Ah, *quer sim*!

Ele realmente não queria, mas mesmo assim fez o que Ronan havia pedido, passando o semáforo e dobrando o acesso seguinte à direita, até a Henrietta Casa e Jardim (e Fazenda), um complexo de lojas em grande parte servido por funcionários menonitas. Era um destino interessante para comprar vegetais, antiguidades, casinhas de cachorro, roupas country, sobras militares, balas da Guerra Civil, cachorros-quentes e lustres personalizados. Gansey percebeu os olhares que o acompanhavam das barracas de vegetais na rua enquanto ele estacionava o Suburban o mais distante possível dos prédios. Quando ele desceu do carro, o Pig ribombou na vaga ao lado.

E não havia nada de errado com o Pig.

Gansey pressionou um dedo na têmpora, lutando para conciliar as mensagens de texto anteriores com o que ele estava vendo agora. Era possível que Kavinsky estivesse apenas zoando com a cara dele.

Mas, mesmo assim, ali estava Ronan saindo do banco do motorista, o que era impossível. As chaves continuavam na sacola de Gansey.

Ronan saltou do carro.

E isso, também, era espantoso. Porque ele estava sorrindo abertamente. Eufórico. Não que Gansey não visse Ronan feliz desde que Niall Lynch morrera. Só que sempre havia algo de cruel e condicional nisso.

Mas não esse Ronan.

Ele pegou o braço de Gansey.

— Olha pra isso, cara! *Olha pra isso!*

Gansey estava olhando. Estava olhando fixamente, primeiro para o Camaro e então para Ronan. E então de volta. Ele seguiu repetindo o ciclo e nada fez mais sentido. Ele caminhou lentamente em torno do carro, procurando o amassado de um martelo ou um arranhão.

— O que está acontecendo? Achei que ele estava batido...

— E estava — disse Ronan. — Totalmente. — Ele soltou o braço de Gansey, mas apenas para socá-lo. — Desculpa, cara. Foi uma merda o que eu fiz.

Os olhos de Gansey estavam arregalados. Ele não achava que viveria tempo suficiente para ouvir Ronan se desculpar por qualquer coisa. Então percebeu, com surpresa, que Ronan ainda estava falando.

— O quê? O que você disse?

— Eu disse... — Ronan respondeu, e agora agarrou os ombros de Gansey, os dois, e os sacudiu teatralmente — eu disse que eu *sonhei* esse carro. Eu fiz esse carro! *Isso aí* saiu da minha cabeça. É *exatamente* igual, cara. Eu fiz esse carro. Eu sei como o meu pai conseguia tudo que queria, e sei como controlar os meus sonhos, e sei o que está errado com Cabeswater.

Gansey cobriu os olhos com as mãos. Ele achou que seu cérebro ia derreter.

Ronan, no entanto, não estava a fim de introspecção, a sua ou a de qualquer outra pessoa. Ele tirou as mãos de Gansey de seu rosto.

— Senta nele! Me diz se tem alguma diferença!

Ele empurrou Gansey para o banco do motorista e colocou os braços sem vida do amigo sobre a direção. Ronan considerou a imagem diante de si como se estivesse analisando uma peça de museu. Então esticou o braço sobre a direção e pegou um par de óculos escuros que estavam largados no painel.

Brancos, de plástico, lentes escuríssimas. De Joseph Kavinsky — ou talvez uma cópia. Quem poderia dizer o que era real?

Ronan colocou os óculos escuros brancos no rosto de Gansey e o analisou mais uma vez. Seu rosto assumiu uma expressão sombria por meio segundo, e então se dissolveu em uma risada absolutamente maravilhosa e destemida. O velho riso de Ronan Lynch. Não, era melhor que aquele, pois esse novo riso tinha apenas um indício de escuridão por trás. Esse Ronan sabia que havia problemas no mundo, mas estava rindo de qualquer maneira.

Gansey não conseguiu deixar de rir junto, um tanto sem fôlego. De alguma maneira, ele tinha ido de um lugar muito terrível para outro muito cheio de alegria. Ele não tinha certeza se o sentimento seria tão profundo se não tivesse preparado cada osso de seu corpo para uma discussão com Ronan.

— Tudo bem — ele disse. — Tudo bem, me conta.

Ronan lhe contou.

— O *Kavinsky*?

Ronan explicou.

Gansey descansou o rosto na direção quente. Isso, também, era reconfortante. Ele jamais deveria ter ido sem esse carro. Ele jamais sairia dele de novo.

Joseph Kavinsky. Inacreditável.

— E o que tem de errado com Cabeswater?

Ronan protegeu os olhos.

— Eu. Bom, o Kavinsky, na verdade. Nós pegamos toda a energia da linha quando sonhamos.

— Solução?

— Parar o Kavinsky.

Eles se encararam.

— Não acredito — disse Gansey lentamente — que podemos pedir isso a ele com gentileza.

— Ei, o Churchill tentou negociar com Hitler.

Gansey franziu o cenho.

— Tentou?

— Provavelmente.

Soltando um longo suspiro, Gansey fechou os olhos e deixou a direção cozinhar seu rosto. Esta era a sua casa: Henrietta, o Pig, Ronan. Praticamente. Seus pensamentos dispararam na direção de Adam, de Blue, e sumiram tão rápido quanto chegaram.

— Como foi a festa, cara? — perguntou Ronan, chutando o joelho de Gansey através da porta aberta. — Como o Parrish se saiu?

Gansey abriu os olhos.

— Ah, ele arrebentou.

48

Mais ou menos no mesmo instante em que Gansey experimentava um par de óculos escuros brancos, Blue pedalava a dois bairros de distância da casa dela. Ela carregava a roda do Camaro, o ornamento do escudo e um pequeno canivete de mola rosa.

Ela se sentia decididamente desconfortável com o canivete de mola. Embora gostasse bastante do *conceito* — Blue Sargent, marginal; Blue Sargent, super-heroína; Blue Sargent, durona —, ela suspeitava que a única coisa que cortaria da primeira vez em que o abrisse seria ela mesma. Mas Maura havia insistido.

— Canivetes de mola são ilegais — protestou Blue.

— Crimes também são — Maura respondeu.

Crime era tudo o que os jornais — sim, jornais, porque, contra todo bom senso, Henrietta tinha dois — noticiavam. Por toda a cidade, cidadãos cada vez mais temerosos relatavam arrombamentos. Os relatos eram conflitantes, no entanto — alguns diziam que tinham visto um único homem, outros, dois homens, e outros ainda falavam em gangues de cinco ou seis.

— Isso significa que nenhum deles é verdadeiro — disse Blue contundentemente. Ela era cética em relação à grande mídia.

— Ou todos eles são — respondeu Maura.

— O seu namorado assassino te contou isso?

— Ele não é meu namorado.

Quando Blue estacionou a bicicleta do lado de fora do galpão onde Calla tinha aulas de boxe, estava se sentindo grudenta e pouco apresentável. O gramado sombreado não exerceu efeito algum enquanto ela o atravessava até a porta e tocava a campainha com o cotovelo.

— Olá, senhorita — disse Mike, o homem enorme que dava aulas para Calla. Ele era tão largo quanto a altura de Blue, o que, justiça seja feita, não era tanto assim. — Isso aí é de um Corvette?

Blue reajustou a roda corroída debaixo do braço.

— Camaro.

— Que ano?

— Hum, 1973.

— Ahh. Bloco grande? 350?

— Claro...

— Ótimo, senhorita! Cadê o resto dele?

— Na rua se divertindo pra valer sem mim. A Calla ainda está aí?

Mike abriu mais a porta para deixar Blue entrar.

— Ela está descansando no porão.

Blue encontrou Calla deitada no tapete cinza gasto no porão, uma generosa e ofegante montanha mediúnica. Havia um número impressionante de sacos de pancada pendurados e amontoados. Blue largou a roda do Camaro sobre o estômago arfante de Calla.

— Faça o seu truque de mágica — ordenou.

— Que grosseria!

Mas Calla estendeu as mãos e as cruzou sobre o metal corroído. Seus olhos estavam fechados, de maneira que ela não sabia o que era, mas disse:

— Ele não está sozinho quando deixa o carro para trás.

Havia algo de assustador nessa frase. *Deixa para trás.* Poderia significar apenas "estaciona o carro". Mas não soou dessa maneira quando Calla o disse. Soou mais como um sinônimo de abandono. E parecia que seria preciso algo bastante grave para fazer Gansey abandonar o Pig.

— Quando isso acontece?

— Já aconteceu — respondeu Calla, os olhos se abrindo e se fixando em Blue. — E ainda não. O tempo é circular, menina. Nós usamos as mesmas partes dele repetidas vezes. Alguns de nós mais que os outros.

— A gente não lembraria disso?

— Eu disse que o *tempo* era circular — respondeu Calla. — Não que as memórias eram.

— Você está sendo assustadora — disse Blue. — Talvez seja a sua intenção, mas, caso você esteja sendo acidentalmente assustadora, achei melhor avisar.

— Você é que está lidando com coisas assustadoras. Andando com gente que usa o tempo mais de uma vez.

Blue pensou em como Gansey havia enganado a morte na linha ley e como ele parecia ser velho e jovem ao mesmo tempo.

— Gansey?

— Glendower! Passa essa outra coisa que você tem aí.

Blue trocou a roda pelo ornamento do escudo. Calla o segurou por um longo tempo. Então ela se sentou e estendeu o braço para segurar a mão de Blue. Ela começou a cantarolar um pouco enquanto corria os dedos sobre os corvos no ornamento. Era uma canção arcaica, um tanto assombrada, e fez com que Blue se abraçasse com o braço livre.

— Eles o estavam arrastando nesse ponto — disse Calla. — Os cavalos tinham morrido. Os homens estavam muito fracos. Não parava de chover. Eles queriam enterrar isso com ele, mas era pesado demais. Então deixaram isso para trás.

Deixaram para trás.

O eco parecia deliberado. Gansey não abandonaria o Camaro, a não ser que fosse coagido a fazê-lo; os homens de Glendower não abandonariam o escudo se não fosse por um tormento semelhante.

— Mas é do Glendower? Ele está perto? — Blue sentiu um ligeiro palpitar no coração.

— *Perto* e *longe* são como *já aconteceu* e *não aconteceu ainda* — respondeu Calla.

Blue cansou da conversa mediúnica enigmática e insistiu:

— Mas eles não tinham cavalos. Então seria só até onde eles conseguissem chegar a pé.

— As pessoas — disse Calla — podem caminhar longas distâncias se for preciso.

Ela se levantou e devolveu o ornamento do escudo para Blue. Seu cheiro era como se tivesse lutado boxe há pouco. Calla suspirou alto.

— Calla? — perguntou Blue subitamente. — Você é uma dessas pessoas que reutilizam o tempo? Você, a minha mãe e a Persephone?

Calla respondeu:

— Você já sentiu como se tivesse algo diferente a seu respeito? Como se tivesse *algo mais*?

O coração de Blue deu um salto de novo.

— *Sim!*

Calla tirou as chaves do carro do bolso.

— Que bom. Todo mundo devia se sentir desse jeito. Aqui, pegue. Você vai voltar dirigindo para casa. Você precisa praticar.

Blue não conseguiria tirar mais nada dela. Elas se despediram de Mike (*Não vá dirigir essa roda rápido demais, hein!*), colocaram a bicicleta de Blue no porta-malas e voltaram lentamente para casa. Enquanto Blue tentava estacionar na frente da casa sem acertar um carro pequeno de três cores parado junto ao meio-fio, Calla cacarejou:

— Bem. Hoje é mesmo o dia.

Isso porque Adam Parrish as esperava na entrada da casa.

49

Adam se sentou desajeitadamente na beirada da cama de Blue. Parecia estranho que o tivessem deixado entrar tão facilmente no quarto de uma garota. Se você conhecia Blue pelo menos um pouco, o quarto não causava surpresa — nas paredes, silhuetas de árvores feitas de lona, guirlandas de folhas penduradas no ventilador de teto, um pássaro com um balão de fala em que se lia MINHOCAS PARA TODOS pintado acima de uma prateleira cheia de broches e umas nove tesouras diferentes. Na parede, Blue constrangidamente colara com uma fita o ramo caído de uma das árvores.

Não há tempo, não há tempo.

Ele apertou os olhos fechados por apenas um segundo. Ele esperou que ela parasse de ajeitar as árvores para que eles pudessem conversar. Ela continuou a remexer nas coisas. Adam sentiu o pulso fervendo dentro de si.

Blue parou de repente. Ela se apoiou na parede, a expressão atenta.

Adam pensara em começar a conversa com uma declaração persuasiva sobre por que a abordagem conservadora de Gansey em relação à busca estava errada, mas não foi isso que ele disse. Em vez disso, declarou:

— Eu quero saber por que você não quer me beijar, e não quero ouvir uma mentira dessa vez.

Houve um silêncio. Um ventilador rotativo no canto passou pelos dois. As pontas dos ramos vibraram. As folhas espiralaram.

— Foi por isso que você veio aqui?

Ela estava irada. Adam estava satisfeito com isso. Era pior ser a única pessoa com raiva.

Quando ele não respondeu, ela continuou, a voz mais irada ainda:

— Essa é a primeira conversa que você quer ter depois de voltar de Washington?

— Qual a importância disso agora?

— Porque, se eu fosse o Ronan ou o Noah, nós estaríamos falando sobre... sobre como foi a festa. Estaríamos falando sobre para onde você sumiu e o que queria com aquilo e, sei lá, *coisas* reais. Não sobre se você vai ou não me beijar!

Adam achou que aquela era a resposta mais irrelevante de todos os tempos, e ela ainda não havia respondido à sua pergunta.

— O Ronan e o Noah não são minha namorada.

— *Namorada!* — Blue repetiu, e ele sentiu uma emoção incoerente ao ouvi-la dizer a palavra. — Que tal apenas *amiga*?

— Achei que éramos amigos.

— Somos mesmo? Amigos conversam. Você vai andando até o Pentágono e eu descubro isso pelo Gansey! O seu pai é um imbecil e eu descubro isso pelo Gansey! O Noah sabe de tudo. O Ronan sabe de tudo.

— Eles não sabem de tudo. Eles sabem o que presenciaram. O Gansey sabe porque estava lá.

— Sim, e por que eu não estava?

— Por que você estaria?

— Porque você podia ter me convidado — disse Blue.

O mundo ficou de lado. Ele piscou e se endireitou.

— Mas não tinha razão para você estar lá.

— Tudo bem, certo. Porque não tem mulheres na política! Não tenho interesse. Votar? O quê? Esqueci meu avental. Na verdade, acho que eu devia estar na cozinha nesse instante. Meu rolo de...

— Eu não sabia que você...

— *Essa é a questão!* Isso nem te ocorreu?

Não tinha ocorrido.

— No entanto, você não iria a nenhum lugar sem o Gansey — disparou Blue. — Vocês dois formam um ótimo casal! Beije ele!

Adam inclinou a cabeça, desalentado.

— Bom, eu não quero ser só uma pessoa para beijar. Eu quero ser uma amiga de verdade também. Não apenas alguém que é divertido ter por perto porque... porque eu tenho seios!

Ela não falava palavrões de modo geral, mas *seios* parecia o mais próximo de um palavrão que Adam poderia imaginar naquele momento. A combinação de *seios* com a mudança no assunto o irritou.

— Muito bem, Blue. O Gansey estava certo. Você realmente pode ser uma feminista enraivecida.

Ela fechou a boca. Seus ombros tremiam ligeiramente; não como um tremor de medo, mas como os tremores antes de um terremoto.

Ele disparou:

— Você ainda não respondeu a minha pergunta. Nada do que você disse até agora tem realmente uma influência sobre *nós*.

Os lábios dela se curvaram, irritados.

— Você quer a verdade?

— Era o que eu queria no início de tudo isso — disse Adam, embora ele não soubesse realmente o que queria dela. Ele queria que aquela briga terminasse. Ele gostaria de não ter vindo. Gostaria de ter perguntado a ela sobre Glendower em vez disso. Gostaria de ter pensado em convidá-la para a festa. Como ele poderia ter feito isso? Sua cabeça estava cheia demais, vazia demais, torta demais. Ele tinha avançado demais, deixando para trás o terreno seguro, mas parecia não conseguir voltar.

— Certo. A verdade. — Ela cerrou os punhos e cruzou os braços. — Lá vai: durante toda a minha vida, ouvi de médiuns que, se eu beijasse meu verdadeiro amor, eu o mataria. Aí está. Feliz agora? Eu não te contei logo de cara porque não queria dizer *verdadeiro amor* e te assustar.

As árvores oscilaram atrás dela. Outra visão estava tentando se manifestar. Adam tentou se desvencilhar daquilo para peneirar suas memórias, coordenar seus quase beijos com a confissão daquela profecia mortal. Aquilo não parecia real, mas nada parecia.

— E agora?

— Eu não *conheço* você, Adam.

Não é culpa sua, sussurrou o ar. *Você é incognoscível.*

— E agora?

— Agora? Agora... — Finalmente, a voz de Blue vacilou um pouco. — Eu não tinha te contado até agora porque me dei conta de que isso não tinha importância. Porque não vai ser você.

Ele sentiu as palavras como um dos socos de seu pai. Um momento de dormência e então o sangue correndo até o ponto de contato. E então não era tristeza, mas o calor, a essa altura familiar. Ele o trespassou como uma explosão, detonando janelas e devorando tudo em uma rajada instantânea.

Em câmera lenta, ele podia imaginar o movimento de sua mão.

Não.

Não, ele já fizera isso com ela e não faria de novo.

Adam girou para o lado, um punho na testa. Com o outro, acertou a parede, mas sem força. Como se estivesse aterrando a si mesmo, descarregando. Ele partiu a raiva em pedaços, membro por membro. Concentrado no fogo que queimava, terrível, em seu peito, até apagá-lo.

Não vai ser você.

E, no fim, tudo que restara era isso: *Eu quero partir.*

Tinha de haver outro lugar onde ele não estivera ainda, um solo onde aquela emoção não vicejaria.

Quando ele se virou de volta, ela estava imóvel, observando-o. Quando Blue piscou, duas lágrimas apareceram como mágica em suas faces. As lágrimas rápidas. As que estão em seus olhos e descendo pelo queixo antes que você se dê conta de que está chorando. Adam conhecia esse tipo.

— Essa é a verdade? — ele perguntou. Tão baixo que as palavras saíram roucas, como um violino tocado muito suavemente.

Duas lágrimas mais haviam se acumulado, mas, quando ela piscou, elas continuaram em seus olhos. Laguinhos cintilantes.

Você não.

Não ele com sua ira miserável, seus longos silêncios, seu desânimo.

Você não.

Olhe para você, Adam, disse a voz de Gansey. *Apenas* olhe.

Você não.

— Prove — ele sussurrou.

— O quê?

Mais alto:

— Prove.

Ela começou a balançar a cabeça.

— Se não sou eu, um beijo não vai fazer diferença, não é?

Ela balançou a cabeça com mais veemência.

— Não, Adam.

Mais alto.

— Se não sou eu, Blue, isso não tem importância, não é? Foi o que você disse. Nunca serei eu.

Miseravelmente, ela disse:

— Eu não quero te machucar, Adam.

— Ou é verdade, ou não é.

Blue colocou uma mão no peito dele e o pressionou.

— Eu não *quero* te beijar. Não vai ser você e eu.

Você não.

Desde a última vez que o pai batera nele, o ouvido esquerdo de Adam estivera morto e sem reação. Nem um sibilar, nem uma estática. Apenas a ausência de sensação.

Era assim que seu corpo inteiro se sentia agora.

— Tudo bem — ele disse, a voz sem vida.

Blue secou os olhos com o dorso da mão.

— Sinto muito. Mesmo.

— Tudo bem.

O sentimento estava voltando, mas fora de foco e entorpecido. Bruxuleante e pouco claro. Não seria ele e ela. Não seria ele e Gansey. Não havia mais *não aqui, não agora.* Era aqui. Era agora. Seria apenas ele e Cabeswater.

Eu sou incognoscível.

Adam estava descendo a escada, embora não se lembrasse de ter deixado o quarto de Blue. Ele havia dito alguma coisa? Ele só estava indo. Não sabia para onde. Vozes e imagens tremulavam à sua volta, compelindo-o tortuosamente.

Uma voz atravessou a dissonância. Era a mais baixa na casa.

— Adam — disse Persephone, pegando sua manga quando ele abriu a porta da frente —, chegou a hora de conversarmos.

50

Persephone lhe serviu uma torta. Era de noz-pecã, e ela a preparara, e ele aceitá-la não era uma escolha dele.

Maura franziu o cenho para ele.

— Você tem certeza que esse é o jeito certo, P? Bom, você é quem sabe...

— Às vezes — admitiu Persephone. — Venha, Adam. Vamos para a sala de leitura. A Blue pode vir com você. Mas vai ser muito pessoal.

Ele não havia percebido que Blue estava ali. Adam manteve a cabeça baixa. Havia um arranhão na mão dele desde a caminhada pela rodovia, e ele examinou silenciosamente a pele nas bordas.

— O que está acontecendo? — perguntou Blue.

Persephone acenou com a mão, como se fosse muito difícil explicar. Maura disse:

— Ela está equilibrando o lado de dentro dele com o lado de fora. Fazendo as pazes com Cabeswater, sim?

Persephone anuiu.

— Por aí.

— Vou com você, se você quiser — disse Blue.

Todos os rostos se viraram para ela.

Se ele fosse sozinho, não passaria disso: Adam Parrish.

De certa maneira, sempre fora assim. Às vezes o cenário mudava. Às vezes o tempo estava melhor.

Mas, no fim das contas, tudo que ele tinha era isso: Adam Parrish.

Ele tornou as coisas mais fáceis dizendo para si mesmo: *É só a sala de leitura.*

Adam sabia que não era verdade. Mas tinha a forma da verdade.

— Eu gostaria de ir sozinho — ele disse em voz baixa. E não olhou para ela.

Persephone se pôs de pé.

— Traga sua torta.

Adam levou a torta.

A sala de leitura era mais escura que o resto da casa, iluminada apenas por velas quadradas, reunidas no centro da mesa de leitura. Adam colocou o prato sobre a mesa.

Persephone fechou a porta atrás de si.

— Prove um pedaço da torta.

Adam provou um pedaço da torta.

O mundo entrou em foco, apenas um pouquinho.

Com a porta fechada, a sala cheirava a rosas após o cair da noite e a fósforo recém-riscado. E, com as luzes apagadas, era estranhamente difícil dizer qual o tamanho da sala. Embora Adam conhecesse bem as dimensões minúsculas dela, parecia enorme agora, como uma caverna subterrânea. As paredes pareciam distantes e irregulares, o espaço engolindo os sons da respiração deles e os movimentos das cartas.

Adam pensou: *Eu poderia parar agora.*

Mas era só a sala de leitura. Era apenas um aposento que deveria ter sido uma sala de jantar. Nada mudaria ali.

Adam sabia que nada daquilo era verdade, mas era mais fácil fingir que era.

Persephone escolheu uma moldura da parede. Adam só teve tempo de ver que era a fotografia de uma pedra em um campo acidentado, e então ela a colocou com o vidro para cima sobre a mesa na frente dele. No escuro e à luz das velas, a imagem desapareceu. Tudo que se podia ver era o reflexo do vidro; subitamente ele era uma piscina ou um espelho. A luz da vela torcia e girava no vidro, de maneira um tanto diferente da luz da vela na realidade. Ele sentiu o estômago revirar.

— Você deve sentir — disse Persephone do outro lado da mesa. Ela não se sentou. — Como você está desequilibrado.

Era algo óbvio demais para se concordar. Ele apontou para o vidro com seus reflexos defeituosos.

— Para que serve isso?

— Divinação — ela respondeu. — É uma maneira de olhar para outros lugares. Lugares que estão distantes demais para ver, ou lugares que apenas meio que existem, ou lugares que não querem ser vistos.

Adam achou que tinha visto fumaça subir em espiral do vidro. Ele piscou. Sumiu. Então ele sentiu uma pontada na mão.

— Para onde nós estamos olhando?

— Para um lugar muito distante — disse Persephone. Ela sorriu para ele. Era uma coisa minúscula, dissimulada, como um pássaro espiando dos ramos. — Dentro de você.

— É seguro?

— É o oposto de seguro — disse Persephone. — Na realidade, é melhor você comer mais um pedaço de torta.

Adam comeu um pedaço de torta.

— O que vai acontecer se eu não fizer isso?

— O que você está sentindo só vai piorar. Você não pode montar primeiro as peças dos cantos nesse quebra-cabeça.

— Mas, se eu seguir em frente... — Adam começou, então parou, porque a verdade o mordia e o penetrava, *alojando-se* dentro dele. — Eu vou mudar para sempre?

Ela inclinou a cabeça, solidária.

— Você já mudou. Quando fez o sacrifício. Essa é apenas a parte final disso.

Então não fazia sentido *não* fazer isso.

— Me diz como fazer, então.

Persephone se inclinou para frente, mas ainda assim não se sentou.

— Você precisa parar de revelar as coisas. Você não sacrificou a sua mente. Comece escolhendo manter os seus pensamentos para si. E lembre-se do seu sacrifício, também. Você precisa honrá-lo.

— Eu o *honrei* — disse Adam, a ira subindo à cabeça, súbita, zunindo e pura. Era um inimigo imortal.

Ela apenas piscou para ele com seus olhos negros puros. A fúria de Adam mirrou.

— Você prometeu ser as mãos e os olhos de Cabeswater, mas você tem ouvido o que ela vem lhe pedindo?

— Ela não disse nada.

A expressão de Persephone era sábia. É claro que ela tinha dito. De uma hora para outra, ele soube que essa era a causa das aparições e visões imperfeitas. Cabeswater *estava* tentando chamar sua atenção, da única maneira que sabia fazer. Todo aquele ruído, aquele som, aquele caos dentro dele.

— Eu não conseguia entender.

— Ela está em desequilíbrio também — ela disse. — Mas esse é um ritual diferente para um problema diferente. Agora, olhe dentro de si mesmo, mas saiba que existem coisas ali que são dolorosas. A divinação nunca é segura. Você nunca sabe o que vai encontrar.

— Você me ajuda se algo der errado?

Os olhos negros de Persephone se fixaram nos dele. Ele compreendeu. Ele havia deixado sua única ajuda do lado de fora, na cozinha.

— Cuidado com qualquer pessoa que prometa te ajudar agora — disse Persephone. — Dentro de si mesmo, somente você pode se ajudar.

Eles começaram.

Em um primeiro momento, ele estava consciente apenas das velas. O tremeluzir fino e alto das velas verdadeiras, e o queimar retorcido e espiralado das velas no vidro espelhado. Então, uma gota d'água pareceu mergulhar da escuridão acima dele. Ela deveria ter respingado no vidro, mas, em vez disso, penetrou facilmente a superfície.

Ela pousou em um copo d'água. Um dos copos baratos e de vidro grosso que costumavam encher os armários de sua mãe. O copo estava na mão de Adam. Quando ele estava prestes a dar um gole, percebeu um brilho de movimento. Ele não teve tempo para se preparar antes que a luz... o som...

Seu pai o acertou.

— Espera! — exclamou Adam, explicando, sempre prestes a explicar, quando bateu contra o balcão puído da cozinha.

Aquilo deveria ter passado a essa altura, o soco, mas ele parecia preso *dentro* daquilo. Ele era o garoto, o golpe, o balcão, a raiva que consumia tudo.

Aquilo vivia nele. Aquele soco, a primeira vez que seu pai havia batido nele, estava sempre sendo lançado em algum lugar na sua cabeça.

Cabeswater, Adam pensou.

Ele foi libertado do soco. Quando o copo bateu no chão, resistente demais para quebrar, a gota d'água escorregou para fora e começou a cair de novo. Dessa vez, ela mergulhou em um pequeno lago parado e espelhado, cercado de árvores. A escuridão se insinuava entre elas, exuberante, negra e viva.

Adam já estivera ali antes.

Cabeswater.

Ele estava realmente ali ou era um sonho? Isso fazia alguma diferença para Cabeswater?

Aquele lugar — ele cheirou a terra úmida debaixo dos ramos caídos, ouviu o som dos insetos trabalhando por baixo das cascas de árvore em decomposição, sentiu a mesma brisa que soprava sobre as folhas acima tocar seu cabelo.

Na água noturna nos pés de Adam, peixes vermelhos circulavam. Eles abocanhavam as pequenas ondulações onde a gota rompera a superfície. O movimento chamou sua atenção para a árvore de sonhos na margem oposta. Ela parecia como da outra vez: um antigo e enorme carvalho com uma gruta decomposta dentro, grande o suficiente para caber uma pessoa. Meses atrás, Adam havia ficado dentro da árvore e tivera uma visão terrível do futuro. Gansey morrendo por causa dele.

Adam ouviu um gemido. Era a mulher que ele vira em seu apartamento, o primeiríssimo espírito. Ela usava um vestido antiquado e claro.

— Você sabe o que Cabeswater quer? — ele perguntou.

Encostando-se na casca irregular da árvore de sonho, a mulher pressionou o dorso da mão contra a testa nervosamente.

— *Auli! Greywaren furis al. Lovi ne...*

Não era latim. Adam disse:

— Não compreendo.

Ao lado dela, subitamente, estava o homem de chapéu-coco, o homem que Adam tinha visto de relance na mansão de Gansey. Ele implorou:

— *E me! Greywaren furis al.*

— Desculpe — disse Adam.

Outro espírito apareceu, a mão estendida para ele. E outro. E outro. Todos os lampejos que ele vira, uma dúzia de figuras. Incompreensíveis.

Uma voz pequena junto ao seu cotovelo disse:

— Vou traduzir para você.

Ele se virou e viu uma garota pequena em um manto negro. Ela não era diferente de uma Persephone em miniatura: cabelo branco enorme enrolado como um algodão-doce, rosto estreito, olhos negros. Ela pegou a mão dele. A dela era muito fria e um pouco úmida.

Ele estremeceu com cautela.

— Você vai traduzir fielmente?

Os dedos pequeninos dela estavam apertados nos dele. Adam não a vira antes, ele tinha certeza. De todos os lampejos e visões que ele tivera desde que havia feito o sacrifício, ela não fora um deles. Ela era muito parecida com Persephone, mas retorcida.

— Não — ele disse. — Só eu posso ajudar a mim mesmo.

Ela inclinou a cabeça para trás, irada.

— Você já está morto aqui.

Antes que ele pudesse se afastar, ela agarrou o pulso dele com a outra mão. Três linhas claras de sangue apareceram. Ele podia sentir o gosto, como se ela tivesse lhe rasgado a língua.

Era como um pesadelo.

Não. Se isso era como um sonho, se Cabeswater era como um sonho, queria dizer que tudo estava sob o seu controle, se assim ele quisesse. Adam se soltou dela. Ele não entregaria sua mente.

— Cabeswater — ele disse em voz alta. — Me diga do que você precisa.

E estendeu o braço até o pequeno lago. Estava frio e insubstancial, como a sensação de escorregar a mão sobre lençóis. Cuidadosamente, ele pegou com a mão em concha a única gota de água que havia seguido na visão. Ela boiava de um lado para o outro em sua palma, rolando ao longo da linha da vida.

Ele hesitou. Do outro lado desse momento, ele sabia, havia algo que o separaria dos outros para sempre. Quanto, ele não sabia dizer. Mas ele teria ido a um lugar em que eles nunca tinham ido. Ele seria algo que eles não eram.

Mas ele já era.

E então ele estava na gota d'água. Cabeswater não precisava mais procurá-lo através de aparições. Ele não precisava de lampejos desajeitados em sua visão. Nada de apelos desesperados por sua atenção.

Ele era Cabeswater, e era a árvore de sonhos, e era todos os carvalhos com raízes escavando através das pedras, procurando energia e esperança. Ele sentiu a sucção e o pulso da linha ley através de si — que termo grosseiro e mundano para ela, *linha ley*, agora que ele a sentia. Ele podia se lembrar de toda sorte de nomes para ela agora, e todos pareciam mais adequados. *Estrada das fadas. Caminho espiritual. Linha de canções. O velho caminho. Linha de dragões. Caminho dos sonhos.*

O caminho dos corpos.

A energia bruxuleou e crepitou através dele, menos como eletricidade e mais como se ele estivesse se lembrando de um segredo. Ela era forte, abrangia tudo, e então foi desaparecendo, esperando. Às vezes, ele não era nada a não ser ela, e às vezes, ela estava quase esquecida.

E, no fundo de tudo, ele sentiu a antiguidade de Cabeswater. A estranheza. Havia algo de verdadeiro e desumano em seu âmago. Ela estivera ali tantos séculos antes dele, e estaria tantos séculos depois. No esquema relativo das coisas, Adam Parrish era irrelevante. Ele era uma coisa tão pequena, apenas uma estria de uma impressão digital na ponta dos dedos de um ser gigantesco...

Eu não concordei em revelar meus pensamentos.

Ele seria as mãos e os olhos de Cabeswater, mas não seria Cabeswater.

Ele seria Adam Parrish.

Ele se recostou.

Adam estava na sala de leitura. Uma gota d'água repousava no alto da fotografia emoldurada. À sua frente, Persephone limpava o sangue em três arranhões que ela tinha no punho; a manga dela havia sido rasgada.

Tudo no quarto parecia diferente para Adam. Ele só não tinha certeza de como. Era como... como se ele tivesse ajustado a tela da televisão, de panorâmica para normal.

Ele não sabia como havia pensado antes que os olhos de Persephone eram negros. Todas as cores se combinavam para formar o preto.

— Eles não vão compreender — disse Persephone, colocando suas cartas de tarô sobre a mesa na frente dele. — Não compreenderam quando eu voltei.

— Eu estou diferente? — ele perguntou.

— Você já era diferente antes — respondeu Persephone. — Mas agora eles não serão capazes de evitar perceber isso.

Adam tocou as cartas de tarô. Parecia que tinha se passado muito tempo desde que ele olhara para o baralho sobre a mesa.

— O que eu devo fazer com elas?

— Bata nelas — ela sussurrou. — Três vezes. Elas gostam disso. Depois embaralhe. E então as segure junto do coração.

Ele bateu suavemente com os nós dos dedos sobre o baralho, embaralhou as cartas e então pegou o baralho, maior que o tamanho usual. Quando o segurou junto do peito, as cartas pareciam quentes, como uma criatura viva. Elas não pareciam *assim* antes.

— Agora faça uma pergunta para elas.

Adam fechou os olhos.

E agora?

— Coloque quatro cartas na mesa — disse Persephone. — Não, três. Três. Passado, presente e futuro. Abertas.

Cuidadosamente, Adam abriu três cartas sobre a mesa. Os desenhos no baralho de Persephone eram escuros, manchados, mal dava para ver naquela luz sombria. As figuras pareciam se mover. Ele leu as palavras na parte de baixo de cada uma.

A Torre. O Enforcado. Nove de espadas.

Persephone apertou os lábios.

Os olhos de Adam foram da primeira carta, onde homens caíam de uma torre em chamas, para a segunda, onde um homem estava pendurado em uma árvore, de cabeça para baixo. E então para a última, onde um homem chorava, cobrindo o rosto com as mãos. Aquela terceira carta, aquele desespero absoluto. Ele não conseguia parar de olhar para ela.

— Parece que ele acordou de um pesadelo — disse Adam.

Parece comigo, se a visão da árvore dos sonhos se tornar realidade, ele pensou.

Quando Adam ergueu os olhos para Persephone, teve certeza de que ela estava vendo as mesmas coisas que ele. Ele podia dizer, pelos lábios apertados dela, pelo remorso que ela tinha nos olhos. A sala se estendia em volta deles, escura e sem limites. Uma caverna ou uma antiga floresta ou um lago liso, escuro como um espelho. O futuro continuava sendo algo para o qual Adam era lançado: uma busca, um sacrifício, o rosto morto de um melhor amigo.

— Não — ele disse baixinho.

Persephone ecoou:

— Não?

— Não. — Ele balançou a cabeça. — Talvez isso *seja* o futuro. Mas não é o fim.

— Tem certeza?

Havia uma nota na voz dela que não estivera ali antes. Adam pensou sobre aquilo. Ele pensou na sensação quente do baralho e em como ele havia feito aquela pergunta *e agora*, e elas tinham lhe dado aquela resposta terrível. Ele pensou em como ainda podia ouvir o som da voz de Persephone ecoando por toda parte, embora ela devesse ter desaparecido nas paredes fechadas daquela sala de leitura. Ele pensou em como fora Cabeswater e sentira o caminho dos corpos serpenteando através de si.

— Tenho. Vou... vou tirar outra carta.

Ele hesitou, esperando que ela lhe dissesse que não era permitido. Mas ela apenas aguardou. Adam cortou o baralho, colocou a mão sobre cada pilha e tirou a carta que parecia mais quente.

Ele a virou e a colocou ao lado do nove de espadas.

Uma figura de túnica estava parada diante de uma moeda, um cálice, uma espada, um bastão — todos os símbolos de todos os naipes do tarô. Um símbolo do infinito flutuava acima de sua cabeça; um braço estava erguido, numa postura de poder. *Sim*, pensou Adam. A compreensão provocou um formigamento nele e então o deixou.

Ele leu as palavras na parte de baixo da carta.

O Mago.

Persephone soltou um longo, longo suspiro e começou a rir. Era um riso aliviado que soava como se ela estivesse correndo.

— Adam — ela disse —, termine a sua torta.

51

Blue havia realmente se cortado.

Após Adam ter ido à sala de leitura, ela havia aberto o canivete de mola para experimentar e ele havia condescendentemente a atacado. Era só um arranhão, na verdade. Mal exigia um band-aid, mas ela havia colocado um mesmo assim.

Ela não se sentia como Blue Sargent, super-heroína, ou Blue Sargent, marginal, ou Blue Sargent, durona.

Talvez ela não devesse ter contado a verdade.

Embora tivessem se passado horas desde a briga, seu coração ainda estava irrequieto. Como se não estivesse ligado a nada e, toda vez que batesse, sacudisse ruidosamente a cavidade do peito. Ela continuava repassando as palavras deles. Ela não devia ter perdido a paciência; ela devia ter contado a ele logo no início; ela devia...

Qualquer coisa menos o que aconteceu.

Por que eu não podia ter me apaixonado por ele?

Adam estava dormindo agora, largado de atravessado no sofá, os lábios abertos em uma exaustão desinibida. Persephone havia informado a Blue que esperava que ele dormisse por dezesseis a dezoito horas após o ritual, e que ele poderia experimentar uma ligeira náusea ou vômito assim que acordasse. Maura, Persephone e Calla se sentaram à mesa da cozinha, juntas, para debater. De vez em quando, Blue ouvia trechos da conversa: "devia ter feito isso mais cedo" e "mas ele precisava aceitar!".

Ela olhou para ele de novo. Adam era bonito e gostava dela e, se ela não tivesse lhe contado a verdade, poderia ter saído com ele como uma garota normal e até o beijado sem se preocupar se isso o mataria.

Blue parou junto à porta da frente, a cabeça encostada na parede.

Mas ela não queria isso. Queria *algo mais*.

Talvez não haja nada mais!

Talvez ela saísse para uma caminhada, apenas ela e seu canivete de mola rosa. Eram um bom par. Ambos incapazes de se abrir sem machucar alguém. Ela não sabia para onde ir, no entanto.

Então subiu lentamente até a sala de leitura, sem fazer ruído, para não despertar Adam nem alertar Orla. Pegou o telefone e ouviu para ter certeza que ninguém estava tendo uma experiência mediúnica do outro lado. Sinal de linha.

Ela ligou para Gansey.

— Blue? — ele disse.

Apenas sua voz. O coração dela se firmou. Não completamente, mas o suficiente para parar de palpitar tanto. Ela fechou os olhos.

— Me leva para algum lugar?

Eles pegaram o Pig novo em folha, que realmente parecia idêntico ao último, até o cheiro de gasolina e o arranque tossindo do motor. O banco do passageiro era a mesma caçamba de vinil detonado que fora antes. E os faróis na estrada à frente eram os mesmos feixes idênticos de luz dourada e fraca.

Mas Gansey estava diferente. Embora usasse sua calça cáqui de sempre e seus mocassins idiotas, ele estava usando uma camiseta branca, sem colarinho, e os óculos de aro fino. Aquele era o seu Gansey favorito, o Gansey acadêmico, sem nenhum indício da Aglionby. No entanto, havia algo terrível a respeito do modo como aquele Gansey a fazia se sentir naquele instante.

Quando ela entrou, ele perguntou:

— O que aconteceu, Jane?

— O Adam e eu brigamos — ela disse. — Eu contei para ele. Não quero falar sobre isso.

Ele engatou a marcha do carro.

— Você quer falar sobre algo?

— Só se não for sobre ele.

— Você sabe aonde quer ir?

— Para algum lugar que não seja aqui.

Então eles dirigiram para fora da cidade e ele contou a ela sobre Ronan e Kavinsky. Quando fez isso, Gansey continuou dirigindo para as montanhas, na direção de estradas cada vez mais estreitas, e lhe contou sobre a festa e o clube do livro e os sanduíches de pepino orgânico.

O motor do Camaro rosnava, ecoando no barranco íngreme ao lado da estrada. Os faróis iluminavam apenas até a próxima curva. Blue levantou as pernas e as envolveu com os braços. Descansando o rosto nos joelhos, ela observou Gansey trocar as marchas e olhar de relance para o espelho retrovisor e então para ela.

Ele lhe contou sobre os pombos e sobre Helen. Ele lhe contou tudo, exceto sobre Adam. Era como descrever um círculo sem jamais dizer a palavra.

— Tudo bem — ela disse finalmente. — Você pode falar dele agora.

Houve um silêncio no carro — bem, menos ruído. O motor rugia e o ar-condicionado anêmico jogava suspiros espasmódicos sobre ambos.

— Ah, Jane — ele disse subitamente. — Se você estivesse lá quando recebemos a ligação dizendo que ele estava andando a esmo na estrada, você teria... — Ele deixou a frase inacabada antes que ela ficasse sabendo o que teria feito. E então, de repente, ele se recompôs. — Ha! O Adam conversa com árvores, o Noah fica reencenando o próprio assassinato e o Ronan bate e então faz carros novos para mim. Qual é a novidade com você? Algo terrível, imagino?

— Você me conhece — disse Blue. — Sempre sensata.

— Como eu — concordou Gansey pretensiosamente, e ela riu, encantada. — Uma criatura de prazeres simples.

Blue tocou o botão do rádio, mas não o ligou. Ela baixou os dedos.

— Eu me sinto péssima pelo que disse para ele.

Gansey subiu por uma estrada mais estreita ainda. Poderia ser o acesso da casa de uma pessoa. Era difícil distinguir nessas montanhas, especialmente após escurecer. Os insetos nas árvores coladas neles trinavam, mais altos que o motor.

— O Adam se matou pela Aglionby — ele disse subitamente. — E para quê? Pela educação?

Ninguém ia para a Aglionby pela educação.

— Não só isso — ela disse. — Prestígio? Oportunidade?

— Mas talvez ele nunca tenha tido uma chance. Talvez o sucesso esteja nos genes.

Algo mais.

— Essa não é uma conversa que eu gostaria de ter neste momento.

— O quê? Ah... *Não* foi isso que eu quis dizer. Eu quis dizer que eu sou rico...

— Não está ajudando.

— Eu sou rico de *apoio*. Você também. Você cresceu *amada*, não foi?

Ela nem precisou pensar antes de concordar.

— Eu também — disse Gansey. — Nunca duvidei disso. Não cheguei nem a pensar em duvidar. E até o Ronan cresceu assim também, quando isso importava, quando ele estava se tornando a pessoa que ele era. A idade da razão, ou o que quer que seja. Pena que você não o conheceu antes. Mas crescer ouvindo que você pode fazer qualquer coisa... Eu costumava pensar, antes de conhecer você, que a questão era o dinheiro. Tipo, eu achava que a família do Adam era pobre demais para amar.

— Ah, mas já que *nós* somos pobres, mas felizes — começou Blue, irritada. — Os camponeses alegres...

— Não, por favor, Jane — ele interrompeu. — Você sabe o que eu quero dizer. Estou dizendo que fui um idiota, que eu estava enganado. Achei que o problema estava em fazer tanto esforço para sobreviver que não sobrava tempo para ser um bom pai. Obviamente, o problema não é esse. Porque você e eu, nós dois somos... ricos de amor.

— Imagino que sim — disse Blue. — Mas isso não vai pagar minha faculdade comunitária.

— Faculdade comunitária! — ecoou Gansey. Sua ênfase chocada ao dizer *comunitária* machucou Blue mais do que ela conseguiria externar. Ela seguiu silenciosa e miseravelmente no banco do passageiro, até que ele a olhou de relance. — Com certeza você pode conseguir uma bolsa.

— Ela não cobre os livros.

— Isso não passa de uns duzentos, trezentos dólares por semestre. Certo?

— Quanto você acha que eu ganho por turno no Nino's, Gansey?

— Eles não dão um auxílio para cobrir isso?

A frustração cresceu dentro dela. Tudo que havia acontecido aquele dia parecia prestes a explodir.

— Ou eu sou uma idiota ou eu não sou, Gansey. Decida-se! Ou eu sou inteligente o bastante para conseguir uma bolsa, ou eu sou burra demais para considerar as opções e não vou conseguir uma bolsa de qualquer jeito!

— Por favor, não fique brava.

Ela pousou a cabeça na porta.

— Desculpa.

— Meu Deus — disse Gansey. — Eu queria que essa semana terminasse logo.

Por alguns minutos, eles dirigiram em silêncio: subindo, subindo, subindo.

Blue perguntou:

— Você chegou a conhecer os pais dele?

Em uma voz baixa, estranha, Gansey disse:

— Eu *odeio* eles. — E em seguida: — Os machucados com que ele ia para a escola. Quem ele teve para lhe dar amor na vida? Algum dia?

Na mente de Blue, Adam pressionava aquele punho contra a parede do seu quarto. Tão suavemente. Embora cada músculo estivesse enrijecido, querendo destruí-la.

— Olha ali — ela disse.

Gansey seguiu o seu olhar. As árvores de um lado da estrada haviam caído para fora do campo de visão e, de súbito, eles podiam ver que a trilha de cascalho onde estavam se agarrava à própria encosta da montanha, subindo sinuosa como ouropel. Todo o vale subitamente se estendeu abaixo deles. Embora centenas de estrelas já estivessem visíveis, o céu ainda era de um azul profundo, um toque caprichoso de um pintor idealista. As montanhas do outro lado do vale, no entanto, estavam escuras como a noite, tudo que o céu não era. Escuras, frias e silenciosas. E, entre elas, aos pés das montanhas, estava Henrietta, cravejada de luzes brancas e amarelas.

Gansey deixou o Pig rolar até parar. Ele puxou o freio de mão. Ambos olharam pela janela do motorista.

Era o tipo de beleza feroz e silenciosa, o tipo que não se deixa admirar. O tipo de beleza que apenas doía, sempre.

Gansey suspirou, um suspiro pequeno, baixo e entrecortado, como se não quisesse deixá-lo escapar. Ela deslocou o olhar da janela para a lateral da cabeça dele e o observou contemplar. Ele pressionou o polegar no lábio inferior — aquele era Gansey, aquele gesto — e então engoliu. Era assim, ela pensou, que ela se sentia quando olhava para as estrelas, quando caminhava em Cabeswater.

— O que você está pensando? — perguntou Blue.

Ele não respondeu imediatamente. E, quando respondeu, manteve os olhos fixos na paisagem.

— Eu estive no mundo todo. Mais de um país para cada ano que vivi. Europa e América do Sul e... as montanhas mais altas e os rios mais largos e os vilarejos mais bonitos. Não estou dizendo isso para me exibir. Só estou dizendo porque estou tentando compreender como posso ter ido a tantos lugares e ainda assim este ser o único lugar em que eu me sinto em casa. Este é o único lugar a que eu *pertenço*. E porque estou tentando compreender como, se eu pertenço a ele, isso...

— ... dói tanto — terminou Blue.

Gansey se virou para ela com um brilho no olhar. Ele apenas anuiu.

Por que, ela pensou, agoniada, *não podia ter sido o Adam?*

— Se você descobrir, me conta? — disse ela.

Ele vai morrer, Blue, não...

— Não sei se é para a gente descobrir — ele disse.

— Ah, a gente vai descobrir — Blue afirmou com uma ferocidade a mais, tentando abafar o sentimento que crescia dentro dela. — Se você não descobrir, eu descubro sozinha.

— Se você descobrir primeiro, me conta?

— Com certeza.

— Jane, nessa luz — ele começou —, você... *Jesus*. Jesus. Preciso colocar a cabeça no lugar.

Ele subitamente escancarou a porta e saiu, segurando no teto para se impulsionar para fora mais rápido. Bateu a porta e então deu a volta no carro por trás, passando a mão como uma escova pelo cabelo.

O carro estava absolutamente silencioso. Ela ouviu o zunido dos insetos noturnos, o canto dos sapos e os trinados lentos de pássaros que pareciam não ter nada melhor para fazer. De vez em quando, o motor que esfriava soltava um breve suspiro como uma respiração. Gansey não voltou.

Tateando no escuro, ela empurrou a porta e a abriu. Blue o encontrou encostado na traseira, os braços cruzados sobre o peito.

— Desculpe — disse Gansey, sem olhar para ela enquanto Blue se encostava o seu lado no carro. — Aquilo foi muito grosseiro.

Blue pensou em algumas coisas para responder, mas não conseguiu dizer nenhuma delas em voz alta. Ela sentia como se um dos pássaros noturnos tivesse entrado nela. Ele se movia às cegas toda vez que ela respirava.

Ele vai morrer; isso vai doer...

Mas ela tocou o pescoço dele, bem onde seu cabelo batia de maneira uniforme, acima da gola da camiseta. Ele não se mexeu. A pele dele estava quente, e Blue pôde sentir muito, muito de leve o pulso dele sob o polegar. Não era como quando ela estava com Adam. Ela não precisava adivinhar o que fazer com as mãos. Elas sabiam. Era assim que *devia* ter sido com Adam. Menos uma atuação e mais uma conclusão inevitável.

Ele fechou os olhos e se inclinou, só um pouco, de maneira que a palma dela ficou aberta sobre o seu pescoço, os dedos espalhados da orelha até o ombro.

Tudo em Blue estava carregado. *Diga algo. Diga algo.*

Gansey levantou a mão de Blue suavemente de sua pele, segurando-a formalmente como numa dança. Então a encostou em sua boca.

Blue congelou. Absolutamente imóvel. O coração dela não batia. Ela não piscava. Ela não podia dizer "Não me beije". Ela não podia nem formar o *não*.

Ele apenas encostou o rosto e o canto da boca no nó dos dedos dela e então devolveu a mão de Blue.

— Eu sei — ele disse. — Eu não faria isso.

A pele de Blue ardia com a memória da boca de Gansey. O pássaro se debatendo em seu coração estremeceu e estremeceu novamente.

— Obrigada por lembrar.

Ele olhou de volta para o vale.

— Ah, Jane.

— *Ah, Jane* o quê?

— Ele não queria que eu fosse, sabia? Ele me disse para não tentar trazer você até a mesa aquela noite no Nino's. Eu tive de *convencer* ele. E então fiz aquele papelão... — Gansey se virou para ela. — O que você está pensando?

Ela apenas olhou para ele. *Que eu saí com o garoto errado. Que eu destruí o Adam hoje sem nenhum motivo. Que eu não sou nem um pouco sensata...*

— Achei que você era um imbecil.

Galantemente, ele disse:

— Graças a Deus pela conjugação no passado. — Então: — Eu não posso... A gente não pode fazer isso com ele.

— Eu não sou uma coisa. Para se *ter*. — Estava atravessado na garganta dela.

— Não. Por Deus. É claro que não. Mas você sabe o que eu quero dizer.

Ela sabia. E ele estava certo. Eles não podiam fazer isso com ele. Ela não devia fazer isso consigo mesma, de qualquer maneira. Mas isso estraçalhava seu peito, sua boca, sua cabeça.

— Eu queria que você pudesse ser beijada, Jane — ele disse. — Porque eu imploraria por apenas um beijo seu. Debaixo disso tudo. — Ele acenou na direção das estrelas. — E então jamais diríamos uma palavra sobre isso novamente.

Esse poderia ser o fim da história.

Eu quero algo mais.

Ela disse:

— A gente pode fingir. Só uma vez. E então jamais diremos uma palavra sobre isso novamente.

Que pessoa estranha e mutante ele era. O Gansey que se virou para ela agora estava a um mundo de distância do garoto metido que ela conhecera pela primeira vez. Sem hesitar, ela estendeu os braços em torno do pescoço dele. Quem era essa Blue? Ela se sentiu maior que o seu corpo. Alta como as estrelas. Ele se inclinou na direção dela — o coração de Blue aos saltos de novo — e pressionou a bochecha na dela. Seus lábios não tocaram a pele de Blue, mas ela sentiu a respiração dele, quente e irregular, em seu rosto. Os dedos de Gansey se abriram, largos, de cada lado de suas costas. Os lábios de Blue estavam tão próximos do queixo dele que ela sentiu o indício de uma ponta de barba. Era hortelã e memórias e o passado e o futuro, e ela sentiu como se tivesse feito isso antes e já desejasse fazer novamente.

Ah, socorro, ela pensou. *Socorro, socorro, socorro.*

Gansey se afastou e disse:

— E agora não vamos dizer uma palavra sobre isso novamente.

52

Naquela noite, após Gansey ter ido se encontrar com Blue, Ronan pegou uma das pílulas verdes de Kavinsky do seu jeans ainda não lavado e voltou para a cama. Sentado no canto, ele estendeu a mão para Motosserra, mas ela o ignorou. Ela havia roubado um biscoito de queijo e estava muito ocupada empilhando coisas em cima dele para ter certeza de que Ronan jamais o tomaria de volta. Embora ela não parasse de olhar de relance para aquela mão estendida, ela fingia não vê-la enquanto acrescentava uma tampa de garrafa, um envelope e uma meia à pilha que escondia o biscoito.

— Motosserra — ele disse. Não bruscamente, mas como se quisesse chamá-la mesmo. Reconhecendo seu tom, ela voou até a cama. Geralmente, ela não gostava de receber carinho, mas virou a cabeça para a esquerda e para a direita enquanto Ronan passava o dedo suavemente nas penas pequeninas de cada lado do bico. Quanta energia fora necessária para a linha ley criar essa ave?, ele se perguntou. Era necessário mais energia para trazer uma pessoa? Um carro?

O telefone de Ronan vibrou. Ele o virou para ler a mensagem que acabara de chegar:

sua mãe me ligou após passarmos o dia juntos

Ronan deixou o telefone cair de volta na colcha. Normalmente, ver o nome de Kavinsky acender o seu telefone lhe causava uma estranha sensação de urgência, mas não naquela noite. Não após passar tantas horas com ele. Não após sonhar o Camaro. Ele precisava processar tudo isso primeiro.

me pergunte qual foi meu primeiro sonho

Motosserra bicou irritadamente o telefone que vibrava. Ela havia aprendido muito com Ronan. Ele rolou a pílula verde na mão. Ele não tiraria nada dos seus sonhos naquela noite. Sem saber o que eles faziam com a linha ley. Mas isso não significava que ele não pudesse escolher o que sonhar.

minha falsificação favorita é o Prokopenko

Ronan colocou a pílula de volta no bolso. Ele se sentiu aquecido e sonolento e simplesmente... bem. Pelo menos dessa vez, ele se sentia bem. O sono não parecia uma arma enfiada em seu cérebro. Ele sabia que podia escolher sonhar com a Barns agora, se tentasse, mas ele não queria sonhar com algo que existia neste mundo.

vou te comer vivo, cara

Ronan fechou os olhos. Ele pensou: *Meu pai. Meu pai. Meu pai.*

E, quando abriu os olhos de novo, as velhas árvores vagavam na direção do céu, escuro e cheio de estrelas. Tudo cheirava a fumaça de nogueira e a buxo, sementes de capim e desinfetante de limão.

E havia seu pai, sentado no BMW carvão que ele havia sonhado todos aqueles anos atrás. Ele era uma imagem de Ronan, e também de Declan, e também de Matthew. Um belo diabo com um olho da cor de uma promessa e o outro da cor de um segredo. Quando viu Ronan, ele baixou a janela.

— Ronan — disse.

Soou como se ele quisesse dizer: *Finalmente.*

— Pai — disse Ronan.

Ele ia dizer: *Eu senti a sua falta.* Mas ele sentia a falta de Niall Lynch desde que o conhecera.

Um largo sorriso se abriu no rosto de seu pai. Ele tinha o maior sorriso do mundo, e o havia dado para o seu filho mais novo.

— Você descobriu — ele disse, e levou um dedo aos lábios. — Lembra?

A música derivou para fora da janela aberta do BMW que havia sido de Niall Lynch, mas que era de Ronan agora. Um trecho sublime de uma canção tocada por gaitas irlandesas, dissipando-se nas árvores.

— Eu sei — respondeu Ronan. — Me diz o que você quis dizer no testamento.

— *T'Libre vero-e ber nivo libre n'acrea.*
Este testamento é válido até que outro documento mais recente seja criado.
— É uma brecha — disse seu pai. — Uma brecha para ladrões.
— Isso é mentira? — perguntou Ronan.

Porque Niall Lynch era o maior mentiroso de todos, e havia enfiado tudo isso no filho mais velho. Não havia muita diferença entre uma mentira e um segredo.

— Eu nunca minto para *você*.

Seu pai ligou o BMW e exibiu seu sorriso lento para Ronan. Que sorriso ele tinha, que olhos ferozes, que criatura ele era. Ele havia sonhado para si toda uma vida e uma morte.

— Eu quero voltar — disse Ronan.
— Então siga em frente — disse seu pai. — Agora você sabe como.

E Ronan sabia. Porque Niall Lynch era um fogo florestal, um mar encrespando, uma cortina fechando, uma sinfonia intensa, um catalisador com planetas dentro de si.

E havia dado tudo isso para o filho do meio.

Niall Lynch estendeu a mão. Ele apertou a mão de Ronan na sua. O motor estava subindo a rotação; mesmo enquanto segurava a mão de Ronan, seu pé já estava no acelerador, a caminho do próximo lugar.

— Ronan — ele disse.

E soou como se ele quisesse dizer:

Acorde.

Após a casa ter ficado silenciosa, Blue deitou na cama e puxou o cobertor sobre o rosto. O sono não estava em lugar nenhum. Sua mente estava cheia da expressão deprimida de Adam, do Camaro inventado de Ronan e da respiração de Gansey em sua bochecha.

Sua mente pegou a memória da hortelã e a transformou em uma memória relacionada, uma que Gansey não tinha ainda: da primeira vez em que ela o vira. Não no Nino's, quando ele a convidou para sair em nome de Adam. Mas naquela noite no átrio da igreja, quando os espíritos dos mortos do futuro passaram caminhando. Um ano — esse era o tempo mais longo que qualquer um daqueles espíritos tinha. Eles estariam todos mortos antes da próxima véspera do Dia de São Marcos.

Ela tinha visto seu primeiro espírito: um garoto com um blusão da Aglionby, os ombros escuramente respingados de chuva.

Qual é o seu nome?

Gansey.

Ela não podia tornar isso uma inverdade.

No andar de baixo, a voz de Calla subitamente cresceu, irritada.

— Bem, eu mesma vou quebrar essa maldita coisa se encontrar você usando novamente.

— Tirana! — Maura gritou de volta.

A voz de Persephone murmurou amigavelmente, baixa demais para ser ouvida.

Blue fechou os olhos, apertados. Ela viu o espírito de Gansey. Uma mão fechada na terra. E sentiu sua respiração. As mãos dele pressionadas em suas costas.

O sono não vinha.

Alguns minutos amorfos mais tarde, Maura tamborilou os dedos levemente na porta de Blue.

— Dormindo?

— Sempre — Blue respondeu.

Sua mãe subiu na cama estreita. Ela sacudiu o travesseiro até que Blue liberou alguns centímetros dele. Então ela se deitou atrás de Blue, mãe e filha como colheres em uma gaveta. Blue fechou os olhos novamente, inalando o cheiro suave de cravo de sua mãe e da hortelã enfraquecida de Gansey.

Após um momento, Maura perguntou:

— Você está chorando?

— Só um pouco.

— Por quê?

— Tristeza geral.

— Você está *triste*? Alguma coisa ruim aconteceu?

— Ainda não.

— Ah, Blue. — Sua mãe a abraçou, aspirou por entre o cabelo, na base do pescoço de Blue. Blue pensou no que Gansey havia dito, sobre ser rico de amor. E pensou em Adam, ainda apagado no sofá no andar de baixo. Se ele não tinha ninguém para abraçá-lo quando estava triste, ele podia ser perdoado por deixar a ira dominá-lo?

— *Você* está chorando? — perguntou Blue.

— Só um pouco — disse sua mãe, e inspirou ranhosa e inconvenientemente.

— Por quê?

— Tristeza geral.

— Você está *triste*? Alguma coisa ruim aconteceu?

— Ainda não. Faz muito tempo.

— Uma coisa é o oposto da outra — disse Blue.

Maura fungou novamente.

— Na verdade não.

Blue secou os olhos com a fronha do travesseiro.

— Lágrimas não nos definem.

Sua mãe secou os olhos no ombro da camiseta de Blue.

— Você está certa. O que nos define?

— Ação.

Maura riu ternamente, sem fazer ruído.

Como seria terrível, pensou Blue, sua mente em Adam novamente, *não ter uma mãe que te amasse.*

— Sim — ela concordou. — Como você é sábia, Blue.

Do outro lado de Henrietta, o Homem Cinzento atendeu o telefone. Era Greenmantle.

Sem nenhum preâmbulo em particular, ele disse:

— Dean Allen.

O Homem Cinzento, telefone em uma mão, livro na outra, não respondeu imediatamente. Ele largou sua edição gasta de enigmas anglo-saxões virada para baixo na mesa de apoio. A televisão tagarelava ao fundo; um espião encontrava outro em uma ponte. Eles estavam trocando reféns. Eles haviam sido orientados a vir sozinhos. Eles não tinham vindo sozinhos.

Estava levando um período inesperadamente logo para o Homem Cinzento registrar o significado das palavras de Greenmantle. Então, uma vez que elas haviam sido assimiladas, ele levou mais tempo ainda para compreender por que Greenmantle as estava dizendo.

— Isso mesmo — disse Greenmantle. — O mistério não existe mais. Não foi tão difícil descobrir quem você é. No fim das contas, a poesia anglo-saxônica é um campo muito restrito. Mesmo em nível universitário. E você sabe como me saio bem com universitários.

O Homem Cinzento não fora Dean Allen por muito tempo. Abandonar uma identidade era mais difícil do que se poderia imaginar, mas o Homem Cinzento era mais paciente e devotado que a maioria das pessoas. Normalmente, a pessoa trocava uma identidade por outra, mas o Homem Cinzento não queria ser ninguém. Em parte alguma.

Ele tocou a lombada gasta do livro de enigmas.

ic eom wrætlic wiht on gewin sceapen

Greenmantle acrescentou:

— Então, eu o quero.

(*Sou algo belo, moldado para a guerra.*)

— Eu não o tenho.

— Claro, Dean, claro.

— Não me chame assim.

nelle ic unbunden ænigum hyran
nymþe searosæled

— Por que não? É o seu nome, não é?

(*Sem amarras, não obedeço a homem algum; apenas quando habilmente atado...*)

O Homem Cinzento não disse nada.

— Então você não vai mudar a sua história, Dean? — perguntou Greenmantle. — E mesmo assim você vai continuar a atender as minhas ligações. Então isso quer dizer que você sabe onde ele está, mas não o tem ainda.

Por muitos anos, ele havia enterrado aquele nome. Dean Allen não deveria existir. Havia uma *razão* para ele ter desistido.

— Vou lhe dizer uma coisa — disse Greenmantle. — Vou lhe dizer uma coisa. Você encontra o Greywaren e me liga no Quatro de Julho com o número da reserva do seu voo para cá. Ou eu conto para o seu irmão onde você está.

Segura firme, Dean.

A lógica abandonou o Homem Cinzento. Em voz baixa, ele disse:

— Eu lhe contei sobre ele confidencialmente.

— Eu paguei você confidencialmente. Parece que ele está ansioso em saber onde você está — disse Greenmantle. — Nós batemos um papo, Dean. Ele disse que perdeu contato com você no meio de uma conversa que ele gostaria de terminar.

O Homem Cinzento desligou a televisão, mas vozes ainda sussurravam ao fundo.

— Dean — disse Greenmantle. — Você está aí?

Não. Não realmente. A cor estava sumindo das paredes.

— Estamos de acordo?

Não, na verdade. Uma arma não faz acordos com a mão que a segura.

— Dois dias são mais do que suficientes, Dean — disse Greenmantle. — Nos vemos do outro lado.

53

Por vinte e uma horas, Adam Parrish e o Homem Cinzento dormiram. Enquanto eles dormiam sem sonhar, Henrietta se preparava para o Quatro de Julho. Bandeiras escalavam mastros nas revendedoras de carros. Sinais do desfile avisavam potenciais estacionadores em paralelo para repensar suas escolhas. Nos subúrbios, fogos de artifício eram comprados e sonhados. Portas eram trancadas e, mais tarde, arrombadas. Na Rua Fox, 300, Adam fez dezoitos anos silenciosamente. Calla foi chamada em seu escritório para verificar se nada de importante havia sido roubado durante um arrombamento. Na Indústria Monmouth, um Mitsubishi branco com um molho de chaves na ignição e o desenho de uma faca na lateral apareceu no estacionamento durante a noite. Ele trazia um bilhete: "Esse é para você. Do jeito que você gosta: rápido e anônimo".

Gansey franziu o cenho diante da caligrafia desordenada:

— Acho que ele precisa aceitar a própria sexualidade.

Mastigando seus braceletes de couro, Ronan os largou dos dentes e disse:

— Não tem como aceitar o fato de ter três bolas.

Era o tipo de piada que ele normalmente fazia com Noah. Mas Noah não estava ali.

De volta na casa das médiuns, Adam acordou. Segundo Maura, ele lançou as pernas para fora do sofá, caminhou até a cozinha, onde bebeu quatro copos de suco de romã e três xícaras de um dos chás saudáveis mais terríveis, agradeceu a Maura pelo uso do sofá, então entrou em seu carro tricolor e foi embora, tudo num intervalo de dez minutos.

Quinze minutos depois disso, Maura relatou, Persephone desceu com uma bolsa de mão em forma de borboleta e um prático par de botas com saltos de sete centímetros e cadarços até as coxas. Um táxi chegou e ela entrou nele. Ele partiu na mesma direção que o carro tricolor.

Doze minutos depois, Kavinsky mandou uma mensagem para Ronan: *bundão*. Ronan respondeu: *cagão*. Kavinsky: *vem para o 4 de julho?* Ronan: *você pararia se soubesse que estava destruindo o mundo?* Kavinsky: *deus isso seria incrível*

— E então? — perguntou Gansey.

— Eu não apostaria nas negociações — disse Ronan.

Sete minutos depois disso, Maura, Calla e Blue entraram no Ford cansado, dirigiram para buscar Ronan e Gansey e partiram para o dia escaldante.

Gansey parecia um rei, mesmo compartilhando o banco de trás desgastado do veículo da Rua Fox. Talvez especialmente quando sentado no banco de trás de um veículo desgastado. Ele perguntou:

— O que é que vamos fazer?

— Ação — respondeu Maura.

54

— Por que estamos aqui, cara? — perguntou Ronan. Seus olhos seguiram Motosserra enquanto ela andava a passos largos sobre o balcão. Ele a havia levado a tantos lugares que locais novos geralmente não a perturbavam por muito tempo, mas ela não ficaria feliz de verdade até que desse uma volta pelo ambiente. Ela fez uma pausa para tocar o bico em um pote de biscoitos com figuras de pássaros absolutamente encantador. — Tem mais malditos galos por aqui do que num filme do Hitchcock.

— Você está se referindo a *Os pássaros*? — perguntou Gansey. — Porque não me lembro de nenhuma galinha nele. Mas faz bastante tempo.

Eles estavam em uma confortável cozinha no porão da Pousada Vale Aprazível. Calla vasculhou os armários e as gavetas; sua versão da conferência do aposento de Motosserra, possivelmente. Ela já descobrira uma máquina de waffles e uma arma, e havia colocado as duas sobre a mesa redonda de café da manhã. Blue ficou no vão da porta mais distante, espiando ao redor para onde sua mãe tinha ido. Ronan presumiu que ela e Gansey deviam ter brigado; ela estava o mais distante possível dele. Ao lado de Ronan, Gansey ergueu o braço para limpar com a ponta dos dedos uma das vigas escuras expostas. Ele estava claramente desconcertado pelo que Maura havia lhe contado sobre Adam no caminho até ali. Ganseys eram criaturas de hábito, e ele queria Adam ali, e ele queria Noah ali, e ele queria que todos gostassem dele, e ele queria estar no comando.

Ronan não fazia ideia do que queria. Ele conferiu o telefone. Ele se perguntou se Kavinsky realmente tinha três bolas. Ele se perguntou se

Kavinsky era gay. Ele se perguntou se devia ir à festa do Quatro de Julho. Ele se perguntou para onde Adam tinha ido.

— Lynch — disse Gansey. — Você está me ouvindo?

Ele ergueu o olhar.

— Não.

Sobre o balcão, Motosserra rasgava tiras de um rolo de toalhas de papel. Ronan estalou os dedos para ela e, com um gorgolejo insolente, ela bateu asas do balcão para a mesa, as garras produzindo um arranhão e um estalo característicos quando pousou. Ronan se sentiu abruptamente satisfeito com ela como uma criatura de sonhos. Ele nem chegara a pedi-la. Seu subconsciente só havia, desta vez, enviado algo bacana em vez de algo homicida.

Gansey perguntou a Calla:

— Por que nós estamos aqui?

Calla ecoou:

— É, Maura, por que nós estamos aqui?

Maura havia entrado pelo outro aposento; atrás dela Ronan viu de relance uma maleta cinza no canto de uma cama. Houve um ruído metálico de canos e de torneira aberta. Maura limpou o pó da palma das mãos e se juntou a eles na cozinha.

— Porque, quando o sr. Cinzento chegar aqui, eu quero que você o olhe nos olhos e o convença a não te raptar.

Gansey cutucou Ronan com o cotovelo.

Ronan ergueu o olhar bruscamente.

— Quem, eu?

— É, você — disse Maura. — O sr. Cinzento foi enviado aqui para buscar um objeto que permite ao proprietário tirar coisas de sonhos. O Greywaren. Como você sabe, esse é você.

Ele sentiu certa emoção com a palavra *Greywaren*.

Sim, sou eu.

Calla acrescentou:

— E, inacreditavelmente, caberá ao *seu* charme convencer o sr. Cinzento a ter piedade de você.

Ele sorriu terrivelmente para ela. Ela sorriu terrivelmente de volta. Ambos os sorrisos diziam: *Saquei você.*

Não havia nenhuma parte de Ronan que estivesse surpresa com aquela notícia. Parte dele, ele percebeu, estava surpresa que isso levara tanto tempo. Ele sentia que era sua responsabilidade provocá-la: haviam-lhe dito para não voltar à Barns, e ele voltara. Seu pai lhe havia dito para não contar para ninguém sobre seus sonhos, e ele contara. Uma a uma, ele estava violando todas as regras da sua vida.

É claro que alguém estava olhando. É claro que eles o haviam encontrado.

— Ele não é o único que está procurando — disse Blue subitamente. — É? Por isso todos esses arrombamentos. — De maneira bastante inacreditável, ela tirou um canivete de mola rosa para pontuar sua declaração. Aquela faquinha era o aspecto mais chocante a respeito da conversa até o momento.

— Temo que não — respondeu Maura.

Assaltantes, pensou Ronan imediatamente.

Gansey disse:

— Eles são...

Ronan o interrompeu:

— Foi ele que bateu no meu irmão? Eu devia lhe comprar um cartão se foi ele.

— Isso importa? — perguntou Maura, quase ao mesmo tempo em que Calla perguntou:

— Você acha que o seu irmão contou alguma coisa para alguém?

— Tenho certeza que sim — disse Ronan sombriamente. — Mas não se preocupe. Nada do que ele contou é verdade.

Gansey assumiu o controle. Em sua voz, Ronan podia ouvir o alívio de que ele sabia o suficiente a respeito da situação para realmente fazê-lo. Ele perguntou se o sr. Cinzento realmente queria raptar Ronan, se o patrão dele sabia que o Greywaren estava definitivamente em Henrietta, se os outros que andavam pela cidade também sabiam. Finalmente, ele perguntou:

— O que vai acontecer com o sr. Cinzento se ele não voltar com algo?

Maura apertou os lábios.

— Vamos apenas usar *morte* como uma versão curta das consequências.

Calla acrescentou:

— Mas, para fins de tomada de decisão, presuma que vai ser pior do que isso.

Blue murmurou:

— Ele pode levar Joseph Kavinsky.

— Se eles levarem aquele outro garoto — disse Calla —, vão voltar para buscar a cobra. — E acenou com o queixo na direção de Ronan. Então seus olhos piscaram na direção de Maura.

O Homem Cinzento estava parado no vão da porta atrás de Maura, com a maleta cinzenta em uma mão e a jaqueta cinzenta na outra. Ele largou as duas no chão e se endireitou.

Houve aquele silêncio pesado que às vezes acontece quando um assassino de aluguel entra em um aposento.

Era contra a natureza de Ronan parecer excessivamente interessado em qualquer coisa, mas ele não conseguia parar de encarar o Homem Cinzento. Era o homem da Barns, o homem que havia pegado a caixa quebra-cabeça. Ele jamais usaria as palavras *assassino de aluguel* para ele. Para Ronan, um assassino de aluguel era algo mais. Um segurança de boate. Um levantador de pesos. Um herói de filmes de ação. Aquele predador desconfiado não era nada disso. Sua constituição não impressionava, pura cinética despretensiosa, mas seus olhos...

Ronan estava subitamente temeroso dele. Ele temia o Homem Cinzento da mesma maneira que ele temia os horrores noturnos. Porque eles o tinham matado antes, e o matariam de novo, e ele se lembrava precisamente da dor de cada morte. Ele sentiu o temor em seu peito, e no rosto, e na nuca. Agudo e pungente, como uma chave de roda.

Motosserra escalou para o ombro de Ronan e se encolheu, com os olhos fixos no Homem Cinzento. Grasnou estridentemente, apenas uma vez.

De sua parte, o Homem Cinzento encarou de volta, com uma expressão cautelosa. Quanto mais ele olhava para Ronan e Motosserra, mais seu cenho se franzia. E quanto mais ele olhava, mais Gansey se aproximava de Ronan, de maneira quase imperceptível. Em determinado momento, aconteceu de o Homem Cinzento observar o espaço entre os dois em vez de Ronan.

Finalmente, o Homem Cinzento disse:

— Se eu não voltar com o Greywaren no Quatro de Julho, eles vão contar para o meu irmão onde eu estou, e ele vai me matar. E vai fazer isso muito lentamente.

Ronan acreditou nele de uma maneira que não acreditava na maioria das coisas na vida. Era real como uma memória. Aquele homem estranho seria torturado no banheiro de um dos motéis de Henrietta e então seria jogado em um canto e ninguém jamais procuraria por ele.

O Homem Cinzento não precisou contar para nenhum deles como seria mais fácil simplesmente levar Ronan para o seu patrão. E também não precisou contar para nenhum deles como seria simples fazer isso contra a vontade de Ronan. Embora Calla estivesse ao lado da arma dele, que ela tirara do armário — agora Ronan entendia por quê —, Ronan não acreditava nela. Se a questão chegasse a eles contra o sr. Cinzento, ele achava que o sr. Cinzento venceria.

Era como ouvir os horrores noturnos vindo em seus sonhos. A inevitabilidade daquilo.

Muito delicadamente, Gansey disse:

— Por favor.

Maura suspirou.

— Irmãos — disse o Homem Cinzento. Ele não se referia a Declan ou a Matthew. No mesmo instante, ele perdeu as forças. — Eu não gosto de pássaros.

Então, após um momento:

— Não sou um sequestrador.

Maura lançou um olhar bastante significativo para Calla, que fingiu não ver.

— Você tem certeza que o seu irmão vai ser capaz de te encontrar? — perguntou Gansey.

— Tenho certeza que não vou poder voltar para casa novamente — disse o Homem Cinzento. — Eu não tenho muitas coisas lá, mas meus livros... Eu teria que viver me mudando por um tempo. Levei anos para despistá-lo antes. E, mesmo se eu for embora, isso não vai impedir os outros. Eles estão rastreando as anormalidades de energia em Henrietta, e, nesse instante, elas apontam diretamente para ele. — O Homem Cinzento olhou para Ronan.

Gansey, que parecera consternado com a ideia de que o Homem Cinzento tivesse de abandonar seus livros, franziu ainda mais o cenho.

— Você poderia sonhar um Greywaren? — Blue perguntou a Ronan.

— Não vou dar isso a mais ninguém — rosnou Ronan. Ele sabia que devia ser mais gentil, afinal eles estavam tentando ajudá-lo. — Isso está matando a linha ley. Vocês querem ver o Noah de novo? *Eu* vou parar.

Mas o Kavinsky não. Seria como ficar parado do lado de um alvo gigante.

— Você pode mentir — sugeriu Calla. — Dê algo a eles e diga que é o Greywaren. Então deixe eles pensarem que não são inteligentes o bastante para descobrir como fazê-lo funcionar.

— Meu chefe — disse o Homem Cinzento — não é um homem compreensivo. Se um dia ele descobrisse ou suspeitasse de uma armadilha, ficaria muito feio para todos nós.

— O que eles fariam comigo? — perguntou Ronan. *Com o Kavinsky?* — Se você me entregasse?

— Não — disse Gansey, como se estivesse respondendo a uma questão inteiramente diferente.

— Não — concordou o Homem Cinzento.

— Não diga *não* — insistiu Ronan. — Me conte, cacete. Eu não disse que ia fazer nada. Só quero saber.

O Homem Cinzento levou a maleta até a mesa, depois a abriu e colocou a arma que estava dentro em cima das calças caprichosamente dobradas. Então a fechou.

— Ele não está interessado em pessoas, está interessado em coisas. Ele vai encontrar a coisa que faz você funcionar e vai tirar essa coisa de você. Ele vai colocá-la numa caixa de vidro com um rótulo, e, quando os convidados dele tiverem bebido vinho suficiente, vai levá-los lá embaixo, onde você estiver, e vai mostrar para eles aquela coisa que estava dentro de você. E então eles vão admirar as outras coisas, nas outras caixas ao seu lado.

Ao ver que Ronan não se intimidou — o Homem Cinzento não tinha como saber que Ronan preferiria fazer quase tudo, menos se intimidar —, ele continuou:

— É possível que ele abrisse uma exceção para você. Algo como te colocar inteiro na caixa de vidro. Ele é um curador. Ele faz o que for preciso pela coleção dele.

Ronan ainda assim não se intimidou.

O Homem Cinzento disse:

— Ele me mandou matar o seu pai da maneira mais suja possível e deixar o corpo onde o seu irmão mais velho o encontrasse. Para que ele confessasse onde estava o Greywaren.

Por um momento, Ronan não se mexeu. Ele levou todo esse tempo para perceber que o Homem Cinzento havia matado Niall Lynch. A mente de Ronan estava perfeitamente vazia. Então ele fez o que precisava ser feito: se jogou sobre o Homem Cinzento. Motosserra foi lançada para cima.

— Ronan! — gritaram aproximadamente três vozes ao mesmo tempo.

O Homem Cinzento soltou um pequeno *uf* com a ferocidade do impacto. Três ou quatro socos o atingiram. Era difícil dizer se aquilo ocorrera pela habilidade de Ronan ou pela permissividade do Homem Cinzento. Então o Homem Cinzento jogou Ronan suavemente sobre a mesa do café da manhã.

— *Sr... Cinzento!* — gritou Maura, esquecendo seu nome falso no calor do momento.

Motosserra se lançou com tudo na direção do rosto do Homem Cinzento. Quando ele baixou os olhos para ela, Ronan acertou o estômago do Homem Cinzento. Ele conseguiu de alguma maneira incluir diversos palavrões no golpe. Tentando se equilibrar, o Homem Cinzento bateu a nuca contra o batente da porta atrás de si.

— Você *só* pode estar brincando! — Era Calla. — Ei, você! *O bonito!* — Ela esquecera o nome de Gansey no calor do momento. — Pare ele!

— Acho que isso é justificado — respondeu Gansey.

O Homem Cinzento tinha a cabeça de Ronan em uma gravata indiferente.

— Eu compreendo — ele disse a Ronan. — Mas não foi pessoal.

— Foi. Para. Mim.

Ronan enfiou um punho em um dos joelhos do Homem Cinzento e o outro caprichosamente em seus testículos. O Homem Cinzento o largou. O piso subiu e acertou a têmpora de Ronan de maneira bastante abrupta. Houve uma pausa, preenchida apenas com o ruído de duas pessoas ofegantes.

Com a voz abafada pelo azulejo pressionado contra o rosto, Ronan disse:

— Não importa o que você fizer por mim, eu nunca vou te perdoar.

Dobrado ao meio, o Homem Cinzento se apoiou no batente da porta. Ele respirava com dificuldade.

— Eles nunca perdoam.

Ronan se levantou com dificuldade. Blue entregou Motosserra para ele. O Homem Cinzento ficou de pé. Maura lhe passou a jaqueta.

O Homem Cinzento limpou a mão na calça. Ele olhou para Motosserra e então disse:

— No Quatro de Julho, a não ser que eu pense em uma ideia melhor, vou ligar para o meu chefe e dizer a ele que estou com o Greywaren.

Todos olharam para ele.

— E então — disse o Homem Cinzento —, direi que vou ficar com ele para mim e que ele não pode tê-lo.

Houve uma longa, longa pausa.

— E depois? — perguntou Maura.

O Homem Cinzento olhou para ela.

— Eu corro.

55

Adam dirigiu o carro tricolor até o mais próximo que conseguiu chegar do campo onde Cabeswater costumava estar e, quando não pôde mais avançar, o estacionou no campo e começou a caminhar. Antes, quando ele estivera ali com os outros, eles haviam usado o GPS e o leitor de frequência eletromagnética para encontrar Cabeswater. Adam não precisava disso agora. *Ele* era o detector. Se ele se concentrasse, podia sentir a linha lá longe, abaixo dele. Ela crepitava e bruxuleava, despojada e irregular. Estendendo as mãos para frente, com as palmas para baixo, Adam caminhava lentamente através da relva alta, seguindo a energia vacilante. Gafanhotos se catapultavam para fora do seu caminho. Ele observava os pés por causa das cobras. Acima, o céu escaldante deu lugar a nuvens de tempestade no horizonte a oeste. Ele não estava preocupado com a chuva, mas com os raios... *raios*.

Na realidade, os raios poderiam ser úteis. Ele fez uma nota para se lembrar disso, mais tarde.

Então olhou de relance para a linha de árvores à sua direita. Elas ainda não tinham começado a virar as folhas. Ele tinha algumas horas antes da tempestade, de qualquer maneira. Ele correu os dedos pelos caules.

Fazia muito tempo que ele não se sentia assim — como se pudesse dedicar os pensamentos a outra coisa além de quando poderia dormir. Como se sua mente fosse um enorme turbilhão faminto. Como se qualquer coisa fosse possível, se ele apenas se atirasse nela com vontade. Era assim que havia se sentido antes de se decidir a ir para a Aglionby.

Mundo, estou chegando.

Ele lamentou não ter levado um baralho de cartas de tarô da Rua Fox, 300. Algo que Cabeswater pudesse usar para se comunicar mais facilmente com ele. Talvez mais tarde ele pudesse voltar para buscar. Agora... parecia mais urgente retornar para o lugar onde a linha ley era mais forte.

Eu serei suas mãos. Eu serei seus olhos.

Essa era a barganha que ele havia feito. E, em troca, ele podia sentir Cabeswater nele mesmo. Cabeswater não podia lhe oferecer olhos ou mãos. Mas isso era algo mais. Algo que ele quis nomear *vida* ou *alma* ou *conhecimento*.

Era um tipo antigo de poder.

Adam se distanciou mais e mais debaixo das nuvens de tempestade roxas cada vez maiores. Algo nele dizia *ahhh* e *ahhh* e *ahhh* de novo, aliviado repetidas vezes, e então ele era Adam novamente, Adam e algo mais, e estava sozinho e não precisava se preocupar em machucar ou desejar mais ninguém.

Ele caminhou pelo regato minúsculo que costumava levar a Cabeswater e que agora levava a somente mais campo. Ajoelhado, passou as mãos no fio de água. Não havia ninguém para vê-lo, mas ele sorriu de qualquer maneira, um sorriso cada vez maior. Porque a primeira vez que eles haviam estado naquele regato, Gansey estava segurando um leitor de frequência eletromagnética sobre a água e observando as luzes vermelhas que piscavam. Ele ficara tão empolgado com aquelas luzes — eles tinham encontrado algo, a máquina lhes havia dito que eles tinham encontrado algo!

E agora Adam o sentiu em suas mãos. Ele o sentiu em sua espinha. Ele podia *vê-lo* mapeado em seu cérebro. A linha ley viajava abaixo dele, ondas de energia, mas se desviava ali, submersa e conduzida através da água, viajando para cima, para a superfície. Era apenas um pequeno regato, apenas uma pequena rachadura no leito de rocha firme, apenas um pequeno vazamento.

Trovões ribombavam, lembrando a Adam da passagem do tempo. Ele se endireitou e seguiu o regato na direção da nascente, através do campo cada vez mais alto. A linha ley se fortaleceu dentro dele, acelerando o seu coração, mas ele seguiu em frente. Cabeswater não estava ali agora, mas sua memória de caminhar através dela pela primeira vez era quase tão clara quanto experimentá-la novamente. Fora ali que eles precisaram escalar entre duas rochas para seguir o regato. Ali onde as árvores começavam a crescer em diâmetro, os grandes nós das raízes irrompendo do solo da floresta. Ali onde o musgo forrava os troncos.

E ali havia o pequeno lago e a árvore dos sonhos. O primeiro lugar em que Cabeswater havia se transformado para Gansey, e o primeiro lugar em que a magia havia verdadeiramente se manifestado para todos eles.

Ele hesitou. A visão da árvore dos sonhos gravada na mente. Gansey no chão, morrendo. Ronan, furioso de pesar, cuspindo as palavras em Adam: *Está feliz agora, Adam? Era isso que você queria, não era?*

Isso não aconteceria agora. Ele havia mudado o futuro. Ele havia escolhido uma maneira diferente.

Trovões rolavam e estouravam ao longe. Com uma respiração profunda para criar coragem, Adam abriu caminho através da relva para onde a árvore dos sonhos estivera... estaria... ainda estava? Nenhuma visão lhe ocorreu, mas ele sentiu o pico de energia da linha ley debaixo dos seus pés.

Sim, era ali que ele precisava estar. Agachando-se, ele abriu a relva e pressionou as palmas contra o solo. Estava quente, como um corpo vivo. Ele fechou os olhos.

Adam sentiu o curso da linha ley estendendo-se para cada lado dele. Centenas de quilômetros para um lado, centenas de quilômetros para o outro. Havia explosões estelares distantes onde a linha cruzava com outras linhas, e, por um momento, ele ficou deslumbrado com elas. Com a possibilidade de maravilhas sem fim. Glendower era milagre suficiente, mas, se havia um milagre em cada linha que ele sentia, eram milagres suficientes para uma vida inteira, se ao menos você tivesse paciência para procurar.

Ah, Gansey, ele pensou subitamente. Porque Gansey tivera paciência para procurar. E porque as coisas queriam que Gansey as encontrasse. Ele devia estar ali agora.

Não. Não funcionaria desse jeito se ele estivesse aqui. Você precisa estar sozinho para isso.

Adam tirou sua atenção de Gansey e daquelas interseções e se concentrou apenas na linha ley abaixo dele. Ele correu ao longo dela, seguindo os picos e os vales de energia. Ali ela jorrava através de um rio subterrâneo. Escapava através de um leito de rocha firme sacudido por um terremoto. Estourava através de um poço. Explodia através de um transformador.

Não era de espantar que ela estivesse tão extenuada pelos sonhos. Era um cabo desgastado, a energia vazando em uma centena de pontos diferentes.

— Eu a sinto — ele sussurrou.

O vento sibilava através da relva em torno dele. Adam abriu os olhos.

Se ele pudesse reparar aqueles pontos, como a fita de um eletricista sobre um cabo, poderia torná-la forte o suficiente para trazer Cabeswater de volta.

Adam se levantou. Ele se sentia bem por ter identificado o problema. Essa sempre fora a parte mais difícil. Com um motor, com a escola, com a vida. Soluções eram fáceis, desde que você soubesse o que estava atrapalhando.

Cabeswater murmurou urgentemente. As vozes fizeram cócegas dentro dele e crepitaram no canto dos olhos.

Espere, ele pensou. Adam queria as cartas. Algo para concentrar os pensamentos no que Cabeswater estava tentando dizer. *Não vou ser capaz de compreender. Espere até que eu possa compreender.*

Quando ele olhou para trás, colina abaixo, viu uma mulher se aproximando. Ele protegeu os olhos com a mão. Em um primeiro momento, Adam achou que era uma das manifestações de Cabeswater. Certamente ela parecia fantástica e imaginária daquela distância — um grande cúmulo-nimbo de cabelo, um manto cinza, botas que subiam até o alto das pernas.

Mas então ele viu que ela tinha uma sombra e forma e massa, e que estava ligeiramente sem fôlego.

Persephone escalou até onde ele estava e então parou com as mãos nos quadris. Ela se virou em um círculo lento, recuperando o fôlego.

— Por que você está aqui? — ele lhe perguntou. Ela estava ali para levá-lo de volta? Para dizer que ele estava errado em ter tanta certeza?

Ela abriu um largo sorriso, uma expressão infantil, estranhamente travessa. Ele pensou que escárnio cruel havia sido aquela versão do espelho de Persephone, a terrível criatura-criança de seu ritual anterior. Nada parecida com aquele sussurro etéreo de uma pessoa na frente dele agora. Ela abriu o zíper da bolsa-borboleta e tirou um saco de seda preto de dentro. Era o tipo de tecido que você queria tocar, macio, cintilante e levíssimo. Parecia a única coisa dentro da bolsa.

— Você partiu, Adam, antes que eu pudesse lhe dar isto — ela disse, oferecendo a sacola de seda menor.

Ele a aceitou, sentindo seu peso. O que quer que estivesse dentro, era algo vagamente quente, como se, assim como a colina, estivesse vivo.

— O que é isso?

Após perguntar, Adam pensou subitamente em como ela tomara o cuidado de dizer seu nome havia pouco. Poderia não querer dizer nada. Mas parecia que ela estava tentando lembrá-lo do que se tratava.

Adam. Adam Parrish.

Ele escorregou o conteúdo da sacola na outra mão. Uma palavra saltou à sua frente.

Mago.

Persephone disse:

— Minhas cartas de tarô.

56

ei Lynch não deixei aquele carro lá para ele ficar parado enquanto você chupa o III

57

O Homem Cinzento fez o checkout da Pousada Vale Aprazível e colocou a mala junto à porta, do lado de dentro do quarto de Maura. Ele não a desfez. Não faltava muito para o Quatro de Julho. Não fazia sentido.

— Recite um pouco de poesia, e eu lhe preparo um drinque — disse Calla.

— *Our hearts must grow resolute, our courage more valiant, our spirits must be great, though our strength grows less.**

Então ele a recitou no inglês arcaico original.

Calla lhe preparou um drinque.

Maura fez algo com manteiga, e Calla fez algo com bacon, e Blue cozinhou brócolis no vapor para se proteger. No resto da casa, Jimi se preparou para o turno da noite e Orla atendeu a linha de atendimento mediúnico que não parava de tocar. O Homem Cinzento ficou atrapalhando no meio do caminho, tentando ser útil. Ele compreendeu que aquela era uma noite comum na Rua Fox, 300, todo aquele ruído, comoção e desordem. Era um tipo de dança sem sentido, inventiva e confusa. Blue e Maura tinham a própria órbita; Maura e Calla, outra. Ele observou os pés de Maura circularem sobre o chão da cozinha.

Era o oposto de tudo que ele havia cultivado nos últimos cinco anos.

Como ele gostaria de ficar.

---

* "Nosso coração precisa ser resoluto, nossa coragem mais valorosa, nosso ânimo deve ser grande, embora nossa força diminua." Trecho do poema em inglês arcaico "The Battle of Maldon". (N. do T.)

Essa não é uma vida para o que você é, ele disse para si mesmo.

Mas, naquela noite, ele fingiria.

No jantar, Calla disse:

— Então, e agora? — Ela só estava comendo os pratos que tinham bacon.

Blue, que só estava comendo brócolis, respondeu:

— Acho que precisamos encontrar uma maneira de fazer Joseph Kavinsky parar de sonhar.

— Bem — perguntou Maura. — O que ele quer?

Blue deu de ombros por detrás de sua montanha de brócolis.

— O que um viciado em drogas quer? Nada.

Maura franziu o cenho sobre seu prato de manteiga.

— Às vezes tudo.

— De qualquer maneira — respondeu Blue —, não consigo ver como podemos oferecer isso.

O Homem Cinzento intercedeu educadamente.

— Eu posso conversar com ele hoje à noite por vocês.

Blue enfiou a faca em um pedaço de brócolis.

— Parece uma ótima ideia.

Maura a olhou severamente.

— O que ela quis dizer foi não, obrigada.

— Não — disse Blue, com o cenho franzido. — Eu quis dizer aquilo mesmo, e você poderia fazer ele se sentir um inútil também?

— Blue Sargent! — Maura parecia chocada. — Eu não criei você para ser violenta!

Calla, que havia inalado bacon enquanto ria, se agarrou à mesa até parar de engasgar.

— Não — disse Blue perigosamente. — Mas às vezes coisas ruins acontecem com crianças boas.

O Homem Cinzento achou divertido.

— A oferta é válida até minha partida.

O telefone tocou. No andar de cima, eles ouviram o som de Orla procurando-o desesperadamente. Com um sorriso divertido, Maura pegou a extensão do andar de baixo e ouviu por um momento.

— Que ideia excelente. *Vai ser* mais difícil rastreá-lo — Maura disse ao telefone. Para a mesa, disse: — O Gansey tem um Mitsubishi que o sr. Cinzento pode pegar em vez do carro alugado. Ah, ele diz que na realidade foi ideia do Ronan.

O gesto animou o Homem Cinzento consideravelmente. A realidade de sua fuga era muito mais difícil do que ele admitira a qualquer uma delas. Havia um carro para se preocupar, dinheiro para a comida, dinheiro para a gasolina. Ele havia deixado uma panela suja na pia em sua casa em Massachusetts, e pensaria nela para sempre.

Ajudaria se ele não precisasse roubar o Desapontamento Champanhe. O Homem Cinzento tinha um dom para o roubo de carros, mas desejava a simplicidade.

Ao telefone, Maura disse:

— Não... não. O Adam não está aqui. Acho que ele está com a Persephone. Tenho certeza que ele está bem. Você quer falar com a Blue? Não...?

Blue baixou a cabeça para o prato e enfiou a faca em outro pedaço de brócolis.

Maura desligou o telefone e olhou estreitamente para ela.

— Vocês dois brigaram de novo?

Blue sussurrou:

— Ãhã. Com certeza.

— Eu posso levar uma conversa com ele também — ofereceu o Homem Cinzento.

— Não precisa — ela respondeu. — Mas obrigada. Minha mãe não me criou para ser violenta.

— Nem a minha — observou o Homem Cinzento.

Ele comeu brócolis, manteiga e bacon, e Maura comeu manteiga, e Calla comeu bacon.

Foi outra dança confusa para limpar tudo depois do jantar e uma briga pelos chuveiros, pela televisão e por quem ficava com qual cadeira. Maura delicadamente pegou a mão do Homem Cinzento e o levou para o jardim dos fundos. Sob os galhos escuros e frondosos da faia, eles se beijaram até os mosquitos se tornarem implacáveis e a chuva começar a cair.

Mais tarde, quando estavam deitados na cama, o telefone dele vibrou uma chamada e caiu no correio de voz. De certo modo, ele sempre soubera que aquilo terminaria daquele jeito.

— Ei, Dean — disse o irmão. Sua voz era lenta, simpática, paciente. Os irmãos Allen eram parecidos nesse aspecto. — Henrietta é um lugarzinho bacana, não é?

58

— Depressa.

Persephone e Adam não conversaram muito durante aquela noite, nem quando o sol agressivo subiu na manhã seguinte, e, quando o faziam, normalmente era essa palavra: *depressa*. Eles já tinham dirigido para uma dezena de outros locais para reparar a linha ley, alguns tão longe quanto duas horas dali, e agora faziam o caminho de volta para Henrietta.

Adam estava ajoelhado ao lado de uma rosa doente em outro jardim de fundos. Suas mãos já sujas pressionadas contra a terra, cavando para encontrar a pedra que ele sabia estar escondida em algum lugar debaixo. Persephone, parada ao lado observando, olhou de relance para a roseira trepadeira do outro lado do jardim.

— Depressa — ela disse uma vez mais. O Quatro de Julho já estava quente e impiedoso. Uma formação de nuvens se movia lentamente por detrás das montanhas, e Adam já sabia como o dia se desenrolaria: o calor aumentaria cada vez mais, até estourar na cacofonia de outra tempestade de verão.

Raios.

Os dedos de Adam encontraram a pedra. Era a mesma situação em toda falha na linha: uma pedra ou um corpo d'água que confundia e desviava a direção da linha ley. Às vezes Adam tinha apenas de virar uma pedra para sentir a linha ley encaixar imediatamente de novo, simples como um interruptor de luz. Outras vezes, no entanto, ele tinha de experimentar movendo mais pedras na área, ou removendo uma pedra inteiramente, ou cavando uma trincheira para redirecionar um regato. Às vezes, nem ele nem Persephone conseguiam entender o que eles precisavam fazer, e então abriam uma ou duas cartas de tarô. Persephone o ajudava a ver o que as cartas estavam tentando dizer. *Três de paus*: construa uma ponte sobre o regato com essas três pedras. *Sete de espadas*: apenas desenterre a maior pedra e a coloque no carro tricolor.

Para Adam, usar as cartas de tarô era como aprender latim, no começo. Ele dançava à beira daquele momento em que compreenderia as frases sem precisar traduzir cada palavra.

Ele se sentia exausto e desperto, eufórico e ansioso.

Depressa.

O que é que tornava aquelas pedras especiais? Ele não sabia. Não ainda. De certa maneira, eram como as pedras em Stonehenge e Castlerigg. Havia alguma coisa nelas conduzindo a força da linha ley e consumindo sua energia.

— Adam — disse Persephone de novo. Não havia nenhum sinal de carro, mas ela franziu o cenho para a estrada. Seus dedos estavam sujos como os dele; seu manto cinza delicado estava manchado. Ela parecia uma boneca escavada de um lixão. — Depressa.

Aquela pedra era maior do que eles esperavam. Trinta centímetros de largura, talvez, e vai saber a profundidade. Não havia como chegar até ela sem cavoucar a rosa. Com pressa, ele pegou uma pá ao lado dele. Adam escavou a terra, arrancou a rosa deformada e a jogou de lado. Suas palmas suavam.

— Desculpe — sugeriu Persephone.

— O quê?

Ela murmurou:

— Você deve pedir desculpa quando mata algo.

Ele levou um momento para perceber que ela se referia à rosa.

— Ela estava morrendo de qualquer maneira.

— *Morrendo* e *morta* são palavras diferentes.

Envergonhado, Adam murmurou um pedido de desculpas antes de enfiar a ponta da pá debaixo da pedra. Ela se soltou. Persephone virou um olhar questionador para ele.

— Vamos pegar essa — ele disse imediatamente. Ela anuiu. A pedra foi para o banco de trás com as outras.

Eles haviam acabado de tomar o caminho de volta quando outro carro entrou no acesso que eles haviam abandonado instantes atrás.

Perto.

Múltiplas pedras estavam empilhadas no carro tricolor agora, mas aquela última pressionava a consciência de Adam mais que as outras. Seria útil, com os raios, ele pensou. Para... algo. Para concentrar a linha ley em Cabeswater. Para... fazer um portão.

Depressa.

— Por que agora? — ele perguntou para ela. — Por que todas essas partes soltas?

Persephone não tirou os olhos de sua tarefa, que era colocar as cartas sobre o painel. Os desenhos manchados, borrados de tinta, lembravam pensamentos em vez de imagens.

— Não são só partes soltas agora. Isso só ficou mais evidente com a corrente maior passando por ela. Como um cabo. No passado, sacerdotisas teriam cuidado da linha. Mantido ela. Como estamos fazendo agora.

— Como Stonehenge — ele disse.

— Esse é um exemplo muito grande e clichê, sim — ela respondeu ternamente. Persephone olhou de relance para o céu. As nuvens no horizonte haviam se aproximado um pouco desde que ela olhara da última vez; elas ainda estavam brancas, mas começavam a se empilhar umas sobre as outras.

— Eu me pergunto — ele disse, mais para si que para ela — como seria se todas as linhas ley fossem reparadas.

— Acredito que seria um mundo muito diferente, com prioridades muito diferentes.

— Ruim? — ele perguntou. — Um mundo ruim?

Ela olhou para ele.

— Diferente não é ruim, certo? — ele perguntou.

Persephone voltou para suas cartas. *Flap.* Ela virou uma segunda carta.

Eu devia ligar para o trabalho, pensou Adam. Era para ele ir trabalhar naquela noite. Ele nunca havia ligado se dizendo doente. *Eu devia ligar para o Gansey.*

Mas não havia tempo. Eles tinham tantos lugares para ir antes... antes...

Depressa.

Quando eles entraram na rodovia, a atenção de Adam foi desviada por um Mitsubishi branco que rasgava na direção oposta, do outro lado do canteiro. Kavinsky.

Mas seria Kavinsky atrás da direção? Adam esticou a cabeça para olhar no espelho, mas o outro carro já era um ponto sumindo no horizonte.

Persephone virou a carta. *O Diabo.*

De uma hora para a outra, Adam teve certeza do motivo pelo qual eles estavam com pressa. Ele sabia desde a noite anterior que precisava aperfeiçoar a energia da linha para que Cabeswater reaparecesse. Uma tarefa importante, certamente, mas não uma questão de vida ou morte.

Mas agora ele sabia por que estava com pressa. Eles estavam restaurando a linha ley para Cabeswater. Eles a estavam restaurando *agora* porque Ronan precisaria dela. Naquela noite.

Depressa.

59

A primeira coisa que Ronan notou na igreja no Quatro de Julho foi que o padre tinha um olho roxo. A segunda coisa foi que Matthew não estava lá. A terceira coisa foi que havia espaço para duas pessoas ao lado de Declan no banco. Todo mundo na Santa Inês sabia que os irmãos Lynch não iam sozinhos à igreja.

Era uma imagem estranhamente desconcertante. Nas primeiras semanas após a morte de Niall, os garotos sempre deixavam espaço para a mãe, como se ela fosse chegar magicamente no meio da celebração.

Estou trabalhando nisso, pensou Ronan, e então expulsou a ideia da cabeça.

Ele estava bastante atrasado para a missa especial; parecia insolência. Quando deslizou no banco ao lado de Declan, uma mulher enrugada e pequena já havia começado a entoar a primeira leitura. Era uma passagem que Ronan costumava adorar quando criança — *dessa eu tenho orgulho*. O atraso de Ronan ocorrera porque ele tinha ido com Gansey pegar o Homem Cinzento na locadora de veículos. Os garotos haviam dado a ele o Mitsubishi e, em troca, Ronan recebera a caixa quebra-cabeça de volta. Parecia uma troca justa. Uma coisa de sonho por uma coisa de sonho.

Declan olhou bruscamente para Ronan e sibilou:

— Cadê o Matthew?

— Eu é que pergunto.

Os fiéis no banco atrás sussurraram sugestivamente.

— Você não veio no domingo. — A voz de Declan tinha o peso de uma acusação. — E o Matthew disse que você nem explicou.

Ronan teve de admitir culposamente que aquilo era verdade. Ele estivera deitado no capô de um Camaro inventado e nem lhe ocorrera que dia era. Então ele percebeu o que Declan estava insinuando — que, possivelmente, Matthew estava se vingando de Ronan com seu próprio desaparecimento não anunciado. Embora fosse verdade que induzir Ronan a uma visita sozinho à igreja com Declan teria sido uma punição excelente, isso não tinha a assinatura de Matthew.

— Ah, por favor — sussurrou Ronan. — Ele não é tão esperto.

Declan pareceu chocado e venenoso. Ele ficava sempre muito alarmado com a verdade.

— Você ligou para ele? — perguntou Ronan.

— Não está atendendo. — Declan semicerrou os olhos, como se o fato de Matthew deixar de atender o telefone fosse uma doença que o irmão mais novo pegara de Ronan.

— Você o viu hoje de manhã?

— Vi.

Ronan deu de ombros.

— Ele não é de faltar — disse Declan.

A declaração inversa estava implícita: *Diferentemente de você*.

— Até que ele falta.

— Tudo isso é culpa sua — disse Declan contendo a voz. Seus olhos dardejaram para o banco vazio ao lado de Ronan e então para o padre. — Eu disse para você ficar de boca fechada. Eu disse para você ficar de cabeça baixa. Por que você não pode simplesmente fazer o que lhe mandam uma vez na vida?

Alguém chutou o banco deles por trás. Pareceu a Ronan um ato extremamente não católico. Ele olhou sobre o ombro, elegante e perigoso, e ergueu uma sobrancelha para o homem de meia-idade sentado atrás dele. E esperou. O homem baixou os olhos.

Declan cutucou o braço do irmão.

— Ronan.

— Pare de agir como se você soubesse de tudo.

— Ah, eu sei o suficiente. Eu sei exatamente o que você é.

Houve uma época que essa declaração teria gotejado através de Ronan como veneno. Agora, ele não tinha tempo para isso. No plano relativo das coisas, a opinião de seu irmão era minimamente importante. Na realidade, Ronan só estava ali por causa de Matthew e, sem ele ali, não havia razão para ficar. Ele escorregou para fora do banco.

— Ronan — sussurrou Declan ferozmente. — Aonde você vai?

Ronan levou um dedo aos lábios. Um sorriso se abriu de cada lado da boca.

Declan apenas balançou a cabeça, fazendo um gesto como se tivesse simplesmente *largado mão* de Ronan. E isso, é claro, era outra mentira, porque ele nunca largava mão de Ronan. Mas, naquele momento, os dezoito anos e a liberdade pareciam muito mais próximos que antes, e aquilo não tinha importância.

Enquanto Ronan empurrava as portas grandes e pesadas da igreja — as mesmas pelas quais ele passara com a recém-sonhada Motosserra —, pegou o celular e ligou para Matthew.

A ligação caiu no correio de voz.

Ronan não acreditou naquilo. Ele entrou no BMW para voltar para a Monmouth e ligou de novo.

Correio de voz.

Ele não conseguia deixar para lá. Não sabia por quê. A questão não era que Matthew nunca abandonava o celular. E não era bem que Matthew nunca abandonava a igreja, especialmente numa missa de feriado.

Era o rosto do Homem Cinzento e o padre machucado e o mundo virado de cabeça para baixo.

Ele arrancou e partiu para o centro escaldante da cidade, dirigindo com o joelho. Ligou de novo. Correio de voz.

Isso não parecia certo.

Quando ele entrou no estacionamento da Monmouth, chegou uma mensagem, vinda do número de Matthew.

Finalmente.

Ronan puxou o freio de mão, desligou o carro e olhou para a tela.

qual é fdp

Aquilo não era típico de seu irmão mais novo. Antes que ele tivesse tempo de considerar a resposta, chegou uma mensagem do número de Kavinsky também.

qual é fdp

Algo doentio revirou dentro de Ronan.

Um momento mais tarde, Kavinsky enviou outra mensagem.

traga algo divertido para o 4 de julho ou vamos ver qual pílula funciona melhor no seu irmão

Sem esperar, Ronan pegou o celular e ligou para ele.

Kavinsky atendeu imediatamente:

— Lynch, que prazer.

Ronan demandou:

— Onde ele está?

— Quer saber, eu fui legal das primeiras vezes. Você vem para o Quatro de Julho? Você vem? Você vem? Aqui, fique com a porra desse carro. Você vem? *Você* estragou tudo. Traga algo que valha a pena hoje à noite.

— Não vou fazer isso — disse Ronan.

Mil pesadelos de Matthew morto. Sangue em seus cabelos cacheados, sangue em seus dentes, moscas em seus olhos, moscas em suas tripas.

— Ah — disse Kavinsky, com aquela risada lenta e desprezível na voz. — Acho que vai sim. Ou eu vou tentar coisas diferentes nele. Ele pode ser meu encerramento hoje. *Bum!* Você quer ver algo explodir...

Ronan virou a chave e soltou o freio de mão. A porta da Monmouth se abriu e Gansey estava parado ali, uma mão erguida, fazendo uma pergunta.

— Você não vai se safar dessa.

— Eu me safei com o querido papai — observou Kavinsky. — E com o Prokopenko. E, sem querer ofender o seu irmão, eles eram muito mais complicados.

— Jogada errada. Eu vou acabar com você.

— Não me decepcione, Lynch.

60

Gansey chegou como um raio na Rua Fox, 300, bem antes da tempestade. Ele não bateu. Simplesmente surgiu do nada enquanto Blue desamarrava os tênis, voltando do bico que fazia como passeadora de cães.

— Jane? — ele chamou. O estômago dela se revirou. — *Blue!*

E assim Blue sabia que algo estava realmente errado.

Ronan surgiu como um foguete atrás dele, e, se ela não tivesse percebido por intermédio de Gansey, teria percebido por intermédio de Ronan. Ele tinha os olhos arregalados como um animal numa armadilha. Quando parou, Ronan pousou a mão no batente da porta e correu os dedos nele.

— O que aconteceu? — ela perguntou.

Eles lhe contaram.

Imediatamente, ela os acompanhou até o desfile do Quatro de Julho, onde eles procuraram sem sucesso por Maura ou Calla. Passaram de carro pela casa de Kavinsky e a encontraram vazia. Então, com o cair da tarde, Blue os levou até a pista de corrida de Henrietta — o local da festa anual de Quatro de Julho de Kavinsky. Parecia impossível que nem Gansey nem Ronan jamais tivessem participado dela. Impossível que Blue, aluna da velha e ordinária Escola Mountain View, tivesse uma informação a respeito de Kavinsky que eles não tinham. Mas talvez essa parte de Joseph Kavinsky não fosse nem um pouco Aglionby.

A festa de Quatro de Julho de Kavinsky era infame.

Dois anos antes, ele supostamente levara um tanque de verdade para o encerramento com fogos de artifício. Estamos falando de um tanque verde-oliva em tamanho natural com caracteres russos pintados nas laterais. Era um rumor, é claro, e seguiu sendo um rumor, porque o fim da história foi que ele explodiu o tanque. Blue conhecia um aluno do terceiro ano que alegava ter um pedaço de metal que caíra dele.

Três anos antes, um aluno do segundo ano de uma escola a três condados dali havia sofrido uma overdose de algo que o hospital nunca tinha visto antes. Não foi a overdose que impressionou as pessoas, no entanto. Foi que o Kavinsky de quinze anos já era capaz de atrair garotos que moravam a quarenta e cinco minutos dali. Estatisticamente, você provavelmente não morreria na festa de Kavinsky.

Todos os anos, havia dúzias de carros esperando para ser fustigados na pista de corrida. Ninguém sabia quem os fornecia ou para onde eram levados depois. Não importava se você tinha carteira de motorista. Tudo que você precisava saber era pisar em um acelerador.

No ano passado, Kavinsky supostamente lançara um fogo de artifício tão alto no ar que a CIA fora até a casa dele para interrogá-lo. Blue achava essa história um tanto suspeita. Certamente teria sido o Departamento de Segurança Interna, não a CIA.

Este ano, duas ambulâncias e quatro policiais estacionaram a meio quilômetro da pista de corrida. Próximos o suficiente para estarem lá a tempo. Não próximos o suficiente para assistirem às disputas.

Kavinsky era intocável.

A pista de corrida — um campo longo e empoeirado aberto nas colinas que a cercavam — já estava cheia quando eles chegaram. Churrasqueiras enchiam o ar com cheiro de carvão e de salsichas esquecidas. Não havia sinal de álcool. Tampouco dos carros infames que supostamente encheriam a pista mais tarde. Havia um velho Mustang e um Pontiac se enfrentando, lançando borracha e poeira para cima enquanto os espectadores os estimulavam, mas as disputas pareciam demasiadamente tranquilas e de brincadeira. Havia adultos ali, e garotos menores. Ronan encarou uma garota que segurava um balão como se ela fosse uma criatura desconcertante.

Aquilo não era realmente o que eles esperavam.

Gansey estava parado na terra, olhando ao redor, em dúvida.

— Você tem certeza que isso é do Kavinsky?

— É cedo — disse Blue. Ela mesma olhou ao redor. Estava dividida entre querer ser reconhecida por alguém da escola e não querer ser vista andando por aí com garotos da Aglionby.

— Ele não pode estar aqui — disse Ronan. — Você deve estar errada.

— Eu não sei se ele está ainda — disparou Blue —, mas este é o lugar. Este é sempre o lugar.

Ronan olhou feio para um dos alto-falantes. Estava tocando algo que Blue achava que se chamava yacht rock. Ele estava mais tenso pelo momento. As pessoas arrastavam seus filhos pequenos para longe de seu caminho.

— A Jane diz que este é o lugar — insistiu Gansey. — Então este é o lugar. Vamos fazer um estudo.

Eles fizeram um estudo. Enquanto as sombras da tarde se alongavam, eles abriam caminho pela multidão e perguntavam por Kavinsky, sem deixar de olhar atrás dos prédios na extremidade da pista. Eles não o encontraram, mas, quando a tarde evoluiu para a noite, o caráter da festa subitamente mudou. Os garotos mais novos foram os primeiros a desaparecer. Então os adultos começaram a ir, substituídos por alunos do terceiro ano ou caras da faculdade. Copos de plástico vermelhos começaram a aparecer. O yacht rock ficou mais sombrio, profundo, sujo.

O Mustang e o Pontiac desapareceram. Uma garota ofereceu uma pílula a Blue.

— Eu tenho mais — ela disse.

Os nervos, súbitos e crestantes, queimavam ao longo da pele de Blue. Ela balançou a cabeça.

— Não, obrigada.

Quando a garota ofereceu a Gansey, ele apenas a encarou por um minuto a mais, sem perceber que estava sendo rude até ser tarde demais. Aquilo estava tão distante do cenário de Richard Gansey que ele não sabia o que dizer.

E então Ronan deu um peteleco na pílula na mão da garota e a substância voou longe. Ela cuspiu no rosto dele e caiu fora.

Ronan se virou em um círculo lento.

— Cadê você, seu canalha?

Os holofotes se acenderam.

A multidão rugiu.

De cima, os alto-falantes cuspiam em espanhol. O baixo rimbombava através das botas de Blue. Trovões de verdade resmungavam no céu.

Os motores subiram a rotação lá em cima, e a multidão recuou para deixar os carros passarem. Todas as mãos estavam para cima, saltando, dançando, celebrando. Alguém gritou:

— Deus abençoe a *América*!

Dez Mitsubishis brancos entraram na pista de corrida. Eram idênticos: grades negras escancaradas, o desenho de uma faca rasgada entalhado nas laterais, aerofólios gigantes. Mas um deles arrancou na pista à frente dos outros, então deu um cavalo de pau para deslizar, levantando uma nuvem enorme de poeira. Ele ficou escondido na nuvem, e não se via nada a não ser os faróis atravessando o pó fino.

— É ele — disse Ronan, empurrando os adolescentes à sua frente para abrir caminho.

— Lynch — disse Gansey. — *Ronan!* Espera!

Mas ele já estava a vários metros de distância, caminhando direto para o carro solitário. O pó havia baixado e Kavinsky era visível, de pé sobre o capô.

— *Vamos queimar alguma coisa!* — gritou Kavinsky. E estalou os dedos, apontando. Houve um silvo e um gemido, e subitamente o primeiro fogo de artifício da noite subiu em espiral na direção do céu azul e caótico bem acima dos holofotes. Ele riu, alto e fora de si. — Fodam-se todos vocês! — Ele disse algo mais, que se perdeu na música ascendente. O baixo abafou as palavras.

— Não estou gostando disso — gritou Gansey no ouvido de Blue.

Mas não tinha outro jeito.

Eles alcançaram Ronan bem quando ele chegou em Kavinsky, que agora estava parado ao lado da porta aberta do carro. Qualquer que tenha sido o diálogo inicial, foi desagradável.

— Ah, olha só — desdenhou Kavinsky, os olhos encontrando Blue e Gansey. — É o papai. Dick, que parceira estranhamente hétero você tem aqui hoje. O Lynch anda tendo problemas de desempenho?

Ronan pegou Kavinsky pela garganta e, dessa vez, Blue não achou desagradável. Outro fogo de artifício gritou noite adentro. Raios o cruzaram em arco.

— Onde ele está? — rosnou Ronan. Mal eram palavras.

Kavinsky parecia ligeiramente despreocupado. Ele gesticulou na direção do carro atrás dele, e então na direção de outro, e de outro. Com um tom um pouco estrangulado, disse:

— Naquele carro. Ou naquele. Ou naquele. Ou naquele. Você sabe como são essas coisas. São todos parecidos.

Ele acertou Ronan no estômago. Com a respiração entrecortada, Ronan o soltou.

— Eis a questão, Lynch — disse Kavinsky. — Quando eu disse *comigo* ou *contra mim*, não achei que você fosse escolher contra mim.

Blue deu um salto para frente enquanto um dos Mitsubishis passava voando atrás dela, o motor rugindo alto, a fumaça revoando. Ela já estava pensando o que eles teriam de fazer para revistar todos eles. Para manter um registro dos carros que eles já haviam parado e conferido. Eram todos idênticos, com a mesma placa da Virgínia: LADRÃO.

— Mas, de certa maneira — acrescentou Kavinsky —, é melhor assim. Você sabe como eu gosto de ver as coisas explodirem.

— Eu quero meu irmão — disse Ronan.

— Primeiro — disse Kavinsky, abrindo a palma e revelando uma pílula verde —, salve a sua vida. Já volto, querida.

Então jogou a pílula na língua.

Ele caiu de joelhos em um segundo, curvado contra o carro. Blue e Gansey apenas encararam a forma dobrada de Kavinsky, sem compreender o que se passava. Suas veias eram estradas elevadas nos braços, o pulso na mandíbula seguia a cadência do baixo.

— Merda — disse Ronan, mergulhando no carro, escancarando o console central e revirando o conteúdo. Ele encontrou o que estava procurando: outra pílula verde. — Merda, merda.

— O que está acontecendo? — demandou Blue.

— Ele está sonhando — disse Ronan. — Vai saber o que ele vai pegar. Nada de bom. *Merda*, Kavinsky!

— A gente pode pará-lo? — perguntou Gansey.

— Só se você matar o cara — respondeu Ronan, enfiando a pílula na boca. — Peguem o Matthew e caiam fora daqui.

61

Ronan se lançou para dentro do sonho. Quando pousou, cotovelos sangrando arranhados no chão de terra, Kavinsky já estava lá, afundado nas urzes, cobrindo o rosto. As árvores que Ronan conhecia tão bem o estavam atacando, garras de galhos. Algo a respeito de Kavinsky tinha a cor errada, ou outra coisa, em comparação à mata à sua volta. Era como se o sonho o pintasse um usurpador.

— Acho que o nosso lugar secreto é o mesmo — disse Kavinsky. E abriu um largo sorriso. Seu rosto estava estriado, com arranhões finos de espinhos.

— Você não parece um grande ladrão hoje — disse Ronan.

— Algumas noites — disse Kavinsky, todo dentes — você simplesmente pega o que quer. Essa coisa de consentimento é exagerada.

Os galhos sacudiram sobre os dois. Raios ribombaram e caíram, próximos e reais, reais, reais.

— Você não precisa fazer isso — disse Ronan.

— Não tem alternativa, cara.

— Tem a realidade.

Kavinsky riu da palavra.

— Realidade! A realidade é o que as pessoas sonham para você.

— A realidade é onde as pessoas estão — respondeu Ronan, estendendo os braços. — O que tem aqui, K? Nada! Ninguém!

— Só a gente.

Havia uma compreensão pesada naquela declaração, amplificada pelo sonho. *Eu sei o que você é*, Kavinsky dissera.

— Isso não basta — respondeu Ronan.

— Não diga Dick Gansey, cara. Não diga. Ele nunca vai ficar com você. E não me diz que você não corta pra esse lado, cara. Eu estou na sua cabeça.

— Não é isso que o Gansey significa pra mim — disse Ronan.

— Você não disse que não corta pra esse lado.

Ronan ficou em silêncio. Um trovão ribombou sob seus pés.

— Não, eu não disse.

— Isso piora as coisas, cara. Você é realmente só o cachorrinho de estimação dele.

Não havia uma única parte de Ronan que estivesse incomodada com essa declaração. Quando ele pensava em Gansey, pensava na mudança para a Indústria Monmouth, nas noites insones fazendo companhia um ao outro, num verão à procura de um rei, em Gansey pedindo ao Homem Cinzento que poupasse a vida dele. *Irmãos.*

— A vida não é apenas sexo, drogas e carros — disse Ronan.

Kavinsky se pôs de pé. Os espinhos chicotearam suas pernas, afundando em sua calça cargo. Ele encarou Ronan com as pálpebras pesadas, e Ronan pensou em todas as vezes em que olhara através de seu BMW e vira Kavinsky olhando de volta. A emoção ilícita daquilo. A certeza de que Kavinsky não deixava que ninguém lhe dissesse quem ele era.

— A minha é — disse Kavinsky.

Ele olhou para a mata. Então levantou a mão e estalou os dedos, como havia feito para chamar o primeiro fogo de artifício.

A floresta gritou.

Ou o que quer que Kavinsky tivesse manifestado gritou. O som rasgou Ronan até a espinha. Houve um ruído como se alguém batesse palma ao lado de seu ouvido. Uma batida de ar. O que quer que estivesse vindo era enorme.

As árvores tremeluziram e choraram, curvaram-se e piscaram. A já combalida linha ley se esvaiu e escureceu. Não sobrara nada. Kavinsky estava consumindo tudo para criar sua besta de sonhos.

— Você não precisa fazer isso — disse Ronan de novo.

Era uma bola de fogo. Uma explosão em fuga. Um dragão e uma fogueira e um inferno e dentes. A destruição do Mitsubishi transformada numa criatura viva.

Quando a criatura surgiu, abriu a bocarra e gritou para Ronan. Não era um ruído que ele tivesse ouvido antes. Era como o sibilar rugido do fogo apagado com água. Faíscas choveram sobre os ombros de Ronan.

Ele podia sentir como a coisa o odiava. Como odiava Kavinsky, também. Como odiava o mundo.

E estava absolutamente faminta.

Kavinsky olhou para Ronan, seus olhos mortos.

— Tente aguentar, Lynch.

Então tanto ele quanto o dragão desapareceram.

Ele havia acordado e o levado consigo.

Depressa.

Se Adam e Persephone já não tivessem estado no ponto de escape de energia final, não o teriam encontrado. Porque ao pararem ali no escuro, olhando para o lago grande e liso feito pelo homem, a linha ley morreu dentro de Adam.

Kavinsky, pensou Adam imediatamente. Ele sabia, do mesmo jeito que um corpo largado sabia que estava caindo. Tanto intelectual quanto fisicamente. Da mesma maneira que estivera tão certo, anteriormente, de que Ronan era a razão para a sua urgência.

E lá estava ela.

Ronan precisava da linha ley. Ele precisava dela *agora*. Não havia mais tempo. Mas a linha ley estava morta e Cabeswater não tinha voz dentro de Adam. Tudo que ele tinha era aquele espelho negro liso de um lago e um carro cheio de pedras e uma bolsa cheia de cartas que não significavam mais nada para ele.

— O que vamos fazer? — ele perguntou a Persephone. Fogos de artifício gemiam ao longe, tão ameaçadores quanto bombas.

— Bem, *eu* não sei.

Ele lançou uma mão na direção das cartas.

— Você é médium! Não pode olhar nas cartas? Elas não querem dizer nada para mim sem a linha ley!

Trovões ribombaram no céu; raios dardejaram de uma nuvem para outra. A linha ley não chegou nem a vibrar debaixo de Adam. Kavinsky tinha acabado de sonhar algo enorme, e Ronan não tinha nada com que trabalhar.

Persephone disse:

— Você é o Mago ou não é?

— Não sou! — respondeu Adam imediatamente. Não havia nada dentro dele. A linha estava morta, da mesma maneira que tudo que era *outro* dentro dele. — Cabeswater me deixa assim.

Os olhos de Persephone espelhavam a água imóvel ao lado deles.

— O seu poder, Adam, não diz respeito a outras pessoas. Não diz respeito a outras *coisas*.

Adam nunca fora poderoso na vida.

— Ser o Mago não tem a ver com ser poderoso quando você tem coisas e inútil quando não tem — disse Persephone. — O Mago vê o que tem por aí e encontra conexões. Ele pode tornar qualquer coisa mágica.

Ele torceu fervorosamente para que a linha crepitasse para a vida debaixo dele. Se ele pudesse pegar nem que fosse um rabicho dela, poderia reunir pistas para saber como consertar essa última parte. Mas não havia nada na linha ley. Nada.

— Agora — disse Persephone, e sua voz soava bem pequena e suave. — Você é o Mago? Ou não é?

Adam fechou os olhos.

Conexões.

Sua mente voou até as pedras, o lago, as nuvens de tempestade. Raios.

Ele se lembrou, bizarramente, do Camaro. Precisando da bateria apenas para levá-los até em casa.

In indiget homo bateria.

Sim.

Ele abriu os olhos.

— Eu preciso da pedra do carro — ele disse. — Aquela do jardim.

Depressa.

— Adam? — demandou Ronan. — É realmente você?

Porque, subitamente, a paisagem havia mudado. As árvores haviam se movido e tremiam ao lado, e agora havia aquele lago feio feito pelo homem que eles tinham descoberto com Gansey. Adam se agachou ao lado da margem, dispondo as pedras em um padrão complicado. Era o Adam de verdade? Ou era o Adam dos sonhos?

Esse Adam ergueu o olhar bruscamente. Era ele mesmo, e era algo mais.

— Lynch. O que foi que o Kavinsky sonhou?

— Um maldito dragão — disse Ronan. Ele devia acordar. Ele não tinha a menor chance caído no chão lá na festa.

Adam olhou atrás dele e gesticulou freneticamente para alguém.

— O que você está sonhando para derrubá-lo?

Ronan testou o sonho, cuidadosamente. Parecia estendido, fino como um fio de caramelo. Ele não seria capaz de tirar nada dele.

— Nada. Não tem nada aqui.

Persephone correu até Adam, com uma pedra grande e lisa nos braços.

— O que você está fazendo? — perguntou Ronan.

— Consertando a linha — disse Adam. — Comece a fazer alguma coisa. Vou tentar restabelecê-la antes de você terminar.

Ronan ouviu um grito distante. Era de fora de seu sonho. O sono entrava em colapso à sua volta.

— Depressa — aconselhou Persephone.

Adam ergueu o olhar para Ronan.

— Eu sei que foi você — ele disse. — Eu juntei as peças. O aluguel.

Ele sustentou o olhar de Ronan apenas por mais um momento, até que algo dentro de Ronan se soltou e ele quase disse algo. E então Adam deu um salto, pegou a pedra de Persephone e correu para o lado oposto da margem.

— Agora — disse Persephone.

Ronan se virou para as árvores fraquejantes.

— Cabeswater — ele disse —, eu preciso da sua ajuda. Você precisa da minha ajuda.

Ave de rapina, sibilaram as árvores.

Saqueador.

Não havia tempo para isso.

— Não estou aqui para roubar! Você quer se salvar?

Nada.

Maldito Kavinsky.

Ronan gritou:

— Eu não sou ele, tá bom? Não sou como ele. Droga, vocês me conhecem. Não conheceram sempre? Não conheciam meu pai? Nós dois somos Greywarens.

Lá estava a Garota Órfã, finalmente. *Sim.* Ela espiou por detrás de um dos troncos. Se ela pudesse ajudá-lo, ele poderia trazer algo para fora, qualquer coisa. Ele estendeu a mão para ela, mas ela balançou a cabeça.

— *Vos estis unum tantum.*

(*Você é o único.*)

Em inglês, ela acrescentou:

— Muitos ladrões. Um Greywaren.

À maneira de um sonho, o conhecimento o invadiu. Muitos conseguiam tornar seus sonhos reais, mas poucos conseguiam falar com o sonho. Ele estava destinado a ser o braço direito de Cabeswater. Ele não sabia?, perguntou Cabeswater — mas não com palavras. Ele não soubera disso sempre?

— Escute, sinto muito — ele disse. — Eu não sabia. Eu não sabia de nada. Tive que descobrir tudo sozinho, e levei um tempo terrivelmente longo, tá bom? Por favor. Não vou conseguir sem você.

Em suas mãos, subitamente, estava a caixa quebra-cabeça. Não parecia um sonho. Ela parecia pesada, fria e real. Ele virou os botões e as rodas até que se pôde ler *por favor* do lado inglês. Depois a virou para o lado com a língua misteriosa. Aquela, ele sabia agora, não era uma língua dos homens. Era uma língua das árvores. Ele leu:

— *T'implora?*

O efeito foi instantâneo. Ele pôde ouvir as folhas se movendo e deslocando em um vento que ele não sentia, e apenas agora ele percebia quantas árvores haviam permanecido *caladas* antes. Murmurando, sussurrando e sibilando em três línguas diferentes, todas elas concordaram: elas o ajudariam.

Ele fechou os olhos, aliviado.

Ficaria tudo bem. Elas lhe dariam uma arma, e ele despertaria e destruiria aquele dragão do Kavinsky antes que qualquer outra coisa acontecesse.

Na escuridão de suas pálpebras fechadas, ele ouviu: *tck-tck-tck-tck*.

Não, pensou Ronan. *Não os horrores noturnos.*

Mas havia o estrépito de suas garras. O tagarelar de seu bico.

De sonho para pesadelo, simples assim.

Não havia medo de verdade, apenas apreensão. Expectativa. Levara tanto tempo para matá-lo em um sonho.

— Isso não vai ajudar — ele disse às árvores. Ele se ajoelhou, enfiando os dedos na terra solta. Embora Ronan soubesse que não podia se salvar, ele jamais parecia capaz de se convencer a parar de lutar. — Isso não vai salvar ninguém.

As árvores sussurraram:

— *Quemadmodum gladius neminem occidit; occidentis telum est.*

(*Uma espada nunca mata ninguém; ela é uma ferramenta na mão do assassino.*)

Mas os horrores noturnos não eram uma arma que Ronan podia brandir.

— Eu não posso controlá-los! — ele gritou. — Eles só querem me machucar!

Um horror noturno apareceu. Surgiu repentinamente sobre as árvores, bloqueando o céu. Era diferente de qualquer coisa que Ronan tivesse sonhado antes. Três vezes o tamanho dos outros. Cheirando fortemente a amônia. Glacialmente branco. As garras eram amareladas e translúcidas, escurecendo até as pontas vermelhas. Veias róseas sobressaíam nas asas esfarrapadas. Os olhos albinos vermelhos eram minúsculos e furiosos na cabeça enrugada. E, em vez de um bico feroz, havia dois, lado a lado, gritando em uníssono.

No outro extremo do lago, Adam levantou as mãos, apontando para o céu. Ele era uma versão alienígena de si mesmo. Uma versão em sonho de si mesmo. Um raio atingiu a pedra ao lado dele.

Como um coração, a linha ley retornou à vida em meio a tremores e espasmos.

Cabeswater estava viva.

— *Agora!* — gritou Adam. — Ronan, *agora!*

O horror noturno sibilou um grito.

— É só você — sussurrou a Garota Órfã. Ela estava segurando a mão dele, agachada ao seu lado. — Por que você se odeia?

Ronan pensou a respeito.

O horror noturno albino se aproximou, as garras se abrindo.

Ronan se pôs de pé, estendendo o braço, como fazia com Motosserra.

— Eu não me odeio — ele disse.

E acordou.

62

Exceto por arruinar a vida do Homem Cinzento, o plano dele de levar os outros para fora de Henrietta estava indo excepcionalmente bem. Greenmantle nunca chegara a confiar realmente nele, pois havia imediatamente aceitado a confissão de roubo do Homem Cinzento. Greenmantle havia xingado e ameaçado, mas, na verdade, ele já havia feito a pior coisa que poderia fazer, então suas palavras não tinham força.

E a notícia havia se espalhado rápido, aparentemente. Aqueles faróis lá atrás eram os dois homens que haviam revirado a Pousada Vale Aprazível, ele descobrira. E aqueles faróis atrás deles, calculados e inexoráveis, eram do seu irmão.

Sigam-me, sigam-me.

Por um quilômetro, dois quilômetros, três quilômetros, quinze quilômetros, o Homem Cinzento brincou de pega com os outros dois carros. O carro contendo os outros caçadores de tesouro tentava ser discreto, mas o carro atrás, não. Era por isso que ele sabia que era o seu irmão. Seu irmão sempre queria que Dean soubesse. Fazia parte do jogo.

Meu irmão. Meu irmão. Meu irmão.

Ele se sentira paralisado, em um primeiro momento, sabendo que seu irmão estava tão próximo. Em um primeiro momento, a única maneira que o Homem Cinzento teve para se concentrar na direção era pensar em tudo que ele havia se tornado como Homem Cinzento, em vez de tudo que ele havia sido como Dean Allen. Porque Dean Allen seguia dizendo para ele simplesmente parar o carro e terminar de uma vez com aquilo. *Só vai piorar,* sussurrou Dean Allen em uma voz pequena, *se você o fizer vir atrás de você.*

O Homem Cinzento, por outro lado, disse: *Ele é um gerente de investimentos de trinta e nove anos e, em prol da eficiência, provavelmente deve levar apenas dois tiros na cabeça e ser devolvido para o escritório com um bilhete ambíguo.*

E havia uma terceira parte dele, agora, que não era nem o Homem Cinzento nem Dean Allen, que não estava pensando nem um pouco em seu irmão. Essa parte — talvez fosse o sr. Cinzento — não conseguia deixar de pensar em tudo que ele estava deixando para trás. Os recantos belos e decadentes da cidadezinha, o sorriso largo e desafiador de Maura, a nova trovoada de seu coração que subitamente funcionava. Essa parte dele sentia falta até do Estraga-Prazeres Champanhe.

Os olhos do Homem Cinzento derivaram até o bilhete ainda preso à direção: "Esse é para você. Do jeito que você gosta: rápido e anônimo".

Era um planinho tão brilhante, hábil e simples. Tudo que ele teve de fazer foi abrir mão de tudo. E estava funcionando muito bem, mesmo.

Mas então algo aconteceu.

Não havia nada à volta deles, a não ser árvores, a rodovia e a escuridão, mas subitamente as luzes nas máquinas inativas no banco do passageiro explodiram.

Nem um piscar de luzes. Nem um indício.

Então ele ouviu um estouro na noite. Os faróis atrás dele baixaram enquanto os carros enfiavam os pés nos freios, seus medidores sem dúvida berrando o mesmo que os dele.

Não, pensou o Homem Cinzento. Um daqueles garotos idiotas havia sonhado lá em Henrietta e estragado tudo.

Mas não era isso.

Porque as leituras estavam sólidas e gritando. Normalmente, a energia tinha um pico no momento da criação do objeto de sonho, e então caía abruptamente. Mas os medidores ainda estavam lá em cima. E seguiram assim, apesar de o Homem Cinzento se dirigir para fora de Henrietta a cento e dez quilômetros por hora.

Atrás do Homem Cinzento, o primeiro carro vacilou. Eles duvidavam da história do Homem Cinzento, talvez. Presumindo, como o Homem Cinzento, que outra pessoa estivesse usando o Greywaren.

Mas, quanto mais as luzes piscavam e os alertas sonoros continuavam, mais óbvio ficava que aquilo não era coisa do Greywaren. Não apenas as leituras eram constantes, como vinham de toda parte. E tinha de ser a linha que Maura havia falado a respeito. Algo havia acontecido a ela, e agora ela estava viva, jogando essas leituras de energia para o espaço.

O carro atrás dele ainda o seguia, mas lentamente. Eles tinham acesso às mesmas leituras que o Homem Cinzento — e estavam confusos.

Aos poucos, o Homem Cinzento se deu conta de uma coisa. Enquanto a linha ley estivesse criando leituras tão dramáticas, o Greywaren estaria invisível. Um pico de energia não seria notado naquela confusão.

O que significava que Henrietta não precisava se preocupar com mais caçadores vindo atrás do Greywaren. Ninguém podia usar aquelas leituras para apontar a localização exata de coisa alguma, a não ser a linha. Isso significava que, se o Homem Cinzento pudesse se livrar de alguma maneira daquele bando de caçadores de tesouros, havia apenas uma razão para ele fugir de Henrietta.

Seu irmão.

⊬

Ronan havia criado aquele horror noturno para lutar contra o dragão de Kavinsky, e eles realmente lutaram.

As criaturas ganharam altura céu negro adentro, rosnando uma para a outra. Fogos de artifício passavam por elas, iluminando suas escamas. A multidão, bêbada, chapada, impressionável e desejosa de ver um espetáculo, gritou seu apoio.

No chão, Ronan e Kavinsky recostaram a cabeça, observando o que tinham feito.

As criaturas eram belas e terríveis. Fagulhas caíam delas em cascata à medida que as garras e o fogo se encontravam. Um grito oscilante como um fogo de artifício escapou do horror noturno.

Para cima, para cima, para cima, noite adentro. Os olhos de Ronan dardejaram através da multidão. Gansey e Blue haviam tomado caminhos diferentes, e ele os viu agora escancarando as portas de Mitsubishis, procurando por Matthew. Os carros estavam todos parados enquanto todos olhavam os dragões. Não havia muitos carros. Gansey e Blue o encontrariam. Tudo ficaria bem.

Mas então o dragão de fogo de Kavinsky se afastou do horror noturno. Ele encolheu os antebraços gasosos e mergulhou. Com um estrondo sibilante, colidiu com um dos holofotes. O impacto não teve efeito sobre o dragão, mas a estrutura veio abaixo. Gritos chocados pontuavam o ar; a estrutura caiu como uma árvore.

O rosto de Kavinsky estava iluminado. Ele ficou de pé num salto enquanto o dragão de fogo se lançava contra mais um dos holofotes. Chamas queimavam e se dissipavam. A lâmpada explodiu.

O horror noturno de Ronan mergulhou do céu, agarrando-se ao dragão de fogo. Por um momento, os dois atingiram o chão, rolando pela terra, e então estavam no ar de novo.

Ninguém estava realmente com medo. Por que eles não estavam com medo?

Era magia, mas ninguém acreditava que era.

A música ainda tocava alto. Os carros ainda estavam rodando. Havia dragões lutando acima deles, e isso era apenas mais uma festa.

O dragão de fogo deu um grito, o mesmo grito horrível de antes. Ele acelerou na direção de onde estavam Ronan e Kavinsky, perto do carro.

— Pare ele — disse Ronan.

Os olhos de Kavinsky ainda estavam grudados no dragão.

— Não tem como parar ele agora, Lynch.

O seu dragão furioso girou, as asas estendidas. Rasgando a pista de corrida de fora a fora, ele arrastou consigo uma extensão de chamas na terra, saltando do teto de um dos Mitsubishis no final. Quando suas garras guincharam no metal, o carro explodiu em chamas. O dragão se lançou ao ar. O movimento virou o carro atrás dele, fácil como um brinquedo.

Matthew?

Do outro lado da pista, Gansey acenou os braços acima da cabeça, balançando-a, chamando a atenção de Ronan. Não naquele.

— Me diz em qual carro está o meu irmão — disse Ronan.

— Num carro branco.

O dragão preparou uma investida. Ele estava se preparando para dar mais um mergulho. Era curioso, realmente, como Ronan conseguia ver claramente seus olhos daquela altura tão grande. Ele tinha olhos terríveis. Não que fossem vazios, mas, ao olhar através de todas as chamas e a fumaça e mais chamas, você podia ver que bem no fundo deles havia realmente apenas mais fumaça e chamas.

Houve um silêncio na multidão.

Naquele silêncio, a risada de Kavinsky era mais alta do que qualquer coisa.

Um único grito partiu da multidão. O tipo de ruído experimental, que tentava decidir se agora, finalmente, o medo era a resposta correta.

Quando o horror noturno de Ronan voou na direção do dragão de fogo, o monstro de Kavinsky encolheu as pernas vaporosas no corpo. Uma nuvem de enxofre saiu de sua boca. Mortal como câncer. Como radiação. Ele tinha dentes, mas eram irrelevantes.

Kavinsky estalou os dedos. Outro fogo de artifício foi lançado, manchando um caminho reluzente entre as duas criaturas. Ele explodiu acima delas como uma flor tóxica.

O horror noturno se lançou contra o dragão de fogo. Os dois bateram no chão, rolando na direção da multidão. Agora havia gritos enquanto as pessoas saltavam para fora do caminho. As duas criaturas escalaram com suas garras sobre outro Mitsubishi. Para o ar. De volta ao chão.

— Ronan!

A voz de Blue chegou até ele, aguda e fina. Ela havia olhado em outro Mitsubishi — nada ainda de Matthew. A multidão ainda estava se dispersando — em algum lugar, uma sirene uivou. Havia tanto fogo. Era como se o dragão de Kavinsky estivesse lentamente refazendo o mundo em sua própria imagem. A maioria dos holofotes havia sido apagada, mas a pista de corrida estava mais iluminada do que antes. Cada carro uma lanterna.

O dragão de fogo se lançou na direção de Gansey e Blue.

Ronan não precisou gritar para o seu horror noturno. Ele sabia o que Ronan queria. Ele queria exatamente o que Ronan queria.

Salve-os.

O horror noturno se emaranhou nas asas do dragão de fogo. As duas criaturas passaram voando bem próximas de Gansey e Blue.

Gansey gritou:

— *Faça alguma coisa!*

Ronan podia matar Kavinsky. Se ele parasse Kavinsky, o dragão pararia. Mas uma coisa era saber essa solução. Outra, muito diferente, era olhar para Kavinsky, os braços estendidos sobre a cabeça, o fogo nos olhos, e pensar: *Eu poderia matá-lo.*

E, mais importante, não era *verdade*.

Ronan não poderia matá-lo.

— Tudo bem — ele rosnou, agarrando o braço de Kavinsky —, estamos quites. Onde está o meu irmão? *Chega*. Onde ele está?

Kavinsky gesticulou com a mão livre na direção do Mitsubishi ao lado deles.

— Ele é todo seu! Você não entendeu o que eu queria *demonstrar*, cara. Tudo que eu queria era isso...

Ele gesticulou para o dragão e para o horror noturno rolando no chão.

Soltando-o, Ronan chegou com dificuldade até o carro. Ele abriu a porta de trás. Estava vazia.

— Ele não está aqui!

— *Bum!* — gritou Kavinsky. Outro carro tinha ido para os ares. As chamas eram gloriosas e barulhentas, subindo do carro como nuvens de tempestade. Quando Ronan bateu a porta, Kavinsky subiu no capô do Mitsubishi. Ele tremia em êxtase.

Levando uma mão ao peito côncavo, ele pegou os óculos escuros brancos do bolso de trás com a outra. Ele os colocou, escondendo os olhos. As lentes espelhavam a fornalha à volta deles.

Do lado oposto da faixa, o dragão de fogo lançou seu grito terrível novamente. Ele se desvencilhou do horror noturno.

A criatura se virou diretamente na direção deles.

E, subitamente, Ronan viu a cena. Ele viu como cada carro queimava, com exceção daquele. Como o dragão havia destruído cada um dos objetos de sonho de Kavinsky ali na pista. Como agora ele se lançava sobre eles, um frenesi de destruição. O horror noturno voou atrás dele, menos gracioso, uma poeira de cinzas jogada em um vento nuclear.

Ele ouviu batidas surdas. Mal dava para ouvi-las sobre o caos.

Matthew estava no porta-malas.

Ronan deu a volta no carro como um raio — não, não, isso não estava certo, ele precisava abrir o porta-malas do lado de dentro do carro. Ele dardejou um olhar para o dragão, que voava diretamente para eles, de maneira intencional e maldosa.

Tateando a porta do motorista, ele deu o comando para abrir o porta-malas. Enquanto corria para dar a volta no carro, Ronan viu Matthew chutar o porta-malas e o abrir até o fim. Rolando para fora, seu irmão mais novo tropeçou como se estivesse bêbado, a mão apoiada no carro para se equilibrar.

Ronan podia sentir o cheiro do dragão de fogo, todo carbono e enxofre.

Ele mergulhou na direção do irmão, o arrastou para longe do carro e gritou para Kavinsky:

— Abaixe!

Mas Kavinsky não desviou o olhar das duas criaturas. Ele disse:

— O mundo é um pesadelo.

O horror abriu caminho com suas garras para dentro de Ronan. Era precisamente o sentimento que ele tivera quando percebera que Kavinsky ia explodir o Mitsubishi na festa de embalo.

A poeira subiu em um redemoinho das asas do dragão.

Furioso, Ronan gritou:

— Abaixe, seu canalha!

Kavinsky não respondeu.

Houve aquele *uff* que ele ouviu no sonho, aquela batida de asas no ar. Como uma explosão tomando todo o oxigênio de um aposento.

Ronan cobriu Matthew com os braços e baixou a cabeça dele.

Um segundo mais tarde, o dragão de fogo explodiu em Kavinsky. Passou direto por ele, em torno dele, chamas em torno de um objeto. Kavinsky caiu. Não como se tivesse sido atingido, no entanto. Do mesmo jeito que acontecera quando ele tomara a pílula verde. Ele desabou sobre os joelhos e caiu desajeitadamente ao lado do carro.

A poucos metros dali, o dragão de fogo tombou na terra, imóvel.

Non mortem, somni fratrem.

Do outro lado da pista, um dos Mitsubishis, ainda em chamas, bateu ruidosamente em um prédio. Ronan não precisava ver o motorista para saber que era Prokopenko. Apagado.

O que significava que Kavinsky estava morto.

Mas ele estivera morrendo desde que Ronan o conhecera. Ambos haviam estado.

A morte é um efeito colateral chato.

Os óculos escuros brancos estavam caídos na poeira ao lado do dedo do pé de Ronan. Ele não os pegou. Apenas segurou Matthew firme sem querer deixá-lo ir ainda. Seu cérebro continuava a repassar a imagem de Matthew saindo do porta-malas, o fogo atingindo o carro, Kavinsky caindo...

Ele tivera tantos pesadelos de algo acontecendo com o irmão.

Acima deles, o horror noturno albino batia as asas. Matthew e Ronan o encararam.

Tck-tck-tck-tck.

Ambos os bicos chilreavam. Era uma coisa pavorosa, aquele horror noturno, impossível de compreender, mas Ronan estava cansado de ter medo. Não sobrara mais nenhum.

Com um estremecimento, Matthew pressionou o rosto no ombro do irmão, confiante como uma criança. Ele sussurrou, a voz embaralhada:

— O que é isso?

O horror noturno mal se controlou enquanto observava seu criador. Ele levantou voo batendo as asas, girando duas ou três vezes enquanto o fazia. Ele seguiria noite adentro — para onde, era impossível dizer.

— Está tudo bem — disse Ronan.

Matthew acreditou nele; por que não deveria? Ronan jamais mentia. Ele ergueu o olhar sobre a cabeça de Matthew enquanto Gansey e Blue iam na direção deles. Sirenes uivavam próximas; luzes azuis e vermelhas giravam pela poeira como luzes em um clube. De uma hora para a outra, Ronan se sentia insuportavelmente contente de ver Gansey e Blue se juntarem a ele. Por alguma razão, embora tivesse chegado com eles, ele tinha a sensação de que estivera sozinho por um longo tempo, e agora não estava mais.

— Aquela coisa. É um dos segredos do papai? — sussurrou Matthew.

— Você vai saber — respondeu Ronan. — Porque eu vou lhe contar todos eles.

63

O Homem Cinzento não conseguia pensar em uma maneira de se livrar dos outros caçadores de tesouros sem ter de confrontar seu irmão.

Mas isso era impensável.

Ele pensou na carta que Maura havia tirado para ele. O dez de espadas. Absolutamente a pior que ele poderia tirar. Ele havia pensado que isso significava deixar Henrietta para trás, mas agora sabia que, embora isso fosse terrível, não era realmente a pior coisa que poderia lhe acontecer.

A pior coisa sempre fora seu irmão.

Você vai ter que ser corajoso, Maura dissera.

Eu sempre sou corajoso.

Mais corajoso que isso.

Durante muito tempo, seu irmão o tinha assombrado. Implicado com ele e o ridicularizado a centenas de quilômetros de distância, mesmo na época em que o Homem Cinzento estudava, treinava e ficava cada dia mais perigoso. O Homem Cinzento o havia deixado tomar tudo dele.

E o que, realmente, o impedia de enfrentar o irmão agora? Medo? Ele poderia ser mais mortal que o Homem Cinzento? Ele poderia realmente tirar qualquer coisa mais dele?

O Homem Cinzento pensou no sorriso de Maura de novo. E pensou na confusão e no barulho na Rua Fox, 300, na brincadeira brilhante de Blue, no sanduíche de atum no balcão da lanchonete, nas montanhas azuis assombradas o chamando para voltar para casa.

Ele queria ficar.

Persephone havia dado um tapinha no joelho dele. *Eu sei que você vai fazer a coisa certa, sr. Cinzento.*

Enquanto dirigia, o Homem Cinzento estendeu uma mão para o banco de trás e arrastou a mala sobre os medidores de Greenmantle. Dirigindo com uma mão e olhando de relance da estrada lisa de chuva para a mala de tempos em tempos, ele primeiro encontrou seu disco favorito dos Kinks.

Ele colocou o disco no CD player.

Então o Homem Cinzento tirou a arma que havia escondido no armário da cozinha da Pousada Vale Aprazível. Ele conferiu para ter certeza de que Calla não havia tirado inteligentemente todas as balas. Ela não havia.

Ele saiu da pista.

Ele ia ficar. Ou morreria tentando.

No espelho retrovisor, viu dois carros deixando a pista atrás dele. Mais adiante havia duas paradas para caminhoneiros sonolentos — nada representava melhor a exaustão do que as luzes bem acordadas de uma dessas paradas. Ele escolheu a maior.

Ele já conseguia reconhecer a silhueta de seu irmão atrás da direção do carro mais distante. A idade não havia mudado o traço de seu queixo nem o formato de suas orelhas. A idade, conjeturou o Homem Cinzento, não havia mudado muito o seu irmão. O medo fez cócegas em seu estômago.

Através dos alto-falantes, os Kinks confessavam que não queriam mais perambular por aí.

O Homem Cinzento parou ao lado de uma bomba de gasolina.

Eis o que o Homem Cinzento sabia sobre postos de gasolina depois de escurecer: eles eram o melhor e o pior lugar no mundo para matar alguém. Porque ali, entre as bombas, naquele show de luzes da insônia, o Homem Cinzento era quase invencível. Mesmo se houvesse outros carros abastecendo, ele tinha duas câmeras diferentes apontando para ele. E o caixa que monitorava essas câmeras estava a apenas um pânico de distância de um botão de emergência. Somente o mais casual dos matadores atacaria entre aquelas bombas de gasolina. Matar alguém ali era ser pego.

O irmão do Homem Cinzento não seria pego. Ele era perigoso não por ser imprudente, mas pelo oposto.

E os caçadores de tesouros — eles provavelmente nem eram matadores. Apenas bandidos especializados com uma habilidade para arrombar, invadir, e com tato suficiente para não quebrar algo valioso, uma vez que o encontrassem.

Como esperado, o irmão do Homem Cinzento não parou nem perto das bombas. Em vez disso, parou o carro na escuridão, ao lado da lata de lixo, para esperar.

O outro carro hesitou também, mas o Homem Cinzento baixou a janela, acenou para eles e os chamou. Após uma pausa, eles pararam ao seu lado na outra direção, janela do motorista com janela do motorista.

Eles eram apenas um par de jovens durões, ambos parecendo cansados e frustrados. O que estava no banco do passageiro segurava uma série de equipamentos no colo. O Homem Cinzento viu de relance um mar de embalagens de doces e garrafas de refrigerantes, um cobertor enrolado como uma bola no banco de trás. Então eles andavam morando naquele carro ultimamente. O Homem Cinzento não tinha antipatia alguma por eles, por terem revirado seus aposentos lá na pousada. Provavelmente ele teria feito o mesmo, antes de aprender algumas coisas. Bem, provavelmente não. Mesmo assim, eles não eram tão ruins quanto os dois que ele deixara na mata.

É por isso que você é o melhor, havia dito Greenmantle.

Era verdade. O Homem Cinzento realmente era o melhor.

Estava bastante claro que eles não esperavam que o Homem Cinzento parasse, e, se tivessem esperado, não esperavam vê-lo encostado tranquilamente na janela com os Kinks gritando: *Silly boy, you self-destroyer!*

— Boa noite — disse o Homem Cinzento, cordialmente. O posto cheirava a fritura muito antiga.

— Ei, cara — disse o motorista, um tom apreensivo na voz.

— Vejo que você está me seguindo — disse o Homem Cinzento.

— Ei, cara... — protestou o motorista.

O Homem Cinzento ergueu uma mão delicadamente.

— Não vamos desperdiçar nosso tempo. Eu não tenho o que vocês estão procurando. Eu menti para o meu chefe. Fingi que as leituras estranhas aconteciam por causa do objeto, para que ele continuasse pagando a minha estadia enquanto eu procurava. E então disse para ele que eu tinha encontrado o tal objeto para tentar tirar mais dinheiro dele. O que não funcionou, como vocês podem ver.

Eles o encararam, confusos demais em um primeiro momento para responder imediatamente.

— Ei, cara — disse o motorista uma terceira vez. O passageiro esfregou a mão no rosto e passou o polegar pensativamente sobre os medidores que ainda brilhavam em seu colo. — Como vamos saber que você não está mentindo pra *gente*?

— Por que eu faria isso? — perguntou o Homem Cinzento. E gesticulou na direção do Mitsubishi. — Sejamos honestos. Eu podia ter despistado vocês facilmente com esse carro.

Ele achava, de qualquer forma. Provavelmente. Ele parecia rápido.

Os dois também achavam isso, pelo visto, pois ambos franziram o cenho.

— Escute, só estou parando por uma questão de cortesia profissional — acrescentou o Homem Cinzento. — Posso ver que vocês não estão nesse negócio há tanto tempo quanto eu, mas eu esperaria que vocês fizessem o mesmo para outra pessoa se estivessem no meu lugar. — Ele queria lhes dizer que eles podiam procurar no carro dele, mas isso soaria insistente demais. Culpado demais. Eles achariam que ele o largara em algum lugar.

Mais cenhos franzidos. O sujeito no banco do passageiro disse:

— E as leituras?

— Eu já disse. Menti sobre as leituras porque eu sabia que podia levar essa mentira adiante por um tempo. Elas são apenas da falha sísmica. Você pode subir e descer as montanhas de carro se quiser conferir por si mesmo. Ela as segue direitinho.

Eles queriam muito acreditar nele. O Homem Cinzento podia ver em seus olhos injetados, em seus lábios comprimidos. Eles haviam sido mandados à procura de um fantasma, e não havia muitas pessoas além do Homem Cinzento com paciência para isso. Eles queriam terminar com aquela história, ir atrás de espólios mais concretos.

— Mas o que vamos dizer para o nosso homem?

— Ei, eu é que vou saber? — perguntou o Homem Cinzento. — Sou eu que estou fugindo porque o meu não acreditou em mim.

— Verdade — comentou o sujeito no assento do passageiro. Houve uma pausa, então ele acrescentou: — Preciso mijar.

O Homem Cinzento havia vencido.

— Aqui. Grave o meu número no seu telefone — disse o Homem Cinzento. — Podemos manter contato.

Eles trocaram números. O Passageiro entrou no posto para mijar. O Motorista disse:

— Bom, que diabos... Você tem um cigarro?

O Homem Cinzento balançou a cabeça melancolicamente.

— Larguei faz um ano. — Ele nunca fumara.

O Motorista acenou com o queixo na direção de onde o irmão do Homem Cinzento esperava nas sombras. A chuva riscava o raio fraco dos faróis.

— E ele?

— O Metido a Esperto, você quer dizer? Não sei. Acho que vou ter que conversar com ele longe das câmeras.

O Motorista ergueu o olhar rapidamente para onde o Homem Cinzento apontava.

— Ah, cara. Eu nunca nem pensei nelas.

O Homem Cinzento tocou de leve a ponta do nariz. Ele disse:

— É uma dica. Tudo bem, vamos manter contato.

— Certo — disse o Motorista. — Ah, ei...

O Homem Cinzento parou de levantar a janela. Ele tentou não prender a respiração.

— Sim?

O Motorista abriu um largo sorriso.

— Gostei da placa.

O Homem Cinzento levou um momento para lembrar qual era.

— Obrigado — ele disse. — Gosto de dizer a verdade quando posso.

Ele fechou a janela e arrancou. Quando fez isso, seu irmão partiu lentamente, também. Era um cupê pequeno, sinuoso, algo que provavelmente pareceria elegante lá em Boston. As luzes formaram listas sobre o teto do carro enquanto ele arrancava para seguir o Homem Cinzento.

Uma parada de caminhões era o melhor e o pior lugar para matar alguém. Porque, fora as bombas de gasolina cheias de câmeras, havia muitas vezes um estacionamento para motoristas de caminhão cansados dormirem um pouco. Às vezes, havia espaço para somente dez ou quinze caminhões. Às vezes, para vinte ou quarenta. Raramente eles eram iluminados, jamais filmados. Eram apenas jamantas e motoristas exaustos.

Aquela parada tinha uma área de estacionamento enorme, e o Homem Cinzento levou o carro do irmão para o canto mais distante. Ele parou atrás do caminhão mais encardido.

Era chegada a hora.

Era chegada a hora mesmo.

O Homem Cinzento sentiu cada ponta daquelas dez espadas o espetarem.

Cada dia cinzento o queria. Seria mais fácil simplesmente ceder.

Os Kinks cantavam: *Night is as dark as you feel it ought to be.*

O cupê parou ao lado do Mitsubishi branco, lado do motorista para o lado do motorista. E lá estava ele, despretensioso e com uma aparência serena. Ele havia deixado crescer uma barba aparada que de certa maneira enfatizava a curva simpática de suas sobrancelhas grossas. As pessoas sempre achavam que ele tinha um rosto amigável. Havia muita conversa a respeito de os sociopatas terem olhos assustadores, mas não o irmão do Homem Cinzento. Quando precisava passar despercebido, ele era tão afetuoso e tão companheiro quanto você poderia querer. Mesmo agora, sentado ali no cupê com aquele sorriso curvo, ele parecia um herói.

Dean, vamos só experimentar esse lance.

— Bem, irmãozinho — disse o irmão do Homem Cinzento. Ele sabia de longa experiência que apenas sua voz paralisaria o Homem Cinzento. Como uma cobra, isso daria tempo suficiente para ele digerir a sua vítima. — Parece que somos eu e você de novo.

E a voz teve o efeito de sempre: um veneno virulento de memórias. Uma década passou pela cabeça do Homem Cinzento em um instante.

lâmina

corte

incisão

queimadura

perfuração

raspagem

grito

O Homem Cinzento pegou a arma do banco do motorista e atirou no irmão. Duas vezes.

— Na verdade — ele disse — sou só eu.

Ele pegou uma luva da mala e transferiu o bilhete adesivo da sua direção para o interior do carro de seu irmão.

Então aumentou o volume da música, subiu a janela e voltou para a pista.

Ele estava indo para casa.

EPÍLOGO

Um segredo é uma coisa estranha.
Há três tipos de segredos. Um é do tipo que todo mundo conhece, do tipo que precisa de pelo menos duas pessoas. Uma para guardá-lo. Outra para nunca sabê-lo. O segundo é um tipo mais difícil de segredo: aquele que você esconde de si mesmo. Todos os dias, milhares de confissões não são feitas a seus potenciais confessores, e nenhuma dessas pessoas sabe que todos os seus segredos jamais admitidos se resumem às mesmas três palavras: *Estou com medo*.

E então há um terceiro tipo de segredo, do tipo mais escondido. Um segredo que ninguém sabe a respeito. Talvez ele tenha sido conhecido um dia, mas foi levado para o túmulo. Ou talvez seja um mistério inútil, oculto e solitário, perdido porque ninguém o procurou.

Às vezes, algumas raras vezes, um segredo permanece desconhecido porque é algo grande demais para a mente guardar. Estranho demais, vasto demais, aterrorizador demais para ser contemplado.

Todos nós temos segredos na vida. Nós os guardamos ou temos alguns guardados de nós, jogamos ou somos jogados. Segredos e baratas — é o que restará no fim de tudo.

Ronan Lynch vivia com toda sorte de segredos.

Seu primeiro segredo era ele mesmo. Ele era irmão de um mentiroso e irmão de um anjo, filho de um sonho e filho de um sonhador. Ele era uma estrela em guerra cheio de possibilidades infinitas, mas no fim, enquanto sonhava no banco de trás a caminho da Barns naquela noite, ele criou apenas isto:

Artigo 7
Condição adicional

Com a minha morte, meus filhos terão livre acesso à "Barns", embora não possam retomar residência na propriedade até que todos tenham completado dezoito anos.

Então, quando ele acordou, todos ajudaram a colocar Aurora Lynch no carro. E, em silêncio, dirigiram para as coordenadas de GPS marcadas no diário de Gansey.

Lá estava Cabeswater, completamente restabelecida. Ela se alastrava, misteriosa, familiar e extraordinária, sonhadora e sonhada. Cada árvore, pensou Ronan, era uma voz que ele poderia ter ouvido antes. E lá estava Noah, de ombros caídos, mão erguida em um gesto arrependido. De um lado dele estava Adam, com as mãos nos bolsos, e, do outro, Persephone, com os dedos entrelaçados.

Quando eles passaram com Aurora pelo limite da floresta, ela acordou como uma rosa floresce. E, quando ela sorriu para Ronan, ele pensou: *O Matthew se parece um pouco com ela.*

Ela o abraçou e disse:

— Flores e corvos — porque queria que ele soubesse que ela lembrava.

Então ela abraçou Matthew e disse:

— Meu amor — porque ele era o seu favorito.

Ela não disse nada para Declan, porque ele não estava lá.

O segundo segredo de Ronan era Adam Parrish. Adam estava diferente desde que fizera sua barganha com Cabeswater. Mais forte, mais estranho, mais distante. Era difícil não olhar para as linhas peculiares e elegantes de seu rosto. Ele havia se afastado um pouco enquanto os irmãos reviviam a mãe, e então disse a todos eles:

— Eu tenho algo para mostrar a vocês.

Enquanto o amanhecer começava a pintar de rosa a casca das árvores, eles se aprofundavam cada vez mais em Cabeswater.

— O lago pequeno desapareceu — ele disse. — Onde os peixes mudaram de cor para o Gansey. Mas agora...

Ao lado da árvore dos sonhos, o lago havia sido substituído por uma superfície rochosa inclinada e escarpada. Era estriada e talhada com arranhões profundos, e o mais profundo deles cortava a rocha inteira até o chão. A escuridão fria chamava.

— Uma caverna? — perguntou Gansey. — Qual a profundidade dela?

— Não entrei. Não acho que seja segura.

— Qual é o próximo passo então? — perguntou Gansey, desconfiado. Era difícil dizer se ele estava desconfiado de Adam ou da caverna.

Adam disse:

— Deixar ela mais segura.

Ele olhou de relance para Ronan, de cenho franzido, como se sentisse os olhos do amigo nele.

Ronan desviou o olhar.

O terceiro segredo era a própria caverna. Quando eles finalmente voltaram à Rua Fox, 300, o sol já estava alto. Para o espanto de Ronan, um Mitsubishi branco estava estacionado junto ao meio-fio. Por um momento, ele pensou — mas então viu o Homem Cinzento acompanhado de Calla, esperando no primeiro degrau na entrada da casa. Sua presença ali, em vez de a centenas de quilômetros de distância, não era provável, mas não era impossível.

Quando Persephone subiu a escada, Calla disse acusadoramente:

— Isso é culpa sua. Você sabia que isso ia acontecer?

Persephone piscou os olhos negros.

— Sr. Cinzento? — perguntou Blue. — Como...

— Não — Calla interrompeu. — Mais tarde. Venham comigo.

Ela os levou para o segundo andar, até o quarto de Maura. Abrindo a porta com um empurrão, Calla os deixou assimilar a vista.

Uma vela estava derretida sobre o tapete. Ao lado dela, em um quadrado de intensa luz do sol, uma tigela de adivinhação havia sido derrubada.

— Quem fez isso? Onde está a minha mãe? — demandou Blue.

Sem dizer uma palavra, Calla lhe passou um bilhete. Todos o leram sobre o ombro de Blue.

Em um rabisco apressado, manchado de água, ele dizia: "Glendower está debaixo da terra. E eu também estou".

AGRADECIMENTOS

Gostaria de agradecer aos suspeitos de sempre, mas, particularmente, a Jackson Pearce, sem cuja ajuda este livro literalmente não existiria. A Brenna Yovanoff, pelo início, e a Tessa Gratton, pelo fim.

A equipe da Scholastic continua incrível, particularmente David Levithan, sempre tolerante com meus pontos fracos, e Becky Amsel, sempre permitindo meus pontos fracos. Como sempre, um agradecimento especial vai para Rachel Horowitz e Janelle DeLuise, por possibilitarem que eu seja lida mundo afora.

Blue Ridge Mac: você salvou a minha vida no último minuto, não uma vez, mas duas. Não esquecerei isso. Devo uma a todos vocês.

Agente Laura Rennert: você também salvou a minha vida no último minuto, não uma, não duas, mas repetidas vezes. Não esquecerei isso, também. Devo uma para a eternidade.

Como sempre, não sou nada sem a minha família. Pai, obrigada pelos dragões. Mãe, obrigada por horas e horas e horas. Ed, você teve de viver com Kavinsky por catorze meses. Não há como lhe retribuir isso.

Este livro foi impresso em papel Pólen Soft 80 g/m^2
na Gráfica Cromosete.